1400 Deutsche Gedichte und ihre Interpretationen

Herausgegeben
von Marcel Reich-Ranicki

Dritter Band

Von
Friedrich von Schiller
bis
Joseph von Eichendorff

Insel Verlag

Umschlaggestaltung: Hermann Michels und Regina Göllner

Quellenhinweise am Schluß des Bandes
Satz: Memminger MedienCentrum AG, Memmingen
Druck: Ebner & Spiegel, Ulm
Printed in Germany
Erste Auflage 2002

1 2 3 4 5 6 – 07 06 05 04 03 02

Von Friedrich von Schiller
bis Joseph von Eichendorff

INHALT

JAKOB MICHAEL REINHOLD LENZ
AN DIE SONNE

Seele der Welt, unermüdete Sonne!
Mutter der Liebe, der Freuden, des Weins!
Ach ohne dich erstarret die Erde
Und die Geschöpfe in Traurigkeit.
Und wie kann ich von deinem Einfluß
Hier allein beseelt und beseligt
Ach wie kann ich den Rücken dir wenden?

Wärme, Milde! mein Vaterland
Mit deinem süßesten Strahl, nur laß mich
Ach ich flehe, hier dir näher,
Nah wie der Adler dir bleiben.

GERT UEDING
DER MELANCHOLISCHE WANDERER

Wer im Norden Deutschlands lebend, dieses Gedicht liest, dem wird es sofort in jenem Sinne beredt, den sein Autor zuallererst damit verbunden hat: Huldigung an die Sonne, deren Wert nur derjenige besonders zu schätzen weiß, der sie so lange und so häufig zu entbehren gezwungen ist.

Der Anlaß zu diesem Gedicht ist der Wunsch von Lenzens Eltern, ihr Sohn möge aus südlichen Gefilden zurück in die livländische Heimat kehren. Die Antwort des ungehorsamen Sohnes, wie sie dann auch die lyrische Epistel »An meinen Vater« nochmals bekräftigt, fällt ganz eindeutig aus. Schon der Gedanke an jene nördlichen Breiten, wo die Erde kalt, der Himmel grau und das triste Dasein die Gemüter aller Geschöpfe färbt, läßt ihn frösteln, und wie um sich seiner Lebendigkeit zu vergewissern, wendet er sich an die Sonne, beschwört ihre beseelende, ja beseligende Kraft, ohne die er selber zu erstarren fürchtet.

Nur »in wärmern Gegenden näher der Sonne / am Ufer des vielentscheidenden Rheins«, so formulieren es wenig später die beiden ersten Verse des Gedichts an den Vater, fühlt er sich wahrhaft zu Hause. Mit einer geradezu heidnisch anmutenden religiösen Inbrunst steigert sich die Anrufung der Sonne zum Bittgebet aus tiefer Not, in die ihn offensichtlich der väterliche Wunsch gestürzt hat. Und gewiß hatte der Pfarrerssohn aus Sesswegen, als er diese Verse niederschrieb, auch den Bußpsalm im Ohr, der sich

ja ebenfalls aus der Tiefe an eine Instanz sehr weit oben richtet und von ihr Erlösung hofft.
Ist man der Gedankenverknüpfung des Gedichts bis hierher gefolgt, so wird es freilich durchsichtig auf eine neue Bedeutung, in der jenes erkältende Lebensgefühl, von dem Lenz sich so bedroht erfährt, als Vorzeichen der existenziellen Krise erscheint, die Georg Büchner später in seiner Fragment gebliebenen Novelle »Lenz« protokollieren wird. In dem überwältigend starken Wärmebedürfnis, der Furcht vor Erstarrung und Vereisung, äußert sich aber nicht nur Lenzens eigene individuelle Lebenserfahrung, wie sie uns seine Biographie als Vereinsamungsgeschichte bis hin zu Wahnsinn, Elend und frühem Tod überliefert hat; in dem Wunschbild des Adlers, der der Sonne nahe bleiben möchte, werden die prometheischen Hoffnungen einer ganzen Generation sichtbar, die in der Literaturgeschichte als »Sturm und Drang« indiziert wurde. Ist der adlergleiche Aufstieg zum Himmel ein altes Symbol religiöser und politischer Aspirationen, so bleibt seine Prognose doch zweideutig, wie es der Mythos von Ikaros' Todessturz lehrt.
Lenz hat sich in der Zeit, als dieses Gedicht entstand, mehrfach mit der Gestalt dieses schließlich gescheiterten Sonnenstürmers beschäftigt. »Lebt wohl große Männer, Genies, Ideale, euren hohen Schwung mach ich nicht mehr mit, man versengt sich Schwingen und Einbildungskraft, glaubt sich einen Gott und ist ein Tor«, lautet Lenz' neue Konfession im Komödienfragment »Die Kleinen«, und an einer anderen Stelle rühmt er den Weisen, der in der Ebene bleibt, »weil wir dadurch glücklich den Schwindel und Taumel vermeiden, der uns wenn wir oft der Sonne schon ziemlich nah, wieder wie Ikarus meerherab führt.«

In allen diesen Äußerungen bereits kündigt sich jener Lenz an, den Büchners Novelle vorführt, der melancholische Wanderer, der »der Sonne (hätte) nachlaufen mögen« und der sich selber wie der ewige Jude vorkommt, den es nirgends hält, weil das Ziel, sobald er sich ihm nähert, vor ihm zurückweicht. »Je leerer, je kälter, je sterbender er sich innerlich fühlte, desto mehr drängte es ihn, eine Glut in sich zu wecken.«

Darin auch liegt die fortwirkende Bedeutung dieses weit vorausschauenden Gedichtes, daß die Lebensverhältnisse der Menschen, nun allerdings unabhängig von ihren geographischen Bedingungen, immer noch erstarrend und vereisend für die Individuen sind, daß also Sonne, Licht und Wärme jenen Sinn behalten haben, den ihnen verzweiflungsvoll Jakob Michael Reinhold Lenz zugeschrieben hat.

JAKOB MICHAEL REINHOLD LENZ
WILLKOMMEN

Willkommen kleine Bürgerin
Im bunten Tal der Lügen!
Du gehst dahin, du Lächlerin!
Dich ewig zu betrügen.

Was weinest du? die Welt ist rund
Und nichts darauf beständig.
Das Weinen nur ist ungesund
Und der Verlust notwendig.

Einst wirst du, kleine Lächlerin!
Mit süßerm Schmerze weinen
Wenn alle deinen treuen Sinn
Gott! zu verkennen scheinen.

Dann wirst du stehn auf deinem Wert
Und blicken, wie die Sonne
Von der ein jeder weg sich kehrt
Zu blind für ihre Wonne.

Bis daß der Adler kommen wird
Aus fürchterlichen Büschen,
Der Welten ohne Trost durchirrt –
Wie wirst du ihn erfrischen!

PETER VON MATT
HOCHGEMUT UND CHANCENLOS

Wie es sich um dieses Gedicht zusammenbraut! Wie das droht und gewittert von Schicksal – Schicksal wahrhaftig im aufschreckendsten Sinn des Wortes. Drei Monate nach der Entstehung dieser Verse geht Lenz, wie Büchner sagen wird, »durchs Gebirg« – ein Verrückter, nie mehr ganz zu heilen, langsamer Zerstörung ausgesetzt. Er war Pate des Mädchens, das er hier begrüßt; als Patin wirkte die Frau Rat aus Frankfurt, Goethes Mutter. Denn die kleine Bürgerin war das Kind ihrer Tochter Cornelia. Diese starb kurz nach der Geburt. Sie hatte elend daraufzugelebt und elend noch ein paar Wochen ausgehalten. Dann war es aus.

»Mit meiner Schwester ist mir eine so starke Wurzel, die mich an der Erde hielt, abgehauen worden, daß die Äste, von oben, die davon Nahrung hatten, auch absterben müssen«, schrieb Goethe nach Frankfurt. Lenz hätte das gleiche sagen können, mit beängstigenderem Recht. Hatte er sich doch, von Goethe aus Weimar nach einem Skandal vertrieben, zu Cornelia geflüchtet, hatte sich vom Bruder zu lösen gesucht, indem er die Schwester schwärmerisch verklärte, die kränkelnde Schwangere phantastisch zu seinem Idol machte – sie, deren Elend aus der gleichen tödlichen Bindung stammte.

Die Nachricht vom Tod Cornelias traf Lenz in Zürich. Er kam eben aus dem Hochgebirge, mit verschwollenen Augen, nahezu blind von den Märschen durch den gleißenden Schnee. Das war im Juni 1777. Im Oktober schrieb er das

Gedicht. Vielleicht als Trost auch für den Witwer, Johann Georg Schlosser. Der war allerdings bereits daran, sich wieder zu verloben.

Viele wollen in diesem Gedicht die ersten Symptome des Wahnsinns sehen. Sie denken wahrscheinlich an die letzte Strophe, an das hinreißende Verspaar: »Bis daß der Adler kommen wird / Aus fürchterlichen Büschen«. Als ob, was unerwartet dröhnt, pathologisch sein müßte!

Das Gedicht ist ein magischer Gestus. Es möchte dem Kind die Kraft verleihen, das auszuhalten, was Lenz und Cornelia vernichtet hat. Die Kleine wird zwar die gleiche Not erfahren, die gleichen Täuschungen und Verluste, die gleiche Einsamkeit einer unverstandenen Existenz. Aber sie wird dabei stark werden, eine unerschrockene, selbstbewußte Frau. Und eines Tages kommt dann der, der ihr gleicht, der an sie heranreicht aus Verwandtschaft des durchlittenen Grams, und sie haben einander und behalten einander aufs herrlichste.

Irritierend bleiben die »fürchterlichen Büsche«. Der Mythos berichtet, daß der Adler zur Sonne fliegt und daß er als einziger ihr Licht mit offenen Augen erträgt – von Büschen irgendwelcher Art ist dabei jedoch nie die Rede, auch nicht von durchirrten Welten. Mein Freund Walter Burkert, der eminente Altphilologe, hat die Lösung gefunden (obwohl er ihr, unnötigerweise, nicht ganz traut). Lenz überblendet hier den Adler mit dem irrenden Odysseus, der im 6. Gesang nach seinem Schiffbruch nackt und schreckerregend aus dem Dickicht verwucherter Büsche hervorbricht, »wie ein Löwe des Bergs«. Die Mädchen am Strand fliehen schreiend davon. Nur eine bleibt stehen, selbstbewußt und unerschrocken. Sie schaut ihn an und wartet, bis er näher kommt: Nausikaa.

Übrigens starb die kleine Bürgerin. Julie Schlosser, schon mit sechzehn Jahren. Ein Jahr vorher, 1792, war Lenz auf einer Straße in Moskau tot aufgefunden worden.

JAKOB MICHAEL REINHOLD LENZ
WO BIST DU ITZT?

Wo bist du itzt, mein unvergeßlich Mädchen,
Wo singst du itzt?
Wo lacht die Flur? wo triumphiert das Städtchen
Das dich besitzt?

Seit du entfernt, will keine Sonne scheinen
Und es vereint
Der Himmel sich, dir zärtlich nachzuweinen
Mit deinem Freund

All unsre Lust ist fort mit dir gezogen
Still überall
Ist Stadt und Feld – Dir nach ist sie geflogen
Die Nachtigall

O komm zurück! Schon rufen Hirt und Herden
Dich bang herbei.
Komm bald zurück! sonst wird es Winter werden
Im Monat Mai.

LUDWIG HARIG
REINE LIEBESKLAGE

Wer die Form, die die Leidenschaften bändigt, liebt und begreift, versteht auch am ehesten ein Gedicht, dem man auf den ersten Blick nicht ansieht, was den Schreiber in seinem Innersten bewegt hat, als er es aufnotierte. Das Leben drängt auf Berühren, Umschlingen, Einverleiben, die Form hält Abstand. Was alles setzte dem Dichter Jakob Michael Reinhold Lenz zu, der als Zwanzigjähriger nach Straßburg kam, dort auf den anderthalb Jahre älteren Goethe stieß und von nun an ein qualvolles Leben in Trübsinn und Eifersucht hinbringen mußte, das noch zwanzig Jahre dauerte und auf einer Straße in Moskau jämmerlich zu Ende ging. Wie aber hat er in dem Gedicht »Wo bist du itzt?« seine Leidenschaften bezähmt!

Lenz, ein sanfter, schüchterner Jüngling aus Livland, alles andere als goethisch, folgte dem Frankfurter in allen Regungen der Triebe, allen Anstrengungen des Geistes nach: er berauschte sich an Goethes Gedichten, schwärmte wie dieser für Shakespeare, entflammte für Friederike Brion. Der Affe Goethes, so wurde er schließlich auch genannt. »Ein allerliebstes Köpfchen«, zeichnete Goethe ihn in »Dichtung und Wahrheit«, »ein Persönchen.« Er wüßte nur das englische Wort *whimsical*, um Lenzens Sinnesart zu beschreiben. Und Lenz selbst charakterisiert das Grillenhafte seines Wesens im Romanfragment »Der Waldbruder«: »Er lebt und webt in lauter Phantasien und kann nichts, auch manchmal nicht die unerheblichste Kleinigkeit aus der wirklichen Welt an ihren rechten Ort legen.« Goethe war kein Persönchen, kein Köpfchen, er wußte, wo alles und jedes seinen Platz haben sollte.

Als Goethes Straßburger Studien abgeschlossen waren, trennte er sich von Friederike Brion. Er schreibt: »Ich fand mich, dem Taumel des Lebewohls endlich entflohn, auf einer friedlichen und erheiternden Reise so ziemlich wieder.« Und Lenz, von Neid erfüllt, von Eifersucht geplagt? Er schrieb am 3. Juni 1772 an den Aktuar Salzmann, seinen Mentor: »Heute reiset Mad. Brion mit ihren beyden Töchtern nach Saarbrücken ... und wird vielleicht ein Mädchen da lassen, das ich wünschte nie gesehen zu haben... Ich bin unglücklich, bester bester Freund! und doch bin ich auch der glücklichste unter allen Menschen.« Lenz, glücklich und unglücklich zugleich, gespalten, zerrissen, zog über das Gebirge zu Pfarrer Oberlin ins Steintal, der sollte ihm helfen, ihn heilen. »Er hätte der Sonne nachlaufen mögen«, schreibt Büchner in seiner Novelle »Lenz«.

Kann man Liebe nachahmen? Kann man Eifersucht imitieren? Lenz, von Friederike zurückgewiesen, schrieb ein Gedicht, das noch nicht einmal diese Ablehnung eingesteht. Nichts von seiner Zerrissenheit, nichts von seinem Wahnsinn gibt es preis; es ist die strenge Form, die das Sprechen mäßigt, die Ekstase dämpft. Lenz drückt seine unerfüllte Sehnsucht im festgefügten Gedicht aus: Kann man Ausdruck nachäffen? In alternierenden jambischen Fünf- und Zweitaktern zwängt er sein ganzes Leid in einen angemessenen Silbenrahmen; selbst die Fünftakter heben, zuerst als Fragen, zuletzt als Ausrufe, zweitaktig an. Hat Lenz zum Stift gegriffen, den Schönheitspreis in reiner Liebesklage anzustreben? Trifft ihn der Vorwurf formelhafter Rhetorik? Schon als ich zum erstenmal dieses Gedicht las, sprang mir dieser scheinbare Widerspruch von ungebändigter Emotion und strenger Form ins Auge. Seither beschäftigt mich die Frage nach ihrem Zusammenhang, nicht nur in diesem Gedicht.

JOHANN HEINRICH VOSS
DIE KARTOFFELERNTE

Kindlein, sammelt mit Gesang
Der Kartoffeln Überschwang!
Ob wir voll bis oben schütten
Alle Mulden, Körb und Bütten,
Noch ist immer kein Vergang.

Wo man nur den Bulten hebt,
Schaut, wie voll es lebt und webt!
O die schöngekerbten Knollen,
Weiß und rot und dick geschwollen!
Immer mehr, je mehr man gräbt.

Nicht umsonst in bunter Schau
Blüht' es rötlich, weiß und blau,
Ward gejätet, ward gehäufet:
Kindlein, Gottes Segen reifet!
Rief ich oft und traf's genau.

Einst vom Himmel schaute Gott
Auf der Armen bittre Not.
Nahe ging's ihm; und was tat er
Uns zum Trost, der gute Vater?
Regnet' er uns Mannabrot?

Nein, ein Mann ward ausgesandt,
Der die neue Welt erfand.

Reiche nennens Land des Goldes;
Doch der Arme nennts sein holdes,
Nährendes Kartoffelland.

Nur ein Knöllchen eingesteckt
Und mit Erde zugedeckt.
Unten treibt dann Gott sein Wesen.
Kaum sind Hände gnug zum Lesen,
Wie es unten wühlt und heckt.

Was ist nun für Sorge noch?
Klar im irdnen Napf und hoch
Dampft Kartoffelschmaus für alle.
Unsre Milchkuh auch im Stalle
Nimmt ihr Teil und brummt am Trog.

Aber, Kindlein, hört! Ihr sollt
Nicht verschmähn das liebe Gold!
Habt ihr Gold, ihr könnt bei Haufen
Schöne Saatkartoffeln kaufen,
Grad aus Holland, wenn ihr wollt!

WOLFGANG WERTH
DER KARTOFFELN UND DES DICHTERS ÜBERSCHWANG

Weintrauben, wogendes Korn, Äpfel und Birnen und Beeren – viele Dichter älterer Schulen haben sie oft und gern gepriesen. Bei den prosaischen Hackfrüchten hielten sie sich zurück, »doch ward«, so vermerkt Karl Friedrich Freiherr von Rumohr in seinem »Geist der Kochkunst«, »auch die Kartoffel mehr als einmal besungen«, und das »gewiß nicht ohne Rücksicht auf ihre rundlichen, dem Schönheitssinne zusagenden Formen«. Von denen aber ist nicht einmal in den beiden Hauptstücken deutscher Kartoffelpoesie die rühmende Rede. Nicht schön rundlich, nein: »Schön rötlich die Kartoffeln sind und weiß wie Alabaster«, meldet anno 1783 Matthias Claudius und empfiehlt die (seit dem Siebenjährigen Krieg auf Anordnung des Verursachers Friedrich II. und anderer Fürsten großflächig fürs hungernde Volk angebauten) Sattmacher aus Südamerika all denen als »rechtes Magenpflaster«, für die keine Pasteten gebacken werden.
Fünfzehn Jahre später jubelt der Homer-Übersetzer Johann Heinrich Voss, Freund und vormaliger Nachbar des Wandsbecker Boten: *O die schöngekerbten Knollen, Weiß und rot und dick geschwollen!* Auch ihn freut es, daß es »Kartoffelschmaus für alle« gibt (in seiner einst vielgelesenen »Luise« läßt er sogar »hochzeitliche Kartoffeln« auftragen). Aber mehr noch als Färbung, schöne Kerbung, Nährwert und Wohlgeschmack begeistert ihn das, was er

so pointiert »der Kartoffeln Überschwang« nennt – mit welcher Formulierung er ins Grimmsche Wörterbuch geraten ist. »Überschwang« kannten auch Vossens Zeitgenossen nur als eine Gefühlsexaltation (die in der Literatur mit dem Sturm und Drang aus der Mode gekommen war). In der 1802 erschienenen sechsbändigen Ausgabe seiner Gesammelten Gedichte belehrt der Lutheraner Voss seine Leser, daß Luther das Wort im Sinne von »Überfluß« gebraucht habe.

In Hans Benders schöner Anthologie »Das Herbstbuch« habe ich zum erstenmal lesend an Vossens »Kartoffelernte« teilgenommen – und mich auf den kleinen Acker hinterm Elternhaus zurückversetzt gefühlt, wo ich als Kind in dürftiger Nachkriegszeit den »Bulten« hob (das ist »die aufgehäufte Erde um die Kartoffelpflanze samt den knollichten Wurzeln«, Anm. Voss, 1802) und so den im Frühjahr einzeln ausgelegten Kartoffeln das Geheimnis entriß, das sie monatelang um ihre Multiplikation gemacht hatten. Wie erst muß es dem »Kindlein« Hans (oder Heinz? oder Hansheinz?) Voss, Sohn eines bitterarmen Landpächters im Mecklenburgischen, ums Herz gewesen sein angesichts der wunderbaren Kartoffelvermehrung, die vom unterirdischen Wirken Gottes kündete und für den ganzen Winter volle Töpfe versprach?

Kein Zweifel, dieses Kinderglück wirkte im Dichter nach. Zugleich verrät sein Lied die beherzte Handschrift des Eutiner Schuldirektors Voss. Er setzt seinen – nicht ganz von unfreiwilliger Komik freien – poetischen Überschwang pädagogisch um und ein: zur Aufmunterung und Begeisterung der ihm anvertrauten »Kindlein«. Während sie seinen trochäisch trommelnden Ernteaufruf befolgen, erteilt er ihnen sozusagen vom Ackerrand aus Anschauungsunterricht in allen vom Kartoffelsegen berührten Fächern, als da sind: Naturkunde, Religionslehre, Geschichte und Philosophie. Und in der wie angeklebt wirkenden Schlußstrophe (die Bender weggelassen hat) wartet er auch noch mit einem praktischen Ratschlag für die Kindlein oder deren Eltern auf. Nur böse Zungen könnten behaupten, damit verkehre sich das ganze Gedicht zur gereimten Reklame; der Dichter habe sich beim Eutiner Kartoffelhändler Haufen (oder Haufe? oder Hauf?) als Werbetexter verdingt …

Das hat Goethe an Voss (seinem Lehrmeister in antiker Metrik) so gefallen: daß er die Menschen, indem er sie aufs Alltägliche aufmerksam mache, zu wahrer Aufklärung führe, und das besonders in seinen bei »Gelegenheit ländlicher Vorfälle« entstandenen Liedern. Und so empfiehlt er in seiner geradezu herzlichen Rezension der Vossischen Gedichte: »Man singe das Kartoffellied wirklich auf dem Acker, wo die völlig wundergleiche Vermehrung … zum Vorschein kommt.« Einspruch! Goethe kannte die Mühen des Kartoffellesens nicht, Voss aber hätte wissen müssen, daß dem Atem dessen, der in gebückter Haltung singt, leicht »Vergang« droht. Offenbar hat er »mit Gesang« nur um des Reimes willen angeordnet. Kritisch zu fragen ist auch, ob Kühe Kartoffeln mögen, noch dazu dampfende. Das weniger feine Mastschwein würde da wohl eher zum Troge drängen und sich ebenso mühelos wie die Milchkuh ins Metrum fügen.

FRIEDRICH VON SCHILLER
DAS MÄDCHEN AUS DER FREMDE

In einem Tal bei armen Hirten
Erschien mit jedem jungen Jahr,
Sobald die ersten Lerchen schwirrten,
Ein Mädchen, schön und wunderbar.

Sie war nicht in dem Tal geboren,
Man wußte nicht, woher sie kam,
Und schnell war ihre Spur verloren,
Sobald das Mädchen Abschied nahm.

Beseligend war ihre Nähe,
Und alle Herzen wurden weit,
Doch eine Würde, eine Höhe
Entfernte die Vertraulichkeit.

Sie brachte Blumen mit und Früchte,
Gereift auf einer andern Flur,
In einem andern Sonnenlichte,
In einer glücklichern Natur.

Und teilte jedem eine Gabe,
Dem Früchte, jenem Blumen aus,
Der Jüngling und der Greis am Stabe,
Ein jeder ging beschenkt nach Haus.

Willkommen waren alle Gäste;
Doch nahte sich ein liebend Paar,
Dem reichte sie der Gaben beste,
Der Blumen allerschönste dar.

GERT UEDING
DIE SCHÖNE SCHWESTER

Auf die Frage des Grafen Platen nach des Rätselgedichts Lösung soll Schiller geantwortet haben, »mit seinem Gedichte vom ›Mädchen aus der Fremde‹ habe er eben nur ›das Mädchen aus der Fremde‹ gemeint«. – Gewiß war das mehr als bloß die unfreundliche Abfuhr eines zudringlichen Besuchers, offenkundig ist doch dieses Gedicht zum Rätsel bestimmt, so daß die Frage nach seinem Sinn auch einen empfindlichen Dichter nicht hätte verwundern dürfen. Vielleicht hat Schiller also doch einen Hinweis zur Interpretation des Gedichts geben wollen, indem er bekräftigte, es selber sei sowohl Frage wie Antwort und keine prosaische Lösung komme ihm auch nur nahe.

Daß es mit diesem Gedicht eine besondere Bewandtnis habe, hatte jedenfalls der Freund in Dresden, Christian Körner, sofort bemerkt. Nachdem er den Musenalmanach für das Jahr 1797 erhalten hatte, in dem das Gedicht zum erstenmal gedruckt stand, erklärte er es sofort zu einem seiner Lieblingsgedichte und erläuterte dem Autor die Wahl mit den Worten: »Hier bemerke ich gar nichts von Deiner ehemaligen Manier, die Produkte der Phantasie für den Verstand zu würzen. Das Bild steht noch in der Gestalt vor uns, wie es empfangen wurde.« Spätere Interpreten haben sich weder an Schillers Warnung noch an Körners Eindrücke gehalten und auch dieses Gedicht, wie die meisten seiner anderen, erst zu jenem Produkt idealischer

Trivialpoesie gemodelt, als das man es später bewunderte oder verachtete.

Um dem Geheimnis des fremden Mädchens auf die Spur zu kommen, sollte man es vielleicht einmal Kindern vorlesen, ruhig in jenem etwas schwebenden Pathos, das die Kunst, Schiller zu sprechen, so schwierig macht. Denn gerade das Wunderbare ist nicht alltäglich vertraut, und Kinder wissen, wie schnell ein Zauber verfliegt, sucht man sich mit ihm gemein zu machen. Wer es fertigbrächte, dann hinzuzusetzen: Das Mädchen aus der Fremde, mein Kind, ist die Poesie, würde alsbald den falschen, den hohlen Ton vernehmen. Aber er käme nicht aus dem Gedicht, sondern dem eigenen Kopfe.

Nein, das Mädchen aus der Fremde ist keine frostige Allegorie und Illustration zu Schillers Kunsttheorie; Jugend und Produktivität, Kindheit und Zeitwende, Unschuld und Reife machen ihren Liebreiz aus. Wie nach griechischem Mythos die Mädchengöttin des Frühlings oder wie die italische Anna Perenna erscheint sie mit jedem jungen Jahr. Doch die bestrickende Buhlerin des Mars, die Schutzpatronin jener ausgelassenen Gelage, die alljährlich am 15. März einen Hain am Tiber mit Fröhlichkeit erfüllten, hat sich bedeutend verändert. Sie ist jetzt mehr die hilfreiche, aufopferungsvolle und schöne Schwester, die Retterin, die wir aus Märchen und Legenden kennen, Gestalt einer glückbegünstigten Kindheit und mit der Kraft begabt, zu schützen und zu erlösen wie die mythischen Kindgötter oder das Messiaskind der Bibel. Göttliches Kind und göttliche Mutter zugleich tritt sie als Mädchen und Jungfrau auf, aber auch als Spenderin der Fruchtbarkeit jener in einer glücklichen Natur gereiften Blumen und Früchte, deren schönste sie den Liebenden vorbehalten hat als Zeugen für die Fruchtbarkeit der Erde und die Überschwenglichkeit des Lebens. So ist ihre Wirksamkeit nicht nur auf die Befriedigung gegenwärtiger Wünsche, sondern ebenso auf die Zukunft gerichtet.

Die Zeitlosigkeit der Idylle ist damit aber aufgehoben, und wie die letzte Strophe eine künftige Entwicklung vorwegnimmt, so erscheint jetzt das ganze Gedicht als Sinnbild eines noch ausstehenden Glücks. Der Autor der Abhandlung »Über naive und sentimentalische Dichtung« war bereits zu einer solchen Umdeutung der Idylle als literarischer Gattung gelangt, auch ihm galt die Kindheit als »die einzige unverstümmelte Natur, die wir in der kultivierten Menschheit noch antreffen«. Indem Kinder das Paradies täglich vorspielen, das der Mensch schon verloren glaubt, verkörpern sie für Schiller wie für Hölderlin, für die Romantiker wie für das Junge Deutschland die Möglichkeit einer immanenten Transzendenz der Welt, und das, wie Rousseaus Émile zeigt, in durchaus praktischer Absicht.

Das rätselhafte Mädchen in Schillers Gedicht ist durch alle diese uns meist fremdgewordenen Mythen, Märchen und Geschichten, durch die kollektiven und die individuellen Tagträume der menschlichen Phantasie gegangen, ohne in ihnen aufzugehen.

FRIEDRICH VON SCHILLER
DAS MÄDCHEN VON ORLEANS

Das edle Bild der Menschheit zu verhöhnen,
Im tiefsten Staube wälzte dich der Spott,
Krieg führt der Witz auf ewig mit dem Schönen,
Er glaubt nicht an den Engel und den Gott,
Dem Herzen will er seine Schätze rauben,
Den Wahn bekriegt er und verletzt den Glauben.

Doch, wie du selbst, aus kindlichem Geschlechte,
Selbst eine fromme Schäferin wie du,
Reicht dir die Dichtkunst ihre Götterrechte,
Schwingt sich mit dir den ewgen Sternen zu,
Mit einer Glorie hat sie dich umgeben,
Dich schuf das Herz, du wirst unsterblich leben.

Es liebt die Welt, das Strahlende zu schwärzen
Und das Erhabne in den Staub zu ziehn,
Doch fürchte nicht! Es gibt noch schöne Herzen,
Die für das Hohe, Herrliche entglühn,
Den lauten Markt mag Momus unterhalten,
Ein edler Sinn liebt edlere Gestalten.

BENNO VON WIESE
PROVOKATIVER IDEALISMUS

Es gibt berühmtere Gedichte von Schiller als das hier von mir ausgewählte. »Nänie«, das klassische Klagelied über die Sterblichkeit des Schönen, hätte sich besonders angeboten. Damit verglichen, scheint »Das Mädchen von Orleans«, das 1802 als Erstdruck im Taschenbuch für Damen erschien, nur ein Gelegenheitsgedicht, mit dem Schiller »Die Jungfrau von Orleans«, seine »romantische Tragödie«, verteidigen wollte. Der Gegner hieß Voltaire. Er unterhält wie Momos, der Gott des Tadels und des Spottes, den lauten Markt, und sein 1757 erschienenes verhöhnendes Epos »La Pucelle d'Orléans« verstellte zunächst dem damaligen Weimarer Hof den Zugang zu Schillers Tragödie.

Aber aus dem Gelegenheitsgedicht wird Schillers großartige Kampfansage an die »Welt«, die es »liebt«, »das Strahlende zu schwärzen / Und das Erhabne in den Staub zu ziehn«. Dieser radikal pessimistische Vers hat bis heute, ja besonders heute, seine Gültigkeit behalten. Die Welt, das sind nicht die Wenigen, sondern die Vielen; das ist nicht der einzelne, sondern, um in der Terminologie unserer Zeit zu sprechen, die Gesellschaft, die öffentliche Meinung. Die Kampfansage Schillers gilt ihrer Vorliebe für das Depravierende und Entwertende.

Ich leugne es nicht: das Gedicht ist aristokratisch, nicht im ständischen, sondern im geistigen Sinne. So gesehen, ist es eine Herausforderung, es sind Verse eines provokativen

Idealismus. Man kann sie ablehnen, aber nicht überhören, selbst heute nicht. Die Stimme, die hier spricht, ist zu mächtig. Sie predigt nicht das Große, das Erhabene; sie repräsentiert es, sie ist es selbst. Ebendarin ist kaum ein anderes Gedicht Schillers so typisch für ihn.

Was wird der »Welt«, dem »Witz«, dem »Spott«, dem »lauten Markt« entgegengestellt? Die abstrakten, transzendierenden Begriffe, die dafür gebraucht werden, appellieren an einen Aufschwung der Existenz, der sicher nur in seltenen Fällen wirklich geleistet werden kann. Für die vielen skeptischen Widersacher wird der idealistische Anspruch nach wie vor bloßer »Wahn« bleiben. Schiller ist Realist und Pessimist genug, um das zu wissen.

Aber er traut dem »Herzen« zu – und »Herz« bedeutet hier nicht vage, unverbindliche Empfindung, sondern schöpferische künstlerische Phantasie –, das »Unsterbliche« hervorzubringen. Dabei verschmilzt ihm das Bild von der Dichtung als einer »frommen Schäferin«, als einem »Mädchen aus der Fremde« mit der Glorie der heroischen Pastorale, die er in seinem Drama gestalten wollte.

Das alles ist heute gewiß nicht zeitgemäß. In einem Zeitalter wie dem unseren, mußte die Literatur auf weiten Strekken das verstümmelte und geschändete und keineswegs »edle« Bild des Menschen erbarmungslos aufdecken. Schillers unbedingte Forderung an die Menschheit und an die Poesie hat manche Kritik erfahren. Um so wichtiger bleibt nach wie vor seine Gegenstimme.

Die »Götterrechte des Schönen« zu verteidigen, den »Engel« und den »Gott« anzurufen, sollte auch heute und gerade heute keine antiquierte oder sogar lächerliche Angelegenheit sein.

FRIEDRICH VON SCHILLER
DER ANTRITT DES NEUEN JAHRHUNDERTS

*An****

Edler Freund! Wo öffnet sich dem Frieden,
Wo der Freiheit sich ein Zufluchtsort?
Das Jahrhundert ist im Sturm geschieden,
Und das neue öffnet sich mit Mord.

Und das Band der Länder ist gehoben,
Und die alten Formen stürzen ein;
Nicht das Weltmeer hemmt des Krieges Toben,
Nicht der Nilgott und der alte Rhein.

Zwo gewaltge Nationen ringen
Um der Welt alleinigen Besitz,
Aller Länder Freiheit zu verschlingen,
Schwingen sie den Dreizack und den Blitz.

Gold muß ihnen jede Landschaft wägen,
Und wie *Brennus* in der rohen Zeit
Legt der Franke seinen ehrnen Degen
In die Waage der Gerechtigkeit.

Seine Handelsflotten streckt der Brite
Gierig wie Polypenarme aus,
Und das Reich der freien Amphitrite
Will er schließen wie sein eignes Haus.

Zu des Südpols nie erblickten Sternen
Dringt sein rastlos ungehemmter Lauf,
Alle Inseln spürt er, alle fernen
Küsten – nur das Paradies nicht auf.

Ach umsonst auf allen Länderkarten
Spähst du nach dem seligen Gebiet,
Wo der Freiheit ewig grüner Garten,
Wo der Menschheit schöne Jugend blüht.

Endlos liegt die Welt vor deinen Blicken,
Und die Schiffahrt selbst ermißt sie kaum,
Doch auf ihrem unermeßnen Rücken
Ist für zehen Glückliche nicht Raum.

In des Herzens heilig stille Räume.
Mußt du fliehen aus des Lebens Drang,
Freiheit ist nur in dem Reich der Träume,
Und das Schöne blüht nur im Gesang.

GERHARD SCHULZ
SCHÖNER GESANG

Jahrhundertwenden fordern zu Inventuren und Prophetien heraus, von Jahrtausendwenden ganz zu schweigen. Schwarz- und Hellseher stehen uns demnächst in großer Zahl bevor. Der Streit von 1799, ob das neue Jahrhundert erst mit dem 1. Januar des Jahres 01 beginne oder bereits ein Jahr früher, ist längst von moderner Ungeduld entschieden: je früher, desto besser. Schiller ließ sich noch zur geduldigeren Version bekehren und schrieb seine Verse an den fingierten Adressaten im Laufe des Jahres 1801. Im Februar war es zum Friedensschluß von Lunéville mit Österreich gekommen nach Jahren des Krieges zwischen den Franzosen und dem *Ancien régime* der Koalition europäischer Staaten. Aber man braucht wenig Geschichtskenntnis, um zu wissen, daß auf diesen Frieden kein Verlaß war. Napoleon stand vor den Toren und mit ihm neuer Krieg. Der Dichter also als Prophet?

Aktuell, ja zeitlos fast erscheint der klare Auftakt der ersten Strophe in seinem dunklen, resignativen Ton. Für sich allein stehend, ist der »edle Freund« allerdings inzwischen zur ironischen Floskel abgewertet; dergleichen sagt man nicht mehr im Ernst. Überhaupt ist vieles alt geworden an Schillers Versen. Zeus mit dem Blitz, Poseidon mit dem Dreizack und seine Gemahlin Amphitrite sind längst ins Exil reiner Bildung abgewandert, und der Kelte Brennus, der sein Schwert in die Waagschale warf, als er die besiegten Römer Tribut abwiegen ließ, ist im Lexikon begraben.

Die Briten sind nun eher damit beschäftigt, ihre Polypenarme einzuziehen, so demnächst aus Hongkong, während die jüngste Allmachtsgeste der »Franken«, die an »fernen Küsten« und unter »des Südpols nie erblickten Sternen« ihre Bomben glaubten zünden zu müssen, ihnen kaum noch Respekt als Weltmacht eingetragen hat.

Europa ist nicht mehr der Mittelpunkt der Welt. Die Technik, die es in dem von Schiller skeptisch begrüßten Jahrhundert hervorbrachte, hat ihm seine Vormacht gekostet. Auf dem Mond weht die amerikanische Flagge, aber ein »seliges Gebiet« hat sich da oben nicht aufgetan. Von Paradiesen kann nur noch die Tourismusindustrie geschäftstüchtig schwärmen. Im übrigen war es damit, wie man sieht, bereits zu Schillers Zeiten nicht mehr weit her. »Otaheiti«, über das Georg Forster als Begleiter des Captain Cook den Deutschen in ihren Kleinstaaten erzählte, hörte rasch auf, Insel der Seligen zu sein, nachdem es englische Matrosen mit der Syphilis verseuchten.

Und »des Herzens heilig stille Räume«? Angesichts von fernsehübertragenen Herztransplantationen ist dieses Organ so konkret vorstellbar geworden, daß wir in dem zukkenden Muskel gleichfalls kaum noch metaphorischen Schutz suchen wollen. Die Hoffnung auf das »im Gesang« erblühende »Schöne« schließlich dürfte angesichts der Arena-Konzerte dreier Tenöre oder der betäubend stampfenden Rock-Gruppen nur spöttisches Lächeln hervorrufen.

Aber die Wahrheit der Gedichte läßt sich so schlicht nicht in Wirklichkeit übersetzen und abwehren. Ein Gedicht über den Antritt des neunzehnten Jahrhunderts kann selbstverständlich keins über den Antritt des dritten Jahrtausends sein. Öffnet man sich dennoch Schillers Gedicht, so öffnet es sich wohl auch seinen gegenwärtigen Lesern. Welterfahrung, Menschenkenntnis und poetische Leidenschaft absorbieren da das Geschichtliche ebenso wie die alte Mythologie und machen es verständlich vor jedem gelehrten Kommentar. Auf diese Weise entspringt aus der Moll-Tonart dieser Verse für die Empfänger auch wohl etwas, das Schillers Ideal von schönem »Gesang« sicherlich nahe kommt. Denn nichts anderes als das Kunstwerk selbst ist mit diesem Ideal gemeint, und das ist nun allerdings immer nur ein »Traum« – was sonst?

Vielleicht erwarten wir mehr für das neue Jahrtausend, als diese elegische Botschaft zu bieten hat, vielleicht sind wir im Gegenteil noch mißtrauischer geworden hinsichtlich des »Reichs der Träume«, von denen das vergehende Jahrhundert so viele zunichte gemacht hat. Aber ist nicht ein Gedicht wie dieses, harmonisch in Klang und Gedanken, selbst schon schöner Gesang? Wer mehr will, wird es nicht bei den Dichtern finden, aber er möge vorsichtig sein: Zweifel an den großen Prophetien lehren am Ende diese bald zweihundertjährigen Verse Friedrich Schillers.

FRIEDRICH VON SCHILLER
DER PILGRIM

Noch in meines Lebens Lenze
  War ich und ich wandert aus,
Und der Jugend frohe Tänze
  Ließ ich in des Vaters Haus.

All mein Erbteil, meine Habe
  Warf ich fröhlich glaubend hin,
Und am leichten Pilgerstabe
  Zog ich fort mit Kindersinn.

Denn mich trieb ein mächtig Hoffen
  Und ein dunkles Glaubenswort,
Wandle, rief's, der Weg ist offen,
  Immer nach dem Aufgang fort.

Bis zu einer goldnen Pforten
  Du gelangst, da gehst du ein,
Denn das Irdische wird dorten
  Himmlisch unvergänglich sein.

Abend ward's und wurde Morgen,
  Nimmer, nimmer stand ich still,
Aber immer blieb's verborgen,
  Was ich suche, was ich will.

Berge lagen mir im Wege,
  Ströme hemmten meinen Fuß,
Über Schlünde baut ich Stege,
  Brücken durch den wilden Fluß.

Und zu eines Stroms Gestaden
  Kam ich, der nach Morgen floß,
Froh vertrauend seinem Faden
  Werf ich mich in seinen Schoß.

Hin zu einem großen Meere
  Trieb mich seiner Wellen Spiel,
Vor mir liegt's in weiter Leere,
  Näher bin ich nicht dem Ziel.

Ach kein Steg will dahin führen,
  Ach der Himmel über mir
Will die Erde nie berühren,
  Und das Dort ist niemals hier!

HELMUT KOOPMANN
WARNUNG VOR GURUS

Schillers »Der Pilgrim« gibt auf den ersten Blick Rätsel auf. Hier spricht ein Verzweifelter, ein Enttäuschter, den Erlösungssehnsucht bis zum Rande der Welt getrieben hat. Aber der Himmel bleibt unerreichbar, das dunkle Glaubenswort ein Schwindel, das mächtige Hoffen sinnlos. Spricht hier auch Schiller?

Resignatives gab es immer wieder bei ihm, schon in seiner Jugendlyrik. Schillers Gedicht greift mit dem Pilger, der den Schiffbruch seiner kühnen Seglerin Phantasie erlebt, das Motiv eines frühen Gedichtes, »Die Größe der Welt«, wieder auf. Kommen 1803, in der klassischen Version, Zweifel am hochgemuten Weltentwurf des Rationalismus hoch, endet hier Friedrich Schillers Glaube an Weltbeherrschung und Welterkenntnis? Klopft in diesem Gedicht gar schon der Nihilismus des neunzehnten Jahrhunderts an die Pforten einer enttäuschten Aufklärung?

Aber wer hier Schiller selbst hört, hat falsch gehört. Das theaterfreudige achtzehnte Jahrhundert liebte Masken und Rollenspiele, und das aufgeklärte Zeitalter verfügte über eine erstaunliche Fähigkeit, sich in andere Schicksale einzufühlen. So auch Schiller; er benutzt eine dem Zeitgenossen wohlbekannte Allegorie, nämlich John Bunyans »*The Pilgrim's Progress*«, um seiner Zeit einiges ins Stammbuch zu schreiben. Nicht Schiller resigniert hier, sondern der Pilger.

Es geht um Seelenverführungen von damals. Der Pilgrim hat

einen falschen Weg eingeschlagen – den nach Osten. Er ist »immer nach dem Aufgang fort« gegangen, ist an einen Strom geraten, der »nach Morgen« floß. Das ist sicherlich wörtlich zu verstehen: der Pilgrim folgte östlichen Verlokkungen, indischer Theologie und Philosophie, braminischer Weisheit, Zoroaster und seiner Magie. Es gab dergleichen spirituelle Morgenlandfahrten im ausgehenden achtzehnten Jahrhundert durchaus; Hindostan war ein Lockruf schon der damaligen Zeit, verführerisch für alle, die an die Botschaft der Aufklärung nicht länger glauben mochten.

Schiller aber hält jenen einen Spiegel vor, die östliche Weisheit – was immer man darunter auch verstehen mochte – als Heilsbotschaft betrachteten. Nein, hier spricht kein enttäuschter Aufklärer, sondern ein Warner vor östlichem Budengeläut und fremdartiger Religiosität. »Laßt euch nicht verführen«, schrieb Brecht in einem seiner besten Gedichte. Auch damals, zu Schillers Zeiten, drohte Verführung. Schiller zeigt, wohin der geriet, der ihr folgte: in Verzweiflung.

Kurz darauf hat auch Eichendorff in seinem ersten Roman »Ahnung und Gegenwart« aus seinem Katholizismus heraus vor der dämonischen Verführungsgewalt des Ostens gewarnt. Aber das Morgenland hatte schon längst Wurzeln geschlagen, zumindest in der Romantik. »Indische Mythologie in neuer Verklärung« sollte, so berichtet Tieck, die Fortsetzung von Novalis' »Heinrich von Ofterdingen« bringen. Darin singt ein Pilger ein Lied und berichtet von einer Wunderstätte, »wo der Himmel mir erschienen«. Die Fortsetzung des Romans war, von Tieck herausgegeben, ein Jahr vor Schillers Gedicht erschienen. So kam Schillers Warnung nicht von ungefähr. Sein Gedicht ist eine Warnung vor Gurus.

FRIEDRICH VON SCHILLER
DER TANZ

Siehe wie schwebenden Schritts im Wellenschwung sich die Paare
Drehen, den Boden berührt kaum der geflügelte Fuß.
Seh' ich flüchtige Schatten, befreit von der Schwere des Leibes?
Schlingen im Mondlicht dort Elfen den luftigen Reihn?
Wie, vom Zephyr gewiegt, der leichte Rauch in die Luft fließt,
Wie sich leise der Kahn schaukelt auf silberner Flut,
Hüpft der gelehrige Fuß auf des Takts melodischer Woge,
Säuselndes Saitengetön hebt den ätherischen Leib.
Jetzt, als wollt es mit Macht durchreißen die Kette des Tanzes,
Schwingt sich ein mutiges Paar dort in den dichtesten Reihn.
Schnell vor ihm her entsteht ihm die Bahn, die hinter ihm schwindet,
Wie durch magische Hand öffnet und schließt sich der Weg.
Sieh! Jetzt schwand es dem Blick, in wildem Gewirr durcheinander
Stürzt der zierliche Bau dieser beweglichen Welt.
Nein, dort schwebt es frohlockend herauf, der Knoten entwirrt sich,
Nur mit verändertem Reiz stellet die Regel sich her.

Ewig zerstört, es erzeugt sich ewig die
drehende Schöpfung,
Und ein stilles Gesetz lenkt der Verwandlungen Spiel.
Sprich wie geschiehts, daß rastlos erneut die Bildungen
schwanken
Und die Ruhe besteht in der bewegten Gestalt?
Jeder ein Herrscher, frei, nur dem eigenen
Herzen gehorchet
Und im eilenden Lauf findet die einzige Bahn?
Willst du es wissen? Es ist des Wohllauts
mächtige Gottheit,
Die zum geselligen Tanz ordnet den tobenden Sprung,
Die, der Nemesis gleich, an des Rhythmus
goldenem Zügel
Lenkt die brausende Lust und die verwilderte zähmt.
Und dir rauschen umsonst die Harmonieen des Weltalls,
Dich ergreift nicht der Strom dieses erhabnen Gesangs,
Nicht der begeisternde Takt, den alle Wesen dir schlagen,
Nicht der wirbelnde Tanz, der durch den
ewigen Raum
Leuchtende Sonnen schwingt in kühn
gewundenen Bahnen?
Das du im Spiele doch ehrst, fliehst du im Handeln,
das Maß.

WERNER ROSS
SPHÄRENHARMONIE

Schiller war, als einer der wenigen dazu Auserwählten unter den Poeten, Professor geworden. Er mußte seit 1788 Vorlesungen vorbereiten und stellte das Dichten ein. Erst sieben Jahre später, 1795, hielt er es nicht mehr aus. »In der Poesie enden alle Bahnen des menschlichen Geistes«, schrieb er an Charlotte von Schimmelmann, »und desto schlimmer für ihn, wenn er sie nicht zu diesem Ziele zu führen den Mut hat.« Da er aber den Professor schlecht abstreifen konnte, schrieb er die den »reinen« Lyrikern verdächtigen Lehrgedichte; philosophisch fand er sie selbst.

Die Wirkung war manchmal überraschend: Die Schlegels, die damals auch in Jena saßen, wo Friedrich sich vergeblich bemühte, Professor zu werden, fielen »fast von den Stühlen vor Lachen«, als sie Schillers »Würde der Frauen« vorgelesen hörten. Weniger bekannt, schulisch nicht vorbelastet und möglicherweise sogar von den Schlegels geschätzt ist das um die gleiche Zeit entstandene Gedicht »Der Tanz«, das zusammen mit dem »Spaziergang« und der »Macht des Gesanges« in eine Reihe gehört, die Schiller mit »menschliche Verrichtungen« hätte überschreiben können. Diese beiden sind schillerisch bis auf die Knochen, sozusagen unheilbar.

Beim »Tanz« faßte sich Schiller einen Mut, dachte nicht nur, sondern schaute auch. Möglicherweise erinnerte er sich auch an die wunderbare Tanzschilderung im Ersten

Buch von »Werthers Leiden«: »... und da wir nun gar ans Walzen kamen und wie die Sphären umeinander rollten, ging's freilich anfangs, weil's die wenigsten können, ein bißchen bunt durcheinander. Wir waren klug und ließen sie austoben, und als die Ungeschicktesten den Platz geräumt hatten, fielen wir ein...«

Schiller braucht erst einen kleinen Anlauf, in dem wir die Elfen, das Mondlicht, den Zephyr und das Säuseln nicht mehr so dringend notwendig finden wie er – aber dann ist er schon bei seinem »mutigen Paar«, das auf eigene Faust über die Tanzfläche jagt, und findet die glückliche Formel für das Spiel, das den Tanz, diesen »zierlichen Bau«, immer wieder einstürzen und sich neu bilden läßt. Die Einzeltänzer und Einzelkämpfer stören nicht die Harmonie, sondern sind Bausteine des perfekten Hexameters, in den Schiller sein Gleichnis rhythmisch verpackt: *Ewig zerstört, es erzeugt sich ewig die drehende Schöpfung*. Auf diesen Vers läßt sich tanzen, er tanzt.

Unausweichlich werden dann die kosmischen Dimensionen aufgetan, die Sphären, die ja selbst der Werther nicht vergißt in seinem Jungmannendeutsch von damals, und hier fließt das große Pathos ein, das *durch den ewigen Raum leuchtende Sonnen schwingt*. Wir können uns astronomisch mit der Sphärenharmonie nicht mehr so ganz befreunden, aber es läßt sich nicht leugnen, daß mit ihrer Hilfe die Turbulenz der Himmelskörper sich rhythmisch und hymnisch zum Kosmos ordnete und daß über diesem Sternenzelt ein guter Vater zu denken war. Ein bißchen aufdringlich ist nur der gute Ton, mit dem Schiller den tobenden Sprung zum geselligen Tanz verfeinert, die brausende Lust (noch erlaubt) lenkt und die verwilderte (gehört sich nicht) zähmt. Ein bißchen gouvernantenhaft ist auch das letzte Wort, mit dem uns »Maß« bei aller Ausgelassenheit empfohlen wird. Da droht auch der Tanz zur moralischen Anstalt zu entarten. Schiller schickte den »Tanz« an seinen Freund Körner, damit er ihn vertone, aber Körner war nicht der Mann, eine frische Tanzmelodie zu entwerfen oder die Sphärenharmonie zum Klingen zu bringen. Das gelang erst Beethoven, als er zu Schillers Ode an die Freude den herrlichen Tanzrhythmus der 9. Symphonie erfand. Aber da war Schiller schon lange tot.

FRIEDRICH VON SCHILLER
DIE TEILUNG DER ERDE

»Nehmt hin die Welt!« rief Zeus von seinen Höhen
Den Menschen zu. »Nehmt, sie soll euer sein!
Euch schenk ich sie zum Erb und ewgen Lehen,
Doch teilt euch brüderlich darein!«

Da eilt', was Hände hat, sich einzurichten,
Es regte sich geschäftig jung und alt.
Der Ackermann griff nach des Feldes Früchten,
Der Junker birschte durch den Wald.

Der Kaufmann nimmt, was seine Speicher fassen,
Der Abt wählt sich den edeln Firnewein,
Der König sperrt die Brücken und die Straßen
Und sprach: »Der Zehente ist mein.«

Ganz spät, nachdem die Teilung längst geschehen,
Naht der Poet, er kam aus weiter Fern –
Ach! da war überall nichts mehr zu sehen,
Und alles hatte seinen Herrn!

»Weh mir! So soll denn ich allein von allen
Vergessen sein, ich, dein getreuster Sohn?«
So ließ er laut der Klage Ruf erschallen
Und warf sich hin vor Jovis Thron.

»Wenn du im Land der Träume dich verweilet«,
Versetzt der Gott, »so hadre nicht mit mir.
Wo warst du denn, als man die Welt geteilet?«
»Ich war«, sprach der Poet, »bei dir.

Mein Auge hing an deinem Angesichte,
An deines Himmels Harmonie mein Ohr
Verzeih dem Geiste, der, von deinem Lichte
Berauscht, das Irdische verlor!«

»Was tun?« spricht Zeus, »die Welt ist weggegeben,
Der Herbst, die Jagd, der Markt ist nicht mehr mein.
Willst du in meinem Himmel mit mir leben –
So oft du kommst, er soll dir offen sein.«

PETER VON MATT
WOVON SOLL DER DICHTER LEBEN?

Hier geht es um Betrug, nicht um Beschwichtigung. Man braucht kaum besonders bibelfest zu sein, um zu merken, daß hinter dieser Geschichte eine andere steht, jener Bericht aus der Genesis nämlich, wo Jakob mit Lüge und Verstellung seinen Bruder um das rechtmäßige Erbe bringt. In der lauten Klage des Poeten tönen die »bitterlichen Schreie« des betrogenen Esau weiter; im zweifelhaften Trost des Zeus wohnt etwas von der grimmigen Offenheit des alten Isaak, der dem geliebteren Sohn nur noch das heimatlose Umherschweifen in Aussicht stellen kann.
Die alte Erzählung steckt in der neuen wie die Puppe in der Puppe. Sie macht die großartige Pointe zweideutig. Fehlt da nicht die letzte Antwort des Poeten? Fehlt sie, weil sie sich erübrigt in der aufschluchzenden Zustimmung eines Getrösteten? Oder wäre sie zu bitter ausgefallen?
Der stärkste Moment des Gedichts, eine blendende dramatische Sekunde, ist die Replik des Dichters auf die Vorhaltungen des Gottes: Wo warst du denn? – Ich war bei dir. Zeus weiß also nicht, was er doch am besten wissen müßte. Der Mensch, dieser Mensch, weiß mehr, und das macht ihn dem Gott für einen Augenblick überlegen. Mag Zeus immer das Weltganze regieren, dieser Mensch erleidet es, liebt es, durchfühlt es, wie jener niemals leiden, lieben, fühlen kann. Ähnlich stehen sich bei Kleist Jupiter und Alkmene gegenüber.
Dennoch, so sehr das Gedicht den Hunger und die Misere

der Dichter zur bestehenden Ordnung der Welt rechnet, so wenig findet es sie in Ordnung. Die Deutung, daß die Künstler durch idealische Ekstasen für ihren hohlen Bauch vollauf entschädigt würden, wäre philiströs. Sie entspricht der Niedertracht des allgemeinen Vergnügens an Spitzwegs berühmtestem Bild.

Schiller selbst hat sich für seinen knappen, stets bedrohten Wohlstand in den frühen Tod gearbeitet. Er mußte haarscharf kalkulieren. Der Finanzplan, den er um 1801 für das angebrochene Jahrzehnt entwarf, zeigt, daß er mit Einnahmen von 1350 Talern im Jahr und Ausgaben von 1300 Talern rechnete – unter der Bedingung allerdings der Gesundheit und eines jährlichen Theaterstücks. Er wurde krank und kränker, zwang sich mit Gewalt zur Produktion und brach sich eisern das Genick.

Daß das Gedicht von Anfang an schneidender war, als es einer gutmütigen Lektüre erscheinen mag, zeigt die Fassung der dritten Strophe im anonymen Erstdruck. Da wird derber geredet und unerschrockener, so unverblümt, daß die Verse später, nicht zu ihrem Vorteil, besänftigt werden mußten:

Der Kaufmann füllte sein Gewölb, die Scheune
Der Fermier, das Faß der Seelenhirt,
Der König sagte: Jeglichem das Seine:
Und mein ist – was geerntet wird!

FRIEDRICH VON SCHILLER
DIE WORTE DES WAHNS

Drei Worte hört man, bedeutungschwer,
  Im Munde der Guten und Besten;
Sie schallen vergeblich, ihr Klang ist leer,
  Sie können nicht helfen und trösten.
Verscherzt ist dem Menschen des Lebens Frucht,
Solang er die Schatten zu haschen sucht.

Solang er glaubt an die Goldene Zeit,
  Wo das Rechte, das Gute wird siegen, –
Das Rechte, das Gute führt ewig Streit,
  Nie wird der Feind ihm erliegen,
Und erstickst du ihn nicht in den Lüften frei,
Stets wächst ihm die Kraft auf der Erde neu.

Solang er glaubt, daß das buhlende Glück
  Sich dem Edeln vereinigen werde –
Dem Schlechten folgt es mit Liebesblick,
  Nicht dem Guten gehöret die Erde.
Er ist ein Fremdling, er wandert aus
Und suchet ein unvergänglich Haus.

Solang er glaubt, daß dem irdschen Verstand
  Die Wahrheit je wird erscheinen,
Ihren Schleier hebt keine sterbliche Hand,
  Wir können nur raten und meinen.
Du kerkerst den Geist in ein tönend Wort,
Doch der freie wandelt im Sturme fort.

Drum, edle Seele, entreiß dich dem Wahn
    Und den himmlischen Glauben bewahre!
Was kein Ohr vernahm, was die Augen nicht sahn,
    Es ist dennoch, das Schöne, das Wahre!
Es ist nicht draußen, da sucht es der Tor,
Es ist *in* dir, du bringst es ewig hervor.

WALTER HINDERER
DIE GEBURT DER IDEEN IM MENSCHEN

In meinem schwäbischen Gymnasium mußten wir Schillers Gedankenlyrik und seine Balladen auswendig lernen. Zwar hatten wir oft wenig Ahnung von dem, was wir da herunterleierten, aber die Veranstaltung geschah, so hieß es aufmunternd, zur Übung unseres Gedächtnisses und zur sittlichen Ertüchtigung. Schon damals zog ich Schillers »Die Worte des Wahns« den formal so ähnlichen *Worten des Glaubens* vor und las sie als Widerruf der idealistischen Weltanschauung. Hier waren die »bedeutungsschweren« Glaubensworte Schall und Rauch, war »ihr Klang leer«, konnten sie »nicht helfen und trösten«. Ich erinnerte mich in diesem Zusammenhang an die Worte des Engländers Talbot aus der »Jungfrau von Orleans«: »die einzige / Ausbeute, die wir aus dem Kampf des Lebens / Wegtragen, ist die Einsicht in das Nichts, / Und herzliche Verachtung alles dessen, / Was uns erhaben schien und wünschenswert–«. Heute weiß ich natürlich, daß bei Schiller nicht selten der medizinisch-materialistische, skeptische Weltaspekt dialektisch dem idealistischen gegenübersteht – wie Franz Moor seinem Bruder Karl in den »Räubern«.

Als Schiller 1799 seine »Worte des Wahns« dichtete, hatte er aus Enttäuschung über den Gang der Französischen Revolution seine politische und geschichtliche Einstellung verändert. Redete er noch 1789 optimistisch von einem Sinn in der Geschichte, ja erhob er sie zur »unsterblichen Bürgerin aller Nationen und Zeiten«, so machte er etwa zehn Jahre später die »Unbegreiflichkeit selbst zum Standpunkt« ihrer Beurteilung, weil sie gemäß seiner neuen Erfahrung »das Wichtige wie das Geringe, das Edle wie das Gemeine in einen Untergang mit sich fortreißt«. Von diesem Augenblick an sucht Schiller den Sinn nicht mehr draußen, in der Geschichte und in der Realität, sondern er verlegt ihn in die menschliche Person, nach innen.

Genau diesen intellektuellen Prozeß veranschaulicht das Gedicht »Die Worte des Wahns« auf dramatische Weise. Die drei mittleren Strophen entlarven den Glauben an die »Goldene Zeit«, an »das buhlende Glück« und an die Möglichkeit irdischer Wahrheitserkenntnis als Täuschung, als »Wahn«. Unaufhörlich liegt das Gute mit dem Bösen im Streit, und stets schenkt Fortuna dem Schlechten und eben nicht dem Edlen den »Liebesblick«; selbst dem menschlichen Verstand bleibt die Wahrheit verhüllt, wir »können nur raten und meinen«. Vom optimistischen Fortschrittsglauben der Aufklärung ist in diesen Versen nichts mehr zu spüren. Der Mensch steht vielmehr orientierungslos und ohne Hoffnung einer unbegreiflichen Wirklichkeit gegenüber, »solang« er die »Schatten«, die Ideale zu »haschen« sucht.

Dieses auffällige »solang«, das die mittleren Strophen mit der ersten Strophe verknüpft, erzeugt die Erwartung eines Wendepunkts, der dann auch mit der Schlußstrophe, dem Höhepunkt des Gedichts, eintritt. Es fällt auf, daß in jeder Strophe die beiden pointierten, spruchartigen Schlußzeilen, die durch Paarreim verbunden sind, eine sowohl thematische als auch sprachliche Verdichtung darstellen, die sich noch von Strophe zu Strophe steigert: vom fraglichen Lebenssinn in der ersten, dem ständigen Kampf mit dem Feind in der zweiten, der erlebten Fremdheit und Auswanderung in der dritten bis zur Sprachskepsis in der vierten und der Geburt der Ideen im Menschen in der letzten.

Die platonischen Ideen des Schönen und Wahren, so läßt sich der Schlußgedanke kurz zusammenfassen, sucht nur der »Tor« draußen, denn man findet sie ausschließlich im Innern, wo sie auch »ewig« erzeugt werden. Dieser klassische »Weg nach innen«, der hier verkündet wird, redet keiner romantischen Weltflucht das Wort. Er gehört vielmehr zur Sendung des modernen (sentimentalischen) Dichters, der die verlorene Einheit, die der Wirklichkeit und dem Menschen fehlt, aktiv in sich hervorbringen muß. Nur über diesen Weg kann es nach Schiller auch der ästhetischen Erziehung gelingen, politische und gesellschaftliche Probleme zu lösen: nämlich durch die ideale Ausbildung der Person.

FRIEDRICH VON SCHILLER
DITHYRAMBE

Nimmer, das glaubt mir, erscheinen die Götter,
Nimmer allein.
Kaum daß ich Bacchus, den lustigen, habe,
Kommt auch schon Amor, der lächelnde Knabe,
Phöbus, der herrliche, findet sich ein.
  Sie nahen, sie kommen, die Himmlischen alle,
  Mit Göttern erfüllt sich die irdische Halle.

Sagt, wie bewirt' ich, der Erdegeborne,
Himmlischen Chor?
Schenket mir euer unsterbliches Leben,
Götter! Was kann euch der Sterbliche geben?
Hebet zu eurem Olymp mich empor!
  Die Freude, sie wohnt nur in Jupiters Saale,
  O füllet mit Nektar, o reicht mir die Schale!

Reich ihm die Schale! Schenke dem Dichter,
Hebe, nur ein!
Netz ihm die Augen mit himmlischem Taue,
Daß er den Styx, den verhaßten, nicht schaue,
Einer der Unsern sich dünke zu sein.
  Sie rauschet, sie perlet, die himmlische Quelle,
  Der Busen wird ruhig, das Auge wird helle.

WOLFGANG KOEPPEN
VOR DEM STYX

Schiller verfaßte die »Dithyrambe« 1796 für den Musenalmanach von 1797. Es war eine Auftragsarbeit; die Redakteure hießen Goethe und Schiller. Die »Dithyrambe« war, mit Gottfried Benn gesprochen, ein Gedicht, das gemacht wurde.
Schiller war siebenunddreißig Jahre alt. Er war nach Jena an die Universität berufen, hatte seine »Geschichte des Abfalls der Niederlande«, die »Geschichte des Dreißigjährigen Krieges« fleißig und lohnabhängig geschrieben, großen, unerwarteten akademischen Ruhm erlangt für die Antrittsvorlesung, was Universalgeschichte sei und zu welchem Ende man sie studiere, Mißerfolg erlitten mit der Herausgabe der »Horen« und kleineren poetischen Hervorbringungen, war Goethe nicht nur örtlich nahe, auch in seinen mächtigen Schatten gekommen, feilte mit dem Begnadigten an den gemeinsamen »Xenien«, freute sich des Aufruhrs, den sie in engen Verhältnissen entfachten, kämpfte ärgerlich mit Stoff und Form des »Wallenstein«, strebte zur Bühne, zum freien Schaffen zurück. Professor Hofrat Schiller war als Schriftsteller nicht gestorben, als Dichter nach stürmischer Jugend nicht erloschen. Zuweilen fürchtete er das. Manche rieben es ihm hin. Er war krank und zwang sich in ungeheure Anstrengung. Viel Werk war geplant. Die populärsten seiner Erfolge lagen noch vor ihm. Erst nach neun Jahren starb er den leiblichen Tod.

Das Gedicht, die Dithyrambe, nach griechischer Überlieferung ein Lobgesang, ein Frohsinn, begeistert, schwungvoll, beseligt, dionysisch berauscht, beginnt mit einem Wort, das gemeinhin endgültig verneint. »Nimmer«: so könnte eine Klage anfangen, eine Absage, eine Totenfeier, etwas für immer verloren, nie wieder zu gewinnen sein. Und der Dichter betont, verstärkt dieses für sich schon pathetische, ausrufende, jammernde Nimmer noch, indem er (»das glaubt mir«) befiehlt: nimmer »erscheinen die Götter«. Der Satz wäre vollendet. Ein Punkt würde ihn schließen, doch ein Komma führt zu einem zweiten, dem wiederholten Nimmer und der sprunghaften Wendung, der überraschenden Aussage, die Götter erscheinen doch, nur kommen sie nicht allein, sie füllen die irdische Halle, zu zweit, zu dritt, in fröhlicher Menge, sie werden namentlich vertraulich angesprochen, alte Bekannte, der Olymp steht im Haus, beim erregten, jubelnden Dichter zu Gast.

Eine poetische Freiheit, ein *coup de théâtre,* ein rhetorischer Trick? Mich bewegt mehr der Gedanke, daß Schiller erschrak, allein gelassen beim Schreiben, krank beim Verfertigen eines Gedichts für den Musenalmanach, schwach im Konzept des »Wallenstein«, einsam in seiner Stube, die Götter, um Beistand angerufen wie so oft, blieben aus, die Himmlischen hatten sich abgewandt von den Irdischen oder nur von ihm, ihrem Priester, jetzt und für immer, der Atem stockt, bis Schmerz die Angst in der Brust sprengt, fast gewaltsam befreit von der Vorstellung so großen, entschiedenen Unglücks, ein Nachtgedanke weicht, die Götter erscheinen im Mittagslicht, sind bei Schiller, sind mit ihm und gleich in freundlichen Scharen.

Was könnte der Erdegeborene dem himmlischen Chor anbieten? Die christlich demütige Bitte an den Gott, zu Tisch zu kommen und zu segnen, »was du uns bescheret hast«, ist dem Dichter fremd geworden. Entzückt, unbefangen nutzt er die Gunst der Stunde, packt das Glück beim Schopf, verlangt nicht weniger als unsterbliches Leben. »Hebet zu eurem Olymp mich empor!« Das ist stolz gesagt. Der Dichter fühlt sich den Himmlischen gleich. Er will in Jupiters Saal.

Das war eine deutsche Sehnsucht in kleinen Residenzen. Der Dichter träumt Winckelmanns italienischen Traum von griechischer Größe, ersinnt eine rückschauende Utopie des Erhabenen, der schönen Seelen, der ästhetisch-moralischen Mythologie. Das Ideal blieb außerirdisch. Schiller hatte resigniert, hatte Angst und wollte fliehen. Von der Vergeblichkeit, Arkadien zu suchen, von der Tragik der Götter, der unerbittlichen Tragödie dichtete von den Deutschen erst Hölderlin.

So willigt Schiller mit der letzten Strophe in den Rausch. Der Nektar wird zum Schlummertrank, schließt ihm die Augen, »Daß er den Styx, den verhaßten, nicht schaue«. Die rauschende, perlende, himmlische Quelle wird zur medikamentösen Illusion und rettet den geschlagenen Jüngling zum Mann. Dionysos geht, vielleicht bleibt Apoll.

Ich finde die »Dithyrambe« ein tollkühnes Gedicht.

FRIEDRICH VON SCHILLER
LAURA AM KLAVIER

Wenn dein Finger durch die Saiten meistert –
Laura, itzt zur Statue entgeistert,
  Itzt entkörpert steh' ich da.
Du gebietest über Tod und Leben,
Mächtig wie von tausend Nervgeweben
  Seelen fordert Philadelphia –

Ehrerbietig leiser rauschen
Dann die Lüfte, dir zu lauschen
  Hingeschmiedet zum Gesang
  Stehn im ew'gen Wirbelgang,
Einzuziehn die Wonnefülle,
Lauschende Naturen stille,
  Zauberin! mit Tönen, wie
  Mich mit Blicken, zwingst du sie.

Seelenvolle Harmonieen wimmeln,
  Ein wollüstig Ungestüm,
Aus den Saiten, wie aus ihren Himmeln
  Neugebor'ne Seraphim;
Wie des Chaos Riesenarm entronnen,
Aufgejagt vom Schöpfungssturm die Sonnen
  Funkelnd fuhren aus der Nacht,
  Strömt der Töne Zaubermacht.

Lieblich itzt wie über glatten Kieseln
Silberhelle Fluten rieseln, –
  Majestätisch prächtig nun
  Wie des Donners Orgelton,
Stürmend von hinnen itzt wie sich von Felsen
Rauschende schäumende Gießbäche wälzen,
  Holdes Gesäusel bald,
    Schmeichlerisch linde
  Wie durch den Espenwald
    Buhlende Winde,
Schwerer nun und melancholisch düster
Wie durch toter Wüsten Schauernachtgeflüster,
  Wo verlor'nes Heulen schweift,
  Tränenwellen der Kozytus schleift.

Mädchen sprich! Ich frage, gib mir Kunde,
Stehst mit höhern Geistern du im Bunde?
  Ist's die Sprache, lüg mir nicht,
  Die man in Elysen spricht?

STEFANA SABIN
EIN ORT KEUSCHER GLÜCKSELIGKEIT

Durch Francesco Petrarcas Sonette in die europäische Poesie gelangt, war der Name zu einer Metapher geworden: Laura stand für die besungene Geliebte schlechthin. Laura-Dichtung war nicht nur eine literarische Mode, sondern fast schon eine Gattung: die Gattung einer eher abstrakten Liebeslyrik, in der das Schwärmerische und Erotische durch das Philosophische besänftigt wurden. Eine ideale Tradition für den Gedankenlyriker Schiller: Sechs Gedichte, die nicht immer zu seinen besten, indes zu seinen populärsten gehören. Zur Laura seiner Gedichte erkor er die Stuttgarter Hauswirtin, bei der er von Februar 1781 bis September 1782 wohnte: »Jene Laura«, notiert er, »als deren Petrarca ich mich erklärt hatte, war eine Hauptmannswitwe ... Sie spielte sehr gut Klavier.«

Musizieren als Anlaß von Poesie: »Laura am Klavier« erschien zuerst in der »Anthologie auf das Jahr 1782« und wurde 1803 in den zweiten Band der »Gedichte« aufgenommen, dort um die beiden ursprünglich letzten Strophen gekürzt. Sie kamen Schiller nun wie »schlüprige sinnliche Stellen« vor, hatten sie doch den verzückten Zuhörer (»Mädchen! Ha! Schon atm' ich freier«) in den Vordergrund gerückt und seine durch die Liebe zur Pianistin entgrenzte Gotteserfahrung emphatisch geschildert. Erst diese Kürzung machte Laura zur Hauptperson des Gedichts. Jacob Burckhardts berühmtes Wort – »Tausende haben schöne Liebeslieder gedichtet, nur Er die Würde der

Frauen ...« – trifft auch auf diese Verse zu, die die Liebe als geistige und künstlerische Gemeinschaft, nicht aber als körperliche oder sinnliche Erfüllung feiern.

Beim Musizieren wird die Geliebte begehrenswert und unerreichbar zugleich. Als »Zauberin« erscheint sie, die gleich dem damals berühmten Magier Jakob Philadelphia die Toten beschwören und die den Kozytus, den Fluß der Unterwelt, mit »silberhellen Fluten« aufwirbeln lassen kann. Nachgerade übermenschliche Kräfte wachsen ihr am Klavier zu. »Ehrerbietig leiser rauschen / Dann die Lüfte«, wenn sie spielt, selbst die Planeten werden »Lauschende Naturen«, als sei sie »mit höhern Geistern« im Bunde. Mit ihrem Spiel versetzt Laura ihren Zuhörer in eine andere, höhere Welt und bietet dabei einen Anblick der Demut: Denn während ihre Finger scheinbar mühelos über die Tasten liefen und ihnen reizende Töne entlockten, muß sie, gemäß dem bürgerlichen Verhaltenskodex, gerade und mit geschlossenen Knien und mit einem lieblichen Gesichtsausdruck gesessen haben. Diese sittsame Haltung beim Spielen – andere Instrumente verlangten die unanständige Spreizung der Beine (Cello), das unkeusche Drehen des Oberkörpers (Geige) oder das unschickliche Zuspitzen der Lippen (Flöte) – machte das Klavier im achtzehnten und neunzehnten Jahrhundert zum bevorzugten Fraueninstrument. Die Frau am Klavier wurde zum literarischen Topos. Ob bei Jane Austen oder George Sand, bei Balzac oder Goethe: das Klavier ist ein Accessoire der Frau.

Vor allem Bilder der Natur bemüht Schiller, um die Musik und den Eindruck, den sie auf den Hörer macht, zu fassen: Wind und Sturm, Sonnen und Nacht, Fluten und Felsen suggerieren ihre erschütternde Kraft, die Lautmalerei der

Verse und der wiederholte Wechsel des Metrums gegen Ende des Gedichts suchen dem kontrastreichen Klavierspiel zu entsprechen. Laura am Klavier wird in die Nähe der Götter gerückt, ihr Talent als reine Natur idealisiert. So wird die Musik zur »Sprache, die man in Elysen spricht«, zur Sprache des Paradieses. Das Klavier aber ist der *locus amoenus*, ein Ort der keuschen Glückseligkeit.

FRIEDRICH VON SCHILLER
NÄNIE

Auch das Schöne muß sterben! Das Menschen und Götter
bezwinget.
Nicht die eherne Brust rührt es des stygischen Zeus.
Einmal nur erweichte die Liebe den Schattenbeherrscher,
Und an der Schwelle noch, streng, rief er zurück sein
Geschenk.
Nicht stillt Aphrodite dem schönen Knaben die Wunde,
Die in den zierlichen Leib grausam der Eber geritzt.
Nicht errettet den göttlichen Held die unsterbliche
Mutter,
Wann er, am skäischen Tor fallend, sein Schicksal erfüllt.
Aber sie steigt aus dem Meer mit allen Töchtern des
Nereus,
Und die Klage hebt an um den verherrlichten Sohn.
Siehe! Da weinen die Götter, es weinen die Göttinnen
alle,
Daß das Schöne vergeht, daß das Vollkommene stirbt.
Auch ein Klaglied zu sein im Mund der Geliebten, ist
herrlich,
Denn das Gemeine geht klanglos zum Orkus hinab.

JOACHIM C. FEST
FLÜCHTIGE GRÖSSE

Wenn es richtig ist, daß von den Dichtern, auch von den bedeutendsten, nicht mehr als sechs, acht Gedichte überdauern, so gilt das gewiß für Friedrich Schiller. Er war das Gelächter der Romantiker wie das Idol emphatischer Studienräte, und der Hohn der einen wie die Begeisterung der anderen liefern bis heute die Stichworte gegen sein lyrisches Werk. In der jüngeren Generation ist es so gut wie vergessen.
Aber dieses Gedicht ist ein Meisterwerk. Auch die strengste Auswahl von Gedichten deutscher Sprache müßte es enthalten. Es ist ein klassisches Gedicht in jedem denkbaren Sinne: in der formalen Gebundenheit der Sprache, die dem Vers, zumindest zu Beginn, fast Gewalt antut, in der Feierlichkeit des Gedankens sowie schließlich, auf ganz buchstäbliche Weise, durch die Beschwörung der antiken Welt, die Schillers großes melancholisches Lebensthema war.
Zweifellos erschweren dergleichen Elemente, emotional wie intellektuell, den Zugang. Dem vehementen Subjektivismus einer Zeit, die in immer neuen Ansätzen auf die Erkundung des eigenen Ich aus ist, müssen solche Gedichte wie die Zeugnisse einer ferngerückten Epoche erscheinen; darüber hinaus ist auch der Bildungshintergrund für das Verständnis verloren.
Nänien hießen im antiken Rom die Leichengesänge, die neben der Trauer über den Verstorbenen zugleich dessen

Gedächtnis und Nachruhm festhielten. Diesen doppelten Sinn des Wortes macht das Gedicht sich zu eigen und erweitert ihn zum großen Gedanken.

Es beginnt mit einem Satz lapidar formulierten Schmerzes: daß selbst das Schöne, wieviel Macht es auch immer besitzen mag, dem Tod unterworfen ist. Orpheus holte Eurydike doch nicht aus der Unterwelt zurück, Aphrodite mußte Adonis verbluten sehen, und Thetis rettete vor Troja nicht den Achill. Gemeint sind mit alledem nicht nur die mythologischen Figuren, sondern die antike Welt im ganzen. Die Erkenntnis ihrer historischen Unwiederbringlichkeit hat der klassischen Dichtung, insbesondere derjenigen Schillers, die unverwechselbar »sentimentalische« Stimmung von Abschied und Verzicht eingetragen.

Doch dann der Wendepunkt des Gedichts, der mit dem fast sieghaft hervorbrechenden »Aber . . .« einsetzt. Plötzlich wird auch die Sprache frei, die kategorisch versetzten Wortkonstruktionen des voraufgegangenen Teils machen einem kaum unterdrückten Ton pathetischen Triumphs Platz.

Es ist Schillers innerster und apotheotischer Gedanke, der in diesen Zeilen zum Ausdruck kommt: daß die Kunst überdauere oder genauer, daß nur durch die Kunst Dauer gegeben werde. Eurydike, Adonis, Achill, die antike Welt überhaupt, ist aus sich selbst nur ein Schemen; ihre Schönheit ist vergänglich, ihre Größe flüchtig. Aber zur Form geworden, im »Klagelied«, wird das Dahingegangene zum Leben erweckt. Wenn das Lebendige dem Tod unterworfen ist, so unterwirft sich die Kunst den Tod. »Das Körperliche verschwindet, Kleid und Schleier bleiben«, heißt die Regieanweisung Goethes bei der Umarmung Helenas durch Faust. Es ist der gleiche Gedanke. Was bleibt, ist die Form.

Das Gedicht ist nicht nur die poetische Formulierung der klassischen Kunstidee; in der Verbindung von Gedanken und hochgetriebenem Affekt drückt es zugleich den für das gesamte Werk Schillers charakteristischen Zug aus. Kaum ein Dichter war scharfsinniger, »gelehrter« als er, doch keiner wußte seine Intellektualität mit so viel Leidenschaft aufzuladen. Das hat seinem Werk das eigentümlich Hochfliegende, suggestiv Erhitzte verschafft, ohne ihm etwas von der spekulativen Schärfe zu nehmen.

Gleichwohl ist der Gedanke des Gedichts auf mehrfache Weise überholt. Vom Kunstbegriff Schillers führt kaum ein Weg in die Gegenwart, die an die Stelle formaler Kategorien weithin deren Verneinung setzt und gerade die Vergänglichkeit des Kunstwerks postuliert. Auch die apodiktisch verkündete Gewißheit der Schlußzeile, daß das Gemeine aus dem Gedächtnis der Welt falle, ist, wie wir lange wissen, nicht haltbar.

Statt dessen ist Schiller selber in die Erinnerungslosigkeit abgesunken. Auch der Prozeß der Wiederaneignung der klassischen Epoche, der zumindest in der Bildenden Kunst, nach Jahren turbulenter Formverleugnung, vereinzelt in Gang gekommen ist, hat ihn, aufs Ganze gesehen, nicht miterfaßt. Zum Teil ist dieser Widerstand gewiß der idealischen Begrenztheit des klassischen Weltbildes zuzurechnen, zum Teil aber auch der autistischen Enge unseres eigenen.

FRIEDRICH VON SCHILLER
PUNSCHLIED

Vier Elemente,
Innig gesellt,
Bilden das Leben,
Bauen die Welt.

Preßt der Zitrone
Saftigen Stern,
Herb ist des Lebens
Innerster Kern.

Jetzt mit des Zuckers
Linderndem Saft
Zähmet die herbe
Brennende Kraft,

Gießet des Wassers
Sprudelnden Schwall,
Wasser umfänget
Ruhig das All.

Tropfen des Geistes
Gießet hinein,
Leben dem Leben
Gibt er allein.

Eh es verdüftet,
Schöpfet es schnell,
Nur wenn er glühet,
Labet der Quell.

PETER VON MATT
DIE VERBORGENE FLAMME

Dies ist Schillers schmalstes Gedicht. Seine graphische Gestalt fällt ins Auge, bevor man das erste Wort gelesen hat. In den alten Ausgaben steht es meist allein auf einer Seite, alle sechs Strophen untereinander – eine zierliche Säule. So müßte es immer gedruckt werden; denn in dieser äußeren Form steckt die innere Bedeutung, versteckt sich der Sinn.

Die Klarheit der ersten Strophe täuscht nämlich. Sie entwirft ein Programm, das anschließend gar nicht eingehalten wird. Was sie in Aussicht stellt, ist eine Parallelsetzung der vier Elemente Wasser, Feuer, Erde, Luft mit den vier Bestandteilen des Punsches und vier Grundkräften des Lebens. Eine schön gebaute Komposition wird versprochen: die Welt als ein Gefüge korrespondierender Vierheiten.

Um dieser durchgehenden Vierzahl willen wird sogar unterschlagen, daß der Punsch eigentlich aus fünf Zutaten besteht. Der Name des heißen Getränks, das zu Schillers Zeiten Mode wurde und bei den Romantikern schon bald der Mittelpunkt kultischer Veranstaltungen war, leitet sich von einem indischen Wort für die Zahl Fünf her, eben wegen der fünf Bestandteile Zitrone, Zucker, Wasser, Arrak und Gewürz. Schiller aber will die Vierheit, so wie auch jede einzelne Strophe vier Zeilen hat und zweimal vier Hebungen und sich sogar im optischen Umriß dem Quadrat nähert.

Man beginnt nach der Spielregel der ersten Strophe zu

lesen – und nichts geht auf! Die vier Elemente im Punsch? Wasser und Luft (Geist) sind zwar ohne weiteres erkennbar, aber die Zitrone als das Feuer? Da reicht die Wendung von der »brennenden Kraft« wohl nicht ganz aus. Und der Zucker müßte ja dann die Erde sein, was noch viel weniger einleuchtet.

Das System klemmt. Und wenn man neu ansetzt und die vier Dinge statt auf die Elemente auf das Leben bezieht, dann erscheinen zwar Zitrone und Zucker durchaus stimmig als das Bittere und das Süße im Dasein – doch wofür steht jetzt das Wasser? Das System klemmt auch von dieser Seite.

Dennoch geht das Gedicht herrlich auf, man muß nur das Ganze anschauen. Das Ganze ist nicht Quadrat, sondern schlanker Pfeiler, ist fein und bebend wie eine Flamme. Und die Elemente geben einen mächtigen Sinn, sobald man sie als bewegte Teile eines einzigen Prozesses sieht, eines geheimnisvollen Vorgangs der Steigerung und Läuterung, der Sublimation im ältesten Wortsinn.

Nicht vom stehenden Weltgefüge und von dauernder Ordnung ist hier in Wahrheit die Rede, sondern von einem rasend flüchtigen Ablauf, nicht vom klassisch Beständigen, sondern vom kleistisch oder romantisch Verzehrenden. Die Bewegung ist ein senkrechtes Aufsteigen: von der schweren Bitternis in die Milderung, von der Milderung in die Verflüssigung, die gleich weitersteigt in den feuchten Äther: »Wasser umfänget / Ruhig das All.« (Sind das nicht die zwei schönsten Verse?) Der letzte, höchste Moment aber, das Ereignis des Geistes, der Gewinn der reinen Idee oder der Freiheit – für Schiller sind die Wörter austauschbar –, kann nun eintreten, und er tut es auch und krönt die alchimistische Weltoperation. Jetzt ist das Leben lebbar in seinen gewaltigsten Möglichkeiten, aber das muß rasch geschehen. Denn die hohe Stunde ist flüchtig wie der erhitzte Arrak.

Durch den kühnen grammatischen Fehler des letzten Satzes – »er verdüftet«, »schöpfet ihn« müßte es, auf den »Quell« bezogen, heißen – wird der Punsch metaphysisch. Das »es« bezieht sich zurück auf das Wort »Leben« in der vorherigen Strophe und setzt damit den brennenden Trunk mit dem Scheitelpunkt menschlicher Existenz gleich. – Zwei Jahre später war Schiller tot.

FRIEDRICH VON SCHILLER
SPRUCH DES CONFUCIUS

Dreifach ist der Schritt der Zeit,
Zögernd kommt die Zukunft hergezogen,
Pfeilschnell ist das Jezt entflogen,
Ewig still steht die Vergangenheit.

Keine Ungeduld beflügelt
Ihren Schritt, wenn sie verweilt.
Keine Furcht, kein Zweifeln zügelt
Ihren Lauf, wenn sie enteilt.
Keine Reu, kein Zaubersegen
Kann die stehende bewegen.

Möchtest du beglückt und weise
Endigen des Lebens Reise,
Nimm die Zögernde zum Rath,
Nicht zum Werkzeug deiner That.
Wähle nicht die Fliehende zum Freund,
Nicht die Bleibende zum Feind.

ECKHARD HEFTRICH

LEBENSWEISHEIT, CHINESISCH MASKIERT

Die Epochen schaffen sich ihre passenden Exotismen, und zu den Wunschländern, die das achtzehnte Jahrhundert mit besonderer Hingabe pflegte, gehörte China. Noch ehe die Chinoiserie als Schwärmerei für den fernsten Osten im Rokoko-Ambiente zum beliebten Dekor wurde, bediente sich die Aufklärung schon der chinesischen Weisheit, als deren Inkarnation Konfuzius galt. Vor allem Voltaire sorgte dafür, daß im Pantheon der Vernunft der dem Abendland seit 1687 näher bekannte Chinese einen Ehrenplatz neben Sokrates erhielt. Es war also nicht gerade ein sonderlich origineller Einfall von Schiller, im Musenalmanach von 1796 den Lesern gereimte Gedanken über das Wesen der Zeit als einen Spruch des Konfuzius zu unterbreiten.

Aber man schätzte dergleichen Mimikry, und zudem hielt man noch die Gattung in Ehren, die wir heute, nachdem einige Generationen auf dem Gymnasium damit geplagt worden sind, abwertend als Ideen- oder Gedankenlyrik zu bezeichnen pflegen. Zugegebenermaßen bedarf es historischer Einfühlung, um jener Gattung Gerechtigkeit widerfahren zu lassen, die weit länger sich hoher Wertschätzung erfreut hat, als sie dann von den Pädagogen mißbraucht wurde. Zugang zur philosophisch-didaktischen Poesie finden wir am ehesten noch über ihre Kurzform, das Spruchgedicht.

Den jungen Schiller hätte das Thema leicht zur abgegriffenen Klage über die Vergänglichkeit verführen können. Den reiferen hatte das Studium der Kantischen Philosophie gelehrt, daß die Zeit die Form des inneren Sinnes sei, mithin die reine Form der sinnlichen Anschauung. Weil diese keine Gestalt gäbe, suchten wir solchen Mangel durch Analogie zu ersetzen und stellten die Zeitfolge durch eine ins Unendliche fortgehende Linie vor. Da Schiller zwar kein Lyriker in jenem neueren, durch Goethe geprägten Sinn war, wohl aber ein Dichter, hat er nicht einfach Kants Erkenntnisse in Verse geschmiedet. Vielmehr läßt er über diesen verschwiegenen Grund eine Allegorie für den illusionären Charakter unseres Zeitverständnisses schreiten. Dergleichen ins Bild zu bannen gelingt freilich nicht so ganz.

In der Frühzeit der griechischen Philosophie hatte Zeno versucht, den vermeintlichen Scheincharakter der Bewegung nachzuweisen: der schnelle Achill könne die Schildkröte nicht einholen, der fliegende Pfeil ruhe in Wirklichkeit. Schiller spielt in der ersten Strophe mit der Assoziation von Aporien dieser Art, mimt also den Philosophen, aber nur, um in der zweiten die harte Variante des überlieferten *tempus fugit* anzuschlagen. Die im Enteilen wie im Verweilen unerbittliche Herrin des Geschickes kümmert sich um unser Wähnen so wenig wie ums Wünschen.

Solchem Fatum ist allein durch Weisheit zu begegnen. Nur ihr kann es gelingen, das dreifache eherne »kein« der Mittelstrophe als leises dreifaches »nicht« zurückzugeben. Trotz gleichem Metrum setzt die dritte Strophe daher in weichem Rhythmus ein. Dessen gedämpfte Tönung wird auch durch die Änderung des Reimschemas gehalten. So geht das »du«, das zuvor falsch, weil zu intim geklungen hätte, nicht verloren. Am Anfang des Jahrhunderts hatte man in Europa Konfuzius als den Lehrer einer vorbildlichen politischen Moral entdeckt. Am Ende und nach der Französischen Revolution spendet Schiller im Namen des Philosophen so allgemeinen wie privaten Trost. In seiner transzendentalen Ästhetik handelt Kant erst vom Raum und dann von der Zeit. Schiller ließ seinem Konfuzius-Spruch über die Zeit fünf Jahre später noch einen über den Raum folgen. Auch der gerät ihm wieder zur kunstvoll gefügten Lebensweisheit.

FRIEDRICH VON SCHILLER
UNTERTÄNIGSTES PRO MEMORIA

an die Konsistorialrat Körnerische weibliche Waschdeputation in Loschwiz eingereicht von einem niedergeschlagenen Trauerspieldichter

Bittschrift

Dumm ist mein Kopf und schwer wie Blei,
die Tobaksdose ledig
Mein Magen leer – der Himel sei
dem Trauerspiele gnädig.

Ich kratze mit dem Federkiel
auf den gewalkten Lumpen;
Wer kann Empfindung und Gefühl
aus hohlem Herzen pumpen?

Feur soll ich gießen aufs Papier
mit *angefrornem* Finger? – –
O Phöbus, hassest du Geschmier,
so wärm auch deine Sänger.

Die Wäsche klatscht vor meiner Tür,
es scharrt die Küchenzofe –
und mich – mich ruft das Flügeltier
nach König Philipps Hofe.

Ich steige mutig auf das Roß,
  in wenigen Sekunden
seh ich Madrid – am Königsschloß
  hab ich es angebunden.

Ich eile durch die Galerie
  und – siehe da! – belausche
die junge Fürstin Eboli
  in süßem Liebesrausche.

Jetzt sinkt sie an des Prinzen Brust,
  mit wonnevollem Schauer,
in *ihren* Augen Götterlust,
  doch in den *seinen*, Trauer.

Schon ruft das schöne Weib Triumph
  schon hör ich – Tod und Hölle!
Was hör ich? – einen nassen Strumpf
  geworfen in die Welle.

Und weg ist Traum und Feerei,
  Prinzessin, Gott befohlen!
Der Teufel soll die Dichterei
  beim Hemderwaschen holen.

gegeben
in unserm jammervollem
Lager
ohnweit dem Keller

F. Schiller.
Haus- und WirtschaftsDichter

RUTH KLÜGER
DER ANGEBUNDENE PEGASUS

Es ging ihm gar nicht so schlecht. Es war im Oktober des Jahres 1785, er hatte das Jubellied »An die Freude« gedichtet, war noch keine 26 und schon berühmt und obendrein bei guten Freunden, den Körners, zu Gast in ihrem Landhaus bei Dresden. Sie hatten ihm ein Zimmer eingerichtet, mit dem er, der an wenig Komfort gewöhnt war und trotz frühen Ruhms mittellos dastand, zufrieden sein konnte. Allerdings: »Nur ein schmaler Gang trennte sein Zimmer von der Waschküche, dem Winzerstübchen und dem Kuhstalle, in welchem zwei Kühe standen.«

Ein Großreinemachen wurde angeordnet, die Gastfreunde flohen, der Gast blieb, um sich seiner Arbeit zu widmen. Aus Versehen wurde die Speisekammer abgesperrt, und außerdem hatte das schöne Zimmer mit seinen grünseidenen Vorhängen, Großvaterstuhl und Schreibtisch keinen Ofen aufzuweisen. Störte ihn das wäschewaschende Personal beim Schreiben doch mehr, als er erwartet hatte, oder gab er nur vor, es sei so unmusisch hergegangen, um die Freunde bei ihrer Rückkehr ein wenig aufzuziehen? Die Gastgeberin Minna Körner berichtete später: »Jedenfalls verdanken wir diesen trübseligen Zuständen ein sehr heiteres Gedicht.«

Es wird ihm ja immer ein tierischer Ernst nachgesagt, und schon zu Lebzeiten hat man ihn parodiert. In der »Bittschrift« geht er aber gegen sich selber vor und parodiert obendrein eine seiner Liebesszenen. Oder ist es gar keine

Liebesszene, diese Begegnung in Akt II, 8, wo die Prinzessin Eboli und Carlos beharrlich aneinander vorbeireden und sich mit jedem Satz mehr und mehr verstricken und mißverstehen? Ist sie nicht eher ein Beispiel für die Scheuklappen eines hartnäckigen, beiderseitigen Egoismus? Am Ende der Szene geht beiden ein Licht auf, wie sehr sie sich ineinander getäuscht haben. Findet diese Ernüchterung vielleicht in dem nassen Strumpf, der ins Wasser klatscht, ihre komische Entsprechung?

Verbaler Humor besteht oft auf der Wörtlichkeit einer Metapher: zum Beispiel, was macht ein ordnungsliebender Dichter mit seinem Flügelpferd, wenn er am Ziel ist? Die einleuchtende Antwort auf diese praktische Frage, die bis dahin wohl noch niemand gestellt hatte, lautet: am Königsschloß anbinden. Schiller war im April 1785 geschlagene acht Tage lang von Mannheim nach Leipzig gefahren, »durch Morast, Schnee und Gewässer behindert«. Zum phantastischen Sekundenflug nach Madrid gehören die wirklichen Reisestrapazen der Zeit.

Das Thema des Gedichts ist der Gegensatz zwischen »Ideal und Leben«, also eine Dichotomie oder Dialektik, die Schillers eigenstes und eigentlichstes Anliegen war und weiterhin blieb, hier veranschaulicht durch »Traum und Feerei« einerseits, »Hemderwaschen« andererseits. Die hohe Kunst wird in der zweiten Strophe auf den materiellen Vorgang der damaligen Schreibtechnik reduziert, ein Kratzen auf Lumpen, und in der ersten und dritten wird des frierenden Dichters Verlangen nach Tabak und Brot ausgespielt gegen seine Aufgabe, »Empfindung und Gefühl« in schöne Worte zu verwandeln.

Schiller wußte: »Der Mensch ist noch sehr wenig, wenn er warm wohnt und sich satt gegessen hat, aber er muß warm wohnen und satt zu essen haben, wenn sich die bessere Natur in ihm regen soll.« Ein Stück Alltag aus dem bürgerlichen Leben kollidiert in der »Bittschrift« mit den erstrebten Höhenflügen der idealistischen Dichtkunst und legt die Unzulänglichkeit dieses Strebens in komisch-verzweifelten Versen bloß. Schiller hat nie einen Augenblick geglaubt, es sei leicht, sich für materielle Bedrängnisse durch geistige Genüsse zu entschädigen. Er meinte immer nur, es sei der Mühe wert, es zu versuchen. In unserem Gedicht mißlingt der Versuch erst einmal. Der Don Carlos entstand trotzdem und lebt immer noch.

JOHANN PETER HEBEL
WIE HEISST DES KAISERS TÖCHTERLEIN?

Ratet aus, ratet ein!
Wie heißt des Kaisers Töchterlein?
Wie heißt das grausame Mädchen?
Einst spann es am blutigen Rädchen,
Einst schürt' es hell die Flammen an
Zum Menschenbraten lobesan;
Dann zeichnet es rote Stickerei
Auf Judenhaut zu guter Frist;
Anjetzt es eine alte Jungfer ist,
Und doch sind ihm noch Männer treu.

PETER VON MATT
TODERNSTE HEITERKEIT

Kann man das lesen, ohne zu erschrecken? Das Gedicht kommt so verspielt daher und handelt von den entsetzlichsten Dingen. Was geht da vor? Daß die Strophe das Schreckliche nicht verharmlosen will, zeigt sich rasch. Der liebliche Auftakt, der an Volkslieder erinnert, an zierliche Bilder und Gestalten in der Art etwa von Kleists Käthchen, wird sogleich deutlich kontrastiert durch die Wörter »grausam« und »blutig«, durch die Vorstellung flammender Scheiterhaufen und schließlich durch jenes Wort, das dem Leser des zwanzigsten Jahrhunderts schrill und quälend durchs Gehör reißt: »Judenhaut«. Aber dieser Kontrast hebt das Zierliche und Anmutige nicht auf, er verbindet sich damit vielmehr in einer unheimlichen, seltsam faszinierenden Weise.

Das Fürchterlichste, was Menschen einander antun können, wird verkindlicht. Das Rad der mittelalterlichen und barocken Folterstätten wird zum hurtigen Spinnrad, dem biedermeierlichen Sinnbild für Fleiß und Sittsamkeit. Und auch das immer wiederkehrende Schänden und Schinden der Juden – sie ließ ja nie lang auf sich warten, die nächste »gute Frist« – gewinnt den Charakter einer häuslichen Handarbeit in warmer Stube. Daneben ist dann wohl die reinliche Küche zu denken, wo das Töchterlein ebenso emsig waltet und ins Feuer bläst »zum Menschenbraten«.

Das sei nun eben Ironie, könnte man sagen, bittere Ironie.

Der Begriff reicht nicht aus. Wie es bei Hebel, dem allzu bekannten Unbekannten, auch sonst geschieht, schwingt im locker Hingesagten unversehens ein älteres und anderes Reden mit. Was vernehmbar wird, ist mythischer Bericht. Hinter diesem Töchterlein erscheint der dunkle Umriß der Atropos, der kleinsten, aber schrecklichsten der Moiren, der Schicksalsgöttin mit dem Faden in der einen, der Schere in der andern Hand – häusliches Gewerbe treibend auch sie ...

Schicksal also zuletzt alles? Die unablässige Arbeit der Folterknechte in der Geschichte bis zum heutigen Tag: alles Schicksal? Der Henker als Konstante des Menschlichen, gespiegelt in einer mythischen Chiffre von graziöser Grausamkeit? Gottfried Benn hätte es sich vielleicht so denken können, Ernst Jünger wohl auch, Hebel nicht. Im Augenblick, wo er den mythischen Umriß zum Vorschein kommen läßt, setzt er sich auch schon wieder von ihm ab. Die Schändung der Menschen durch die Menschen ist von diesen selber eingerichtet und gewollt, nicht von höheren Mächten, und also kann sie auch beseitigt werden. Dafür setzt sich das Gedicht ein.

Und zwar ist dies ganz konkret zu verstehen. Der kleine Text ist eine Charade, ein Rätsel, bei dem es ein bestimmtes Wort herauszufinden gilt. Charaden waren damals beliebt. Hebel hat viele geschrieben, aber von dieser hier hat er mehr gehalten als von den anderen. So wenigstens äußerte er sich gegenüber dem Verleger Cotta, als er ihm im Januar 1810 den Text zur Publikation im »Morgenblatt« zuschickte. Die Lösung, der Name des Töchterleins, lautet »Carolina«. Gemeint ist die *Constitutio Criminalis Carolina*, die Peinliche Halsgerichtsordnung Kaiser Karls V., die, 1532 eingeführt, mit ihren phantasiereichen Vorschriften über das Foltern der Verdächtigen und das Hinrichten der Verurteilten das Tor zu einem Kontinent der Qualen wurde.

Die *Carolina* galt auch in Baden, und sie galt dort, nach Abschaffung der Folterparagraphen, bis in die Mitte des neunzehnten Jahrhunderts. Noch die Revolutionäre von 1848, Struve und Blind, die legendären Freischärler im Schwarzwald, wurden aufgrund der *Carolina* dem Verfahren des geheimen Inquisitionsprozesses unterworfen. Fünfzig Jahre früher, zu Hebels Zeit, war die Neuregelung des Strafrechts in Baden eine große Streitsache. Das Edikt von 1803 erklärte ausdrücklich die *Carolina* zur fortgeltenden Rechtsordnung. Wie humanisiert sie auch immer war, sie enthielt noch genug, was dem aufgeklärten Denken anstößig sein mußte. Hebel protestierte dagegen mit seiner Rätselstrophe.

GEORG PHILIPP SCHMIDT
DER WANDERER

Ich komme vom Gebirge her,
Es dampft das Tal, es braust das Meer.
Ich wandle still, bin wenig froh,
Und immer fragt der Seufzer: wo?

Die Sonne dünkt mich hier so kalt,
Die Blüte welk, das Leben alt,
Und was sie reden, leerer Schall,
Ich bin ein Fremdling überall.

Wo bist du, mein geliebtes Land?
Gesucht, geahnt und nie gekannt.
Das Land, das Land so hoffnungsgrün,
Das Land, wo meine Rosen blühn,

Wo meine Freunde wandeln gehn,
Wo meine Toten auferstehn,
Das Land, das meine Sprache spricht,
O Land, wo bist du?

Ich wandle still, bin wenig froh,
Und immer fragt der Seufzer: wo?
Im Geisterhauch tönt's mir zurück:
»Dort, wo du nicht bist, dort ist das Glück.«

FRIEDRICH DIECKMANN
GEISTERWORT

Mit Dringlichkeit setzen diese Strophen das Ich eines lyrischen Erzählers, der uns erklärt, woher er kommt und wo er nicht gern ist; ein zwiefaches Du tritt ihm gegenüber. Das eine ist das einer Sehnsucht, die aufs Ganze geht; sie gilt einem Land, das so brauchbar ist, daß man Du zu ihm sagen kann. Das zweite Du steht am Ende und ist auf andere Weise überpersönlich. Die Stimme, die es spricht, ist die eines Zeitalters und einer Generation, der die Hoffnung auf Gesellschaftserneuerung im Eisenhagel des Napoleonischen Fortschrittsimperialismus zerstoben war.
Der diesen Text schrieb, Georg Philipp Schmidt (1766 bis 1849), war nur bedingt auf dessen Höhe. Er verwässerte die 1808 in dem Leipziger »Taschenbuch zum geselligen Vergnügen« erschienene Erstfassung, indem er ihr drei überflüssige Strophen einfügte; besser traf es ein junger Wiener Literat, der die Taschenbuchfassung 1815 für eine Anthologie adoptierte und dabei einige kleine, aber wirksame Verbesserungen vornahm.
In dieser Form fiel das Gedicht in die Hände eines neunzehnjährigen Komponisten, der es seinerseits nicht unberührt ließ. Im zweiten Vers des Originals ließ Franz Schubert das Meer brausen statt rauschen, und den matten sechzehnten Vers ersetzte er durch das fragend-offene: »O Land, wo bist du?«. Am Ende verstärkte er den metrischen Bruch, mit dem Schmidt, der sich, zur Unterscheidung von andern dichtenden Schmidts, nach seiner Heimatstadt

»Schmidt von Lübeck« nannte, seine Leser beunruhigt hatte, und setzte mit dem verdoppelten »dort« noch eins drauf; in dieser Form ist der Vers unsterblich geworden. Auch den Titel fand der musikalische Redakteur im Oktober 1816 für einen Text, den sein Autor »Des Fremdlings Abendlied« überschrieben hatte. Schubert nennt ihn, wie im gleichen Jahr Caspar David Friedrich ein Gemälde nennt, das auf einer Gebirgszinne über dem Nebelmeer einen barhäuptigen, schwarz gewandeten Bürger von hinten zeigt: »Der Wanderer«.

Der Fremdling des Liedes spricht aus der Ebene; er ist aus dem Hochland der Hoffnungen in das Flachland der Realisierung niedergestiegen, das die Zone der Enttäuschung ist. Die Erfahrung der Kälte schlägt in die Sehnsucht nach dem heimischen, dem heimatlichen Land um, für dessen Kennzeichnung er vielfache Epitheta aufbietet, von rosenrot und hoffnungsgrün bis zur Auferstehung der Toten; spätestens hier entdeckt sich dieses Land als ein paradiesisches. Noch ehe der von der Welt der leeren Schälle Befremdete dies bemerkt, wird ihm ein geisterhafter Bescheid zuteil, der über alle Epochen-Empirie hinausgeht; aphoristisch-knapp bezeichnet er das schlechthin Fliehende des Glücks.

Der sich diesen Bescheid erteilt, steht an der Schwelle einer Seßhaftigkeit, die sich als dauerhaft bewähren wird. Nach einem Wanderleben, das ihn durch die Gefilde der deutschen Klassik und später in den polnischen Osten, den dänischen Norden führte, hat Schmidt sich 1806 in dem damals dänischen Altona niedergelassen und dort ein Berufsleben ganz unpoetischer Art aufgenommen: als Bankvorstand und Wirtschaftsfachmann. Der sich an vielen Orten und in vielen Fächern umgetan hatte, ist endgültig in

Praxis angelangt; ist es der Choc darüber, der sein Gedicht durchbebt?
Die Zeiterfahrung, die in ihm eine eigentümlich inständige Sprachgestalt gewinnt, dringt zu voller Deutlichkeit erst nach 1815 durch, als die Mächte der Reaktion sich den Sieg der Volksheere über den Usurpator nur dazu dienen lassen, ihre eigene Macht ängstlich-skrupellos festzuzurren. Dieses Mehr an Erfahrung gewinnt bei Schubert musikalische Gestalt; vor, mit und in ihr bestehen Schmidts Verse als der Inbegriff eines Epochenbewußtseins, dem die Hinfälligkeit seiner Hoffnungen noch nicht selbstverständlich geworden ist. Man wird das später romantisch nennen.

ERNST MORITZ ARNDT
KLAGE UM DEN KLEINEN JAKOB

Wo ist der kleine Jakob geblieben?
Hatte die Kühe waldein getrieben,
Kam nimmer wieder,
Schwestern und Brüder
Gingen ihn suchen in'n Wald hinaus –
Kleiner Jakob, kleiner Jakob, komm zu Haus!

Wo ist der kleine Jakob gegangen?
Es hat ihn ein Unterirdscher gefangen,
Muß unten wohnen,
Trägt goldne Kronen,
Gläserne Schuh, hat ein gläsern Haus.
Kleiner Jakob, kleiner Jakob, komm zu Haus!

Was macht der kleine Jakob da unten?
Streuet als Diener das Estrich mit bunten
Blumen und schenket
Wein ein und denket:
Wärest du wieder zum Wald hinaus!
Kleiner Jakob, kleiner Jakob, komm zu Haus!

So muß der kleine Jakob dort wohnen,
Helfen ihm nichts seine güldenen Kronen,

Schuhe und Kleider,
Weinet sich leider –
Ach! armer Jakob – die Äuglein aus.
Kleiner Jakob, kleiner Jakob, komm zu Haus!

ELISABETH BORCHERS
JEDER KENNT ES

Nein, keine Interpretation. Wozu auch. Wer sollte sich hier ein erklärendes Wort gefallen lassen wollen. Jeder versteht doch, was da geschrieben steht.
Jeder weiß, was es heißt, die Kühe waldein treiben, auch wenn er noch nie in seinem Leben eine Kuh angefaßt hat. Jeder kennt doch diesen zunächst forschen, dann flehentlichen und schließlich kläglichen Ruf »komm zu Haus!«, vom Hören oder Sagen oder Selberrufen. Weil wir alle jemanden zurückrufen wollen. Oder selbst zurückgerufen werden wollen. Nach Haus oder in ein anderes Zuhaus, das erst noch gesucht und gefunden werden muß, aber schon da ist, nur noch nicht greifbar da ist.
Jeder weiß doch, daß es die Unterirdischen gibt, die auch ganz woanders sein können, im Irdischen zum Beispiel. Die uns wegfangen und uns das Geschenk der gläsernen Schuh machen, die kostbar, herrlich glänzen. Die uns Blumen schenken, damit wir sie auf das Estrich streuen, wie die Diener es tun, die zu fangen sich lohnt. Weil wir begehrenswert sind, begehrenswerte Mundschenke.
Das mit der goldenen Krone würde ich vielleicht nicht ganz so ernst nehmen. Goldene Kronen gehören ins Reich der Dichter, in die ausschweifende Phantasie. Die schönen Kleider schon eher, auch das gläserne Haus mag stimmen. Wer denn säße nicht im Glashaus, das zerbricht, wenn sich jemand einfallen läßt, den Stein zu heben und zu werfen, den Stein, der doch immer am Wege liegt, für eifrige

Steinwerfer dorthin gelegt, damit sie nicht weit zu laufen haben, wenn sie einen Stein werfen wollen.
Oder hat schon einmal jemand einen Gefangenen, einen Diener, einen Mundschenk mit einer goldenen Krone auf dem Kopf gesehen, das ist doch der Kopfputz, den sich die Unterirdischen selbst vorbehalten. Also nein. Oder doch, vielleicht zum Spott dem Gefangenen ein güldenes Krönlein aufs Haupt gesetzt? Zum Spaß der eigentlichen Kronenträger, die den zum Spott verschenkten Schmuck jederzeit zurückfordern können: Jetzt aber Schluß. Wir haben genug gelacht. Her mit der Krone. Schenk ein, und laß uns deine Seufzer nicht hören, sonst bezichtigen wir dich der Illoyalität. (Ach, daß man sich doch notgedrungenermaßen mit solch einem Gesindel herumschlagen muß, sagen die Unterirdischen und lachen noch einmal kurz auf.)
Wer wüßte nicht, was der Seufzer bedeutet: Wärest du wieder zum Wald hinaus. Immer wieder verirrt man sich doch, obwohl man sich auszukennen glaubt. Man ist die Wege schon hundertmal gegangen, kennt die Biegungen und Abbiegungen, den Steinschlag, die Schlucht, weiß einzelne Bäume sogar, vertraut auf den Schein der Sonne, der sich in herrlichen Streifen zwischen die Bäume legt, vom warmen Licht des Mondes ganz zu schweigen oder vom Leuchten der gelben Pilze. Aber auf einmal hat man sich verirrt, weiß nicht wie, weiß nicht mehr ein noch aus, möchte nach Haus.
Es gibt wahrhaftig Leute, die nie mehr zurückfinden, die sich in einer kalten Nacht zum Beispiel ganz verzweifelt und alleingelassen vom Mut, nach Hause zu finden, einfach hinlegen und erfrieren zum Beispiel, bevor ein Unterirdischer kommt. Oder damit er kommt. Ja, das wäre

doch möglich. Denn wenn man schon den Weg nach Haus nicht mehr findet, dann vielleicht doch lieber ins dunkle Reich eingehen, um das Estrich mit bunten Blumen zu bestreuen.
Ich habe das Gedicht gestern zum ersten Mal gelesen. Und ich dachte mir, höchste Zeit ist es, darüber nachzudenken. Vielleicht ist der kleine Jakob immer noch da unten. Oder vielleicht ist er inzwischen befreit und läuft Gefahr, sich ein zweites Mal zu verlieren. Weil er nun von Tag zu Tag größer wird. Der kleine Jakob.

FRIEDRICH HÖLDERLIN
ABBITTE

Heilig Wesen! gestört hab ich die goldene
Götterruhe dir oft, und der geheimeren,
Tiefern Schmerzen des Lebens
Hast du manche gelernt von mir.

O vergiß es, vergib! gleich dem Gewölke dort
Vor dem friedlichen Mond, geh ich dahin, und du
Ruhst und glänzest in deiner
Schöne wieder, du süßes Licht!

GERHARD SCHULZ
TRIUMPH DES KUNSTWERKS

Hölderlins Gedicht »Abbitte« ist so einfach und klar, daß es keiner Erläuterungen bedarf. Wem der Sinn für Poesie nicht abgeht, wird es leicht nachempfinden können, und den Hinweis auf biographische Umstände des Dichters wird er dabei nicht nötig haben. Schwer verständlich ist allenfalls, daß es lange Zeit hat unbeachtet bleiben können als eines der schönsten Liebesgedichte deutscher Sprache.

Bald nach seiner Entstehung wurde es in einem »Taschenbuch für Frauenzimmer von Bildung auf das Jahr 1799« gedruckt, allerdings unter einem Pseudonym. Aber auch der volle Name des Autors hätte ihm keine größere Aufmerksamkeit gesichert, denn nicht nur die Frauenzimmer von Bildung, sondern alle seine Zeitgenossen haben den Dichter Friedrich Hölderlin kaum wahrgenommen. In einer deutschen Literaturgeschichte aus dem Jahre 1819 stehen neben den bekannten Namen dieser Zeit Dutzende von heute längst vergessenen – nur der Name Hölderlin fehlt darin ganz und gar.

Allerdings ist zu bedenken, daß um 1800 in Deutschland das Klassisch-Antike in der Lyrik rasch aus der Mode kam. Unser Gedicht aber ist eine nach allen Regeln der Kunst gebaute, dem griechischen Vorbild entsprechende sogenannte asklepiadeische Ode, in der Hebungen und Senkungen nach einem genau vorgeschriebenen Maß wechseln. Es ist also möglich, daß die jüngeren Zeitgenossen Hölderlins in solchen Versen zuallererst Epigonentum und aus der Mode Gekommenes witterten, während eingefleischte Klassizisten wiederum den recht freien Umgang mit dem alten Modell als störend empfunden haben mögen. Denn seltsam beschaffen ist es schon mit diesen Versen: die Sprache in ihrem syntaktischen Bau läuft mit verschiedenen Zeilensprüngen so natürlich dahin, fast wie Prosarede, daß man den kunstvollen, bis in jede Silbe abgewogenen Bau des Ganzen gar nicht bemerkt, wenn man nicht ausdrücklich sein Auge darauf richtet.

Nun könnte das allerdings auch den heutigen Leser noch irritieren. Ein Liebesgedicht, das auf die scheinbar elementarste Weise in einem schönen, ganz einfachen und einleuchtenden Bild tiefe Empfindungen ausdrückt, erweist sich bei näherem Zusehen als ein nach festen Kunstregeln gebautes kleines Kunstwerk. Desavouiert solche Artistik etwa gar die Echtheit der Emotionen?

Es ist in der Geschichte der Literatur mehr als einmal vorgekommen, daß sich Dichter vor der Übermacht und Überfülle ihrer Gefühle und Gedanken in feste Formen zu retten versucht haben, und gerade die Liebeslyrik ist reich an Oden und Sonetten, die vom Autor die Beobachtung strenger Gesetze fordern. Nicht um äußere Stütze geht es jedoch dabei allein, sondern um etwas, das mit dem Wesen aller Kunst unmittelbar zu tun hat: sie kann das sich ständig Wandelnde festhalten und als Form dauernd machen.

Nirgends wird das besser deutlich als am Thema Liebe. Deren tiefstes Dilemma ist denn auch in Hölderlins Versen enthalten: sie ist für die wahrhaft Liebenden nur als etwas Unendliches vorstellbar – man verliebt sich nicht vorsätzlich auf ein paar Wochen –, aber sie ist dennoch der

Zeit ausgesetzt, den äußeren Nötigungen oder inneren Wandlungen. Von solchen Nötigungen spricht indirekt auch Hölderlins Gedicht. Es ist der Moment der Trennung der Liebenden, der diesen Versen vorausgeht und den Hölderlin nun auf einzigartige, zarteste Weise der Geliebten erleichtert, indem er sie mit der Aura des Göttlichen und damit Unvergänglichen umgibt und sich selbst auf niedererer Stufe vor ihr dankbar und demütig zeigt. Damit aber nimmt er den allem Vergänglichen und mithin allem Leben innewohnenden Schmerz allein auf sich – ein Gedanke, der freilich nur wieder ein erneutes Bekenntnis der Liebe ist wie das Gedicht selbst. Denn seine »Abbitte« heißt ein leises, gutes, altes »Ich liebe dich«.

Im Gedicht überwindet der Dichter die Zeit, und Demut verbindet sich darin mit einem eigentümlichen Triumph des künstlerischen Schöpfertums über den darin ausgedrückten Schmerz.

FRIEDRICH HÖLDERLIN
ABENDPHANTASIE

Vor seiner Hütte ruhig im Schatten sizt
Der Pflüger, dem Genügsamen raucht sein Heerd.
Gastfreundlich tönt dem Wanderer im
Friedlichen Dorfe die Abendgloke.

Wohl kehren izt die Schiffer zum Hafen auch,
In fernen Städten fröhlich verrauscht des Markts
Geschäfft'ger Lärm; in stiller Laube
Glänzt das gesellige Mahl den Freunden.

Wohin denn ich? Es leben die Sterblichen
Von Lohn und Arbeit; wechselnd in Müh' und Ruh'
Ist alles freudig; warum schläft denn
Nimmer nur mir in der Brust der Stachel?

Am Abendhimmel blühet ein Frühling auf;
Unzählig blühn die Rosen und ruhig scheint
Die goldne Welt; o dorthin nimmt mich
Purpurne Wolken! und möge droben

In Licht und Luft zerrinnen mir Lieb' und Laid! –
Doch, wie verscheucht von thöriger Bitte, flieht
Der Zauber; dunkel wirds und einsam
Unter dem Himmel, wie immer, bin ich –

Komm du nun, sanfter Schlummer! zu viel begehrt
Das Herz; doch endlich, Jugend! verglühst du ja,
Du ruhelose, träumerische!
Friedlich und heiter ist dann das Alter.

LUDWIG HARIG
ALLES HAT SEINE ZEIT

Am ersten Sonntag im Mai 1945, einem amerikanischen Gefangenentransport entsprungen, lag ich am schönsten Waldrand der Schwäbischen Alb – und war frei. Ich packte meine Feldauswahl mit den Gedichten Hölderlins aus dem Tornister und las zum erstenmal die Ode »Abendphantasie«. Von völkisch gesonnenen Lehrern verdorben, in öden Schulungsabenden bis zur Entstellung mißbraucht, hatte ich dreieinhalb Jahre lang einen Hölderlin der Kriegsbegeisterung und der Fremdenverachtung eingesogen, war in seinem Namen fanatisiert, die letzte Schlacht aufzusuchen und mit Vaterlandsgesängen auf den Lippen am Opferhügel zu fallen, hatte mit seinen Worten geschworen, nicht sanft zu sein zur Unzeit, hatte in seiner Nachfolge aber auch träumen, doch nicht nachdenken wollen.

Damals wußte ich nicht, daß der Herausgeber der Feldauswahl ein Zitat aus dem »Hyperion« verstümmelt wiedergibt, indem er einen schwerwiegenden Satz verschweigt: »Wenn die Begeisterung hin ist, steht er da wie ein mißratener Sohn, den der Vater aus dem Hause stieß, und betrachtet die ärmlichen Pfennige, die ihm das Mitleid auf den Weg gab.« Ich war nun selbst dieser mißratene Sohn, nicht einmal mit einem einzigen Pfennig des Mitleids in der Tasche.

Ich war noch nicht achtzehn, der Krieg zu Ende, doch bald würde es so sein, wie Hölderlins Gedicht es mir vor

Augen brachte. Ich stellte mir beim Lesen den zufriedenen Bauern, den betriebsamen Händler, den Wanderer und die Freunde beim gemeinsamen Essen und Trinken vor, keine Feldjäger würden mehr patrouillieren, keine Maschinengewehre knattern, keine Bomben fallen. So schön es auch klang, schon an diesem Waldrand wollte ich als angehender Dichter nicht das behagliche Leben eines Bürgers zubringen, wollte nicht wie die anderen Sterblichen freudig von Lohn und Arbeit leben, sondern den Stachel in der Brust spüren wie der Dichter.

Welchen Stachel eigentlich? Daß ich die Qualen einer verratenen Jugend litt? Daß meine Träume mißbraucht, mein Vertrauen durchkreuzt, meine Hoffnungen enttäuscht waren? Ja stand uns nicht allen eine bessere Zukunft bevor? Der Glaube an das vollmundig verheißene tausendjährige Reich verrauchte im Augenblick des Zusammenbruchs. Es war ein elementares Ereignis, im Gegensatz zum schwärmerischen Gedankenspiel des Tagträumers, sich in die Gefühle des Dichters zu versetzen und seine Vorstellungen eigenmächtig weiterzuspinnen.

An jenem Waldrand hatte ich Hölderlins Gedicht aufgenommen, als hätte er es für mich geschrieben. Erst viel später begriff ich seine scheinbar unübertragbare Einzigartigkeit. Hölderlin, neunundzwanzig Jahre alt, hatte nach heftigen Beschuldigungen seine Hauslehrerstelle bei Bankier Gontard in Frankfurt aufgegeben, sich von Susette Gontard getrennt und lebte auf Rat seines Freundes Sinclair in Bad Homburg vor der Höhe. Tageszeiten, Jahreszeiten, die ganze Lebenszeit ruft er in der Ode »Abendphantasie« herauf – und stellt seine tief erlittene Enttäuschung gegen die leichtfertigen Glücksverheißungen. Nur ihm geschehe solches Leid, ruft er aus, er allein sei einsam, wie immer.

Hölderlin beklagt sein eigenes Geschick, seine Not, sein Unglück. Ihm steckt der Pfahl im Fleisch. Doch die Klage, in schönen ruhigen Versen vorgetragen, endet hoffnungsvoll, harmoniebedürftig. Der ruhelosen, träumerischen Jugend stellt er das friedliche, heitere Alter gegenüber. Mitten in der Arbeit an diesem Gedicht schreibt er an seine Schwester: »Ich denke, wenn ich fühle, daß man nicht immer jung sein kann, und denk es oft und gerne, daß alles seine Zeit hat ...«

Auch wenn Hölderlins »Abendphantasie« dem besonderen Anlaß, der anderen Erlebnisfähigkeit, dem fremden Schicksal seine Entstehung verdankt, transzendiert jedes gelungene Gedicht aus dem Fremden ins Vertraute, aus dem anderen ins Eigene, aus dem Besonderen ins Allgemeine – und es ist doch vielleicht nicht zu kühn und abwegig, wenn ich mich an jenem Waldrand im Schwäbischen in Hölderlins Sehnsüchten wiedererkannt habe.

FRIEDRICH HÖLDERLIN
AN DIE DEUTSCHEN

Spottet ja nicht des Kinds, wenn es mit Peitsch' und Sporn
  Auf dem Rosse von Holz mutig und groß sich dünkt,
    Denn, ihr Deutschen, auch ihr seid
      Tatenarm und gedankenvoll.

Oder kömmt, wie der Strahl aus dem Gewölke kömmt,
  Aus Gedanken die Tat? Leben die Bücher bald?
    O ihr Lieben, so nimmt mich,
      Daß ich büße die Lästerung.

PETER VON MATT
DER SCHATTEN HAMLETS

Da sind zwei junge Männer, gleichaltrig, um die 27 Jahre. Der eine ist Hauslehrer in Frankfurt, hat ein Verhältnis mit der Hausfrau, schreibt an einem Roman und versucht, seine Gedichte in Zeitschriften und Almanachen unterzubringen. Der andere zieht als General über die Schlachtfelder Europas, teilt den Kontinent neu auf und wird schon bald als Herrscher aller Franzosen in den Tuilerien residieren. Der eine ist namenlos, der andere verkörpert die historische Größe. Für beide aber hat die Französische Revolution die Welt verändert. Beiden hat sie einen neuen Begriff gegeben von der Geschichte und von ihrer eigenen Stellung darin.

Im Gedicht des namenlosen Magisters Hölderlin versteckt sich auch das Ereignis Napoleon. Herzstück der zwei Strophen ist das Bild vom niederfahrenden Blitz. Der »Strahl aus dem Gewölke« ist die höchste Metapher in Hölderlins Werk. Sie meint, wo sie auftaucht, die Schrecksekunde einer Neugeburt, gefährlich, zerstörerisch, wunderbar die Welt verwandelnd. Sie meint den Umschlag von Lethargie und Dumpfheit in gemeinsames Handeln. Sie meint, daß die Kerker bersten, daß die alten Götter wiederkehren, daß Griechenland in Deutschland Auferstehung feiert.

Der niederfahrende Blitz verkörpert jenes »Jetzt!«, das an den erregtesten Stellen in Hölderlins Werk förmlich aufdröhnt. »Jetzt aber tagts!«, heißt es in der Feiertagshymne.

Sie handelt vom dreifach zeugenden Blitz, der die Natur verwandelt, die Geschichte und die Dichter. Fünfmal ertönt dieses »Jetzt« in der Feiertagshymne, so wie das »Nun« im »Gefesselten Strom« als grandiose Kaskade laut wird: »und nun gedenkt er seiner Kraft, der Gewaltige, nun, nun eilt er, der Zauderer, er spottet der Fesseln nun . . .«

Der Glaube an das welthistorische Jetzt als eine Möglichkeit der unmittelbaren deutschen Gegenwart flammt, vom Ereignis Napoleon entfacht, nur kurze Zeit durch Hölderlins Gedichte. Er zerscherbelt schon in den letzten Zeilen der Feiertagshymne. Aber die Vorstellung von einem dereinst kommenden Jetzt bleibt lebendig. So auch im Gedicht »An die Deutschen«. Das doppelte »kömmt« nimmt sich hier wie ein Echo jener gehäuften »Jetzt« und »Nun« aus.

Erst das Wissen um die Bedeutung des »Strahls« macht die böse Schärfe des Gedichts offenbar. Der Knabe auf dem Schaukelpferd wird vor der Silhouette des jungen Siegers Napoleon zur Karikatur. Mit dem Wort »Lästerung« gesteht der Text das ein. Und der Ausdruck »so nimmt mich«– so nehmt und bestraft mich – ist nicht etwa eine Zurücknahme der Beleidigung, sondern bekräftigt sie. Sie gilt so lange, bis der Strahl »kömmt«.

Dennoch bleibt es nicht beim Hohn. Der Hohn allein ist wohlfeil. Schroff gegensätzlich zum Hohn steht die berühmte Zeile »Tatenarm und gedankenvoll«. Sie bringt Gerechtigkeit in die Attacke. Ein tragischer Schatten fällt über die Verse, der Schatten Hamlets. Keine andere Figur hat für das Nachdenken über Deutschland eine solche Rolle gespielt. »Deutschland ist Hamlet!«, wird Freiligrath im Namen aller Vormärzler ausrufen. Auch Heine begreift sein welthistorisches »Amt« im Aufwecken des tatgehemmten Deutschland. Wie Hölderlin sieht er das Land an der Spitze der Weltphilosophie. Hier, in der politischen Reglosigkeit, ereignen sich die gewaltigsten Umbrüche des Denkens. So stürmt Hamlets Intellekt alle Barrikaden, während seine Hand den Degen nicht vom Leder bringt. Wenn das einmal zum Ausgleich käme! Wenn solches Denken in Handeln umschlüge!

Um so unheimlicher berührt die schlichte Frage »Leben die Bücher bald?« Sie erklärt die Errungenschaften der kühnsten Reflexion erbarmungslos für tot, wenn sie nicht dazu führen, die Welt neu einzurichten, in republikanischer Freiheit. Es sollte noch lange dauern.

FRIEDRICH HÖLDERLIN
AN DIE PARZEN

Nur Einen Sommer gönnt, ihr Gewaltigen!
Und einen Herbst zu reifem Gesange mir,
Daß williger mein Herz, vom süßen
Spiele gesättiget, dann mir sterbe.

Die Seele, der im Leben ihr göttlich Recht
Nicht ward, sie ruht auch drunten im Orkus nicht;
Doch ist mir einst das Heil'ge, das am
Herzen mir liegt, das Gedicht gelungen,

Willkommen dann, o Stille der Schattenwelt!
Zufrieden bin ich, wenn auch mein Saitenspiel
Mich nicht hinab geleitet; Einmal
Lebt ich, wie Götter, und mehr bedarfs nicht.

MARCEL REICH-RANICKI
DEN GÖTTERN GLEICH

In seiner Studentenzeit war ihm die Politik mit Sicherheit nicht gleichgültig. Natürlich hat auch ihn, wie die meisten seiner Kommilitonen, die Französische Revolution begeistert oder zumindest irritiert. Doch hat er sich bald von der Gegenwart entfernt: Sie war seine Zeit nicht mehr. Wie sein Hyperion blieb er »auf der Erd' ein Fremdling«, die Zeitgenossen hielt er für »Barbaren von alters her«.
Mit den Jahren wurde die Zukunft, die ersehnte und erträumte, zu seiner Epoche. Unter den Klassikern der deutschen Literatur ist er der Seher, der größte, wahrscheinlich der einzige. Er war ein Poet und ein Prophet zugleich. Und die Vergangenheit, die antike zumal, die er, so will es doch scheinen, immer wieder beschworen hat? In Wirklichkeit war sie sein Thema nicht. Vielmehr diente sie ihm als Fundus, von dem er reichlich profitierte, als Schatzkammer, aus der er jene Elemente bezog, die er für seine Zukunftsvision benötigte – die Figuren und die Schauplätze, die Motive und die Requisiten.
Von den Göttern sagte er, daß sie zwar leben, »aber über dem Haupt droben in anderer Welt«. Auch er lebte in einer anderen Welt – auf der Erde zwar, doch auch in den Wolken. Als ihn seine Krankheit von der Wirklichkeit zunächst entfernte und dann endgültig löste, da war er noch am Neckar und schon dort, wohin ihm keiner folgen konnte: er, der das Tiefste gedacht, das Lebendigste geliebt und das Dunkelste gedichtet hatte.

Aber ein »Hüter des heiligen Feuers«, wie man es ihm bisweilen nachrühmte, war er niemals. Er hat nichts gehütet, es sei denn sein Verhängnis: Letztlich wollte er nichts anderes ausdrücken, nichts anderes besingen als seine Existenz, seinen Lebensentwurf. Was er auch dichtete, er sprach in eigener Sache – von seiner Liebe und Not, von seinem Glück und Elend. In seinem Werk stehen die Mauern sprachlos und kalt, es klirren die Fahnen, die Wetterfahnen – und mit ihnen klirren die Ketten, an denen er riß und zerrte und von denen er sich nie befreien konnte. Es ist ihm alles kläglich mißlungen – nur nicht die Poesie.

Sie, die Dichtkunst, war sein Beruf und seine Berufung, sie hielt er für seine einzige Aufgabe, in ihr sah er sein »freundlich Asyl« und des Lebens Sinn und Inhalt. Bloß sie, meinte er, rechtfertige das Dasein. Er glaubte an die Erlösung durch die Poesie. Das war sein fortwährendes Postulat, sein flammendes Programm. Die berühmte Frage »Wozu Dichter in dürftiger Zeit?« sollte seine Leser, die er freilich kaum hatte, wachrütteln und provozieren. Es war, versteht sich, eine rhetorische Frage. Denn daß die Dichter gerade in dürftiger Zeit gebraucht werden, daran hat er nie gezweifelt, daß sie es sind, die das Bleibende stiften, das war seine Überzeugung, ja seine Heilsbotschaft. Als er nicht mehr dichten konnte, stellte er sachlich fest: »Ich bin nichts mehr, ich lebe nicht mehr gerne.« So gehört denn die Poesie selber zu den wichtigsten Themen seiner Poesie.

Die Ode »An die Parzen«, geschrieben 1798 in Frankfurt am Main, ist, wie viele seiner Gedichte, ein Gebet. Der es spricht, wendet sich an die Schicksalsgöttinnen, die über die Lebensdauer des einzelnen entscheiden. Nur ein Begehren hat er: Die Parzen, die Gewaltigen, mögen ihm die

Zeit gönnen, die unentbehrlich ist, damit sein Gesang reif werde.

Wie seine Gedanken an die Liebe immer eschatologisch gefärbt und bestimmt sind, so liegt auch seiner Idee vom Dichter das Bewußtsein von den Letzten Dingen zugrunde. In jeder der drei Strophen dieser Ode ist vom Tod die Rede. Wem das süße Spiel, der Gesang also, gelungen, dessen Herz stirbt williger: Er kann sich mit seiner Vergänglichkeit abfinden. Ihm ist seine Nichtexistenz – die Stille der Schattenwelt – sogar willkommen.

Obwohl ihn sein Saitenspiel nicht mehr hinab in den Orkus geleitet, obwohl dort seine Kunst nicht existiert oder zumindest für ihn, den Künstler, nicht mehr wahrnehmbar ist, wird er doch »zufrieden« sein. Denn einmal wenigstens lebte er wie die Götter. Dies aber ist nicht als Befund zu verstehen, sondern als Wunsch: Er, der Poet, der »das Heil'ge« vollbracht, das vollkommene Gedicht, er hat alles erreicht, was ein Mensch erreichen kann; so gleicht er einem Gott. Mit anderen Worten: Nur der Kunst verdankt die Seele ihre göttliche Existenz. Oder auch: Die Kunst ist es, die unser Dasein erträglich machen kann. So verbirgt sich im Gebet des Künstlers ein Gleichnis menschlichen Sehnens und Strebens.

Die Ode »An die Parzen« gehört zu den Wundern in deutscher Sprache. Aus ihr sprechen Stolz und Selbstbewußtsein, doch ohne Dünkel und Anmaßung. Mächtig ist die Emphase und dennoch frei von Übermut. Das Pathos läßt sich nicht überbieten und ist doch weder laut noch aufdringlich. Gefühl und Gedanke – hier bilden sie eine vollkommene Einheit. Die makellose Harmonie von Ton und Bild – hier ist sie verwirklicht.

Es mag nicht einfach sein, diesen so anspruchsvollen

Dichter zu lieben. Aber es ist unmöglich, ihn nicht zu bewundern, es ist schwierig, ihn nicht zu verehren, ihn, Friedrich Hölderlin.

FRIEDRICH HÖLDERLIN
AN ZIMMERN

Von einem Menschen sag ich, wenn der ist gut
Und weise, was bedarf er? Ist irgend eins,
Das einer Seele gnüget? ist ein Halm, ist
Eine gereifteste Reb auf Erden

Gewachsen, die ihn nähre? Der Sinn ist des
Also. Ein Freund ist oft die Geliebte, viel
Die Kunst. O Teurer, dir sag ich die Wahrheit.
Dädalus' Geist und des Walds ist deiner.

CYRUS ATABAY
DÄDALUS UND SEIN DICHTER

Seit 1807 wohnt Hölderlin im halbrunden Turmzimmer des Schreinermeisters Zimmer. Einmal sieht er in der Werkstatt seines Gastwirts eine Zeichnung von einem Tempel und ermuntert diesen, solch ein Bauwerk aus Holz zu machen; der Schreinermeister erwidert ihm, er müsse um Brot arbeiten, »philosophische Ruhe«, die ihm, dem Dichter, gegeben, sei ihm verwehrt. »Ach, ich bin doch ein armer Mensch«, versetzt Hölderlin darauf und schreibt ihm mit Bleistift auf ein Brett die Strophe mit dem Vers: »Die Linien des Lebens sind verschieden.«
Das Gedicht »An Zimmern« entstand dreizehn Jahre später, um 1825. Der Mann, der ihn, den Zerrütteten, in seinem Haus aufnahm und pflegte, nachdem er aus dem Authenriethschen Klinikum abgeschoben worden war, an ihn richtet Hölderlin die Frage nach der Verbundenheit mit dem Mitseienden, die unserem Selbst die Teilnahme an der Wirklichkeit verbürgt.
Wo Hölderlin das Fehlen des vaterländischen Gemeingeists beklagt hatte, fand er zumindest in der Freundschaft Trost und Zuspruch. Viele seiner Freunde, deren Andenken ihm teuer war, beschenkte er mit Gedichten. Aber er hatte auch die Zerbrechlichkeit der Freundschaft erfahren und sie, voll Abschieds, erlitten.
Die Milde, wie wir sie aus Hölderlins späten und letzten Gedichten kennen, ist auch bezeichnend für diese Verse. Anknüpfend an die Natur, wird das flüchtigste irdische

Gewächs (»Gleich wie ein Gras, das doch bald welkt«, Psalm 90,5) der »gereiftesten Reb« als Merkmal fortgeschrittener menschlicher Kultur gegenübergestellt. Was aber könnte der unstillbaren Seele genügen auf ihrer Reise von Wandlung zu Wandlung? Die Antwort ist die müheloseste: »Ein Freund ist oft die Geliebte«, eine Zeile, die auch antithetisch gelesen werden kann: Eine Geliebte ist oft der Freund. In diesem Satz wird das Verschiedene, von dem es noch in dem Gedicht an Landauer heißt: »Manch Leben ist, wie Licht und Nacht, verschieden«, hier wird es vereint. Die Freundschaft wird nicht von der Liebe gesondert, sie sind eins, die eine Liebe gesellt sich der anderen Liebe zu und findet ihre Seligkeit im Umfangen des anderen.

Viel vermag die Kunst, auch die des menschenwürdigen Umgangs, doch wohl nicht alles. Bis zu seinem Tod, über drei Jahrzehnte, lebte Hölderlin in der Gemeinschaft des Schreinermeisters und seiner Familie, ein Zusammensein, an dem gewiß auch die Duldsamkeit und das Schweigen ihren Anteil hatten: dort Dädalus, der Handwerker, der mit Holz und Hobel arbeitete, und hier der Dichter, der im Gesang sein Asyl fand.

FRIEDRICH HÖLDERLIN
DA ICH EIN KNABE WAR

Da ich ein Knabe war,
Rettet' ein Gott mich oft
Vom Geschrei und der Rute der Menschen,
Da spielt' ich sicher und gut
Mit den Blumen des Hains,
Und die Lüftchen des Himmels
Spielten mit mir.

Und wie du das Herz
Der Pflanzen erfreust,
Wenn sie entgegen dir
Die zarten Arme strecken,

So hast du mein Herz erfreut
Vater Helios! und, wie Endymion,
War ich dein Liebling,
Heilige Luna!

Oh all ihr treuen
Freundlichen Götter!
Daß ihr wüßtet,
Wie euch meine Seele geliebt!

Zwar damals rief ich noch nicht
Euch mit Namen, auch ihr
Nanntet mich nie, wie die Menschen sich nennen
Als kennten sie sich.

Doch kannt' ich euch besser,
Als ich je die Menschen gekannt,
Ich verstand die Stille des Äthers
Der Menschen Worte verstand ich nie.

Mich erzog der Wohllaut
Des säuselnden Hains
Und lieben lernt' ich
Unter den Blumen.

Im Arme der Götter wuchs ich groß.

ECKART KLESSMANN
DIE OBHUT DER HIMMLISCHEN

Im August 1797 schreibt Hölderlin an seinen Bruder aus Frankfurt am Main: »Der Himmel und die Luft umgibt mich, wie ein Wiegenlied.« Der Satz wirkt wie eine Paraphrase zu diesen ursprünglich titellosen Versen, die wohl 1797 oder 1798 entstanden sind. Die eigene Kindheit als Thema eines Gedichts kommt häufiger vor; solche Reminiszenzen gibt es schon in der Poesie der Antike. Bei Hölderlin erscheint aber etwas Neues: Der Dichter erinnert sich glücklicher Kindertage unter der Obhut der Götter im Ablauf der Stunden zwischen Sonne (Helios) und Mond (Luna). Diese Götter sind hier nicht, wie damals so oft, zu verstehen als poetische Versatzstücke aus klassizistischem Fundus, sie gelten für Hölderlin als ganz reale Abbilder einer sowohl geistig wie sinnlich erfahrenen Welt, die freilich eine solche Trennung nicht kennt oder nicht als Dualismus betrachtet.

Nein, keine Kindheitsidylle, nichts von jener Niedlichkeit, die der Erwachsene dem Kind zuspricht, weil er es nicht ernst nimmt. Wer sich der eigenen Anfänge zu erinnern vermag, weiß von dem großen Abenteuer, die Welt zu erkennen, zu begreifen, sich anzueignen: das Licht wie die Luft, die Bäume und Blumen, die Farben und Düfte. Sprache der Erwachsenen konnte schwer verständlich sein, die »Stille des Äthers« nicht.

Zur Kindheit gehört, die Dinge zu benennen. Wir erfanden ihnen eigene Namen, die langsam von der Nomenklatur der Erwachsenen abgelöst wurde. Die Obhut der über uns waltenden »treuen freundlichen Götter« wird empfunden, aber erst spät bekommen auch diese Götter Namen, als könnten sie irgend etwas besagen. Ganz anders: Die Namensgebung kann eine unziemliche Aneignung bedeuten, so wie Menschen mit dem Namen des anderen Vertraulichkeit vortäuschen, »als kennten sie sich«.

Diese Verse bedürfen nicht der Beglaubigung durch die Biographie des Dichters. Es ist nicht so wichtig, ob wir uns diese von Göttern behütete Kindheit etwa in jenem »Baum-, Gras- und Küchengarten vor dem Neckar-Tor« in Nürtingen denken, den Hölderlins Familie 1775 erwarb. Und doch läßt sich beim Lesen der biographische Bezug nicht fernhalten. Mehr und mehr ist in den Jahren nach 1798 – nach der erzwungenen Trennung von Susette Gontard – bei diesem Dichter der Rückzug in die Einsamkeit, ist das Versiegen des Gesprächs zu beobachten. *Der Menschen Worte verstand ich nie.* Aber in den Gedichten der ihm noch verbleibenden wenigen Jahre tritt die Welt der Götter immer stärker hervor, doch sind die Himmlischen strenger geworden; sie behüten den ihnen Anvertrauten nicht länger mit dem »Wohllaut des säuselnden Hains«, sondern zeichnen ihn durch das »gewaltige Element, das Feuer des Himmels«, wie der tief verstörte Hölderlin 1802 nach der Rückkehr aus Frankreich gesteht, als ihn »Apollo geschlagen«.

»Ich verstand die Stille des Äthers«: Gern denkt man sich dieses Wort über dem Leben des Umnachteten, der sich seiner Identität entäußert und bestreitet, jemals Hölderlin geheißen zu haben. *Auch ihr / Nanntet mich nie, wie die Menschen sich nennen.* Aber er vergleicht sich in diesen Versen Endymion, jenem mythischen Hirten, dem Zeus ewige Jugend im ewigen Schlaf gewährt hat. Unabweisbar stellt sich hier die Erinnerung ein, daß wir uns Hölderlin (trotz der Zeichnung von Louise Keller) nie als greisen Umnachteten, sondern als ewig jungen schönen Poeten vorstellen, wie ihn Karl Hiemer 1792 gemalt hat. Jahrzehnte später überliefert Wilhelm Waiblinger von dem Kranken das Wort kindlichen Vertrauens: »Es geschieht mir nichts.«

Die letzten Gedichte vor den Jahren im Tübinger Turm sprechen immer wieder vom Dank an die Himmlischen, die über seiner Kindheit wachten *(Ewige Götter! mit euch brechen die Bande mir nie),* und die Gewißheit ist ihm geblieben und bestätigt worden: *Im Arme der Götter wuchs ich groß.*

FRIEDRICH HÖLDERLIN

Das Angenehme dieser Welt hab' ich genossen
Die Jugendstunden sind, wie lang! wie lang! verflossen,
April und Mai und Julius sind ferne,
Ich bin nichts mehr, ich lebe nicht mehr gerne!

HANS CHRISTOPH BUCH
»LE PAUVRE HOLTERLING«

Hölderlin, so steht es in den Literaturgeschichten, schrieb diese Verse im Zustand »geistiger Umnachtung«. Ich bin kein Hölderlin-Spezialist und auch kein Psychiater und kann deshalb nicht überprüfen, wieviel Wahres an dieser Behauptung ist: ob die offizielle Literaturgeschichtsschreibung recht hat, die den Dichter für die letzten vier Jahrzehnte seines Lebens in die Nacht des Wahnsinns abschiebt, oder ob Pierre Bertaux recht hat mit seiner These, Hölderlin habe nach dem Tode seiner geliebten Diotima, Susette Gontard, freiwillig, vielleicht sogar bewußt der Welt entsagt und sich in die innere und äußere Einsamkeit seines Turms am Neckar zurückgezogen.

Es gibt kein schlechtes Gedicht von Hölderlin, genausowenig wie es eine schlechte Zeile von Kafka oder, um im Rahmen der Zeit zu bleiben, von Kleist oder Büchner gibt: sie alle hatten nicht die Wahl, so oder anders zu schreiben, im Unterschied zu Goethe und Schiller, von denen es durchaus auch schlechte, oder sagen wir lieber: mittelmäßige Verse gibt – vielleicht liegt gerade hierin ihre Größe.

Hölderlins Dichtung (ähnlich wie die von Kleist und Kafka) ist unmittelbarer Ausdruck seines Lebens, in einem durchaus existentiellen Sinne – deshalb hat er auch keine ebenbürtigen Nachfolger gefunden (mit Ausnahme von Mörike, der aber eine zu ausgeglichene Natur war, um Hölderlins verzweifelte Intensität zu erreichen). Aber

ich werde mich hüten, einen Dichter wie Hölderlin leichtfertig zu loben: so schreiben zu können wie Hölderlin heißt, so unglücklich sein zu müssen wie Hölderlin – und das möchte ich keinem heute lebenden Autor wünschen.
Das eingangs zitierte Gedicht gehört für mich zum Erschütterndsten, was die deutsche Literatur hervorgebracht hat. Es verzichtet auf jeden poetischen Dekor und benennt Hölderlins Situation in seinem Turm am Neckar direkt, ohne Umschweife: »Ich lebe nicht mehr gerne!« Die beiden Ausrufezeichen in der zweiten Zeile (»wie lang! wie lang!«) wirken wie verzweifelte Hilferufe. Die Verse unterscheiden sich wie Tag und Nacht von der poetischen Produktion aus Hölderlins Jugend – man denke an sein berühmtes Gedicht »Hälfte des Lebens«, in dem ähnliche Themen und Motive anklingen: »Weh mir, wo nehm' ich, wenn es Winter ist, die Blumen …«
Die Differenz liegt weniger im Inhalt, in der komplexeren Struktur der Gedanken, als vielmehr in der Form, in der klappernden Regelmäßigkeit der Jamben: das späte Gedicht wirkt wie eine schaurige Parodie auf Hölderlins klassische Lyrik, so als habe sich der Dichter über eine akademische Literaturwissenschaft lustig machen wollen, die ihm – wie noch in unseren Tagen der Germanist Wolfgang Kayser – »Lässigkeiten« in der Handhabung des Metrums vorwarf.
Vielleicht hat Pierre Bertaux recht mit seiner Vermutung, Hölderlin habe sich mit solchen auf Bestellung geschriebenen Versen, die er mit »Scardanelli« signierte und ins 18. oder 20. Jahrhundert vor- bzw. zurückdatierte, zudringliche Besucher vom Halse halten wollen – dazu gehören auch die postumen Zudringlichkeiten der Germanistik. Der Theologiestudent Johann Georg Fischer berichtet

von seinem letzten Besuch im Turm am Neckar 1843, wie Hölderlin, aufgefordert, ein Gedicht zu schreiben, ans Stehpult getreten sei und mit der linken Hand das Metrum skandiert habe, in dem er dann in wenigen Minuten Verse zu Papier gebracht habe – je nach Wunsch zum Thema »Griechenland, Frühling, Zeitgeist«.

Dieses Gedicht ist zweiunddreißig Jahre früher entstanden: August Mayer, ein Jurastudent, der vorübergehend mit Hölderlin unter einem Dach wohnte, hat es der Nachwelt überliefert. Damals, im Januar 1811, lag der Tod der geliebten Diotima und die gewaltsame Verschleppung und Zwangseinweisung des »wahnsinnigen Dichters« ins Irrenhaus noch keine fünf Jahre zurück: der Schmerz war noch in frischer Erinnerung. »Le pauvre Holterling« – der arme Hölderlin – schrieb die Landgräfin von Hessen-Homburg unmittelbar nach seinem Abtransport.

Was ist an diesen vier Verszeilen »wahnsinnig«? Sie sind die nüchterne Bestandsaufnahme eines an widrigen äußeren Umständen und inneren Ansprüchen gescheiterten Lebens, das Protokoll eines Geisteszustands, der mit dem Wort »verzweifelt« nur unvollkommen umschrieben ist: gebrochen, resigniert, zerrüttet wäre genauer. Vielleicht ist es an der Zeit, daß wir zusammen mit unserer Konzeption des Wahnsinns – der dem armen Hölderlin mit Hilfe der »Autenriethschen Maske« ausgetrieben werden sollte – auch unser Konzept der Normalität in Frage stellen, an dem gemessen ein Dichter wie Hölderlin schon immer als abnorm gelten mußte.

FRIEDRICH HÖLDERLIN
DER FRÜHLING

Die Sonne glänzt, es blühen die Gefilde,
Die Tage kommen blütenreich und milde,
Der Abend blüht hinzu, und helle Tage gehen
Vom Himmel abwärts, wo die Tag entstehen.

Das Jahr erscheint mit seinen Zeiten
Wie eine Pracht, wo Feste sich verbreiten,
Der Menschen Tätigkeit beginnt mit neuem Ziele,
So sind die Zeichen in der Welt, der Wunder viele.

d. 24. April 1839

mit Untertänigkeit
Scardanelli.

WALTER JENS
KEIN EIGENES LEBEN

Ein Gedicht, geschrieben im Tübinger Turmzimmer am Neckar, wo Hölderlin – ein alter schwäbelnder, Spinett spielender, Tabak rauchender Mann – über vierzig Jahre gelebt hat: ein paar Steinwürfe vom Stift entfernt, in dem der junge Kandidat der Theologie jenes Handwerk der Poesie vervollkommnete, auf das der Greis zurückgriff, wenn er im Haus des Tischlerobermeisters Ernst Zimmer seine meist mit den Worten »In Untertänigkeit Scardanelli« oder »Dero untertänigster Scardanelli« unterzeichneten Gedichte schrieb. Daneben ein Datum, mal real, mal phantasiebestimmt, darüber ein schlichtes Wort, »Frühling« oder »Mensch« oder »Aussicht«, und in der Mitte die Verse in ihrer bewegenden Schlichtheit, dem makellosen Bau und den exakten Reimen.

»Die Sonne glänzt, es blühen die Gefilde, / Die Tage kommen blütenreich und milde«: Der gleiche Mann, der in den großen vaterländischen Gesängen, unmittelbar vor dem Ausbruch der Krankheit, im freien Rhythmus, die Gesetze der Syntax zerbrechend, eine neue, *seine* poetische Sprache erfand, besinnt sich, anders wäre ihm Schreiben unmöglich gewesen, auf die eiserne Ration, den Grundbestand des Erlernten und schreibt wie ein Schüler, der seine Hausarbeiten vorweist: Da gibt's keine »Fehler«, da reihen sich die Jamben – meistens sind's fünf, einmal vier, zweimal sechs – bruchlos aneinander; das Versende ist klingend, zweisilbig also, das Vokabular alltäglich und beschränkt, die Syntax konventionell.

»Frühling« ist das Gedicht eines Mannes, der aus großem Abstand eine ihm fern gerückte Welt zu beschreiben versucht – einen von Schönheit, Glanz und Sinn erfüllten Kosmos, dessen Gesetzmäßigkeit er am Ende, in kurz resümierendem Aufschwung ein Fazit ziehend (»So sind die Zeichen in der Welt«), auf den Begriff bringt. Vom Konkreten zum Allgemeinen geht der Blick eines Betrachters, dessen Ich außenvor bleibt – so als präsentiere sich die Welt, keines vermittelnden Subjekts bedürftig, gleichsam von selbst. Da gibt's keinen Sprung, keinen Bruch, keinen Widerspruch in diesem Gebiet; da spricht einer, der zur Ruhe gekommen ist und seinen Frieden gemacht hat.

Eine unbedrohte Harmonie dominiert; die Elemente, Sonne, Abend, Jahr, Fest vereinigen sich zum Ensemble: Die Totalität ist wichtig, die Summe, nicht die scharf hervortretende Einzelheit. Ein Panorama zeichnet sich ab, vor dessen Horizont der Mensch sich als Teil einer Natur erweist, die ihm, in zeichenhafter Pracht, die Ziele gesetzt hat.

Rührend ist er, in seiner Einfalt, dieser Bilanzierungsversuch mit Hilfe eines auf einen einzigen Ton (Milde, Licht, Helle) gestimmten Vokabulars, rührend wie die Suebismen (»die Tag« statt »Tage«), in die der alte Mann am Ende immer wieder verfällt. »Der Frühling«: Das ist – von ihm so selbstverständlich beherrscht wie Essen, Trinken, aus dem Fenster Sehen und Rauchen – das rasch zu Papier gebrachte Schrift-Bild eines Mannes, der nichts mehr an sich herankommen läßt. Ausgefahren war er einmal, bis zu den Grenzen; nun mag man ihm aufspielen, mag die Außenwelt sich in ihrem schönen Schein und der Zeichenhaftigkeit aller – nur ganz knapper Benennung bedürftiger – Elemente zeigen; mag, nach gelassener und anstrengungsloser Evokation, das Verweisende und Bedeutende eines Kosmos ins Blickfeld rücken, wo »Ziele« sich auf »viele« reimt. Er, Friedrich Hölderlin, hat das Seine getan.

Je öfter man dies Gedicht liest, desto sicherer wird die Vermutung, daß hier jemand schreibt, dem jedes Experiment, das besondere Wort so gut wie rhythmische Gegenläufigkeit oder der ungewöhnliche Reim, längst fremd geworden ist. Darum die Unpersönlichkeit, das Magistrale der Aufzählungen und der Verzicht auf jede individuelle Nuance. Das ist kein eigenes Leben mehr, das sich in diesen acht ebenmäßig gebauten, ganz und gar nicht wirren, sondern im Gegenteil konventionellen und sinnhaltigen Zeilen artikuliert. Das ist der Inbegriff der Ent-Fremdung. Die sanften, von Blühen und Blüten, Himmel und Erde, Tag und Jahr sprechenden Verse sind in Wahrheit schauerlich und schrill in ihrem Versuch, Harmonie um jeden Preis zu erzwingen.

Und dann, auf einmal, vorm abrupten Crescendo des Schlußresumees, doch ein Widerhall des alten Tons: »Wie eine Pracht, wo Feste sich verbreiten.« Das Echo Friedrich Hölderlins in einem Scardanelli-Gedicht.

FRIEDRICH HÖLDERLIN
DER GANG AUFS LAND

An Landauer

Komm! ins Offene, Freund! zwar glänzt ein Weniges heute
Nur herunter und eng schließet der Himmel uns ein.
Weder die Berge sind noch aufgegangen des Waldes
Gipfel nach Wunsch und leer ruht vom Gesange die Luft.
Trüb ists heut, es schlummern die Gäng' und die Gassen und fast will
Mir es scheinen, es sei, als in der bleiernen Zeit.
Dennoch gelinget der Wunsch, Rechtglaubige zweifeln an Einer
Stunde nicht und der Lust bleibe geweihet der Tag.
Denn nicht wenig erfreut, was wir vom Himmel gewonnen,
Wenn ers weigert und doch gönnet den Kindern zuletzt.
Nur daß solcher Reden und auch der Schritt und der Mühe
Wert der Gewinn und ganz wahr das Ergötzliche sei.
Darum hoff ich sogar, es werde, wenn das Gewünschte
Wir beginnen und erst unsere Zunge gelöst,
Und gefunden das Wort, und aufgegangen das Herz ist,
Und von trunkener Stirn' höher Besinnen entspringt,
Mit der unsern zugleich des Himmels Blüte beginnen,
Und dem offenen Blick offen der Leuchtende sein.

Denn nichts Mächtiges ists, zum Leben aber gehört es,
Was wir wollen, und scheint schicklich und
freudig zugleich.
Aber kommen doch auch der segenbringenden
Schwalben
Immer einige noch, ehe der Sommer ins Land.
Nämlich droben zu weihn bei guter Rede den Boden,
Wo den Gästen das Haus baut der verständige Wirt;
Daß sie kosten und schaun das Schönste, die Fülle
des Landes,
Daß, wie das Herz es wünscht, offen dem
Geiste gemäß
Mahl und Tanz und Gesang und Stutgards Freude
gekrönt sei,
Deshalb wollen wir heut wünschend den
Hügel hinauf.
Mög' ein Besseres noch das menschenfreundliche Mailicht
Drüber sprechen, von selbst bildsamen Gästen erklärt,
Oder, wie sonst, wenns andern gefällt, denn alt ist
die Sitte,
Und es schauen so oft lächelnd die Götter auf uns,
Möge der Zimmermann vom Gipfel des Daches den
Spruch tun,
Wir, so gut es gelang, haben das Unsre getan.

Aber schön ist der Ort, wenn in Feiertagen des Frühlings
Aufgegangen das Tal, wenn mit dem Neckar herab
Weiden grünend und Wald und all die grünenden Bäume
Zahllos, blühend weiß, wallen in wiegender Luft,
Aber mit Wölkchen bedeckt an Bergen herunter
der Weinstock
Dämmert und wächst und erwarmt unter dem
sonnigen Duft.

JOCHEN HIEBER
DAS VOLLENDETE FRAGMENT

Das neue Jahrhundert, das er sich groß und glücklich wünschte, hielt für Friedrich Hölderlin alsbald den schmerzlichsten Verlust bereit: am 8. Mai 1800 das letzte Wiedersehen mit der Frankfurter Bankiersgattin Susette Gontard, in deren Nähe seine Poesie während der zurückliegenden vier Jahre Reife und seine Liebe für kurze Zeit Erfüllung erlangt hatte. »Die ganze Gegend ist stumm, und leer, ohne Dich!«, wird sie ihm nachrufen. Dann wieder einer jener abrupten Aufbrüche, die für die erste Hälfte seines Lebens so bezeichnend sind: diesmal aus Homburg vor der Höhe zurück ins Schwäbische, zu Kost und Logis im Haus des Stuttgarter Freundes Christian Landauer.

In der Obhut des kunstsinnigen Kaufmanns, in der »goldnen Mittelmäßigkeit« der familiären Sphäre aber wird Friedrich Hölderlin ab Mitte 1800, von seinen Zeitgenossen unbemerkt, zu Deutschlands erstem elegischen Dichter. Mit der antiken Gattung hatte er schon zuvor gelegentlich experimentiert, wie oft in seiner Laufbahn auch hier mit stetem Blick auf Schillers Maßstab und Vorbild. Vor allem in der Elegie »Der Spaziergang« hatte Schiller die theoretischen Postulate der Abhandlung »Über naive und sentimentalische Dichtung« poetisch eingelöst – sinnliche Anschauung der Natur, innig verbunden mit dem Aufschwung in einen idealisierten griechischen Götterhimmel.

Genau dies war auch das Programm von Hölderlins Gedicht »Der Gang aufs Land«. Der Anlaß für seinen Aufschwung indes ist bescheiden genug: Ein Gasthof feiert Richtfest. Wie begeistert und begeisternd jedoch wird das nun in Szene gesetzt, wie wunderbar begleitet von nüchterner Erwägung und melancholischem Bild. Dem emphatischen Anruf »Komm! ins Offene, Freund!« also folgt in ruhig fließender, die Versenden ein ums andere Mal überschreitender Bewegung eine Reihe sinnig gefügter Natureindrücke, die über das Atmosphärische hinaus auf eine Diagnose der Epoche zielen: »es sei, als in der bleiernen Zeit.«

Just »das Freudigste«, hat Hölderlin in einem seiner Epigramme festgehalten, lasse sich niemals unmittelbar, im Gegenteil, es lasse sich nur »in der Trauer« aussprechen. Daran hält sich die Elegie. Ihr großes »Dennoch« ist Ausdruck dafür, ihr Lobpreis der »Lust« trotz allen Zweifels. Gerade weil sie gebunden bleiben ans elegische Distichon, das Versmaß getragener Trauer, haben die Zeilen des Gedichts nun alle Freiheit, sich zu verströmen in herrlichen Bildern und Vorstellungsweisen: von den »segenbringenden Schwalben« bis zu »Mahl und Tanz und Gesang«, vom »menschenfreundlichen Mailicht« bis zum »sonnigen Duft«. Oder sie verdichten sich zu einem jener »fernhintreffenden Sprüche«, die Hölderlins Dichtung so einzigartig machen: zum friedvollen und energischen Bekenntnis *Denn nichts Mächtiges ists, zum Leben aber gehört es, / Was wir wollen*, zur wunscherfüllten Lebensbilanz für den Augenblick des Tods: *Möge der Zimmermann vom Gipfel des Daches den Spruch tun, / Wir, so gut es gelang, haben das Unsre getan*. Und über alldem, alles krönend zugleich – die Apotheose der Offenheit, des offenen Blicks und des offenen Geistes, die sich für diesen Dichter – und nicht nur für

ihn – erst jenseits der Enge von Stube und Stadt vorstellen läßt, ländlich mithin.
Im Gegensatz zu den anderen großen Elegien, die im neuen Jahrhundert begonnen oder vollendet werden – »Brod und Wein«, der unerreichte Gesang, an ihrer Spitze –, ist »Der Gang aufs Land« Fragment geblieben. Weshalb? Weil Hölderlin hier beim ganz Konkreten, Anschaulichen und Sinnlichen verweilte, die »Götter«, die nur einmal genannt werden, und mit ihnen das ganze metaphysische Gepäck deshalb nicht recht ins Bild passen wollten. Im Entwurf zur vierten, nicht mehr ausgeführten Strophe hatte der Dichter so kokett wie ironisch notiert:
Aber fraget mich eins, was sollen Götter im Gasthaus?
Den vollendeten, gleichwohl immer wieder überarbeiteten Elegien, in denen der griechische Olymp durchaus heimisch wurde, gilt unsere Bewunderung. Unsere Liebe aber gilt dem »Gang aufs Land«, dem vollendeten Fragment.

FRIEDRICH HÖLDERLIN
DER SPAZIERGANG

Ihr Wälder schön an der Seite,
Am grünen Abhang gemalt,
Wo ich umher mich leite,
Durch süße Ruhe bezahlt
Für jeden Stachel im Herzen,
Wenn dunkel mir ist der Sinn,
Denn Kunst und Sinnen hat Schmerzen
Gekostet von Anbeginn.
Ihr lieblichen Bilder im Tale,
Zum Beispiel Gärten und Baum,
Und dann der Steg, der schmale,
Der Bach zu sehen kaum,
Wie schön aus heiterer Ferne
Glänzt einem das herrliche Bild
Der Landschaft, die ich gerne
Besuch in Witterung mild.
Die Gottheit freundlich geleitet
Uns erstlich mit Blau,
Hernach mit Wolken bereitet,
Gebildet wölbig und grau,
Mit sengenden Blitzen und Rollen
des Donners, mit Reiz des Gefilds,
Mit Schönheit, die gequollen
Vom Quell ursprünglichen Bilds.

RENATE SCHOSTACK
WIE AUS DEM SOUFFLEURKASTEN

Das soll Hölderlin sein, dieser pietistische Klang, dieses Biedermeier von Herz und Schmerz und süßer Ruh, dieses schwäbische Abwägen von Bezahlen und Kosten? Da klingt nichts nach den heroisch idealisierenden Reimstrophen à la Schiller (»Lange tot und tiefverschlossen / Grüßt mein Herz die schöne Welt«), gar nichts nach den Gewalttätigkeiten der späten Hymnen, und nur an einer Stelle (»der Steg, der schmale«) vernimmt das Ohr einen fernen Nachklang der Oden, deren Versmaß zu komplizierten Satzkonstruktionen, zu grammatikalischen Capricen wie der Nachstellung von Adjektiven führte.

Diese Verse dringen wie aus einem Souffleurkasten, sie kommen *sotto voce* daher, wie die Worte eines Mediums. Und so ähnlich ist es ja auch. Der dieses Gedicht schreibt, irgendwann zwischen 1820 und 1830, dem ist der Sinn, wie es hier heißt, dunkel, schon an die zwanzig Jahre. Aber die Umnachtung hat ihre Phasen, manchmal werden in jenem Turm zu Tübingen am Neckar Verse geschrieben, die in ihrer Kunstlosigkeit so unmittelbar ergreifen wie jenes »Geh unter, schöne Sonne«, eine Ode, in der der Klassizismus seine blasse Strenge ein für allemal verloren hat.

Ein Spaziergänger preist eine Landschaft – ein alltägliches Motiv läßt sich kaum denken. Schillers gleichnamiges Gedicht ist eine große philosophische *Tour d'horizon,* da wird über Natur und Geschichte, Aufklärung und Antike nachgedacht. Zu einer so weitgespannten Reflexion reichen Hölderlins Kräfte nicht mehr. Dieser Spaziergänger, der einen Begleiter bräuchte, aber offenbar keinen hat – er leitet sich selbst –, kennt seinen Zustand. Die Natur ist ihm die große Trösterin. Trost wofür? Obwohl vom Herzen die Rede ist, meint Hölderlin nicht mehr »der Liebe Leid«, sondern ganz unverblümt das Leiden des Dichters, die Mühsal des Poeten. Früher hatte er die Würde, Freiheit, Notwendigkeit des Dichters gepriesen. Jetzt wird die Gegenrechnung aufgemacht. War der Preis zu hoch? Die Grammatik läßt in der Schwebe, ob ein ursächlicher Zusammenhang besteht zwischen Dichten und Verdunkelung des Sinns.

Die Landschaft des Wanderers bleibt seltsam blaß, so als ob er die Wege nur im Geist abschritte. Alle Haupt- und Beiwörter sind allgemein gehalten. Da heißt es: Wälder und Baum, nicht mehr: Eiche und Silberpappel, Ulmwald und Feigenbaum; da steht: Bach, nicht mehr: Garonne, Donau, Skamandros. Das Gedicht wird durchsichtig für Früheres. »Ihr lieblichen Bilder im Tale« – das hieß einmal: »Mein Neckar ... mit seinen / Lieblichen Wiesen und Uferweiden«, das hieß: »Dort wo am scharfen Ufer / Hingeht der Steg und in den Strom / Tief fällt der Bach.« Die Landschaft, die Hölderlin sieht, ist eine Landschaft der Seele. Er redet sie an, die Wälder und Talaue, wie er früher den Äther angesprochen hat, die Inseln der Griechen, Heidelberg, das Vaterland, Diotima, den Gesang, die Himmelskräfte. Das preisende Nennen ist die Hauptform seines Dichtens.

Die Seelenlandschaft wird zur Schicksalslandschaft, die sich allmählich eintrübt. Die freundlich geleitende Gottheit verwandelt sich in den, der Blitze und Donner schickt, in den Gott, der den Dichter geschlagen hat. Aber das liegt lange zurück. Auf »süße Ruh« ist der Ton des Gedichts gestimmt. Deshalb erfolgt aus der Gewitterlandschaft ein jäher Absprung, als sei schon zuviel gesagt. Wohin? »Bild« heißt der Schlüsselbegriff des Gedichts, Bild im platonischen Sinn, die letzte Zeile sagt es deutlich. So wird die schwäbische Landschaft noch einmal transparent für das Urbild aller Schönheit: Griechenland.

Das Gedicht, dessen dunkle Töne man nicht überhören kann, klingt versöhnlich aus. Nicht mehr von Rebellion, von Sehnsucht nach einem besseren Vaterland, besseren Menschen, einer besseren Liebe, was der Griechentraum einmal konkret bedeutet hat. Aber wie sollte es auch anders sein? Der Geist dessen, der da dichtet, liegt in Fesseln. Man merkt gegen Schluß, wie Vers und Rhythmus ins Schleudern geraten, sich Überflüssiges einschleicht (das »bereitet« in Vers 19). Man hält den Atem an. Aber der Dichter hält durch. Noch einmal.

FRIEDRICH HÖLDERLIN
DER TOD FÜR'S VATERLAND

Du kömmst, o Schlacht! schon woogen, die Jünglinge
Hinab von ihren Hügeln, hinab in's Thal,
Wo kek herauf die Würger dringen, –
Sicher der Kunst des Arms, doch sichrer

Kömmt über sie die Seele der Jünglinge,
Denn die Gerechten schlagen, wie Zauberer,
Und ihre Vaterlandsgesänge
Lähmen die Kniee den Ehrelosen.

O nimmt mich, nimmt mich mit in die Reihen auf,
Damit ich einst nicht sterbe gemeinen Tods!
Umsonst zu sterben, lieb' ich nicht, doch
Lieb' ich, zu fallen am Opferhügel

Für's Vaterland, zu bluten des Herzens Blut
Für's Vaterland – und bald ists gescheh'n! Zu euch,
Ihr Theuern! komm' ich, die mich leben
Lehrten und sterben, zu euch hinunter!

Wie oft im Lichte dürstet' ich euch zu seh'n,
Ihr Helden und ihr Dichter aus alter Zeit!
Nun grüßt ihr freundlich den geringen
Fremdling und brüderlich ist's hier unten;

Und Siegesboten kommen herab: Die Schlacht
Ist unser! Lebe droben, o Vaterland,
Und zähle nicht die Toten! Dir ist,
Liebes! nicht Einer zu viel gefallen.

WOLF BIERMANN
VATERLANDSPHRASEN ODER SCHWÄBISCHE MARSEILLAISE?

Was Wunder, daß die Nazis entzückt waren. Chauvinistische Gymnasialpauker zelebrierten diese Worte den Kindern, die sie in Hitlers verlorenen Krieg schickten. Ich lese diese Ode zweimal. Und erst einmal eben nicht in der berühmten Stuttgarter Ausgabe, sondern in einer Hölderlin-Feldauswahl. Das ist eine makabre Rarität aus der Nazizeit, gedruckt auf holzigem Kriegspapier, ausgewählte Gedichte und Prosafetzen. Im Impressum steht: »Diese von Friedrich Beißner besorgte Auswahl erscheint im Auftrag der Hölderlin-Gesellschaft und des Hauptkulturamts der NSDAP.« Der große Hölderlin-Professor Beißner packte also im Krieg sein lyrisches Frontpäckchen, eine eiserne Ration für die Soldaten der Wehrmacht, damit der Tod fürs Vaterland ihnen leichter fällt. Der Zufall liefert uns zudem eine blödsinnige Zahlenmystik mit der Zahl Hundert: genau hundert Seiten, Auflage hunderttausend im hundertsten Todesjahr von Hölderlin und zugleich im Todesjahr für hunderttausend eingekesselte deutsche Soldaten vor Stalingrad.
Die Rechten lieben sie, wir Linken verdrängen diese Ode über den schönen Heldentod. Wir wollen unseren Dichter nicht gern in Bad Homburg am Schreibtisch sitzen sehn, wie er junge Leute mit Vaterlandsphrasen in das Verrekken schickt. Er kannte doch wohl das deutsche Sprichwort: »Man soll nicht mit eines anderen Mannes Arsch

durchs Feuer reiten.« Was dachte sich der! *Dulce et decorum est pro patria mori?* Haben Sie das selber ausprobiert, Horaz, daß es süß und ehrenvoll sei, für das Vaterland zu sterben? Denn uns stinkt dieses *Es ist so schön, Soldat zu sein.* Von wegen: Dir ist, Liebes! nicht Einer zu viel gefallen. Von wegen *Viva la Muerte, compañero Durutti!* »Schlagt sie tot! Das Weltgericht fragt euch nach den Gründen nicht.« Kleist. Er kämpfte im Interventionskrieg gegen das revolutionäre Frankreich. Und so immer weiter. Jeder Stoß ein Franzos. Jeder Schuß ein Russ. »O Vaterland, / Und zähle nicht die Toten!«

Ja, auch ich blätterte immer flott über dieses Schlachtengemälde weg und zog mich lieber hoch am Hyperion. Dabei entstand die Ode »Der Tod fürs Vaterland« in Hölderlins bester Zeit, kurz vor der Jahrhundertwende. In diesen Jahren war der Dichter noch nicht verrückt, noch immer war er Hölderlin und nicht »Scardanelli«, wie er einige seiner späten Gedichte zeichnete. Und hatte Hölderlin es damals etwa nicht längst besser und tiefer begriffen? Grad im Hyperion zeigte er doch, daß kein Soldat nie und nimmer und aus keinem Krieg je mit sauberen Händen kommt, auch dann nicht, wenn er für die gerechteste Sache kämpft.

Grad das war ja die schmerzliche Wahrheit, darum scheitert ja der Held Hyperion: Die sogenannten Guten plündern, rauben, vergewaltigen und marodieren mitten im gerechten Krieg so munter drauflos wie die Soldaten der schlechten Gegenseite auch. Alles das sind so Affekte beim ersten Blick auf diese Ode. Der böse, der zeitgeistblöde Blick ist uns erlaubt – aber er ist zugleich fürchterlich falsch. Beim zweiten Lesen finde ich ein ganz anderes Gedicht, denn ich bedenke nun das historische Koordinatensystem des Dichters: Die Franzosen hatten grad ihre Revolution gemacht. Ein Vaterland sollte nicht gegen äußere Feinde verteidigt werden, sondern gegen den inneren Feind, den eigenen Fürsten.

Hölderlins Herz schlug, das wissen wir ja, für die Republik. 1792 schrieb er seiner Schwester, er »... bete für die Franzosen, die Verfechter der menschlichen Rechte«. Freilich überkam auch ihn der Katzenjammer, als der jakobinische Terreur tobte. Als Hölderlin seine Ode schrieb, rannten die gutausgerüsteten Koalitionsheere der absolutistischen Despoten des alten Europa gegen das revolutionäre Frankreich an. Und sie wurden von Napoleons junger Armee immer wieder wunderbar geschlagen. Im Sog dieser Siege hoffte Hölderlin auf einen Sieg der Revolution auch in Schwaben. Zudem gab's in der südlichen Nachbarschaft ein aufreizendes Beispiel: In der Schweiz hatten die verbündeten Eidgenossen soeben die »Helvetische Republik« gegründet. »Der Tod fürs Vaterland« war also gemeint als eine deutsche, eine württembergische Marseillaise. Durch des Deutschen Ode schimmert das berühmte Revolutionslied des Rouget de Lisle. So erinnern Hölderlins »Jünglinge« an *les enfants de la patrie*, und die »Würger« lassen an jene *féroces soldats*, jene wilden Soldaten, denken, die kommen, um die Söhne zu würgen – *égorger vos fils*.

Ein drittes Mal lese ich das scheußliche und schöne Gedicht nicht. Ich grüble nach und will endlich wissen, warum diese Ode mich trotzdem ärgert. Der Grund kann nicht das Thema sein. Der Gedanke, daß Menschen bereit sind, für ein besseres Leben zu kämpfen und auch zu sterben, ist mir geläufig und bleibt auch gut und richtig. Was stört uns also an Hölderlins Gedicht? Es ist dieser Gestank der Begeisterung.

FRIEDRICH HÖLDERLIN
DER WINKEL VON HARDT

Hinunter sinket der Wald,
Und Knospen ähnlich, hängen
Einwärts die Blätter, denen
Blüht unten auf ein Grund,
Nicht gar unmündig.
Da nämlich ist Ulrich
Gegangen; oft sinnt, über den Fußtritt,
Ein groß Schicksal
Bereit, an übrigem Orte.

PETER HÄRTLING
IN DER ULRICHSHÖHLE

Den Ort, der in diesem Gedicht angesprochen wird, kenne ich aus meiner Jugend. Oft habe ich, allein oder mit Freunden, eine Sage nachgespielt, die unsere Phantasie bewegte: In diesem Felsenspalt über dem Tal der Aich, nahe dem Dörfchen Hardt, soll sich im Jahre 1519 der württembergische Herzog Ulrich verborgen gehalten haben, als der von den Habsburgern gestützte Schwäbische Bund ihn verfolgte und aus dem Land vertrieb. Er hatte das Volk, vor allem die Bauern, auf seiner Seite. Einer seiner treuesten Gefolgsleute war der »Pfeifer von Hardt«. Ihn kannten wir aus Hauffs »Lichtenstein«.

Leicht ließ sich die Szene ausmalen, ließen sich Unterhaltungen zwischen dem Geächteten und seinem Helfer ausdenken. Die natürliche Kulisse verführte dazu: der dichte, sich auf der Höhe von Nürtingen nach Hardt hinziehende Laubwald, der sich manchmal durch enge Klüfte dahinschlängelnde Bach und die beiden gegeneinander lehnenden Felsenbrocken: die Ulrichshöhle, der Schlupfwinkel.

Hölderlins Gedicht kommt aus einer ähnlichen Erinnerung. Gustav Schwab erzählt in seiner Hölderlin-Biographie: »In dem Felsspalte (...) las er dem zärtlich geliebten Halbbruder manchmal begeistert aus Klopstocks Hermannsschlacht vor und dem ›Winkel von Hardt‹ war auch eines seiner ersten Gedichte gewidmet.« Der Vierzehnjährige war eben konfirmiert worden und bereitete sich auf das Seminar in Denkendorf vor.

Das frühe Gedicht ging verloren. Vielleicht war es gereimt wie die meisten Gedichte, die er in seiner Jugend schrieb, und vielleicht beschwor es Helden und Natur so liebevoll einfältig wie das Gedicht »Die Teck«: »Da klangen einst Harnische, Schwerder ertönten / Zwischen den mossigten der Mauren der Fürsten und blinkende Helme.«
Neunzehn Jahre danach, wieder in Nürtingen, schreibt Hölderlin das uns bekannte Gedicht. Es ist mehr als nur diese Zeit vergangen; ein ganzes Leben: Er hatte studiert, war Hauslehrer in Waltershausen, Frankfurt, Stuttgart, Hauptwil und Bordeaux gewesen; Susette Gontard, seine Diotima, war gestorben; und die Zeit hatte seinem Glauben auf »eine künftige Revolution der Gesinnungen und Vorstellungsarten, die alles Bisherige schamrot machen wird«, mit immer neuen Kriegen und Restauration widersprochen.
Er ist verstört, krank aus Bordeaux nach Hause gekommen. In der Obhut von Mutter und Schwester wartet er auf das Nichts. Die Aussicht, daß seine Sophokles-Übersetzung veröffentlicht werden soll, gibt ihm ein wenig Auftrieb. Der Verleger, Friedrich Wilmans, bittet ihn überdies, Gedichte für einen Almanach zu schicken. »Ich bin eben an der Durchsicht einiger Nachtgesänge für Ihren Almanach«, antwortet ihm Hölderlin; eines der neun Gedichte ist der »Winkel von Hardt«.
Alle seine Hoffnung auf eine Umkehr der Geschichte sammelt sich in der angeschauten Natur. In den ersten vier Zeilen beschreibt er die Landschaft genau. Es hat sich nichts geändert. Die Erinnerung an die kindliche Sicherheit, der Wunsch, daß sie wiederkehre, teilt sich in der Metapher mit: »Und Knospen ähnlich, hängen / Einwärts die Blätter.« Die Blätter schützen gleichermaßen das Ge-

dächtnis des Schreibenden wie Herzog Ulrich, den imaginierten Flüchtling. Nun sind sie beide Flüchtende. Um ihretwillen baut die verständige Natur eine größere Höhle.

Der Wald sinkt hinunter zum »Grund«, dem Bachlauf der Aich. Daß er »aufblüht«, hat nun schon mit Ulrichs einstiger Anwesenheit zu tun. Deshalb ist der Grund »nicht gar unmündig«: er hat ein Gedächtnis, kann erzählen – so wie Kinder, die Ereignissen vertrauen. Diese Zeile steht in der Mitte des Gedichts; mit ihr schließt die Naturbeschreibung. Hier ist der verbannte Herzog gegangen. Sein »groß Schicksal« verselbständigt sich, bleibt als Legende, als unsichtbarer »Fußtritt« für den lesbar, der »bereit« ist, »an übrigem Orte«, der Stelle, die ohne den Helden übriggeblieben ist, sich zu erinnern, Geschichte als Beispiel zu rekapitulieren.

Die Heldengestalt der Kindheit verbündet sich mit dem Anspruch, der Vision eines schwierigen Lebens. Auch die verleugnete Geschichte ist vorhanden: »bereit, an übrigem Orte«. Der Doppelsinn der Zeile wird zur Botschaft.

FRIEDRICH HÖLDERLIN
DER ZEITGEIST

Zu lang schon waltest über dem Haupte mir
Du in der dunkeln Wolke, du Gott der Zeit!
Zu wild, zu bang ist's ringsum, und es
Trümmert und wankt ja, wohin ich blicke.

Ach! wie ein Knabe, seh' ich zu Boden oft,
Such' in der Höhle Rettung von dir, und möcht'
Ich Blöder, eine Stelle finden,
Alleserschütt'rer! wo du nicht wärest.

Lass' endlich, Vater! offenen Aug's mich dir
Begegnen! hast denn du nicht zuerst den Geist
Mit deinem Strahl aus mir geweckt? mich
Herrlich an's Leben gebracht, o Vater! –

Wohl keimt aus jungen Reben uns heil'ge Kraft;
In milder Luft begegnet den Sterblichen,
Und wenn sie still im Haine wandeln,
Heiternd ein Gott; doch allmächt'ger weckst du

Die reine Seele Jünglingen auf, und lehrst
Die Alten weise Künste; der Schlimme nur
Wird schlimmer, daß er bälder ende,
Wenn du, Erschütterer! ihn ergreifest.

WERNER ROSS
DER ZEITGEIST HIESS KANT

Niemand käme, wenn er nur das Gedicht gelesen hätte, darauf, ihm den Titel »Zeitgeist« zu geben. Unser Verständnis des Zeitgeistes hat Goethe dauerhaft definiert: »Wenn eine Seite nun besonders hervortritt, sich der Menge bemächtigt und in dem Grade triumphiert, daß die entgegengesetzte sich in die Enge zurückziehen und für den Augenblick im stillen verbergen muß, so nennt man jenes Übergewicht den Zeitgeist, der denn auch eine Zeitlang sein Wesen treibt.«

Hölderlin hat offenbar nicht diesen Kobold, sondern eine viel würdevollere Verkörperung im Sinne, die überraschend einmal als »Erschütterer« und sogar »Alleserschütterer«, ein andermal aber in schöpferischer Gestalt, als »Vater« angerufen wird. Der Zeitgeist, so liest man gleich im zweiten Vers, ist »Gott der Zeit«, in einer dunklen Wolke zu Hause„ also in der unerforschbaren nahen Zukunft.

Was für eine Zeit war das, in der das Gedicht entstand, und was für eine, die sich drohend und befreiend ankündigte? Das Gedicht steht in dem Freundes Neuffer Taschenbuch auf das Jahr 1800 und ist vermutlich 1798 oder 1799 geschrieben, in der Nachbarschaft des ominösen »Der Tod fürs Vaterland« und des Bonapartegedichtes. Aber »Alleserschütterer« wäre für Napoleon in Ägypten doch zu hoch gegriffen gewesen.

In den Briefen aus der gleichen Zeit – und dies scheint bisher in keiner Deutung, keinem Kommentar bemerkt worden zu sein – kommt nur einer vor, auf den der »Alleserschütterer« gemünzt sein könnte. In dem zehn Druckseiten langen »Jahrhundertbrief« an den Bruder Karl, der am 1. Januar 1799 fertig wurde, ist die Rede von der neuen Philosophie in Deutschland, und da ist Kant »der Moses unserer Nation, der sie aus der ägyptischen Erschlaffung in die freie einsame Wüste seiner Spekulation führt«. Vorher heißt es, auch wenn diese neue deutsche Philosophie viel Selbsttätigkeit verlange, sei sie als Philosophie der Zeit (»Zeit« unterstrichen) doch die einzig mögliche.

Wir erinnern uns, daß Kant bald der Ehren- oder Spitzname des »Alleszermalmers« zuflog, der in der Tat fast ein Synonym des Alleserschütterers ist. Es ging hoch her in dieser Zeit der neuen Philosophen. Hölderlin war vorher in Jena mit dabei und schwankte auch jetzt noch, ob der strahlendere Ruhm und die mächtigere Wirkung durch seine Poesie zu erzielen sei oder nicht eher durch sein Raisonnement.

Die Gruppe der Streiter von Fichte bis Hegel, von Schelling bis Schlegel, von Kant bis Schleiermacher war beträchtlich. Ihnen allen zusammen war der Geist durch den Strahl des Gottes der Zeit geweckt worden, sie waren »herrlich ins Leben gebracht«. Wenn Kant als neuer Moses sie führte, dann diente er dem neuen Gott. Man braucht über diesen Erschütterungen die der Französischen Revolution nicht zu vergessen. Sie half beim Erschüttern mit. Aber die deutsche Revolution sollte in Hölderlins Vision die höhere und tiefergreifende sein.

So darf man einen anderen berühmten Hölderlinsvers dazu stellen, aus dem Gedicht an die Deutschen als künftige Täter: *Oder kömmt, wie der Strahl aus dem Gewölke kömmt, / aus Gedanken die Tat? Leben die Bücher bald?* Damit kein Zweifel sei, heißt es in der wenig späteren Fassung: *Aus Gedanken vielleicht, geistig und reif die Tat?* Dort freilich wird nicht der Gott der Zeit angerufen, sondern zwischen Hoffen und Zweifeln der »Genius unseres Volks«.

FRIEDRICH HÖLDERLIN
GANYMED

Was schläfst du, Bergsohn, liegest in Unmuth, schief,
Und frierst am kahlen Ufer, Gedultiger!
Denkst nicht der Gnade, du, wenn's an den
Tischen die Himmlischen sonst gedürstet?

Kennst drunten du vom Vater die Boten nicht,
Nicht in der Kluft der Lüfte geschärfter Spiel?
Trift nicht das Wort dich, das voll alten
Geists ein gewanderter Mann dir sendet?

Schon tönet's aber ihm in der Brust. Tief quillt's,
Wie damals, als hoch oben im Fels er schlief,
Ihm auf. Im Zorne reinigt aber
Sich der Gefesselte nun, nun eilt er

Der Linkische; der spottet der Schlaken nun,
Und nimmt und bricht und wirft die Zerbrochenen
Zorntrunken, spielend, dort und da zum
Schauenden Ufer und bei des Fremdlings

Besondrer Stimme stehen die Heerden auf,
Es regen sich die Wälder, es hört tief Land
Den Stromgeist fern, und schaudernd regt im
Nabel der Erde der Geist sich wieder.

Der Frühling kömmt. Und jedes, in seiner Art,
Blüht. Der ist aber ferne; nicht mehr dabei.
Irr gieng er nun; denn allzugut sind
Genien; himmlisch Gespräch ist sein nun.

SAMUEL BÄCHLI
WIDER DIE FELSBROCKEN UNSERER WIRKLICHKEIT

Seien wir vergeßlich. Mit unserem bruchstückhaften Schulwissen hat Hölderlins Bild der Antike wenig zu tun. Er hat sich an die Alten angelehnt, weil er ohne erfühlte Nähe nicht sein konnte, ihre Welt für sich neu ersonnen als Wirklichkeit für seine Sinne. Er reifte »nach seiner Art«, reinigte sich von Nachahmung. Nur zwei der vielen Odenformen des Horaz wurden ihm zur Natur, eine davon war die alkäische. Soll sie wieder zum Klingen gebracht werden, so dürfen wir sie nicht über bestehende Brücken, zum Beispiel Klopstock, zu uns herüberziehen wie eine veraltete Sprechweise. Falsche Vertrautheit darf »des Fremden besondere Stimme« nicht entstellen.

Aus eigener Kraft müssen wir den Abstand überwinden, der uns von Hölderlins Tonfall trennt; uns einhören, bis das Bauprinzip seiner Vierzeiler zu leben anfängt, bis Wiedererkennungseffekt und Erwartungshaltung sich einstellen. Wie bei Bachschen Orgelfugen.

Und die Mythologie? Wiederum verfuhr Hölderlin selektiv, bei aller Verehrung. Viele Götternamen kommen bei ihm nicht vor, andere wurden Bestandteile seines Deutsch, zu Substantiven mit aktivem Wortfeld. So wird der Titel einer früheren Stufe des Gedichts, »Der gefesselte Strom«, zu »Ganymed«, mit leichter Sinnverschiebung; Ganymed, der Mundschenk der Götter, kundig im Umgang mit allem, was fließt: Goethes »vom Himmel kommt es, zum Himmel steigt es« in einem einzigen Wort.

Es ist, als ob Hölderlin die Sprache beschwöre, wenn er ständig an seinem Werk weiterdichtet, gläubig auf das richtige Wort wartet. Der Unmut des Flußgeistes muß zunehmen und sich verdichten, bis er am Schluß der ersten Zeile zum erstaunlichen »schief« sich ballt. Die Lage ist verquer, vor Kälte krümmen sich die Glieder, und das Antlitz verzerrt sich beim Anblick einer ihm fremden Welt. Das Wasser des Lebens, Wein in den Bechern der Himmlischen, ist erstarrt. Es muß, damit es zu fließen beginne, erweckt werden, darum die Boten des Vaters. Sie sind himmlischen Ursprungs, aber nicht körperlos, sind als Lüfte fühlbar. Denn in einem ganzen, einem unversehrten Leben gibt es für Hölderlin den Riß zwischen Geist und Natur nicht. Und wenn die Botschaft nochmals eintrifft, diesmal als »Wort« »voll alten Geists«, so wird sie nicht vom Engel verkündigt, sondern von einem »gewanderten Mann«, einem auf Erden weise gewordenen, überbracht.

Es tönt in ihm wie damals, als er als Felsenquell die verkrustete Oberfläche durchbrach. Wird zum reinen Klang in »Tief quillt's«, das die Metaphern von Fluß und Frühling zusammenfaßt. Überlagert von einer dritten Bedeutungsfolie, der Menschheit, die in Fesseln verdarb. Sie muß gereinigt werden von ihren »Schlaken« (zu denen die Eisschollen geworden sind). Zwar ist der Zornige in den Augen der Welt der »Linkische«, aber er »spottet des Spotts«, wie es andernorts heißt. Nicht nur die Menschen werden seiner gewahr, auch die »Ufer« schauen, und das Land »hört«. Und nun geschieht das Ungeheuerliche: »bei des Fremdlings/ Besondrer Stimme stehen die Heerden auf«, als begriffen sie seine Ankunft wie einst die Hirten auf dem Felde, und »schaudernd«, vor Freude erschauernd, regt es sich im Nabel der Erde, als hätten Natur und Geist sich versöhnt.

Doch nun geht der Fluß in der letzten Strophe in die Irre. Ist er in diesem Frühling, den er erblühen ließ, nicht in seinem Eigenen, nicht zu Hause? Uns Heutige quälen Fragen, die die Zeit uns aufdrängt. Hat der Erlöser zuviel gewollt? Läßt sich die Welt nur notdürftig verbessern? Und gibt es den eigentlichen Frühling, den jeder Aufstand meint, nicht? Gibt es ihn nur als ewiges Versprechen, als »Gespräch«, als »Wort«, als Kunst?

Doch kaum ausgesprochen, verstummen unsere Fragen. Es ist der Jubel des Aufbruchs, der sie übertönt. Von ihm geht eine sprachgestische Gewalt aus, die auch die widerspenstigen Felsbrocken unserer Realität mit sich reißt. Das Gedicht hat in der Tat und als Tat diese Welt verändert, wenn auch nur für Augenblicke, nicht für die Ewigkeit.

Doch »Nachtgesänge« heißt der Odenzyklus – es ist der letzte –, in den Hölderlin den »Ganymed« aufnimmt. Er, der das makellos Helle mit eigenen Augen sah und zu preisen nicht müde wurde, hat die Dunkelheit und Kälte der Welt nicht weniger schmerzhaft durchlitten als Schubert auf seiner Winterreise. Goethe hat den Riß, der in der Welt klafft, beschönigt, Kleist verzweifelte an ihm und ging, Heine wurde zum Zyniker. Nur Hölderlin, der Reinste der Reinen, hielt dem Widerspruch des Lebens, ohne ihn zu verharmlosen oder zu verunglimpfen, stand. Nach Maßgabe seiner Kräfte.

FRIEDRICH HÖLDERLIN
HÄLFTE DES LEBENS

Mit gelben Birnen hänget
Und voll mit wilden Rosen
Das Land in den See,
Ihr holden Schwäne,
Und trunken von Küssen
Tunkt ihr das Haupt
Ins heilignüchterne Wasser.

Weh mir, wo nehm ich, wenn
Es Winter ist, die Blumen, und wo
Den Sonnenschein
Und Schatten der Erde?
Die Mauern stehn
Sprachlos und kalt, im Winde
Klirren die Fahnen.

ERNST JANDL
BEWEIS FÜR MENSCHLICHES GLÜCK

Glück und Verzweiflung, diese beiden extremen Stimmungslagen des Menschen, sind in Friedrich Hölderlins Gedicht »Hälfte des Lebens« in vollendeter Weise vereint. Schon der Titel enthält den Triumph und die Tragik aller menschlichen Existenz. Zu leben, am Leben zu sein, darüber ließe sich nur jubeln, empfänden wir Menschen uns nicht jederzeit als Sterbliche, unser Leben als begrenzt. Nur dadurch läßt sich an eine »Hälfte des Lebens« überhaupt denken.

Dieses Denkens fähig zu sein ist unsere Gnade, als Menschen, und zugleich unser Fluch. So mögen wir dazu gelangen, die schönen Schwäne zu feiern, die »holden«, und sie zugleich zu beneiden, ebenso wie andere nichtmenschliche belebte Geschöpfe, sofern sie uns als Sinnbild von Schönheit, Liebe und Kraft erscheinen, nicht als Verkörperung von Verworfenheit und Niedertracht. Ihnen, auch denen, die wir bewundern, ohne irgendeinem davon in irgendeiner seiner tierischen Eigenschaften wirklich nachzustreben, ist es durch die Enge ihres außermenschlichen Horizonts gegeben, den Tod nicht zu kennen.

Wir Menschen jedoch, sagt Hölderlin in seinem Gedicht, kennen die Begeisterung, die Verzückung, die uns im Denken und Fühlen aller Sterblichkeit für Momente enthebt. Um so härter dann fallen wir zurück auf den Boden unserer Unerheblichkeit: Wir besitzen letztlich weder

Kraft noch Farbe, noch Glanz, sobald es für uns unwiderruflich Winter ist.
O die schönen Religionen, möchte man hinzufügen, was haben wir nicht alles unternommen, um sie zu erschaffen und durch sie uns Unsterblichkeit zu erwirken. Wir sind zutiefst betrübt, daß entgegen all diesem edlen Bemühen sprachlos und kalt die Mauern vor uns stehen und daß nichts mehr zu hören sein wird als das Klirren von Fahnen, und nirgends ein menschliches Ohr, das es hört. Obwohl darin keine Botschaft für uns läge außer vielleicht jener schrecklichen, die unser Jahrhundert so voll realisiert hat: zu töten, um zu überleben, was immer nur heißen kann, andere zu überleben, weil es ein Überleben, grenzenlos, wie wir es ersehnen könnten, für uns nicht gibt und für keinen von uns je geben wird.
Dieser Pessimismus, wenn man es so nennen will, ist keine Lehre, keine Religion, sondern immer nur das Kreuz eines einzelnen. So wie Hölderlins Erleben, Klage und Vision nur die eines einzelnen gewesen sind. Aber wer von uns Menschen wäre je über sich hinaus- und hinübergewachsen zu den sogenannten künftigen Geschlechtern? »Weh mir, wo nehm ich, wenn« bleibt dennoch eine herrliche Zeile und Hölderlins Gedicht ein Beweis für menschliches Glück.

FRIEDRICH HÖLDERLIN
HEIDELBERG

Lange lieb' ich dich schon, möchte dich, mir zur Lust,
Mutter nennen, und dir schenken ein kunstlos Lied,
Du, der Vaterlandsstädte
Ländlichschönste, so viel ich sah.

Wie der Vogel des Walds über die Gipfel fliegt,
Schwingt sich über den Strom, wo er vorbei dir glänzt,
Leicht und kräftig die Brücke,
Die von Wagen und Menschen tönt.

Wie von Göttern gesandt, fesselt' ein Zauber einst
Auf die Brücke mich an, da ich vorüber ging,
Und herein in die Berge
Mir die reizende Ferne schien,

Und der Jüngling, der Strom, fort in die Ebne zog,
Traurigfroh, wie das Herz, wenn es, sich selbst zu schön,
Liebend unterzugehen,
In die Fluten der Zeit sich wirft.

Quellen hattest du ihm, hattest dem Flüchtigen
Kühle Schatten geschenkt, und die Gestade sahn
All' ihm nach, und es bebte
Aus den Wellen ihr lieblich Bild.

Aber schwer in das Tal hing die gigantische,
Schicksalskundige Burg nieder bis auf den Grund
Von den Wettern zerrissen;
Doch die ewige Sonne goß

Ihr verjüngendes Licht über das alternde
Riesenbild, und umher grünte lebendiger
Efeu; freundliche Wälder
Rauschten über die Burg herab.

Sträuche blühten herab, bis wo im heitern Tal,
An den Hügel gelehnt, oder dem Ufer hold,
Deine fröhlichen Gassen
Unter duftenden Gärten ruhn.

ULLA HAHN
ZWISCHEN GEBURT UND TOD

Das Gedicht beginnt mit einem Gefühlsausbruch: In drängendem Rhythmus gesteht der Dichter eine lang verschwiegene Liebe – zu Heidelberg. Mutter ist ihm die Stadt, nicht Freundin, nicht Geliebte. Nicht die Erregung der Fremde, die Ruhe der Heimat findet er hier. Und er ist stolz auf sie, die »Ländlichschönste«: eine Frau auf der Höhe ihrer Weiblichkeit.
Nie wurde eine Brücke vollkommener erbaut als in diesen Zeilen. Die Brücke, die Wörter, das Bild des Vogelflugs: eine einzige Harmonie. Bewegung wird nicht behauptet, sie ist. Die Zeilen selbst schwingen schwerelos, eine vollendete Synthese von Rhythmus, Inhalt und Gehalt. Die Bewegung des Bogens, hier im Bild der Brücke, bestimmt die gesamte Ode. Die Ruhe, die sie ausstrahlt, ihren Halt, findet sie in dieser Bewegung. Selbst der fallende Rhythmus wird durch eine Gegenbewegung immer wieder aufgefangen und gerundet.
In der dritten Strophe steht der Dichter selbst auf der Brücke; es ist die Alte Brücke, 1788 fertiggestellt, im selben Jahr, als Hölderlin Heidelberg zum ersten Mal besuchte. 1795 kehrte er von Jena über Heidelberg nach Nürtingen zurück, wenig später schrieb er, auf dem Höhepunkt seiner Oden- und Elegiendichtung, auch diese Liebeserklärung. Von der Brücke aus geschaut, ist das Gedicht wie eine Brücke gebaut. Das Auge wird vom Strom, der Ebene, hinauf zur Burg geführt, die Hügel hinab,

durch die Wälder, hin zu den Gassen und Gärten. Die Bilder sind sinnlich, es sind Skizzen der Wirklichkeit und Sehnsuchtsbilder in einem, lassen Platz für eigenes Erleben und Erinnern. Anders als in manchen seiner Gedichte bleibt Hölderlin bei den Sachen, er flieht nicht in die Mythenwelt der Griechen, er rettet sich nicht ins Symbolische. Auf der Brücke stehend, gehört er selbst zur Stadt, zur Mutter.

Nur zweimal unterbricht Reflexion den gelassenen Schwung der Anschauung. Die vierte Strophe erklärt den Neckar zum Jüngling, der sich, wohlgerüstet mit Quellen und kühlen Schatten, der Mutter in die Fremde entzieht, »traurigfroh«, wie es jeder kennt, der zu neuen Ufern aufbricht, ohne die alten schon verlassen zu können. In der ersten Fassung beginnt diese Strophe mit einem »Ach«, dann einem »Aber«, was schon hier einen dunklen Schatten auf die heitere Gestimmtheit geworfen hätte. Die Endfassung verschiebt das »Aber« an den Beginn der sechsten Strophe. »Aber« ist ein Säulenwort Hölderlinscher Dichtung. Hier hält es, auf dem Scheitelpunkt des Bogens, den Blick an der »Burg« fest. Das Auge weicht nicht in den Himmel aus, verliert sich nicht in den Gefilden der Seligen, bleibt der Erde verhaftet.

Die »schicksalskundige Burg«: ein *memento mori*, das die Harmonie jedoch nicht zerstört, vielmehr wirkt wie ein schwarzer Pinselstrich, den ein Maler setzt, um seine Farben so recht zum Leuchten zu bringen. Denn noch in derselben Strophe wird das düstere Bild verklärt: *»Doch die ewige Sonne goß // Ihr verjüngendes Licht über das alternde / Riesenbild, und umher grünte lebendiger / Efeu:...«* Mächtiger als der Mensch ist die allgegenwärtige Natur, und sie ist freundlich und versöhnlich gestimmt. So vollenden die Augen, vollenden die Wörter den Bogen hinunter ins Tal, wo Natur und Zivilisation, wo fröhliche Gassen, duftende Gärten und blühende Sträucher friedlich einander durchdringen.

Bis ins Detail wird diese Bewegung des Bogens durchgehalten. Das Gedicht beginnt im Präsens. Es folgen Bilder, die bereits in der Erinnerung geborgen, im Präteritum abgeschlossen sind. Erst im letzten Wort des Gedichts, dort, wo der Bogen sich rundet, das Gedicht zur Ruhe kommt, nimmt der Dichter das Präsens wieder auf, Tempus des Augenblicks so gut wie der Ewigkeit. Der Leser spürt die Linie des Lebens selbst, den Bogen zwischen Geburt und Tod.

FRIEDRICH HÖLDERLIN
LEBENSALTER

Ihr Städte des Euphrats!
Ihr Gassen von Palmyra!
Ihr Säulenwälder in der Ebne der Wüste,
Was seid ihr?
Euch hat die Kronen,
Dieweil ihr über die Grenze
Der Othmenden seid gegangen,
Von Himmlischen der Rauchdampf und
Hinweg das Feuer genommen;
Jetzt aber sitz ich unter Wolken (deren
Ein jedes eine Ruh hat eigen) unter
Wohleingerichteten Eichen, auf
Der Heide des Rehs, und fremd
Erscheinen und gestorben mir
Der Seligen Geister.

HANS MAIER
RAUCHDAMPF UND FEUER

»Lebensalter« gehört zu den letzten Gedichten, die Hölderlin, damals 33 Jahre alt und schon von Krankheit gezeichnet, noch selbst zum Druck befördern konnte. Um Weihnachten 1803 bot er von Nürtingen aus, wo er bei seiner Mutter lebte, dem Frankfurter Verleger Wilmans einige »Nachtgesänge« für seinen Almanach an. Neun Gedichte erschienen 1804 in Wilmans' »Taschenbuch für das Jahr 1805«; am bekanntesten von ihnen ist den heutigen Lesern wohl »Hälfte des Lebens« – ähnlich wie »Lebensalter« ein Gedicht von elegischem Ton, mit leise verklingendem Schluß.

Der Anruf, mit dem »Lebensalter« beginnt, beschwört die Städte am Euphrat und in der syrischen Wüste (das alte Palmyra ist das heutige Tadmor in Syrien). Sie liegen alle in Trümmern, vom Feuer zerstört; nur Säulenstümpfe erinnern noch an die einstige Glorie. Mit den Säulenwäldern des Anfangs korrespondieren die Eichenwälder am Schluß des Gedichts: Sie trotzen, »wohleingerichtet«, dem Sturm – sind freilich auch kein rechter Aufenthalt für »der Seligen Geister«, so daß sich der Dichter »unter Wolken«, auf der »Heide des Rehs«, in der umgrenzten stummen Natur fremd und vereinsamt vorkommt.

Palmyra und die Euphrat-Städte stehen in Hölderlins Bildwelt für ein ins Orientalische erweitertes Griechenland (und zugleich für die Bewegung des Geistes, den Gang der Kulturen von Ost nach West), während die Eichen ein Zeichen sind für »Hesperien« – den Norden, die Heimat, das Ruhige, Unbewegte. Der Osten wurde vom Geist ergriffen und verzehrt; der Norden hat seine ekstatische Erweckung durch den Dichter noch vor sich. Seit seiner Reise nach Frankreich 1801/02, bei der er »in den Ruinen des antiquen Geistes« dem »heroischen Körper der Griechen« begegnete, sucht Hölderlin nach einer Sprache, die nicht klassizistisches Zitat, sondern Neuschöpfung ist, die Griechenland mit Hesperien verbindet, in der Begriffe zu Bildern, Bilder zu Begriffen werden, Philosophieren und Dichten in »unauflösliche Verflechtung« (Dieter Henrich) geraten.

Diesem Anspruch aber kann die Sprache kaum genügen; denn das besondere, unterscheidende, umgrenzende Wort widerstrebt – im Gegensatz zur Musik – der Allverbindung der Gegensätze. Und so hat Hölderlin seit jener Frankreich-Fahrt das Gefühl, »daß mich Apollo geschlagen«: Er ist nun endgültig zum Dichter geworden, doch die Gewalt der Vision zerbricht sein Wort. Diese Peripetie wird in »Lebensalter« mit dem Wort »Rauchdampf« (aus der Lutherbibel) angedeutet. Rauchdampf und Feuer nehmen den Werken der Menschen »die Kronen« weg. Haben die Sterblichen, indem sie ihre Grenzen überschritten, selbst das Feuer des Himmels auf sich gezogen? War die Selbsterfüllung des ekstatischen Geistes in Wahrheit ein Zuviel und Zufrüh, war sie Hybris?

Wie dem auch sei: die magische Einsamkeit, in die das Gedicht ausläuft, das seltsam Gläserne, Kühle, Abgelöste (mit dem somnambulen Einsprengsel des Relativsatzes, der schon auf die Satzbildungen der Wahnsinnszeit vorausdeutet) – das alles ist wie ein Echo auf die Städte des Euphrats und die Gassen von Palmyra; eine Antwort auf die Eingangsfrage an die Säulenwälder: *Was seid ihr?*

FRIEDRICH HÖLDERLIN
LEBENSLAUF

Größers wolltest auch du, aber die Liebe zwingt
All uns nieder, das Leid beuget gewaltiger,
Doch es kehret umsonst nicht
Unser Bogen, woher er kommt.

Aufwärts oder hinab! herrschet in heilger Nacht,
Wo die stumme Natur werdende Tage sinnt,
Herrscht im schiefesten Orkus
Nicht ein Grades, ein Recht noch auch?

Dies erfuhr ich. Denn nie, sterblichen Meistern gleich,
Habt ihr Himmlischen, ihr Alleserhaltenden,
Daß ich wüßte, mit Vorsicht
Mich des ebenen Pfads geführt.

Alles prüfe der Mensch, sagen die Himmlischen,
Daß er, kräftig genährt, danken für Alles lern,
Und verstehe die Freiheit,
Aufzubrechen, wohin er will.

ELISABETH BORCHERS
DIE IRDISCHEN UND DIE HIMMLISCHEN

Wir mit unseren Papieren und Dokumenten, darunter der Lebenslauf, der irgendwo dort abbricht, wo wir uns eben befinden, auf halbem Weg. Woher wir kommen, ist uns gesagt worden. Wohin wir gehen, auch das haben wir vernommen. Dazwischen, zusammengerafft, des Lebens Lauf, der zwar nicht in unseren Papieren, doch als Wort auch das Ende einbezieht. Denn jeder Lauf hat einen Anfang und ein Ende. So versteht es der genau denkende junge Hölderlin.

Mit umarmender Bewegung fängt der erste Satz, die erste Strophe, Mitte, Ende und Anfang ein. Auch das uns vorschwebende Große, immer noch größer werden Wollende. Nicht umsonst ist uns Phantasie gegeben, sie schreckt vor keiner Höhe zurück, mit ihr ist jedes Gelingen ausdenkbar, das, ginge es nach ihr, kein Ende nähme, denn unsere Phantasie ist nicht maßvoll, sie ist in eine hohe Schule gegangen. Aber mit Allmacht Ausgestattete sind wir nicht. Nein, wir erfahren die Grenze, den Augenblick der Umkehr des Bogens, der gewaltiger gebeugt wird, als das Große uns gewaltig aufrichtete.

Hölderlin redet von uns allen. Und allen sagt er, daß es nicht umsonst war, wenn der Lebensbogen dorthin zurück muß, woher er kam. Aber der Dichter wäre ein Überirdischer, wenn dieses Begreifen auch das Verstehen einschlösse. Das tut es nicht.

Der zweite Satz, die zweite Strophe beweist es. Der Lebensbereich wird zum Totenreich, zum Orkus. Was heißt: Orkus? Nicht von jener fernen, dahindämmernden, nichts wahrnehmenden Unterwelt ist die Rede, wohin das Gemeine klanglos verschwindet. Nicht als vollkommene Totenarchitektur sieht Hölderlin den Orkus, sondern – die Phantasie schafft auch hier Steigerung: – bei lebendigem Leibe ist es der schiefeste Orkus, wo auch nicht ein Stückchen geraden Weges zu finden ist, um bei diesem Hinauf und Hinab Atem schöpfen zu können, wo auch nicht *ein* Recht zu finden ist, auf das sich zu berufen man ein Recht hätte – in dieser abgewandten, unberührten Nacht, in der die sich ganz auf sich besinnende Natur, ohne den Elenden auch nur eines Blickes zu würdigen, den neuen Tag ausdenkt.

Was eben noch Frage war, gepeinigte, in odischer Form sich aufbäumende Verzweiflungsstrophe, wird nun, im dritten Satz, bestätigt. Im ganzen Werk Hölderlins ist ein kürzerer Satz nicht zu finden: *Dies erfuhr ich*. Dieser lakonische Satz belegt die Schrecken, die dem Irdischen angetan wurden. Dem kleinen Satz, der eine Zurücknahme oder Beschwichtigung unmöglich macht, folgt nun, als habe da jemand seine Fassung wiedergefunden, eine bedächtige, anhaltende Überlegung, ein an die Himmlischen gerichtetes Wort: Nie habt ihr mich des ebenen Pfads geführt.

Und die Himmlischen, mit ihrem guten Gehör, diese Unerschrockenen und Unbeirrbaren – nicht zu verwechseln, wohlgemerkt, mit den Göttern und Göttinnen, die sich Schiller nach dem Ebenbild des Menschen erdacht hat, die sich zu Tränen rühren lassen, angesichts dieses Trauerspiels, das der Mensch zu Ende zu spielen hat – Hölderlins Götter lassen sich erhabenerweise von fern her zu einer Antwort herab: *Alles prüfe der Mensch*.

Alles prüfe der Mensch, dem ALLES gegeben wird, nicht nur das Leben, auch Freude und Leid, das Aufwärts, das Hinab, die Höhe, die Umkehr. *Das* kräftigt den Menschen, damit er, kräftig genährt, das Danken lerne. Dank den Himmlischen, die ihn aus dem Übervollen schöpfen ließen, denn *das* scheint das Hervorragende, das Auszeichnende zu sein. Und nicht etwa die Mitte zwischen Freuden und Leiden, von der der bescheidene, weil vielleicht furchtsame Mörike spricht.
Nicht nur den Dank für alles lernen soll der Mensch, er soll auch lernen, ebendiese Freiheit zu verstehen, die ihm gegeben wurde: Die Freiheit aufzubrechen, wohin er will, zum Höchstmaß. So die Freiheit verstehen lernen: Aufbrechen, wohin immer wir wollen, bis das Maß erfüllt ist, damit wir – wir alle – nicht maßlos werden, weil wir nicht maßlos werden können, wir, die wir alle in die hohe Schule der Erschaffung großer Werke gegangen sind.

FRIEDRICH HÖLDERLIN
MENSCHENBEIFALL

Ist nicht heilig mein Herz, schöneren Lebens voll,
Seit ich liebe? warum achtetet ihr mich mehr,
Da ich stolzer und wilder,
Wortereicher und leerer war?

Ach! der Menge gefällt, was auf den Marktplatz taugt,
Und es ehret der Knecht nur den Gewaltsamen;
An das Göttliche glauben
Die allein, die es selber sind.

KLAUS SIBLEWSKI
VOLL GEIST UND SEELE

Im Januar 1796 trat Friedrich Hölderlin wieder einmal eine Stelle als Hauslehrer an. Er zog nach Frankfurt zur vermögenden Familie Gontard, deren Kinder er unterrichten sollte. Doch Hölderlin beschäftigten dort keineswegs nur pädagogische Probleme, er wurde von einem Leiden heimgesucht, von dem sich viele Hauslehrer schon vor ihm nur schwer erholt haben. Die Mutter der Kinder, die schöne Susette Gontard, hatte es ihm angetan, und er verliebte sich in sie. Auf dem Papier gedieh diese Liebe prächtig, im »Hyperion« wurde aus Susette in Hölderlins Überschwang für alles Griechische die vielgepriesene Diotima. Eine legendäre, eine tragische Liebe nahm ihren Lauf.

Die für Hölderlin ungewöhnlich kurze Ode »Menschenbeifall« schrieb er im Frühjahr 1798, und es hatten sich genügend Gründe angesammelt, um über die Reaktionen nachzudenken, die ihm und seiner Liebe entgegengebracht worden waren. Ganz Frankfurt hatte sich über dieses Paar den Mund zerrissen, Georg Friedrich Wilhelm Hegel, der zur gleichen Zeit wie Hölderlin in Frankfurt als Hauslehrer arbeitete, konnte die Klagen seines Freunds über dessen schwierige Beziehung zu Susette schon nicht mehr mit anhören. Lieber wäre es Hegel und Hölderlins anderen Freunden aus den frühen Tübinger Tagen gewesen, wenn er sich seiner Gefühlsflausen entledigt und den Männern angeschlossen hätte, die den württembergischen Herzog stürzen wollten. Und selbstverständlich konnte der Ehemann Jakob Gontard den eleganten Schwärmereien seines Hauslehrers schon gar nichts Positives abgewinnen. Ein halbes Jahr nachdem Hölderlin »Menschenbeifall« geschrieben hatte, warf er den Dichter endgültig aus dem Haus.

In dieser Ode singt der Dichter ein Hoheslied auf die Liebe. Sie erst habe sein Innenleben zum schönen Erblühen gebracht. Allerdings beschwert er sich dann wortreich, daß niemand außer ihm diesen inneren Reichtum als Gewinn ansehe. Seit er liebe, müsse er sich im Gegenteil vorhalten lassen, verletzbarer und schüchterner geworden zu sein – Einwände, die er nicht gelten lassen will. Selbst wenn ihn seine neuen Gefühle in sich gekehrter gemacht haben sollten und er unsicherer als früher auftrete, vermag er darin keinen Nachteil zu sehen. Diese Strophe liest sich, als wolle der Dichter ein Gespräch mit den Freunden beginnen. Er stellt zwei Fragen, die sich im Kern rasch als rhetorisch zu erkennen geben. Gleichwohl, der Dialog ist eröffnet. Überraschenderweise gibt das Gedicht dann aber in der zweiten Strophe die Antworten selbst. Nur wer Durchsetzungsstärke beweise, wird geachtet werden. Denn wer sich unterordnen muß und nichts anderes als Gehorsam kennt, dem imponieren die Siegertypen und nur die Siegertypen.

Die zweite Strophe hätte Hegel wegen ihres Tons schon besser gefallen. Endlich schien Hölderlin nicht mehr in Gefühlen zu versinken, sondern kam zur Vernunft und schrieb, als wolle er ein soziales Gesetz in Verse zwingen. Doch Achtung: Den Auftakt bildet das kleine Wörtchen »Ach«, und dieses Wörtchen infiziert die ganze Strophe und verwandelt sie in einen langgezogenen Seufzer darüber, daß die Welt nur den Starken applaudiert und die Stillen unbeachtet bleiben.

Aber an wen richtet sich der Poet mit seinem Frage-und-Antwort-Spiel? An niemand anderen als an sich selber. Er versucht sich als Liebhaber zu rechtfertigen und gleichzeitig Gründe zu finden, warum er politisch immer zauderte und als Hauslehrer, aber auch als Dichter nicht vorankam. Seine Erklärung fällt zart und zugleich jugendlich provokativ aus. Durch die Liebe habe sich ihm das Humane im Menschen erst eröffnet, durch die Liebe habe er aber auch erfahren, daß Streben nach Erfolg Menschen zerstören könne und sie blind gegenüber sich selber mache. Allerdings, fügt er einschränkend gleich hinzu und landet damit in einem fatalen Kreislauf, könnten diese Einsichten nur diejenigen mit ihm teilen, die wie er an das Göttliche glaubten – selber also liebten. Liebende aber, so definiert das Gedicht, sind selber göttlich.
Ganz auf Applaus mußte Hölderlin nicht verzichten. Das Gedicht »Menschenbeifall« gehörte zu den ersten Oden Hölderlins, die 1799 im »Taschenbuch für Frauenzimmer von Bildung« erschienen. August Wilhelm Schlegel urteilte: »Hölderlins wenige Beiträge sind voll Geist und Seele.«

FRIEDRICH HÖLDERLIN
NATUR UND KUNST ODER SATURN UND JUPITER

Du waltest hoch am Tag' und es blühet dein
Gesetz, du hältst die Waage, Saturnus Sohn!
Und teilst die Los' und ruhest froh im
Ruhm der unsterblichen Herrscherkünste.

Doch in den Abgrund, sagen die Sänger sich,
Habst du den heil'gen Vater, den eignen, einst
Verwiesen und es jammre drunten,
Da, wo die Wilden vor dir mit Recht sind,

Schuldlos der Gott der goldenen Zeit schon längst:
Einst mühelos, und größer, wie du, wenn schon
Er kein Gebot aussprach und ihn der
Sterblichen keiner mit Namen nannte.

Herab denn! oder schäme des Danks dich nicht!
Und willst du bleiben, diene dem Älteren,
Und gönn' es ihm, daß ihn vor Allen,
Göttern und Menschen, der Sänger nenne!

Denn, wie aus dem Gewölke dein Blitz, so kömmt
Von ihm, was dein ist, siehe! so zeugt von ihm,
Was du gebeutst, und aus Saturnus
Frieden ist jegliche Macht erwachsen.

Und hab' ich erst am Herzen Lebendiges
Gefühlt und dämmert, was du gestaltetest,
Und war in ihrer Wiege mir in
Wonne die wechselnde Zeit entschlummert:

Dann kenn' ich dich, Kronion! dann hör' ich dich,
Den weisen Meister, welcher, wie wir, ein Sohn
Der Zeit, Gesetze gibt und, was die
Heilige Dämmerung birgt, verkündet.

DIETER BORCHMEYER
STERNENWEISHEIT

Hölderlins Ode im alkäischen Versmaß aus dem Jahr 1801 gehört kaum zu den Gedichten, die dem gebildeten Deutschen vertraut sind, auch wenn eine jüngst erschienene Anthologie sie den »schönsten Gedichten« des Dichters zuzählt. Natur und Kunst (sprich: Kultur) werden hier mit den Göttern Saturn und Jupiter gleichgesetzt. Warum aber wählt Friedrich Hölderlin, der doch den griechischen Mythos von seinen römischen Überlagerungen befreit hat, die lateinischen und nicht die griechischen Götternamen Kronos und Zeus? Die Frage ist um so berechtigter, als in der letzten Strophe Jupiter alias Zeus ganz homerisch als Kronion, als Sohn des Kronos, bezeichnet wird. Der Name Jupiter kommt nur im Titel, aber in keiner Zeile des Gedichts selber vor.
Der Grund scheint mir darin zu liegen, daß Hölderlin zugleich an die Planeten denkt, welche die lateinischen Namen der Götter tragen. Nicht die Astronomie freilich, sondern die Kulturtradition der Astrologie bildet den Hintergrund dieser Ode – möglicherweise in geheimer Anspielung auf Schillers »Wallenstein«, der zur Entstehungszeit des Gedichts gerade erst das Licht der Bühne erblickt hat. Auch Wallensteins Vorstellungswelt lebt von dem mythologischen Drama zwischen Saturn und Jupiter und seiner schicksalsträchtigen Fortsetzung am Sternenhimmel.
Die Götter sind ja Heinrich Heine zufolge nach ihrer Ent-

thronung durch das Christentum ins Exil gegangen. So sind sie zumal an den Sternenhimmel ausgewandert. Als Planeten haben die Götter ihren Tod überlebt, als solche blieben sie – die Astrologie zeigt es – bis weit in die Neuzeit magisch gegenwärtig. Daß dem langsamsten, lichtschwächsten und erdfernsten Planeten der Name Saturn verliehen wurde, erklärt sich aus dem Schicksal dieses Gottes: seinem Sturz in den Tartaros durch den eigenen Sohn. Dem Saturn schreibt die Temperamentenlehre auch die Melancholie zu, die seit der Antike als Gemütsbeschaffenheit des genialen, schöpferischen Menschen gegolten hat.

Saturn ist es, der nach den Worten Wallensteins *die geheime / Geburt der Dinge in dem Erdenschoß / und in den Tiefen des Gemüts beherrscht*. Diesem Planetengott, den der Machtpolitiker Wallenstein als seinen Gegendämon ansieht (obwohl er ihm verwandter ist, als er ahnt), gilt nun die Verehrung des Dichters Hölderlin. Er ist ihm *der Gott der goldenen Zeit*, des friedlichen Naturzustandes vor dem Gesellschaftsvertrag, also bevor es *Gesetz*, Zwang und Herrschaft – die Sphäre Jupiters – gab. Saturn ist für Hölderlin zugleich der Gott der vorbewußten, vorsprachlichen und vorzeitlichen Welt, Jupiter hingegen der Gott des Bewußtseins und des gesetzlich geregelten, zeitlich abgeteilten Daseins. Der Dichter, der sich dem Gott der *heiligen Dämmerung* besonders verbunden fühlt, da auch die poetischen Gestalten einem unbewußten Grund entsteigen, richtet an Jupiter nun den Appell, freiwillig zu Saturn hinabzusteigen, der bei den Titanen, den zu Recht gestürzten *Wilden*, im Tartaros haust.

Die »Kunst« soll wieder die »Natur« als ihre Grundlage, als Bedingung ihrer Möglichkeit anerkennen: Macht soll im Frieden gründen, bewußte Gestaltung sich dem unbewußt Empfangenen verdanken. Dieser Einklang des naturhaft-unbewußten und des künstlich-bewußten Daseins ist nicht nur der Inbegriff von Hölderlins Poetik, sondern zugleich eine politische und Gesellschafts-Utopie, welche jede sich absolut setzende positive Ordnung in ihre Schranken weist. Diese Schranken werden ihr durch die verratene, vergessene und geschändete Natur gesetzt. Vor ihrer unverfügbaren, aus sich selbst seienden Kraft hat sich der Dichter wie der Staatsmann zu beugen. Selten sind auf so knappem Raum Kunst und Politik zusammengespannt worden – zu gemeinsamer Verantwortung und Demut gegenüber ihrem immer wieder verleugneten Lebensgrund.

FRIEDRICH HÖLDERLIN
SOKRATES UND ALKIBIADES

›Warum huldigest du, heiliger Sokrates,
Diesem Jünglinge stets? kennest du Größers nicht?
Warum siehet mit Liebe,
Wie auf Götter, dein Aug auf ihn?‹

Wer das Tiefste gedacht, liebt das Lebendigste,
Hohe Jugend versteht, wer in die Welt geblickt,
Und es neigen die Weisen
Oft am Ende zu Schönem sich.

WALTER HINDERER

IM WECHSEL DAS VOLLENDETE

Nicht nur Gedichte haben ihre Geschichte, auch das Lesen von Gedichten hat sie. Man liest immer wieder anders, weil es immer wieder ein anderer ist, der liest. Sogenannte objektive Interpretationen gibt es nur als unerreichbares Ideal, dem sich selbst sogenannte Fachleute nur in kleineren Graden anzunähern vermögen. Denn auch bei ihnen spielen die eigene Lebensgeschichte, persönliche Erfahrungen und Neigungen mit; auch sie lesen nicht selten mehr oder weniger in den Text hinein, als in ihm steht. Gerade bei Gedichten klingt oft die erste Begegnung am längsten nach.

Die zwischen 1796 und 1798 im Umkreis von Hölderlins Diotima, Susette Gontard, in Frankfurt geschriebene Kurzode gehört zu den wichtigsten ästhetischen Erfahrungen meiner Schulzeit. Ich war in Blaubeuren unweit des evangelisch-theologischen Seminars in der Atmosphäre von katholischer Gotik und pietistischer Säkularisation aufgewachsen, hatte bereits Platons »Gastmahl« und Hölderlins »Hyperion« gelesen, als ich an einem Winterabend, in meiner Dünndruck-Ausgabe blätternd, auf dieses Gedicht stieß, das mich von diesem Moment an nicht mehr losließ, das ich wieder und wieder laut las, die Musikalität der asklepiadeischen Odenform auskostend, die rhythmische Umsetzung des griechischen Versmaßes auf deutsche Sprachverhältnisse.

Übertrieben betonte ich die beiden Zäsuren in den ersten

beiden Zeilen jeder Strophe, um desto mehr in die Länge gezogen die beiden weich fließenden Schlußzeilen zu sprechen. Die banausenhafte Frage an den auch von mir bewunderten »heiligen Sokrates« schrieb ich den kunst- und philosophiefeindlichen Spießern unter den Athenern zu, die eben nicht eingeweiht waren in die »Theokratie des Schönen«, wie sie sowohl Platons als auch Hölderlins Diotima lehrte, und nicht erzogen in der Schule des Satyrn Marsyas, wie Alkibiades in seiner berühmten Rede im »Gastmahl« Sokrates nannte.

Nach wie vor halte ich diese Ode über das Thema Weisheit und Schönheit am Paradigma einer bekannten homoerotischen Konstellation für eines der erstaunlichsten lyrischen Ereignisse in deutscher Sprache. Die beiden gezielten, recht persönlichen Fragen an Sokrates, warum er diesen leichtsinnigen Jüngling denn so über alles liebe, führen ins Zentrum griechischer Anschauung, die Hölderlin unvergleichlich in die Sprache seiner Zeit übersetzt hat.

Wie Frage und Antwort, Antithese und These, stehen die beiden gleich gebauten Strophen einander gegenüber. Den beiden Fragen entsprechen drei epigrammatische Antworten, die alle eine Harmonisierung von Gegensätzen postulieren, nämlich von tiefem Denken und der Liebe zum Lebendigen, von Jugend und Alterserfahrung, Weisheit und Schönheit.

Doch betrachtet man die letzte Strophe genau, so sieht man sofort, daß diese von mir aus dem Zusammenhang losgelösten Gegensätze nicht nur weitaus verhaltener ausgedrückt, sondern vor allem auf die aktive Handlung eines allgemeinen Subjekts (»Wer«, »die Weisen«) bezogen sind, was nicht zuletzt den Sentenzcharakter der drei Antworten unterstreicht. Trotzdem weist das allgemeine Subjekt wiederum auf das Vorbild der Weisheit, den »heiligen Sokrates« zurück, der in Alkibiades die Erscheinung von Jugend und Schönheit liebt. Dieser persönlich-individuellen Neigung geht es im Sinne der platonischen Tradition prononciert um Ergänzung und Erweiterung, um körperlich-seelische Einheit; denn jede Form von Liebe soll Platons »Gastmahl« zufolge den körperlichen Gegenstand des Begehrens zugunsten einer höheren Idee transzendieren. Diese höhere Idee ist »die Erzeugung und Geburt im Schönen«, wie Diotima erklärt, weil »eben die Erzeugung das Ewige ist und das Unsterbliche«.

Der Höhepunkt der Kurzode, auf den die einzelnen Teile hörbar zustreben, spielt auf diesen Zusammenhang vorsichtig an, ohne sich freilich darin zu erschöpfen. Wie läßt sich dann dieser sprachlich-musikalisch-bildlich so ungewöhnlich differenzierte Schlußsatz adäquat erläutern? Vielleicht durch eine Analyse der berühmten »exzentrischen Bahn«, die der Mensch nach Hölderlin »von einem Punkte (der mehr oder weniger reinen Einfalt) zum andern (der mehr oder weniger vollendeten Bildung)« durchläuft? Treffender scheint mir diese Sentenz aus einem Brief Hyperions an Bellarmin zu sein: »Wir stellen im Wechsel das Vollendete dar; in wandelnde Melodien teilen wir die großen Akkorde der Freude.«

FRIEDRICH HÖLDERLIN
WENN AUS DEM HIMMEL …

Wenn aus dem Himmel hellere Wonne sich
Herabgießt, eine Freude den Menschen kommt,
Daß sie sich wundern über manches
Sichtbares, Höheres, Angenehmes:

Wie tönet lieblich heilger Gesang dazu!
Wie lacht das Herz in Liedern die Wahrheit an,
Daß Freudigkeit an einem Bildniß –
Über dem Stege beginnen Schaafe

Den Zug, der fast in dämmernde Wälder geht,
Die Wiesen aber, welche mit lautrem Grün
Bedekt sind, sind wie jene Haide,
Welche gewöhnlicherweise nah ist

Dem dunkeln Walde. Da, auf den Wiesen auch
Verweilen diese Schaafe. Die Gipfel, die
Umher sind, nakte Höhen sind mit
Eichen bedeket und seltnen Tannen.

Da, wo des Stromes regsame Wellen sind,
Daß einer, der vorüber des Weges kommt,
Froh hinschaut, da erhebt der Berge
Sanfte Gestalt und der Weinberg hoch sich.

Zwar gehn die Treppen unter den Reben hoch
Herunter, wo der Obstbaum blühend darüber steht

Und Duft an wilden Heken weilet,
Wo die verborgenen Veilchen sprossen;

Gewässer aber rieseln herab, und sanft
Ist hörbar dort ein Rauschen den ganzen Tag;
Die Orte aber in der Gegend
Ruhen und schweigen den Nachmittag durch.

FRIEDRICH WILHELM KORFF
HÖLDERLINS LEBEN NACH DEM TODE

Sterbende ergreift – vermutlich aus Sauerstoffmangel – eine seltsame Euphorie. Aus dem sonst kaum gespürten Rhythmus fallend, blüht der Schluck des Unbekannten an seinen Intervallrändern auf und explodiert in Höchstleistungen der Erinnerung. Dann sinkt auch dieser Farbball zurück. Jedenfalls berichten so ins Leben Zurückgeholte, und ich selbst habe dieses Phänomen (Hypoxie) in einer Unterdruckkammer erlebt.
Als Hölderlin das Gedicht »Wenn aus dem Himmel ...« schrieb – um 1824, es ist formal eine alkäische Ode –, war er bereits zwanzig Jahre verwirrt. Geistig Umnachtete lassen sich nicht mehr ins Bewußtsein zurückholen. Zweifellos kennen aber auch sie luzide Momente, so daß, um die Vorstellung probeweise umzukehren, unsere Bilder vor dem Tod jenem sekundenlangen Erwachen aus einem Dämmerzustand entsprechen, als hätte man einem psychisch Erblindeten eine scharfe Brille aufgesetzt und wieder abgerissen. Auch hier stellt sich das Wiedersehen, so rasch es kommt, nicht unmittelbar ein, der Adaptationsprozeß ist – wie unser Gedicht zeigt – nachvollziehbar, ebenso wie die sofort einsetzende Wucht der Beglückung.
Wenn man einen Vers in der zweiten Strophe ausnimmt, finde ich in dem Gedicht nur die letzten drei Strophen bedeutend, die ersten vier flattern von vermeintlichem Genesen, so daß es eher eine Qual ist, mitzuverfolgen, wie der Kranke sich zwingt, das Erlebnis seiner Freude aufzu-

bauen. Wie vom Schlag gelähmt, versucht Hölderlin zu sprechen, und es geht auch leidlich. Eines faßt ins andere, man sieht »Schaafe« über einen »Steg« gehen, über Wiesen mit »lautrem Grün«, an dunkeldämmernden Wäldern vorbei, bis sie auf »nakten Höhen« verweilen, dort gibt es »Eichen« und »seltne Tannen«. Das kindliche Bild ist des Himmels »hellere Wonne«. Ich erspare dem Leser weitere Gezwungenheit oder Redundanz »wie jene Haide,/Welche gewöhnlicherweise nah ist/Dem dunkeln Walde«.
Aber schon in der fünften Strophe mischt sich in die Pedanterie des Irrsinns zunehmend greifbar Schönheit. Es ist, als hätte ein naiver Maler das Bild angefangen und Giotto es vollendet. Das Gedicht gleicht einer langen Narbe, auf der das Gefühl in eine Ecke verschoben ist. Leere Formen umstehen ein Pigment differenziertester Fülle, eine Insel des Gefühls.
Da Schönheit sich nicht zweimal sagen läßt, bleibt mir hier der immer weniger holpernde Weg dorthin. So ist die örtlich finale Kondition »Da, wo ... Daß einer« ungelenk. Die Art und Weise, wie Hölderlin die Weinberge zweimal »hoch« sein läßt und wie er sich auch anschaulich verwirrt über die zwei Richtungen einer Treppe, so daß er sie als »hoch/Herunter« zusammenlegt, weil er malend den Kopf senken muß, um den »Obstbaum blühend« überhängen zu lassen, all das ist, nimmt man sein früheres Können zum Vergleich, wenig geglückt.
Nun liegen auch im kranken Hölderlin die Batterien des Poetischen noch bereit, nur der Zugang ist versperrt. Die sehnsüchtig, minuziös den Hang absuchende Bewegung teilt sich ja im Gedicht mit – ein Hinweis auf die »verborgenen« Violen, die dort oben »sprossen«? Droben müßten eigentlich Veilchen sprießen, denn das Präsens ist überall

durchgehalten. Aber vielleicht ist es dennoch Gegenwart und der Schmerz verwischt.

Lockerung ist die Bedingung der Höchstleistung; die letzte Strophe ist entspannt. Hölderlin ist in der Landschaft verschwunden, sie ist in diesem Augenblick überhaupt erst da. So wird sie aussehen, wenn Hölderlin nicht mehr ist. Das Panorama zog sich zusammen, stürzte ein, und wie sich der Blick auf Trümmer heftet, leuchtet der Wingert unter Sonneneinfall auf. Der Tübinger Rebhang, zersprungen in »Orte« ohne Einheit und Leben des Betrachters, verändert sich zur Landschaft »an sich«, wird postmortal, weißgrau, zunehmend bildlos wie hörbar im Schweigen.

Nicht ein Sterbender ist es, der sieht, was er verliert, sondern ein Verlorener, der wiederfindet, was er vor zwanzig Jahren vergaß: seinen Tod. Es ist Frist, die sich hier entdeckt, Erlösung aus seinem Zustand. Das Herabbluten und Versickern hört er zwar »sanft«, aber doch »den ganzen Tag«, denn Hölderlin ist längst Landschaft, verschwunden in der Menschenleere, ein Flußdelta in der Nähe des Quells, steinern umherwandernde »Orte in der Gegend«, zwar ruhend noch und von der Sonne beleuchtet, ihre Stimmen aber »schweigen den Nachmittag durch«.

FRIEDRICH HÖLDERLIN
WIE MEERESKÜSTEN ...

Wie Meeresküsten, wenn zu baun
Anfangen die Himmlischen und herein
Schifft unaufhaltsam, eine Pracht, das Werk
Der Wogen, eins ums andere, und die Erde
Sich rüstet aus, darauf vom Freudigsten eines
Mit guter Stimmung, zu recht es legend also schlägt es
Dem Gesang, mit dem Weingott, vielverheißend dem bedeutenden

Und der Lieblingin
Des Griechenlandes
Der meergeborenen, schicklich blickenden
Das gewaltige Gut ans Ufer.

LUDWIG HARIG
EIN KOSTBARES GASTGESCHENK

Wer es gewohnt ist, Gedichte laut zu lesen und aufmerksam dem Rhythmus der Wortfolge zu lauschen, wird sogleich erkennen: Dieses Gedicht, ein kunstvolles Gebilde mächtig an- und wieder abschwellender Silbenschläge, ist dem Anprall einer Meereswoge vergleichbar. Wie in der unaufhörlichen Brandung die Wellen sich am Ufer brechen und übereinanderstürzen, so bricht und zerfällt im brandenden Silbenfall der Wellenschlag der Sprache: Aus einer zerstückelten Grammatik entbindet sich dichterischer Gesang als »das gewaltige Gut«, das im Spiel der Wogen an die Küste geworfen wird.

Die Himmlischen sind es, die das prächtige »Werk der Wogen« bauen. Dionysos, der Erdgott, der die Menschen berauscht, und Aphrodite, die Meeresgöttin, die als Sinnbild der Heiterkeit erscheint, sind anwesend im Augenblick dieses Naturschauspiels und treten auf mythische Weise mit der Welle ans Land. Sie setzen ihren Fuß ans Ufer: Ihr Gastgeschenk ist das Griechische schlechthin, griechische Lebensweise, griechische Denkart, griechischer Gesang.

Im Griechischen feierlich vereint empfand Hölderlin das Widerstrebende in allem Lebendigen, das ihm im Deutschland seiner Zeit als Spaltung entgegentrat: das Getrenntsein von Natur und Geist, das Gegensätzliche von Subjekt und Objekt, die Polarität von Denken und Empfinden. Doch »Versöhnung ist mitten im Streit, und alles

Getrennte findet sich wieder«, schreibt Hyperion an Bellarmin, »es scheiden und kehren im Herzen die Adern, und einiges, ewiges, glühendes Leben ist Alles.« Hölderlin litt am Rohen und Gewöhnlichen seiner Zeitgenossen, er sehnte sich nach griechischer Leichtigkeit in der Kraft, nach Heiterkeit in der Schönheit, nach Reinheit im Gleichmaß. Mit Dionysos und Aphrodite kommt ihm das Griechische als Werk der Wogen im bedeutenden Gesang entgegen. Vielverheißend schlägt ihm das Meer diesen Gesang ans Ufer: Weit von mittelmeerischen Gestaden entfernt, entdeckt Hölderlin sein Griechenland an einer Küste des Atlantischen Ozeans.

Im Frühjahr 1802, kurz bevor er seine Hauslehrerstelle bei Konsul Meyer in Bordeaux – von der er sich einen neuen Lebensanfang erhoffte – vorzeitig aufgab, hat Hölderlin aller Wahrscheinlichkeit nach das Meer gesehen. In der Umgebung der Girondemündung, wo er sich des öfteren in Meyers Weingut im Médoc aufhielt, muß er das Schauspiel der Brandung zum erstenmal erlebt haben. »Dort an der luftigen Spitz' / an Traubenbergen/ wo herab die Dordogne kommt, / und zusammen mit der prächtigen / Garonne meerbreit / ausgehet der Strom«, beschreibt er in seinem Gedicht »Andenken« die topographische Situation treffend und genau. Nichts spricht dagegen, daß Hölderlin die Küste des Meeres aufgesucht und, tief beeindruckt vom rhythmischen Spiel des Wellenschlags, diesen Naturvorgang fest im Gedächtnis aufbewahrt hat.

Das Meer ist Kernstück seines Erlebnisses, Griechenland zu schauen. Das prächtige Gut, das die Wellen ans Ufer spülen, ist ein Werk des schönen Scheins, das Hölderlins Griechensehnsucht stillt und seinen Traum mit Gegenwart erfüllt. Als poetische Antwort auf das Naturschauspiel entsteht, klug zurechtgelegt, wohlgebaut, in sich selbst stimmig, der bleibende Gesang, den die Dichter stiften. Hölderlins Gedicht »Wie Meeresküsten« ist ein Gleichnis. Nicht die realen Meeresküsten mit dem Anschlag der Wellen meint der Dichter, sondern die Form ihrer Beschaffenheit, die Art und Weise unaufhaltsamer elementarer Bewegung. »Der Natur/Gang und Geist und Gestalt« sind aufs harmonischste nachgebildet: Die Meereswelle, Apotheose alles Griechischen, ist eigener Gesang geworden.

NOVALIS
ALLE MENSCHEN SEH ICH LEBEN

Alle Menschen seh ich leben
Viele leicht vorüberschweben
Wenig mühsam vorwärtsstreben
Doch nur Einem ists gegeben
Leichtes Streben, schwebend leben.

Wahrlich der Genuß ziemt Toren
An der Zeit sind sie verloren
Gleichen ganz den Ephemeren.
In dem Streit mit Sturm und Wogen
Wird der Weise fortgezogen
Kämpft um niemals aufzuhören
Und so wird die Zeit betrogen
Endlich unters Joch gebogen
Muß des Weisen Macht vermehren.

Ruh ist Göttern nur gegeben
Ihnen ziemt der Überfluß
Doch für uns ist Handeln Leben
Macht zu üben nur Genuß.

ECKHARD HEFTRICH
EINTAGSFLIEGEN UND ELITE

Nur wenige Monate noch hatte Novalis zu leben, als er, im Herbst 1800, diese Verse schrieb. Sie erinnern an spruchartige Gebilde von Goethe oder Schiller. Das ist kein Zufall. Die Weimarer Klassik und die Frühromantik ereigneten sich zeitgleich, es kam zu Überlagerungen und auch zu persönlichen Begegnungen zwischen den Jüngeren und den schon Berühmten. Aber das in der Diktion und zudem durch das Lob der Tätigkeit sich Goethe annähernde, klassisch anmutende Gedicht von Novalis ist zugleich ein romantisch-spekulatives und in dieser Mischung ein ambivalentes Produkt.
1797 verlor Friedrich von Hardenberg, der sich den Dichternamen Novalis gab, seine kaum dem Kindesalter entwachsene, an Tuberkulose erkrankte Braut Sophie. Der Erschütterte wollte ihr buchstäblich nachsterben. Dann löste sich die Krise in einem Schaffensrausch, dem wir, neben vielen uneingelösten Plänen, nicht nur die »Hymnen an die Nacht«, geistliche und weltliche Lieder und das Romanfragment »Heinrich von Ofterdingen« verdanken, sondern auch die ausgreifenden Entwürfe einer religiös getönten Welt- und Geschichtsdeutung.
Doch entstand das poetische und philosophische Werk nicht in beschaulicher Abgeschiedenheit, sondern neben der beruflichen Ausbildung des inzwischen wieder verlobten und zielstrebig auf die zukünftige Existenz als Beamter und Familienvater hinarbeitenden Freiherrn.

Noch das späte Gedicht ist ein Bekenntnis zur *vita activa*. Doch was da im Unterschied zur *vita contemplativa* der Götter als der Menschen Teil erscheint, ist eine Hierarchie der Tätigkeiten. Von weit her wird auf die Masse der nur vorüberschwebenden Toren geblickt, die mit den Ephemera, den Eintagsfliegen, verglichen werden. Die Achtung gilt erst der Minorität der sich strebend Bemühenden. Den Ehrentitel eines Weisen erhält jedoch nur, wer nie erlahmt und sich daher nicht an die Zeit verliert. Indem der Weise die Zeit unters Joch biegt, wächst er an Macht. Sein gerechtes Handeln allein gewährt ihm den Genuß, den die Götter in der Ruhe haben.

Ist der Mächtige der schon in der ersten Strophe genannte Eine? Das Gedicht gibt keine eindeutige Antwort, und man ist daher versucht, sie in anderen Texten zu finden. Da träumt Novalis vom kommenden goldenen Zeitalter, dem wahren Reich der Harmonie des neuen Orpheus.

Wer freilich nicht zum Schwärmertum neigt, wird seine skeptische Not mit solch romantischen Spekulationen haben, auch wenn es ihm nicht an historischem Verständnis mangelt. Dennoch muß er nicht Auge und Ohr vor der Schönheit der allegorischen Poesie des Novalis verschließen. Doch wird er nicht hinwegsehen können über die sich aller Verklärung verweigernde Rückseite jener Passion, die mit dem Sterben der jungen Sophie ihren Anfang genommen hatte: An die vier Jahre ließ sich die Krankheit Zeit, bis sie auch den erst neunundzwanzigjährigen Dichter in das Land ohne Wiederkehr holte.

NOVALIS
GEISTLICHE LIEDER (XV)

Ich sehe dich in tausend Bildern,
Maria, lieblich ausgedrückt,
Doch keins von allen kann dich schildern,
Wie meine Seele dich erblickt.
Ich weiß nur, daß der Welt Getümmel
Seitdem mir wie ein Traum verweht,
Und ein unnennbar süßer Himmel
Mir ewig im Gemüte steht.

IRING FETSCHER
EROS UND RELIGIOSITÄT

Das zweite Marienlied von Novalis klingt so, als habe es diese Verse schon immer gegeben. In ihnen spiegelt sich die Erfahrung liebender Betroffenheit von Jedermann. Ungeschützt gibt sie das Geheimnis des innigen Zusammenhangs von Eros und Religiosität, Marienfrömmigkeit und Verliebtheit preis. Ich mochte sechzehn Jahre alt sein, als mir dies Gedicht zum ersten Male begegnete und ich vergaß es nie. Manchmal wußte ich nicht, von wem es eigentlich geschrieben war, aber der Klang blieb mir im Ohr wie eine allzu eingängige Melodie. Zufällig entdeckte ich um die gleiche Zeit eine Zeichnung des Italieners Boltraffio, die die sanften Züge einer jungen Frau zeigt, die sich in meinen Gedanken vor das Bild der von Novalis beschworenen Gottesmutter schob. Es gab kein lebendiges Mädchen, das ich gewagt hätte mit der Idealgestalt des Gedichtes in Verbindung zu bringen.

Die schlichten Verse schildern die Erfahrung, deren Theorie Plato in seinem Gastmahl entworfen hat. Aber in Wahrheit steigt die Erkenntnis nicht von den einzelnen schönen Gegenständen und Menschen bis zur Idee des Schönen hinauf, sondern ihr liegt je schon ein geheimes Suchbild zugrunde, dessen blasser Widerschein in »tausend Bildern« wiedererkannt werden kann.

Auf die preisende Anrufung des idealen Bildes der Gottesmutter folgt die Schilderung des Seelenfriedens, die aus der beseligenden Schau hervorgeht. Hier mag man an religiöse Mystik wie die der Therese von Avila denken, aber auch die schlichte diesseitige Erfahrung jener unsagbaren Stille entspricht der Ruhe, die der beglückten Versenkung in angeschaute Schönheit sich verdankt. So jedenfalls empfand ich damals die kleine Zeichnung Boltraffios, die ich in einer billigen Reproduktion zu Gesicht bekam. Die Erinnerung an das Gedicht des Novalis bleibt für mich mit diesem (ganz und gar nicht hingehörigen) Bild für immer verbunden, auch wenn ich mich heute scheuen würde, von einem »süßen Himmel« zu sprechen.

Ist es etwa reaktionär, wenn man das Schöne genießt, auch wenn es – mit bösem Blick – als kitschig entlarvt werden könnte? Schutzlos und rührend steht das »Ich weiß nur« trotzig da. Ich habe ihm nichts hinzuzufügen.

NOVALIS
WALZER

Hinunter die Pfade des Lebens gedreht
Pausirt nicht, ich bitt euch so lang es noch geht
Drükt vester die Mädchen ans klopfende Herz
Ihr wißt ja wie flüchtig ist Jugend und Scherz.

Laßt fern von uns Zanken und Eifersucht seyn
Und nimmer die Stunden mit Grillen entweihn
Dem Schutzgeist der Liebe nur gläubig vertraut
Es findet noch jeder gewiß eine Braut.

LUDWIG HARIG
IM DREIVIERTELTAKT

Schon die Jugendverse des romantischen Dichters Novalis gehören zu den reinsten Kunstgebilden aus Sprache. Ganz gleich, ob in der Beschwörung außergewöhnlicher oder alltäglicher Wahrnehmungen, sie folgen stets den strengen Eigengesetzen der Poesie. Jede Regung seines Lebens übersetzt er in dichterisch bewegte Sprache. So gibt er die unbeschwerten Sommertage, die er nach bestandenem juristischen Examen mit seinem Bruder Carl in Weißenfels verbringt, nicht in realistischer Manier wieder wie der Bruder in seinem Brief – »wir haben getrunken, gesungen, getanzt« –: Novalis schreibt ein Gedicht, in dem die Sprache selber tanzt.

Er meidet jede Erklärung, entzieht sich der gesellschaftlichen Auslegung des Tanzes als Verbindung von Fest und Spiel, scheut sich vor philosophischen Deutungen, Tanz sei die Offenbarung der Lebensfreude, seine Ausstrahlung reiche in mystische Tiefen, in übersinnliche Höhen. Der Dichter kehrt im Gegenteil die sinnliche Qualität des Tanzes hervor, seine rhythmische und im Rhythmus mitschwingende Kraft, die zwar eng an den Körper und seine Bewegungen gebunden scheint, sich aber befreit in dichterischer Erfindung, die nicht Nachahmung des Realen ist. Man müsse schriftstellern wie komponieren, schreibt er in seinen Fragmenten, rhythmischer Sinn sei Genie.

Sein Tanz ist der Walzer, der gegen Ende des achtzehnten Jahrhunderts aufkommt. Die individuelle Freiheit des

Paartanzes verdrängt die höfische Figurenfolge, der taktfeste und zugleich ungebändigte Schwung des Walzers löst die steife Anmut des Menuetts ab. Der Fünfundzwanzigjährige besingt den Walzer im Walzertakt und bestätigt Rousseaus Auffassung, Poesie sei jene Form der Aussage, die durch ihre sprachliche Eigenart, nicht durch Inhalt oder Meinung wirkte. Beides, Inhalt und Meinung dieses Gedichts, beschwört zwar die Tanzabenteuer der beiden Brüder Hardenberg mit all ihrer körperlichen und gefühlsmäßigen Lebenslust herauf, doch schon der erste Vers schlägt den Ton der Vergänglichkeit alles sinnlich Erlebten an. In den Worten »Hinunter die Pfade des Lebens gedreht« schwingt der unausgesprochene Wunsch nach Unaufhörlichkeit mit, Nietzsches Ruf nach ewiger Dauer der Lust.

»Heinrich wünschte den Tanz nie zu endigen«, heißt es im Roman »Heinrich von Ofterdingen«; in der Erzählung »Die Lehrlinge zu Sais« haben sich die sinnlichen Bewegungen bereits in geistige verwandelt. Es ist der Dichter, der »durch eine geschickte Anwendung seiner geistigen Bewegungen das Weltall auf eine einfache, rätselhaft scheinende Figur zu reduzieren sucht«. Novalis geht sogar so weit zu sagen, daß der Dichter »die Natur tanzt und mit Worten die Linien der Bewegung nachschreibt«.

Im daktylischen Dreivierteltakt ist unser Gedicht der Walzer selbst, durch Wörter gestiftet. Der Dichter Novalis erzählt keine Geschichte. Im Dreivierteltakt mit Wörtern tanzend, konstituiert die Sprache das Wesen des Walzers und beglaubigt Carl Einsteins Geständnis an die Tänzerin Napierkowska: »Vielleicht entzieht sich nichts dermaßen dem Wort wie der Tanz.« In Stanley Kubricks Film »2001 – Odyssee im Weltraum« tanzen freischwebende Raumschiffe den Donauwalzer von Johann Strauß.

NOVALIS
WENN NICHT MEHR ZAHLEN UND FIGUREN

Wenn nicht mehr Zahlen und Figuren
Sind Schlüssel aller Kreaturen
Wenn die so singen, oder küssen,
Mehr als die Tiefgelehrten wissen,
Wenn sich die Welt ins freie Leben
Und in die Welt wird zurückbegeben,
Wenn dann sich wieder Licht und Schatten
Zu echter Klarheit wieder gatten,
Und man in Märchen und Gedichten
Erkennt die wahren Weltgeschichten,
Dann fliegt vor Einem geheimen Wort
Das ganze verkehrte Wesen fort.

HANS MAIER
POETISCHER EXORZISMUS

Novalis-Gedichte haben etwas Beschwörendes; es muß an dem ebenmäßigen Takt und den nachdrücklichen Reimen liegen, die den Leser gefangennehmen. Magie ist im Spiel. Es sind *carmina* im Wortsinn, Bann- und Zaubersprüche; der Dichter beherrscht den Umgang mit den verschiedenen Takten und Rhythmen, und er kennt vor allem die Kunst des Einsatzes, des stimmungsgründenden ersten Verses (»Lobt doch unsre stillen Feste« ... »Hinunter in der Erde Schoß« ... »Himmlisches Leben im blauen Gewande« ... »Ich sehe dich in tausend Bildern«).
Hier wählt er schlichte Knittelverse; sie holpern sogar ein wenig an einigen Stellen, aber das stört den Zauber nicht. Das Gedicht ist eine einzige Satzperiode, zusammengehalten durch ein viermal wiederholtes »wenn« und ein korrespondierendes »dann«. Dieses Wenn-Dann schillert, wie im Deutschen fast unvermeidlich, zwischen konditionaler und temporaler Bedeutung; man kann es lesen als Beschreibung eines Experiments unter bestimmten Bedingungen oder als prophetische Verheißung einer neuen Zeit. Der Sinn ist klar: etwas wird weg-beschworen, etwas anderes wird herbeigewünscht, etwas muß gehen, damit ein anderes kommen kann. Es ist ein poetischer Exorzismus, und er ist wirksam; denn am Ende fliegt »das ganze verkehrte Wesen« vor einem Geheimwort auf und davon – so einfach ist alles.
Wer und was fliegt da fort? Es ist »die dürre Zahl und das

strenge Maß« (so in den »Hymnen an die Nacht«); es sind die Zahlen und geometrischen Figuren, die der Schreiber in Klingsohrs Märchen »mit vieler Emsigkeit auf einen Faden« zieht (im Roman »Heinrich von Ofterdingen«); es ist jenes Denken, das »Phantasie und Gefühl, Sittlichkeit und Kunstliebe« verketzert und »die unendliche schöpferische Musik des Weltalls zum einförmigen Klappern einer ungeheuren Mühle« macht (»Die Christenheit oder Europa«) – es ist das, was Novalis der Aufklärung, aber auch dem scholastischen Denken zum Vorwurf macht: daß sie die lebendige Natur vernichten für ein Gedankenkunststück, ein »unendliches Automat« (»Fragmente und Studien«).

Eigentlich, meine ich, ist der Schluß des Gedichtes ein wenig enttäuschend: man erwartet jetzt eine weitere Steigerung, die aber ausbleibt; das Ergebnis der vielen Bann- und Beschwörungsworte ist einzig, daß etwas verschwindet, fortfliegt, weg ist. Müßte jetzt aber nicht auch etwas Neues, Nie-Dagewesenes auftauchen? Ein besonnter Strand, ein Land Orplid? Eine kleine Ansicht vom Reich der Freiheit? So wie in Eichendorffs verwandter *ars poetica* am Schluß vermeldet wird: »Und die Welt hebt an zu singen, triffst du nur das Zauberwort«?

Doch wir haben übersehen, daß in Novalis' ausladenden Wenn-Sätzen Verschwindendes und Kommendes schon ineinander übergehen. Es tritt nicht nur etwas ab, Zahlen und Figuren, Gelehrte und die in Luft und Schatten streng gegliederte physische Welt – auch die Zeugen des Kommenden sind schon da: Singende und Liebende inmitten einer Weltgeschichte, die nun ganz zu Poesie geworden ist... Und dieser Welt wird »Wahrheit« zuerkannt – wie es im »Heinrich von Ofterdingen« heißt: »Es ist mehr

Wahrheit in ihren Märchen als in gelehrten Chroniken.« So ist eine Steigerung, eine Pointierung am Schluß kaum mehr möglich.

Der alogische Zauber dieses Gedichtes trotzt allen Einwänden des Verstandes, vom »frechen Licht« der Aufklärung nicht zu reden. Ein sehr deutsches Gedicht überdies – wer es gelesen hat, weiß viel über Deutschland, das alte, neue, allermodernste.

LUDWIG TIECK
DER ÜBERLÄSTIGE

Widerwärtiger, verhaßter
Als stechende Fliegen und Ungeziefer
Ist mir der unermüdliche
Verwirrte Schwätzer,
Der fragend, belehrend, erzählend,
Empfindsam und ohne Ursach lachend,
Salzlose Geschichtchen erzählend,
Oft sich mir an die Seite schiebt,
Und alle Krümmen des Weges
Nach Tempel und Palast
Oder den heiligen Trümmern
Mit Geschwätz mir mißt.

Langsam wandl' ich die Stadt hinunter,
Da hör' ich hinter mir sein verdrüßlich Husten.
O Weh! keine Flucht,
Kein Haustor in der Nähe,
Keiner Kirche Asyl!
Helft mir, ihr alten Jugendkünste,
Durch die ich in frühen Jahren
Wohl selbst die Freunde getäuscht!

Schon hat der Bösewicht,
So wähnt er, die sichre Beute
Sich auf Stunden erjagt.
Da hält ihm der Wandelnde,

Der sich mühsam aufrecht stellt,
Ihn gerad anschauend
Ein fremdes Gesicht
Voll Falten und Runzeln,
Verschobenen Mundes,
Schielenden Auges,
Ernst und feierlich entgegen.
Er stutzt und weicht zurück,
Er lüftet den Hut
Und schreitet prüfend näher:
Doch irr' und betört
Rennt er verwirrt
Dem Fremden vorüber,
Nach andrer Beute spähend.
Dank dir, du komische Muse,
Die mir die Fratze bilden half,
Für Rettung und Hülfe.

LUTZ HAGESTEDT
BESPRECHUNGSZAUBER

Unser Spaziergänger ist eine janusköpfige Figur: Betont langsam geht er die Stadt hinunter. Die Stadt der Tempel, Paläste und heiligen Trümmer – damit kann nur Rom gemeint sein. Ludwig Tieck war 32 Jahre alt, als er die Stadt der Städte 1805 besuchte und sein Gedicht verfaßte. 1823 ist es im Rahmen der »Reisegedichte eines Kranken« erschienen.

Erst 32 Jahre alt, ruft er die frühen Jahre zurück, beschreibt er die Positur des Greises. Vielleicht fühlt man sich an ein Goethesches Altersgedicht, an die »Zueignung« zum »Faust« erinnert: »Ihr naht Euch wieder, schwankende Gestalten, die früh sich einst dem trüben Blick gezeigt.« Doch dieser hier ist unduldsamer, hat das Leben noch vor sich. Er wartet förmlich darauf, eingeholt zu werden: Wann kommt er denn endlich, der Lästige? Man spürt, wie er die Lauscher aufstellt und ungeduldig hinter sich horcht. Der Lästige ist überfällig, lang ersehnt, endlich da – er ist ein Überlästiger.

Schiere Lust spricht aus der Erwartung, dem »Bösewicht« bös mitzuspielen: denn unser Erzähler ist Künstler, Gaukler, Schauspieler, er brennt darauf, die alten Maskenkünste noch einmal zu erproben. Und seine Verwandlung gelingt: Als häßlicher Quasimodo bereitet er dem salzlosen Schwätzer einen gepfefferten Empfang. Wem eigentlich gilt sein Taschenspielertrick? Wem tritt er da entgegen, ist da wirklich einer hinter ihm her? Oder sind es bloß Einflüsterungen des Zeitgeistes, deren er sich zu erwehren hat?

Dieser Besprechungszauber, der auf die berühmte Schwätzersatire des Horaz (»Sermones« I,9) zurückgeht, kann auch noch ganz anders gedeutet werden. Mit Anfang dreißig war Tieck bereits schwer gichtbrüchig. Die lang ersehnte Rom-Reise war wegen eines schmerzhaften Schubes immer wieder aufgeschoben worden. Noch nicht ganz genesen, gebeugten Hauptes, schiefen Kreuzes wagte Tieck es schließlich doch, die beschwerliche Fahrt anzutreten. Neue Anregungen wollte er sich holen, freie Gedankenluft schöpfen. In Jena und München, in der eigenen Familie und im Freundeskreis sah er sich den Einflüsterungen der zahllosen Konvertiten ausgesetzt, die um 1800 zum Katholizismus übertraten. Zuletzt hatte ihn Carl Friedrich von Rumohr mit der Nachricht überrascht, ins Kloster gehen zu wollen.

Tieck widerstand all diesen Eiferern. Er horchte nach innen: auf seinen Körper, der so früh schon gealtert war und die Jugendkraft eingebüßt hatte. Würde er je wieder vollständig genesen – oder für immer krummgeschlossen sein im eigenen Leib, für »alle Krümmen des Weges«? Im stillen wußte er wohl: Neue, schlimmere Anfälle waren zu erwarten. »Die gräßlichsten Bilder«, schreibt sein erster Biograph Rudolf Köpke, »verfolgten ihn am Tage.« Aber die Gicht galt im Volksaberglauben als Hexenkunst, als »besprochene« Krankheit. Vielleicht also war es möglich, ihren Dämon durch die höchste aller Künste, die Dramatik, zu bannen?

Typen wie der vom Monte Cavallo, wo Tieck logierte, finden sich auch heute im Straßenbild, immer in der Erwartung eines nahenden Übels. Glücklich, wer sich da nicht nur von trüben Gedanken schwermütig begleiten läßt, sondern noch aus den Qualen lebendiges Theater schöpfen kann. Tieck, der Shakespeare über alles liebte und von Verona über Mantua und Florenz nach Rom gekommen war, hatte bei seinem Großmeister erfahren, daß sich die tiefste Komik aus dem durchgearbeiteten Schmerz gewinnen läßt.

LUDWIG TIECK
DIE MUSIK SPRICHT

Nacht, Furcht, Tod, Stummheit, Qual war eingebrochen,
Ihr Banner wehte auf besiegten Reichen,
Erschrocken flohen vor dem gift'gen Zeichen
Mit stummer Zunge, welche erst gesprochen.

So ist denn ganz das Liebeswort zerbrochen?
Es sucht im Wasserfall, will sich erreichen,
Aus Bäumen strebt es, Quellen, grünen Sträuchen,
In Wogen klagt es; was hab ich verbrochen?

Die Wasser gehn und finden keine Zungen,
Dem Wald, dem Fels ist wohl der Laut gebunden,
Die Angst entzündet sich im Tiere schreiend.

In Menschenstimme ist es ihm gelungen,
Nun hat das ew'ge Wort sich wieder funden,
Klagt, betet, weint, jauchzt laut sich selbst befreiend.

GERT UEDING
VERTRAUEN IN DIE KRAFT DER KUNST

Obwohl dem Schüler Ludwig Tieck neben der Mathematik die Musik besonders verhaßt war, spielt sie später in den Dichtungen und Programmworten des Begründers der romantischen Schule eine hervorragende Rolle: ob in der Musikalität der Sprache, die sich manchmal, ähnlich wie bei Brentano, von jedem Gegenstand löst und deren Sinn dann allein die sprachliche Konkretion von Tönen ist, oder ob in der ästhetischen Wertung der Künste, deren Rangfolge die Musik anführt. Unter dem Titel »Die Musik spricht« hatte Tieck für die Ausgabe seiner Gedichte drei Sonette vereinigt, die schon 1802 entstanden waren, erstmals im »Phantasus« publiziert wurden und dort die Musikauffassung ihres fiktiven Verfassers illustrierten: »Das ähnliche sagen folgende Sonette, welche die Musik selber spricht«, heißt die einleitende Bemerkung.
Die Form des Sonetts war für Tiecks Absicht besonders gut geeignet: mit »Klinggedicht« hatte das siebzehnte Jahrhundert die italienische Bezeichnung übersetzt, und die damit pointierte Musikalität der Gedichtform steht hier zu ihrer gedanklichen Struktur (Gegenüberstellung der thematischen Ideen in den beiden ersten, ihre Durchführung in den beiden letzten Strophen) in ebenjenem Gegensatz, der den Inhalt des Gedichts ausmacht. Auch der Titel gewinnt, von seinem erzählerischen Kontext in der Phantasus-Novellensammlung gelöst, eine absichtsvolle Doppeldeutigkeit. Denn indem das Gedicht als Selbstaussage der

allegorisch personifizierten Musik aufgefaßt wird, gibt sie sich auch als eine sprechende Kunst zu erkennen – oder in der Ausdrucksweise der Zeit: als Klangrede.

Das erste der drei zusammengehörigen Sonette beginnt mit dem biblischen Zitat »Im Anfang war das Wort« und schreibt ihm schöpferische Kräfte zu, gerade weil in ihm Ton und Bedeutung noch eins sind. Das zweite, unser Sonett, widmet sich einem anderen Zustand, der nach dem Zerfall der ursprünglichen Einheit des Wortes, einem Sündenfall, eintritt: Die dunklen Mächte der Unterwelt herrschen, auch die einst so fruchtbare Klangrede verstummt. Im Naturlaut kehrt sie wieder, doch bewußtlos, auf der Suche nach sich selber – die Natur ist der Text zu den Tönen, die wir hören, doch bedarf sie der menschlichen Zunge, um verständlich zu werden. Womit natürlich nicht die Alltagsrede gemeint ist. Der Ton spricht ja in der Rede des Dichters, die hier als Sonett auftritt; er, der Dichter, hat »das ew'ge Wort« wiedergefunden, aus ihm »tönt die Welt ein göttliches Gedichte«, wie es im dritten Sonett heißt, das die erlösende Kraft der Musik abschließend in religiösen Bildern feiert.

Das Verlorene, Geahnte, Dunkle unserer Existenz kommt für den romantischen Schriftsteller in der Musik zum Ausdruck, ist der eigentliche Inhalt dessen, was sie spricht. Doch Tiecks Gedicht redet auch von der krisenhaften, nachrevolutionären Wirklichkeit seiner Zeit und formuliert zugleich sein Vertrauen in die schöpferische Kraft der Kunst, die eine neue Welt aus dem Chaos hervorruft – und es ist die Sprache der Musik, der eigentlich noch unerhörten, unverstandenen Kunst, die ihm dazu allein fähig erscheint. Diese utopische Hoffnung wird bei Tieck allerdings immer mehr verblassen, wenn sie auch niemals ganz schwindet: Ihr Schauplatz verlegt sich ins Innere, in den Schacht der Seele mit ihren phantastischen Welten. Damit rettet sie den Menschen nun auf eine andere Art vor der heillosen Zeit: Sie stellt ihm ein Refugium zur Verfügung, das ihn sogar der Zeitlichkeit selbst entheben kann, jenes Prozesses des Entstehens und Vergehens, der allem Übel zugrunde liegt. Die Musik spricht in unserem Gedicht auch davon bereits, indem sie das »ew'ge Wort«, das also unveränderlich ist und der reißenden Zeit enthoben, für sich reklamiert und seine Selbstbefreiung als höchstes Ziel setzt.

WILHELM HEINRICH WACKENRODER
SIEHE WIE ICH TROSTLOS WEINE

Siehe wie ich trostlos weine
In dem Kämmerlein alleine,
    Heilige Cäcilia!
Sieh mich aller Welt entfliehen,
Um hier still vor dir zu knieen:
    Ach, ich bete, sei mir nah!

Deine wunderbaren Töne,
Denen ich verzaubert fröne,
    Haben mein Gemüt verrückt.
Löse doch die Angst der Sinnen, –
Laß mich in Gesang zerrinnen,
    Der mein Herz so sehr entzückt.

Möchtest du auf Harfensaiten
Meinen schwachen Finger leiten,
    Daß Empfindung aus ihm quillt;
Daß mein Spiel in tausend Herzen
Laut Entzücken, süße Schmerzen,
    Beides hebt und wieder stillt.

Möcht ich einst mit lautem Schalle
In des Tempels voller Halle
    Ein erhabnes Gloria
Dir und allen Heilgen weihen,
Tausend Christen zu erfreuen:
    Heilige Cäcilia!

Öffne mir der Menschen Geister,
Daß ich ihrer Seelen Meister
Durch die Kraft der Töne sei;
Daß mein Geist die Welt durchklinge,
Sympathetisch sie durchdringe,
Sie berausch in Phantasei! –

HANS RUDOLF VAGET
DER KUNSTJÜNGER WILL DIE WELT EROBERN

Manche Gedichte gewinnen unsere Liebe durch den Zauber der Sprache, die Kühnheit der Bilder. Andere fesseln uns mit dem, was sie sagen, weil sie auf etwas in unserer persönlichen und kollektiven Erfahrungsgeschichte verweisen, das zu erkunden uns ein Bedürfnis ist. Ein solches Gedicht ist dieses Gebet an die heilige Cäcilie, die Schutzpatronin der Musik.

Es stammt aus den berühmten *Herzensergießungen eines kunstliebenden Klosterbruders* (1796), einem unscheinbaren Bekenntnisbuch von kaum über hundert Seiten, das, indem es Andacht als das einzig angemessene Verhältnis zur Kunst vorführte, eine Revolution des bürgerlichen Kunsterlebens in Deutschland einläutete. Eine hervorragende Rolle spielen darin Albrecht Dürer, »unser ehrwürdiger Ahnherr«, und die Stadt Nürnberg, die als Inbegriff der unbedingt verehrungswürdigen altdeutschen Kultur gefeiert wird; auf Schritt und Tritt bewegen wir uns im Dunstkreis der *Meistersinger von Nürnberg*. Goethe verwarf die neue Kunstfrömmigkeit und tat sein Bestes, ihrer Ausbreitung zu wehren – vergeblich. Die »klosterbrudrisierende« Kunstfrömmigkeit wurde Mode, blieb jedoch bloß eine Episode in der Geschichte der deutschen Malerei.

Ganz anders die Wirkung auf die Musik, denn den Abschluß der Bekenntnisse des Klosterbruders bildet eine Erzählung über *Das merkwürdige musikalische Leben des*

Tonkünstlers Joseph Berglinger. Es ist ein kurzes Leben: Berglinger stirbt »in der Blüte seiner Jahre«, erschöpft von der Anstrengung des Kunstschaffens, an einer »Nervenschwäche« und nimmt darin den Tod des Autors vorweg; Wackenroder, einer unserer rätselhaftesten Dichterjünglinge, starb knapp fünfundzwanzigjährig an einem »Nervenfieber«. Etwas Meteorhaftes eignet sowohl dem Dichter als auch seiner Maske Berglinger.

Etwa in der Mitte seiner Lebensgeschichte – Berglinger ist auf dem Sprung zum Durchbruch als Künstler – steht das Gebet an die heilige Cäcilie. Es eröffnet uns einen tiefen Blick in das Herz, das sich hier ergießt, und damit auf den Ursprung der romantischen Musikästhetik, denn die Berglinger-Novelle ist eines ihrer Gründungsdokumente.

Der hier betet, leidet unter einer ganz spezifischen Angst: daß er nicht imstande sein könnte, das wieder auszudrükken, wovon er ganz verzaubert ist und worüber er wahnsinnig zu werden droht. Der Schaffenstrieb dieses Musikers nimmt von den Wirkungen der Kunst seinen Ausgang, den erlittenen und den vorweggenommenen. In einer Epoche, in der Genie als Natur verehrt wurde, stand dieser Weg zur Kunst unter Dilettantismusverdacht. Macht die Unsicherheit unseren Musikanbeter bescheiden? Mitnichten. Die Demutsgebärde hat etwas Täuschendes, ja geradezu Hinterhältiges an sich: Wenn sein schwacher Finger erst einmal erstarkt ist, von der Muse ermächtigt, dann ist das erhabene Gloria nicht mehr als der erste Schritt zu etwas Gewaltigerem, Sensationellerem. Er will die Seelen der Menschen beherrschen, sie sich unterwerfen, nicht etwa nur die tausend in der Kirche, sondern die ganze Welt. Die fromm erbetene Macht der

Töne soll die Welt erobern. Man traut kaum seinen Augen: Der zarte Kunstjünger träumt von Macht und hegt Welteroberungsgelüste.

Keine Musik, die Wackenroder gehört haben könnte, entspricht diesem Musikertraum. Wir aber kennen sie. Es ist die Musik Richard Wagners. Sie hat sich, mit phänomenalem Erfolg, Seelen unterworfen; sie hat in der Tat die Welt erobert. Hat Wackenroder diese Nachgeschichte ersehnt, gefürchtet?

Er hat sie zumindest für möglich gehalten, sonst hätte er seinen Helden wohl kaum mit sieghaften, mythischen Zügen ausgestattet: Seine Mutter »mußte die Welt verlassen, indem sie ihn dareinsetzte« – wie Siegfried, wie Tristan. Am Anfang dessen, was später die »deutsche Musik« heißen würde, stehen Selbstzweifel, übertönt von Kunstfrömmigkeit, die sich in einem Traum von Weltbeherrschung verliert. Generationen von Deutschen, nicht nur Musiker, haben ihn geträumt.

HEINRICH VON KLEIST
AN DEN KÖNIG VON PREUSSEN

zur Feier seines Einzugs in Berlin im Frühjahr 1809
(wenn sie stattgehabt hätte)

Was blickst du doch zu Boden schweigend nieder,
Durch ein Portal siegprangend eingeführt?
Du wendest dich, begrüßt vom Schall der Lieder,
Und deine schöne Brust, sie scheint gerührt.
Blick auf, o Herr! Du kehrst als Sieger wieder,
Wie hoch auch jener Cäsar triumphiert:
Ihm ist die Schar der Götter zugefallen,
Jedoch den Menschen hast du wohlgefallen.

Du hast ihn treu, den Kampf, als Held getragen,
Dem du, um nichtgen Ruhms, dich nicht geweiht!
Du hättest noch, in den Entscheidungstagen,
Der höchsten Friedensopfer keins gescheut.
Die schönste Tugend, laß michs kühn dir sagen,
Hat mit dem Glück des Krieges dich entzweit:
Du brauchtest Wahrheit weniger zu lieben,
Und Sieger wärst du auf dem Schlachtfeld blieben.

Laß denn zerknickt die Saat, von Waffenstürmen,
Die Hütten laß ein Raub der Flammen sein;
Du hast die Brust geboten, sie zu schirmen:
Dem Lethe wollen wir die Asche weihn.
Und müßt auch selbst noch, auf der Hauptstadt
Türmen,

Der Kampf sich, für das heilge Recht, erneun:
Sie sind gebaut, o Herr, wie hell sie blinken,
Für bessre Güter, in den Staub zu sinken!

GÜNTER DE BRUYN
FRAGWÜRDIGE HULDIGUNG

Das ist, so scheint es, ein Herrscherlob: Der märkische Adlige preist seinen König und Herrn. Ohne Zweifel ist es auch eine Gelegenheitsdichtung: Anläßlich der Rückkehr des Königs in seine Residenz huldigt ihm ein dichtender Untertan.

Stutzig macht aber im Untertitel die Klammerbemerkung (»wenn sie stattgehabt hätte«), deren Konjunktiv das als stattfindend geschilderte Geschehen des Gedichts als fiktiv entlarvt. Das kann nur ironisch gemeint sein. Allerdings fehlt dieser Zusatz in den drei anderen erhalten gebliebenen Fassungen, doch bleibt auch ohne ihn das Lob fragwürdig, und zwar nicht nur, weil man aus Kleists Briefen weiß, daß er Friedrich Wilhelm III. nicht sonderlich schätzte, sondern auch weil der Text unter Ruhmesworten Tadel verbirgt, also mehr Mahn- als Lobgedicht ist.

Der hier als »Sieger« und »Held« Gepriesene war im Oktober 1806 bei Jena und Auerstedt von jenem »Cäsar«, Napoleon nämlich, geschlagen worden, hatte sich, wahrhaftig nicht heldenmäßig, in überstürzter Flucht nach Ostpreußen zurückgezogen und sich länger in der sicheren Abseitigkeit aufgehalten, als nötig gewesen war. Im Winter 1808 hatte die französische Besatzung Berlin wieder verlassen; im folgenden Frühjahr wurde die Rückkehr des Monarchen erwartet, und Kleist verfaßte dazu seine feierlichen Stanzen, die er dann mit jenem Zusatz in Klammern versehen mußte, weil der König vorläufig nicht kam.

Für das Pech, das Kleist sein kurzes Dichterleben hindurch verfolgte, ist dieses Gedicht ein typisches Beispiel: Immer ungeduldig der Zeit vorauseilend, verfehlt der Dichter die sich verspätet einstellenden Realitäten und damit die Öffentlichkeit. Denn als im April 1809 (der König war noch in Ostpreußen) der Verleger Decker sich anschickte, die Stanzen zu drucken, verweigerte der Zensor das Imprimatur. Grund dafür waren wahrscheinlich die antinapoleonischen Töne, doch ist auch nicht auszuschließen, daß der Aufsichtsbehörde die unter Ehrfurchtsgesten verborgene Anmaßung nicht entgangen war.

Denn die Lobesworte der ersten zwei Strophen, die den im Krieg Unterlegenen, seiner moralischen Qualitäten wegen, als Sieger preisen, entpuppen sich nach dem deutlichen »laß michs kühn dir sagen« als Tadel, der im Klartext bedeutet: Wer so konfliktscheu und entscheidungsschwach wie du ist, taugt nicht für Kriege; wärest du kriegslüsterner und skrupelloser gewesen, könntest du zwar nicht moralischer Sieger, aber der auf dem Schlachtfeld sein.

Wie man im Krieg gegen Napoleon, der für den Dichter das Böse an sich verkörpert, als König zu sein hat, zeigt dann die dritte Strophe. Sie zeigt auch den Kleist dieser Periode, den »Hermannsschlacht«-Dichter, bei dem sich Unglück, Verzweiflung und Todessehnsucht als ein extremer Nationalismus äußert, der die Selbstvernichtung einkalkuliert.

Nicht Lobhudelei war hier also am Werk, sondern Mahnung. Daß diese vergeblich war, versteht sich. Der König hat sie zu Kleists Lebzeiten nicht beherzigt, obwohl er sie

1810 in den »Berliner Abendblättern« hätte lesen können. Kleist mußte also den Weg in den Tod statt »für bessere Güter« um seiner selbst willen suchen. Daß der König, statt erneut Krieg gegen die Franzosen zu führen, sich mit ihnen verbündete, führt der zum Tode entschlossene Dichter noch in einem seiner letzten Briefe (an Marie von Kleist vom 10. November 1811) mit als Grund für seine Verzweiflungstat an.

HEINRICH VON KLEIST
AN DIE KÖNIGIN
LUISE VON PREUSSEN

zur Feier ihres Geburtstags
den 10. März 1810

ERWÄG ich, wie in jenen Schreckenstagen,
Still deine Brust verschlossen, was sie litt,
Wie du das Unglück, mit der Grazie Tritt,
Auf jungen Schultern herrlich hast getragen,

Wie von des Kriegs zerrißnem Schlachtenwagen
Selbst oft die Schar der Männer zu dir schritt,
Wie, trotz der Wunde, die dein Herz durchschnitt,
Du stets der Hoffnung Fahn uns vorgetragen:

O Herrscherin, die Zeit dann möcht ich segnen!
Wir sahn dich Anmut endlos niederregnen,
Wie groß du warst, das ahndeten wir nicht!

Dein Haupt scheint wie von Strahlen mir
umschimmert;
Du bist der Stern, der voller Pracht erst flimmert,
Wenn er durch finstre Wetterwolken bricht!

HERMANN KURZKE
ANMUT UND WÜRDE

Aktuell ist dieses Sonett nicht. Es gehört einer ausgestorbenen Gattung an: dem Herrscherlob. Das Herrscherlob ist an die Regierungsform der Monarchie gebunden; in Republiken wirkt es lächerlich, in Diktaturen niederträchtig.

Das Gedicht spricht von einer finsteren Stunde der preußischen Geschichte. Das militärstolze fritzische Preußen war von Napoleon bei Jena bis ins Mark gedemütigt worden; seine junge und schöne Königin Luise, die den Krieg befürwortet hatte, war auf dem Schlachtfeld herumgeirrt; das Königspaar hatte bis Memel, in den letzten unbesetzt gebliebenen Winkel des Landes, fliehen müssen; Luise hatte Napoleon in Tilsit vergeblich um mildere Bedingungen angefleht. Vorgänge, die einmal die Nation bewegten, heute tempi passati.

Dennoch handelt es sich um ein großes Gedicht. Es sind zwei weitere, viel schlechtere Fassungen überliefert, an denen man den ungeheuren Verdichtungsprozeß ablesen kann, der zu der dritten, hier abgedruckten Fassung führte. Die wortreichen Stanzen der ersten, die bemühten Blankverse der zweiten betrachten die Königin als den Adler, der aus giftiger Gewürme Mitten zum Äther aufsteigt, als die Sonne, die durch finstre Wetterwolken bricht, als die von Gott Erhöhte, die unterm Flötenton seraphischer Lieder von einem Cherub mit der Palmenkrone der Tugend geschmückt wird. In der dritten Fassung fehlen die verbrauchten Allegorien des traditionellen Herrscherlobs vollständig. Hier herrschen die Bilder des Leidens und des Krieges, die Schreckenstage, der zerrißne Schlachtenwagen, die Wunde und die Fahne. Die Sonne aus der zweiten Fassung kehrt verwandelt wieder als »Stern, der voller Pracht erst flimmert, wenn er durch finstre Wetterwolken bricht«. Es ist Nacht geworden. Die Königin ist nicht mehr das mächtige Licht der Sonne, sondern ein einsamer Stern. Kleist zeigt nicht mehr eine triumphierende, sondern eine leidende Königin.

Die fritzische Legende war der Mythos des Sieges, die Luisenlegende der Mythos der Niederlage. Das Eiserne Kreuz, 1813 gestiftet zu Ehren der Königin Luise, war kein Triumph-, sondern ein Leidensorden (ein Kreuz, eisern und schwarz). Im Zeichen der Königin Luise wurde Leiden gerechtfertigt. Das ist die Seite der Ideologie. Nicht um sie geht es hier. Niemandem soll die deutschnationale Luisenverehrung früherer Jahre wieder aufgeredet werden. Sie stellt sich eher störend vor das Gedicht. Man kann es ohne sie lesen.

Die Quartette erwägen mit gemessenem Ernst die erstaunliche Behauptung der Zartheit gegen den Schrecken. Die Terzette ziehen, ganz dem strengen Formgesetz des Sonetts gemäß, aus der Erwägung die Folgerung: die Unglückszeit ist zu segnen, wenn sie solche Läuterung hervorbringt. Ob die historische Königin Luise diese Seelengröße hatte oder nicht, ist ganz ohne Belang – groß ist sie in Kleists Gedicht.

Es stellt eine klassische Utopie dar: die Vereinigung der Anmut mit der Würde und des Schönen mit dem Erhabenen. Die sonst nur liebliche Anmut gewinnt Würde durch ein schweres Geschick. Der Grazie wird die Weihe des

Erhabenen zuteil. Erhaben nennt Schiller ein Objekt, dem wir zwar physisch unterlegen sind, über das wir uns aber moralisch, das ist durch Ideen, erheben. Wir können Kleists Gedicht deshalb auch ohne die deutschnationalen Nebengeräusche lesen.

Hier ist keine falsche Versöhnung mit der Macht zum Ausdruck gebracht, sondern der idealistische Wille, der Finsternis der Welt aus der sittlichen Kraft des Ichs heraus standzuhalten. Es sollte uns nicht stören, daß das Beispiel dieses Standhaltens eine Königin ist. Können wir nicht, auch wenn wir als gewohnheitsmäßige Aufklärer die Mythisierung Luises zur Heiligen durchschauen, für die poetische und moralische Kraft dieses Gedichts offenbleiben, ohne nostalgische Sehnsucht nach einer Zeit, in der Herrschaft noch mit gutem Gewissen mythisiert werden konnte?

HEINRICH VON KLEIST
KATHARINA VON FRANKREICH

(Als der schwarze Prinz um sie warb)

Man sollt ihm Maine und Anjou
Übergeben.
Was weiß ich, was er alles
Mocht erstreben.
Und jetzt begehrt er nichts mehr,
Als die Eine –
Ihr Menschen, eine Brust her,
Daß ich weine!

HEINZ POLITZER
LIEBESLIED, BEINAH ABSTRAKT

Dies ist eines der merkwürdigsten Frauengedichte in deutscher Sprache, geschrieben von einem, der von Frauen in seinem Werk zuwenig und zuviel, in seinem Leben gar nichts verstand. Es wurde 1808 gedruckt, als Kleist gerade die »Penthesilea« und das »Käthchen von Heilbronn« vollendet hatte. Obgleich das Gedicht etwas von diesen beiden besitzt, will es mir scheinen, daß es in seiner ebenso zierlichen wie spröden Form einer früheren Schaffensperiode zugehört.

Vom »Käthchen« hat es die Märchenhaftigkeit von historisch durchbrochenem Hintergrund. Die Fabel des Gedichts ist eine solche: pure Fiktion. Edward von Wales, nach seiner Rüstung der »schwarze Prinz« genannt, hat niemals um Katharina von Frankreich geworben; der Abstand von Jahrhunderten hinderte ihn daran. Die Figuren stehen vielmehr in einem geschichtslosen Raum, den nur der Wirbel ihrer Leidenschaft erregt. In der Schwärze von Edwards Rüstung spiegelt sich als Kontrast Katharinas lichte Gestalt; diese Rüstung findet sich nur im Untertitel, als wäre sie eine Regievorschrift, genauso wie das Verb »warb«, der Motor des ganzen Gedichts.

In vier Stößen kommt die Leidenschaft daher; sie entsprechen den vier Doppelzeilen des Gedichts. Die erste deutet mit der Nennung der Landschaftsnamen Maine und Anjou auf eine Wirklichkeit, die vor der Geschichtslosigkeit des passionierten Geschehens hinfällig wird. Zugleich wird im Auftakt, in diesem »Man sollte ... übergeben« der Wille der Frau deutlich. Sie will nicht wollen (ein Wunschtraum, den Kleist gelegentlich von Frauen hegte); sie weicht zurück; sie gibt hin, noch weiß sie nicht, was oder wen.

Das zweite Zeilenpaar führt aus der illusionären Wirklichkeit ins weite Land der Seele. Katharinas Frage »Was weiß ich?« klingt unschuldig genug. Und dennoch dämmert ein erster Verdacht auf, daß sie selbst es sein könnte, auf die der Einbruch des Prinzen zielt. Sie aber gibt, mit dem Raffinement des Unbewußten, vor, die Antwort nicht zu wissen.

Im nächsten Zeilenstoß kennt sie die Antwort. Wäre sie eine Figur des Stückeschreibers Kleist, sie fiele jetzt in Ohnmacht. Denn unvermittelt ist die Erkenntnis, sie sei das Ziel des Prinzen, in ihr durchgebrochen; ohne Übergang oder Zäsur greift der Werber nach ihr; aus seinem »Erstreben« reckt sich nacktes »Begehren«; die Zeiten wechseln: aus Vergangenheit (»mocht«) wird Gegenwart; sie muß es an sich geschehen lassen; es bleibt ihr nur mehr die Selbstentfremdung. Aus Katharina ist eine »Eine« geworden; *die* »Eine« freilich, die er erwählt und um die er geworben hat. Ihren Eigennamen hat sie eingebüßt.

Ist es darum, daß sie in Tränen ausbricht? Und sind es Tränen des Persönlichkeitsverlusts oder des Triumphes? Weint sie, weil sie erwählt oder weil sie erworben worden ist? Wir wissen es nicht. Wir ahnen nur, daß sich in diesen Tränen die Spannweite der Ambivalenz löst, die das Gedicht mit Glut und Angst erfüllt. Die Spannung löst sich, aber sie erklärt sich nicht. Auch in der königlichen, der Penthesilea-Gebärde, mit der sie sich an die Gemeinschaft der Menschen wendet, findet sich keine Klärung. Herrisch und hilflos ruft sie die Menschheit zur Zeugin einer Intimität auf.

Das lyrische Klein- und Gelegenheitsprodukt eines Dramatikers? Dieser hat mit der Gewalt seiner Rede die Scham seiner Gestalten verhüllt. Die acht Verse des Gedichts hingegen sind von gewaltiger Schamlosigkeit: eine Frau läßt sich erobern wie ein Land; ihre Seele entblößt sich dabei. Und dennoch hat Kleist auch hier eine Art von höherer Scham, gesteigerter Unschuld walten lassen. Die Zeilen verklingen ins Unartikulierte: Wir erfahren weder, wie die Fabel endet, noch, was die Tränen besagen wollen, die zu bezeugen die Menschheit aufgeboten ist. Was wir wahrnehmen, ist lediglich das »private Weltereignis« (Alfred Polgar) einer Leidenschaft ohne Ort und Zeit und jenseits aller Schwerkraft, eines bis zur Wortlosigkeit abstrahierten Überschusses an Gefühl.

Man kann dieses Gedicht lieben oder um der Rasanz seines männlichen Anspruches willen ablehnen – es bleibt eines der denkwürdigen Liebesgedichte in deutscher Sprache.

HEINRICH VON KLEIST
MÄDCHENRÄTSEL

Träumt er zur Erde, wen
Sagt mir, wen meint er?
Schwillt ihm die Träne, was,
Götter, was weint er?
Bebt er, ihr Schwestern, was,
Redet, erschrickt ihn?
Jauchzt er, o Himmel, was
Ist's, was beglückt ihn?

BENNO VON WIESE
VERRÄTSELTE LIEBE

Kleists lyrische Produktion blieb schmal und wurde nur wenig beachtet. Ein so reizvolles Gedicht wie »Mädchenrätsel«, das zum ersten Mal in Kleists »Phöbus« 1808 gedruckt wurde, ist bis heute nahezu unbekannt. Ohne seinen Titel ist es kaum verständlich. Seine sprachliche Sprödigkeit macht den Zugang nicht gerade leichter. Die knappen acht Verszeilen enden alle mit eintönigen einsilbigen Wörtern, die sich nicht reimen, dafür aber mehrfach wiederholen, nicht nur am Ende, sondern auch in der Mitte der Zeilen. Zweimal kehrt *wen* wieder, zweimal *er*, viermal *was*, zweimal *ihn*. Das kleine intime Wörtchen *du* für den Partner, der hier eigentlich noch gar kein Partner ist, wird offensichtlich vermieden. Poetischen Glanz hat diese Reduktion auf abstrakte, allgemeine Fürwörter nicht. Trotzdem bleibt das Ganze ein Liebesgedicht, wenn auch ein indirektes, verrätselt bereits durch die Gattung des Rollengedichtes.

Kleist läßt nämlich die Verse als Monolog eines offenbar noch jungen und unerfahrenen, aber bereits an der Schwelle des Erwachens stehenden Mädchens sprechen. Der Monolog besteht nur aus Fragen an einen anonym bleibenden »Er«. Keine dieser Fragen wird beantwortet. Zur Abstraktheit der Fürwörter kontrastiert eine stürmische Bewegung der Gefühle, wie sie das junge Mädchen als die nach außen tretende innere Welt bei dem ersehnten Partner wahrnimmt und durch ihre Fragen charakterisiert. So bleiben also Traum (zur Erde hin), Schmerz, Angst und Glück des »Er« dem Mädchen nicht verborgen. Aber »wer« und »was« ist damit gemeint?

Die Affekte entziehen sich der Sinngebung, ja sogar jeder personalen oder intentionalen Zuordnung. Gehört das junge Mädchen mit zu dieser Welt oder hat sie gar nichts damit zu tun? Offensichtlich weiß sie das nicht. Ihre Fragen setzen den Gegensatz oder auch den Widerspruch des Männlichen und des Weiblichen voraus. Denn die »Schwestern«, die Geschlechtsgenossinnen, sind ihr auf natürliche Weise vertraut. Allerdings erhält sie auch von ihnen keine Antwort auf ihre Fragen. Was außerhalb der Affekte steht, das vernünftige Gespräch, der distanzierende Gedanke oder die soziale Situation wird in diesem Gedicht völlig ausgeklammert. Seine beiden Personen stehen gleichsam in einer weltlosen Welt der Gefühle, in einer Welt ohne Gesellschaft. »Götter« und »Schwestern« bleiben nur Chiffren am Rande.

Aber hat dieses Gedicht nur zwei Personen? Wo muß man Kleist selbst darin suchen? Da er kein Mädchen ist, könnte man zunächst meinen, er sei nur mit diesem stürmischen, vom Auf und Ab entgegengesetzter Affekte getriebenen Er identisch. Entzieht er sich der Liebenden, die ihn sucht, vielleicht ohne sich ihr entziehen zu wollen? Wozu braucht er überhaupt die Rolle eines Mädchens für seine lyrische Selbstaussage?

Nachgewiesenermaßen hat Kleist starke homophile Neigungen gehabt. So darf man diese Übertragung der poetischen Rede auf ein Mädchen nicht so sehr als »Einfühlung« in die weibliche, jungfräuliche Psyche sehen, sondern mehr noch als eine Verrätselung der eigenen Triebrichtung, die sich hier nicht mit dem Mädchen als

Person identifiziert, wohl aber mit ihren Wünschen und Fragen. War ja auch Kleist noch sich selbst ein Rätsel geblieben!

So gesehen, haben wir hier ein sehr paradoxes Liebesgedicht. Kleist sieht sich selbst in dem Mädchen, das nach der Liebe verlangt und doch von ihr bisher ausgeschlossen ist; er liebt gleichsam mit ihr. Er liebt damit ebenso den Jüngling, mit dem er die exzentrische Bahn der Gefühle teilt, darin ihm wesensverwandt. Die dritte Person, der Autor, ist also mit beiden Figuren identisch, steht ihnen aber auch wieder selbständig gegenüber, wenn auch in einer verschleierten Weise.

Thematik des Ganzen ist die abgründige Fremdheit der Geschlechter und die Sehnsucht nach einer Liebe, die sie überbrücken möchte, aber nicht überbrücken kann. Aus ihr sind so manche Frauengestalten erwachsen, die Kleist erschaffen hat. Doch eben ihre Stilisierung ins Märchenhafte legt Zeugnis von seiner eigenen, unheilbaren Einsamkeit ab. Bei allem bohrenden Hineinfragen in die Welt hat Kleist ihre prinzipielle Unbegreifbarkeit nur noch transparenter gemacht. Verschmelzung von Ich und Du konnte nur als Utopie erträumt werden. Vom Unmöglichen und Verrätselten der Liebe handelt auch das Gedicht »Mädchenrätsel«.

HEINRICH VON KLEIST
PROLOG

Wettre hinein, o du, mit deinen flammenden Rossen,
Phöbus, Bringer des Tags, in den unendlichen Raum!
Gib den Horen dich hin! Nicht um dich, neben, noch rückwärts,
Vorwärts wende den Blick, wo das Geschwader sich regt!
Donnr' einher, gleichviel, ob über die Länder der Menschen,
Achtlos, welchem du steigst, welchem Geschlecht du versinkst,
Hier jetzt lenke, jetzt dort, so wie die Faust sich dir stellet,
Weil die Kraft dich, der Kraft spielende Übung, erfreut.
Fehlen nicht wirst du, du triffst, es ist der Tanz um die Erde,
Und auch vom Wartturm entdeckt unten ein Späher das Maß.

HELMUT KOOPMANN
EINE KAMPFANSAGE

Dieses ist ein Aufbruchsgedicht einer jungen Generation, wie es seinesgleichen kaum hat. Das Geschwader der »flammenden Rosse« vor sich, stürmt der Sonnengott auf seinem Wagen über den Himmel, unbekümmert um die tief unter ihm liegenden Länder der Menschen, die ihn hier aufsteigen, dort versinken sehen. Ein grandioses Bild, wie der Sonnengott in die Finsternis »hineinwettert« (ein Lieblingswort Kleists): Ein Lichtgewitter zieht herauf, wenn der Wagen in den unendlichen Raum stürzt. Vergleichbar ist das Gedicht allenfalls mit Eichendorffs »Frische Fahrt«, in dem Aurora am Himmel »flammend weht«.

Kleist bedient sich mythischen Dekors – aber könnte etwas besser den Sonnenaufgang beschreiben als das Bild von den flammenden Sonnenpferden, die Phöbus' Gespann rasend über den Himmel ziehen? Kleist hat es freilich nicht aus der antiken Mythologie. Anlaß ist sicherlich jener berühmte Satz aus Goethes »Egmont« gewesen: »Wie von unsichtbaren Geistern gepeitscht, gehen die Sonnenpferde der Zeit mit unsers Schicksals leichtem Wagen durch; und uns bleibt nichts, als mutig gefaßt die Zügel festzuhalten.« Das ist freilich eher resignativ gemeint als triumphierend. Vielleicht hatte Kleist auch Goethes Elegie »Alexis und Dora« im Sinn, mit der der »Musenalmanach für das Jahr 1797« eröffnet wurde. »Phöbus, mir ist er verhaßt, dieser alleuchtende Tag« – so Alexis. Hat

Kleist hier eine Antwort gegeben, mit Blitz und Donner, wie sie auch bei Goethe, dort freilich als nächtliches Gewitter, begegnen?

Er hat es. Mit Kleists Gedicht beginnt seine Zeitschrift »Phöbus«, Januar 1808. Der »Prolog« enthält auch ein literarisches Programm. Vorwärts: Das war gegen den Vergangenheitskult gerichtet, dessen sich Klassiker und Romantiker befleißigten. Nicht zufällig ist mit den Horen Schillers Zeitschrift mitgenannt, indirekt und doch auffällig genug. Und jener achtlose Zug des Sonnengottes hoch über den Menschen: vom Beifall und der Gunst der Leser wollte Kleist nicht abhängig sein. Und erst recht nicht von den Kritikern: Auf sie bezieht sich die letzte Zeile, die »Späher«, die »das Maß« entdecken. »Maß« war seit Opitz' »Buch von der Deutschen Poeterey« von 1624 eine Standardforderung an die Dichtung, war zum klassischen Maß geworden in der Zeit der Antikenbegeisterung. Danach wollte und konnte Kleists Unternehmen nicht beurteilt werden.

Und gegen noch etwas zogen die Sonnenpferde hoch: Adam Müller, der Mitherausgeber, benannte es in einem Brief an Friedrich Gentz, als er diesem von »der neuen Aufklärung« schrieb, »die nun im Phöbus dem Zeitalter geboten werden soll, welches sich nur allzu sehr, durch Unglück bestärkt, zu einer falschen Mystik hinüberneigt«. Friedrich Schlegel hat einmal von der »freischwebenden Intelligenz« gesprochen; sie war schwer zu ertragen, und Schlegels Konversion zum Katholizismus zeigt, wo das enden konnte. Im Zeitalter eines romantischen Dunkelmännertums soll mit Kleists Zeitschrift noch einmal die Aufklärung einziehen.

Also keine klassische Ruhe und keine romantische Mystik, sondern Aufbruch ins Licht. Alles ist Opposition an diesem Gedicht. In einer Anzeige für den »Phöbus« hatte Kleist geschrieben: »Wir stellen den Gott, dessen Bild und Name unsre Ausstellungen beschirmt, nicht dar, wie er in Ruhe, im Kreise der Musen auf dem Parnaß erscheint, sondern vielmehr, wie er in sichrer Klarheit die Sonnenpferde lenkt.« Dem ersten Stück des »Phöbus« war eine Zeichnung beigegeben, die Phöbus so zeigt, wie er bei Kleist erscheint: der Sonnengott zieht heran, tief unter ihm das Stadtbild von Dresden, der kunstfreundlichen Metropole. Auf dem Bild waren auch Sternkreiszeichen zu sehen: ganz oben das der Waage (das Sternbild Kleists), daneben, etwas tiefer, Jungfrau und Skorpion (die Sternzeichen Goethes und Schillers). So war das Gedicht denn eine unüberhörbare Kampfansage. Phöbus, Beiname Apolls, ist hier nicht nur der Sänger, sondern auch der Bogenschütze, der »Fernhintreffende« der »Ilias«.

»Das Leben nennt der Derwisch' eine Reise, Und eine kurze«, heißt es im »Prinz Friedrich von Homburg«. Bald darauf, 1811, erschoß Kleist sich am Wannsee und schrieb vorher: »die Wahrheit ist, daß mir auf Erden nicht zu helfen war.« Da war Wirklichkeit geworden, was 1808, im »Epilog«-Gedicht, beim rasenden Lauf des Gespanns nur so aussah, »als wollten Lenker und Wagen und Roß, stürzend einschmettern zu Staub«. Aber der Phöbus des Gedichts zieht weiterhin seine strahlende Bahn.

CLEMENS BRENTANO
EIN BECHER VOLL VON SÜSSER HULD

Ein Becher voll von süßer Huld
Und eine glühnde Ungeduld
Und eine arme trunkne Schuld
Sie lehren mich zu flehen!

Du Becher voll von süßer Huld
Vergieb der glühnden Ungeduld
Vergieb die arme trunke Schuld,
Die ins Gericht will gehen.

Den Becher voll von süßer Huld
Darf heut die glühnde Ungeduld
Zur Buße armer trunkner Schuld
Nicht sehn, und möcht' vergehen!

Das freut den Becher süßer Huld,
Das schmerzt die glühnde Ungeduld
Das straft die arme trunkne Schuld
Mit bittern, bittern Wehen.

O Becher voll von süßer Huld,
Woll' nicht die glühnde Ungeduld,
Ob ihrer armen trunknen Schuld,
Die heute büßt, verschmähen.

Fließ über Becher süßer Huld,
Werd' Asche glühnde Ungeduld,
Die mag die arme trunkne Schuld
Gemischt mit Tränen säen.

Auf daß du Becher süßer Huld
Um dich in Schmerzen der Geduld,
Still auf dem Grab der armen Schuld
Die Lilie kann erstehen.

Die Lilie, die voll süßer Huld,
Du sahst im Garten der Geduld
Mit Stern und Engel ohne Schuld
Du leuchten hast gesehen.

HERMANN KURZKE
STRENGE UND ERFÜLLUNG

Der erste Eindruck ist der einer tödlichen Monotonie. Im Gleichschritt wechseln betonte und unbetonte Silben. Der Verführung zum Leiern ist nur schwer zu widerstehen. Brentano hat sein Gedicht einem starren, ja gewalttätigen Regiment unterworfen. Die 32 Zeilen kommen mit nur zwei Reimsilben aus. Die ersten drei Zeilen jeder Strophe verwenden nicht nur immer den gleichen Reim, sondern sind überhaupt jeweils zu drei Vierteln identisch. Da »Becher süßer Huld«, »glühnde Ungeduld« und »arme trunkne Schuld« immer schon vorgeschrieben sind, stehen in jeder Zeile nur noch zwei bis drei Silben der dichterischen Gestaltung zur Verfügung. Nur die Schlußzeilen jeder Strophe konnten etwas freier gefüllt werden.

Freilich gibt es kleine, aber wichtige Abweichungen von diesem Schema. Das eintönig dumpfe »-uld, -uld, uld, -ehen« hebt sich in der fünften und sechsten Strophe, der inhaltlichen Bewegung entsprechend, zu »-schmähen« und »säen«, um dann ins alte Bett wieder zurückzusinken. Ins alte? Nicht ganz. Die »glühnde Ungeduld« hat sich inzwischen über »Schmerzen der Geduld« in »Garten der Geduld« verwandelt, die Schuld ist in der siebten Strophe nicht mehr trunken und in der achten ganz getilgt, und der Becher ist zur Lilie geworden.

Eigentlich durfte er nicht mehr dichten. Clemens Brentano hatte 1817 eine Generalbeichte abgelegt und war zum katholischen Erbauungsschriftsteller geworden. Er wollte nur noch ein frommer Pilger sein und verachtete seine eigenen Gedichte und sein romantisches Frühwerk als buhlerischen Tand. Die Poesie nannte er nun »eine der Gensdarmerie des Gewissens entlaufene Bänkelsängerin« und fragte: »Soll ich das vergängliche, trug- und sündenvolle Leben noch mehr schminken helfen, als die Glut der Begierde es bereits tut?« Alles, was er von da an veröffentlicht, ist ernst und fromm.

Aber das Dichten bricht bei ihm aus wie das Lieben, als unwiderstehliche Leidenschaft, gegen die kein Wollen etwas hilft. Ende 1833 lernt er die protestantische Basler Patriziertochter Emilie Linder kennen. Ihr spröder Charme läßt ihn nicht mehr los. Er belagert sie, bedrängt sie mit Besuchen, mit Briefen, mit Gedichten. Er will die Frömmigkeit zur Bundesgenossin der Erotik gewinnen. »Lieb muß leiblich sich gewähren«, dichtet er und fährt mit einem erpresserischen Seitenblick auf Christi Opfer fort: »Wesentlich will Lieb und Leben / Fleisch und Blut zur Speise geben!«

Emilie Linder erhörte den armen Brentano nicht. Sie bog alles ins Religiöse ab und verbot ihm das Dichten wie das Lieben. Über das Hohelied der Liebe schreibt er ihr bitter und doppelsinnig: »Du liest es – Prüdchen – ich imprudent – tue es.« Er ist verzweifelt: »Ich werde verhungern und Du wirst mich auslachen.« Nur noch verdeckt kann er von seiner Liebe sprechen. Er schreibt von Huld und Schuld, von Lilien, Sternen und Engeln. Er wählt das zugelassene religiöse Vokabular, um sein nicht zugelassenes erotisches Begehren zum Ausdruck zu bringen.

Die Rückübersetzung des einen ins andre ist erschreckend einfach. Der Becher voll von süßer Huld ist Emilie, die glühnde Ungeduld ist Clemens. Die arme trunkne Schuld besteht in seiner erotischen Verfallenheit, die immer wieder peinliche Auftritte verursachte. Zur Strafe darf er sie heute nicht besuchen (Strophe 3), ihre Schadenfreude tut ihm weh (Strophe 4). Bitte laß mich kommen, fleht er (Strophe 5), fließ über, vermische dich mit mir, schlafe mit mir, verbrenne meine Ungeduld, laß Tränen und Asche den Samen sein, der aus deinem Schoß eine Lilie erstehen läßt (Strophen 6 und 7). Die reine Lilie wächst im Garten des Paradieses (Strophe 8), denn nur dort ist die körperliche Liebe ohne Schuld.

Das Gedicht ist damit entziffert. Ist es deshalb abgetan? Im Gegenteil. Es ist erst zum Leben erweckt. Erst wer die Höhe der Verdrängung ermißt, kann die gewalttätige Starre der Form verstehen. Als Kunststück gelingt, was im Leben nicht möglich war: die Vereinigung äußerster Strenge mit überfließender, paradiesischer Erfüllung.

CLEMENS BRENTANO
GEHEIME LIEBE

Unbeglückt muß ich durchs Leben gehen,
Meine Rechte sind nicht anerkannt;
Aus der Liebe schönem Reich verbannt,
Muß ich dennoch stets ihr Schönstes sehen!

Nicht die schwache Zunge darf's gestehen,
Nicht der Blick verstohlen zugesandt,
Was sich eigen hat das Herz ernannt,
Nicht im Seufzer darf's der Brust entwehen!

Tröstung such' ich bei der fremden Nacht,
Wenn der leere lange Tag vergangen,
Ihr vertrau' ich mein geheim Verlangen;

Ist in Tränen meine Nacht durchwacht,
Und der lange leere Tag kommt wieder,
Still ins Herz steigt meine Liebe nieder.

RÜDIGER GÖRNER
IM FREMDEN DER NACHT

Ob man das kennt: Selbst dann zu schweigen, wenn einen das allzu leidgeprüfte »Herz« dazu drängt, zu bekennen, was man fühlt. »Geheime Liebe« ist ein Gedicht, das scheinbar keine Fragen stellt, in Wahrheit aber viele aufwirft, Fragen etwa der Art: Verhält man sich nur dann so wie dieses Ich, wenn man pubertär geblieben ist, peinlich befangen und gehemmt? Wo wären noch Götter oder Heilige, die in solchen Lagen helfen könnten und einem derart von Seelen- und sonstigen Nöten Gequälten noch zu sagen gäben, was er leidet?
Andererseits: Was soll uns heute ein solches Gedicht voll romantischen Weltschmerzes und Sympathie mit der radikalen, ans Autistische grenzenden Vereinzelung oder Selbstisolierung? Wie lesen wir dieses Gedicht Brentanos, wir passioniert Enthemmten, wir Tabuverächter?
Oder beginnen wir uns inzwischen, nicht minder klammheimlich wie Brentanos poetisches Ich, wieder nach etwas Tabu zu sehnen? Ob wir daher diesem gefühlsdichten Sonett nicht doch mehr abgewinnen können, als wir uns zunächst eingestehen wollten?
Wer hätte sie nicht erfahren an Leib und Seele, diese Liebe zum Unerreichbaren? Wer hätte es nicht in sich verspürt, dieses Verlangen nach Schönem, diesen Wunsch nach augenblicklicher Beglückung, und sei es zum Schein, nach Gegenbildern und Gegenwerten zu diesen unsäglich »leeren langen Tagen«? Dieses Gedicht Brentanos verfügt je-

doch noch über eine andere Bedeutungsebene, die folgendes meint: Wer sich verbietet zu sagen, was idealerweise sein könnte, leistet Utopieverzicht. Somit fragt dieses Sonett, ob ein solcher Verzicht unter bestimmten Voraussetzungen nicht mehr Seelenstärke, ja Humanität beweisen kann als ein bekenntnishaftes Sich-Aussprechen.

Wenig scheint spektakulär an diesem Gedicht. Die Reime klingen schlicht, vorhersehbar geradezu. Die Kontraste haben etwas Offensichtliches: Die Sehnsucht nach dem Schönen konstrastiert mit dem wiederholten »leeren langen Tag«, das Verlangen mit gähnender Öde. Aber gerade das trägt zur Wirkung dieses Sonetts bei: Daß es mit offen zutage liegenden stilistischen Mitteln von einer »geheimen« Liebe handelt.

Dieses Ich erträumt nicht, was es sieht. Es gehört keinem Phantasten, sondern einem Liebenden, der kennt, was er begehrt. Vermutlich aber würde er sich lächerlich machen, wenn er sich der insgeheim Geliebten wirklich näherte. Von Anbeginn steht mithin sein Seelenzustand fest, der mit einem Wort verbunden ist, das als einziges etwas aus dem Rahmen des Üblichen fällt: unbeglückt. Nicht traurig, melancholisch, niedergeschlagen, sondern glücklos, ohne Aussicht auf Linderung dieses Zustands. Es gibt wenig Gedichte, deren erstes Wort wie in diesem Fall über alles Kommende entscheidet. Unbeglückt, das wirkt wie ein unwiderruflicher Schiedsspruch, der über jeden der folgenden Verse verhängt ist.

Damit stellt das Gedicht überdies einen zentralen Aspekt des aufklärerischen Erbes in Frage – das Streben nach individuellem Glück, ein Problem, das auch Kleist um 1800 umgetrieben hatte. Ein spätes Echo dieses »Willens zum Glück« findet sich noch im Prosawerk des frühen Thomas

Mann wie übrigens auch das »unbeglückte« Abseits-stehen-Müssen unbefriedigter, von Sehnsucht gepeinigter Existenzen. In Brentanos Gedicht dagegen gibt es nur noch eine Hoffnung: daß die Fremdheit der Nacht Zeugin des Verlangens werde.

Unbeglückt, das ist der Zustand des Unbehausten, dem nur noch Herz und Nacht bleiben. Zugespitzt gesagt: Dieses Ich irrt umher im Ausweglosen der Gefühle. Was kann je aus einer solchen Liebe werden? Eine vielsagende, aber nichts verratende Metapher, ein Lied auf der Suche nach einer Stimme und dann eben doch ein geglücktes Gedicht.

CLEMENS BRENTANO
O SCHWEIG NUR HERZ!

O schweig nur Herz! Die rächende Sibille
Die über deiner Zukunft, Wehe! kreischt,
Den gier'gen Geier, der dich lang zerfleischt,
Bannt ein gottselig Kind, und deckt ganz stille
Die schreinde Wunde dir mit Taubenflügeln,
Weckt dir den Morgenstern auf stummen Hügeln.

O schweig nur Herz! Horch Klang von Engelschwingen
Was zuckst du so, du mußt fein leise tun,
Wo man dir singet, wie so sanft sie ruhn,
Die Seligen, dahin wird man dich bringen,
Sei still, was schreist du, einsam ist kein Leben,
Kein Grab, schlaf süß, die Liebste träumt daneben.

O schweig nur Herz! Du hast ja nichts besessen,
Du läßt ja nichts zurück, wem trauerst du?
Auch deines Himmels Augen fallen zu,
Doch seiner Liebe Licht strahlt ungemessen
Brichst du, bricht jenes Herz? Wer bleibt, wird sagen,
O schönre Lust, halb hier, halb dort zu schlagen!

O schweig mein Herz! Du magst wohl selig schweigen,
Was schreist du nur, dir fiel kein Sünderlos,
Dich wiegt die Unschuld ohne Graun im Schoß,
Aus frommen Augen blickt dein Himmelszeichen.
Sei ihr nicht schwer, sei selig, träume, schwebe,
Wein' um die Traube nicht, wein' mit der Rebe.

O schweig nur Herz! Sonst schimpft dich einen Raben
Die Liebste, die nur Tauben Futter giebt,
O werde rein und fromm, bis sie dich liebt
Werd' eine Taube, die nur will sie haben.
O selig! ihr als Taube zu gehören,
So lange sie sich wird der Raben wehren.

O schweig nur Herz! Und lerne sel'ger schauen
Als andre in die Huld, die sie umgiebt,
Daß sie dir mehr als allen andern giebt,
Das zwinge sie dir einst noch zu vertrauen.
Schweig, dulde, glaube, hoffe, liebe, baue
Dein Elend fromm, daß sie dir ganz vertraue!

HANNS GRÖSSEL
GEBÄNDIGTE GEFÜHLE

»Wiegenlied eines jammernden Herzen« haben die ersten Bearbeiter und Herausgeber von Clemens Brentanos Werken dieses Gedicht überschrieben. Es stammt aus dem Januar 1817 und steht in einem Brief Brentanos an Luise Hensel, eine evangelische Pfarrerstochter, die er im Oktober 1816 bei einer Berliner Abendgesellschaft kennengelernt hatte. Brentano war damals achtunddreißig, Luise Hensel achtzehn Jahre alt. In gewohntem Überschwang hielt er wenige Monate später um ihre Hand an, doch erteilte ihm Luise eine Absage.

Aus der seelischen Krise, worein diese ihn stürzte, sind nicht nur einige der bewegendsten Gedichte Brentanos hervorgegangen; sie dürfte auch seinen Entschluß gefördert haben, nach dem Vorbild seines jüngeren Bruders Christian eine Generalbeichte abzulegen und im September 1818 zu der stigmatisierten Nonne Anna Katharina Emmerick nach Dülmen in Westfalen zu reisen.

Fünf Jahre lang wird er dort seinem »schweren Tagewerk« nachgehen und die Gesichte der Emmerick aufzeichnen. Die Verbindung zu Luise Hensel bricht derweil nicht ab: Im April 1821 (nach Luises Konversion) sehen die beiden einander in Dülmen wieder, und als die Emmerick gestorben ist, vertraut Brentano ihr Sterbekissen Luise Hensel an. Ein letztes Wiedersehen findet 1838 in München statt. Da freilich ist Brentano seinem Dichtertum lange schon entfremdet und hat seine »Romanzen vom Rosenkranz«

zu geschminkten, duftenden Toilettensünden unchristlicher Jugend erklärt.
Das »Wiegenlied ...« leitet seine Abkehr von der Literatur ein, es steht am Beginn seiner angestrengten Hinwendung zum Katholizismus, bei der es nicht ohne Selbstvergewaltigung abging. Besänftigt, gebändigt werden sollen Gefühl und Trieb; nur als »Taube« darf und will er der Liebsten gehören, denn gegen »Raben« wehrt sie sich. Doch das Schweigen, zu dem er sein Herz mit jedem Stropheneinsatz aufruft, trägt Züge von Resignation (das machen schroffe Fügungen wie »einsam ist kein Leben, / Kein Grab« deutlich): Mit ihr meinte Brentano wohl eher leben zu können als mit endgültiger Trennung und endgültigem Verlust.
Wie in vielen anderen seiner Gedichte spielt Brentano auch im »Wiegenlied ...« mit Metaphern, die aus verschiedenen Traditionen und Sinnbereichen genommen sind. Verweisen die »rächende Sibille« und der »gier'ge Geier« auf antike Mythen, so sind das »gottselige Kind«, die »Taubenflügel« oder der » Morgenstern« eindeutig christliche Bilder. Auf dem Umweg über die Astrologie fügt Brentano ihnen noch die Jungfrau an: Kein anderes nämlich als sie ist das »aus frommen Augen« blickende »Himmelszeichen« in der vierten Strophe (Brentano war an einem 9. September geboren).
Durch diesen Synkretismus der Metaphern ragt Brentano schon in die Tradition der lyrischen Moderne hinein, wie sie sich im 19. Jahrhundert bei Baudelaire oder bei Lautréamont herausbildet. Hinzu kommen ganz subjektive, nur aus dem eigenen Werk zu entschlüsselnde Chiffren wie das Bild der »Wunde« in der ersten, wie vor allem die Aufforderung »baue / Dein Elend fromm« in der letzten

Strophe. »Das Elend bauen« hieß in älterem Deutsch soviel wie »in die Fremde ziehen«. Brentano war die Wendung in einem alten Pilgerlied begegnet, das Achim von Arnim und er in »Des Knaben Wunderhorn« aufgenommen hatten. Sie verhalf ihm zu einer letzten Selbststilisierung, und fortan war seine Geschichte, die er Freunden und Bekannten gegenüber immer wieder wort- und bildreich variierte, die Geschichte eines »todesmüden, zerlumpten Pilgers«.

Noch 1842, im Jahre seines Todes, schreibt Brentano in einem Brief: »Mein Paß ist ausgestellt in der heiligen Taufe nach dem himmlischen Jerusalem; aber auf allen Stationen gen Babylon zu ist er visiert.«

CLEMENS BRENTANO
ÜBER EINE SKIZZE
VERZWEIFLUNG AN DER LIEBE IN DER LIEBE

In Liebeskampf? In Todeskampf gesunken?
Ob Atem noch von ihren Lippen fließt?
Ob ihr der Krampf den kleinen Mund verschließt?
Kein Öl die Lampe? oder keinen Funken?

Der Jüngling – betend? tot? in Liebe trunken?
Ob er der Jungfrau höchste Gunst genießt?
Was ist's das der gefallne Becher gießt?
Hat Gift, hat Wein, hat Balsam sie getrunken.

Des Jünglings Arme, Engelsflügel werden
Nein Mantelsfalten Leichentuches Falten.
Um sie strahlt Heil'genschein – zerraufte Haare.

Strahl' Himmelslicht, flamm' Hölle zu der Erde
Brich der Verzweiflung rasende Gewalten,
Enthüll' – verhüll' – das Freudenbett – die Bahre.

GERHARD SCHULZ
FRAGEN EINES LIEBENDEN DICHTERS

Dieses Gedicht ist ein wahres Wunderwerk. Genau und formvollendet erfüllt es die Regeln des Sonetts, läßt aus einer Fülle von Fragen in den beiden Quartetten ein Bild entstehen, setzt es im ersten Terzett in Bewegung und durchbricht dann abschließend im zweiten das Betrachten mit einem leidenschaftlichen Appell, der Aufschrei und Hilferuf zugleich ist. Aber so kunstvoll geschlossen dieses poetische Gebilde erscheint, so zersetzt ist es im Inneren durch das, was es sagt, denn das innere Gesetz dieser Verse sind unaufgelöste, ja unauflösbare Gegensätze. »Verzweiflung an der Liebe in der Liebe« lautet der Titel, aber wo Himmel und Hölle beschworen werden, da rührt die Verzweiflung wohl an die Fundamente menschlicher Existenz überhaupt. Gesprochen wird über die Undeutbarkeit der Dinge dieser Welt, wie sie sich unseren Augen zeigen.

Brentanos Sonett gibt sich als Bildbetrachtung. Eine »Skizze« liegt vor uns, die wir nicht kennen, sondern allein durch die Fragen eines liebenden Dichters sehen. Der Gegenstand ist uns nicht unvertraut, wenn wir ihn in Einklang mit dem bringen, was uns aus der Geschichte der europäischen Kultur bekannt ist, eine Illustration vielleicht zu Romeo und Julia, Tristan und Isolde oder einem anderen dieser klassischen Liebespaare, denen das ersehnte Zusammensein erst im Tode beschieden ist. Aber im Grunde helfen solche Festlegungen wenig. Nicht von Geschichte, sondern von der immer währenden Gegenwart eines Bildes ist die Rede, und nicht mit ruhiger Gelassenheit wird es beschrieben, sondern mit der Leidenschaft tiefster Verzweiflung ein Sinn herausgefragt, den es nicht bieten kann. Brentanos Fragen sind dabei von so ungeheurer Anschaulichkeit und Tiefe, daß man sich geradezu wünscht, die »Skizze«, die er in Wirklichkeit betrachtet haben mag, in ihrer Zweidimensionalität nie zu Gesicht zu bekommen.

»In Liebeskampf? In Todeskampf gesunken?« Eine kühne Gleichsetzung der Augenblicke höchster Lust mit denen des Sterbens ereignet sich hier. Die seltsame Ähnlichkeit des Reagierens an den Grenzen menschlicher Existenz, bei Zeugung und Tod, ist oft empfunden worden. Die französische Sprache zum Beispiel besitzt den Ausdruck »petite mort«, den »kleinen Tod«, als metaphorische Bezeichnung für den Orgasmus. Brentano selbst aber hat in seinem Roman »Godwi« aus dem Jahre 1800 der deutschen Sprache das Wort »Liebestod« geschenkt, Jahrzehnte bevor Wagner es mit der Tristan-Musik in die Welt sandte.

Ununterscheidbar ist, was die beiden Gestalten, »Jüngling« und »Jungfrau«, auf das gemeinsame Lager hat sinken lassen: Liebe oder Tod, Tod in der Liebe oder womöglich gar der Tod ihrer Liebe? Gerade dieser Letztere rechtfertigte am stärksten das Paradox des Titels. Liebe fragt nicht nach Zeit, aber sie ereignet sich in ihr und ist ihrem Wechsel ausgesetzt – Grund genug, an ihr zu zweifeln und zu verzweifeln. Daran dürfte sich bis heute wenig geändert haben.

In den beiden Terzetten durchbricht Brentano nun freilich die aus Gegensätzen geschmiedete Kette seiner offenen Fragen. Mit »Engelsflügeln« und »Heiligenschein« beginnt sich das Bild vor unseren Augen zu bewegen und scheint sich metaphysischen Dimensionen zu öffnen, dorthin also, wo am ehesten Antwort zu finden sein könnte auf das, was die Augen nicht zu erkennen vermögen. Das ist nicht überraschend bei dem Katholiken Brentano, der sein Leben lang um seinen Glauben gerungen hat. Aber Unsicherheit bleibt, denn die Engelsflügel sind womöglich eben doch wieder nur die Falten eines Mantels oder des Leichentuches und der Heiligenschein nichts als die zerrauften Haare der Verzweifelten. Aus solcher Not geht dann der erregte, alle Grenzen sprengende, ja vermessene Ausruf der letzten drei Zeilen hervor. Es ist die verzweifelte Bitte, alle Dunkelheit und Undeutbarkeit zu durchbrechen, sei es nun mit den Strahlen des Himmelslichts oder dem Feuer der Hölle. Oder womöglich auch mit dem Glanz des schönen Gedichts?

Brentanos Sonett ist um 1808 entstanden. Eine frühe Fassung, die statt des Appells an Himmel und Hölle ganz unmittelbar zur Erklärung auffordert (»O deute die undeutlichen Geberden«), stammt bereits aus der Zeit um 1801, als er mit dreiundzwanzig gerade erst literarischen Ruhm zu erwerben begann, und eine letzte, die das »Freudenbett« zum »Rosenbett« wandelt und zugleich das »Gloria« des Himmelslichts stärker hineinscheinen läßt, aus dem Jahre 1834, da er sich seines Glaubens wieder sicherer war.

CLEMENS BRENTANO
VALERIAS LIED

Ich wollt' ein Sträußlein binden,
Da kam die dunkle Nacht,
Kein Blümlein war zu finden,
Sonst hätt' ich dir's gebracht.

Da flossen von den Wangen
Mir Tränen in den Klee,
Ein Blümlein aufgegangen
Ich nun im Garten seh'.

Das wollte ich dir brechen
Wohl in dem dunklen Klee,
Doch fing es an zu sprechen:
»Ach tue mir nicht weh!

Sei freundlich in dem Herzen,
Betracht' dein eigen Leid,
Und lasse mich in Schmerzen
Nicht sterben vor der Zeit.«

Und hätt's nicht so gesprochen,
Im Garten ganz allein,
So hätt' ich dir's geborchen,
Nun aber darf's nicht sein.

Mein Schatz ist ausgeblieben,
Ich bin so ganz allein.
Im Lieben wohnt Betrüben,
Und kann nicht anders sein.

WALTER HINCK
BETRÜBEN, DAS AUF LIEBEN REIMT

Sie »enthält die holdseligsten Blüten des deutschen Geistes«, sagt Heinrich Heine über die Sammlung »Des Knaben Wunderhorn«. »In diesen Liedern fühlt man den Herzschlag des deutschen Volks. Hier offenbart sich all seine düstere Heiterkeit, all seine närrische Vernunft.« Clemens Brentano, mit Achim von Arnim Herausgeber der Sammlung, hat wie nur wenige Lyriker unserer Sprache diesen Volksliedern den Puls gefühlt; man kann ihn auch im Lied »Ich wollt' ein Sträußlein binden« noch pochen hören.
Das Bild von der Blume, die gebrochen werden soll, zählt zum festen Bestand der volksliedhaften Tradition. In Goethes »Heidenröslein« läßt die Gegenwehr den »wilden Knaben« leiden, in »Ein Veilchen auf der Wiese stand« wäre die Blume gern vom »Liebchen abgepflückt« worden, wird aber zertreten, und in »Gefunden« wird das »Blümchen«, das nicht »zum Welken gebrochen sein« möchte, ausgegraben und im Garten wieder eingepflanzt. Immer hält sich die Liebesmetaphorik an die einfachen Grundmuster. Auch in Brentanos Gedicht?
Hier erscheint das Motiv des Liebesschmerzes, das »Betrüben«, das sich auf »Lieben« reimt, verdoppelt, also noch einmal gespiegelt. Die Blume selbst, hervorgewachsen aus vergossenen Tränen, ist bereits Leidenssymbol, nicht mehr wie in »Gefunden« Bild für die Liebespartnerin, die der Liebende nicht dem »Welken« überantwortet,

sondern zu sich holt (wie in der Wirklichkeit Goethe das Mädchen Christiane). Schon das dem Liebespartner zugedachte Liebeszeichen ist in Brentanos Gedicht gleichsam getränkt mit Schmerz. Eine gewisse Künstlichkeit hat sich des einfachen Musters bemächtigt und sich über die Naivität des Volkslieds gelegt.

Und doch läßt uns Brentano diese Reflektiertheit wieder vergessen. Mit dem Vokabular der Wehmut und den Füllwörtern, mit dem Satz- und Versbau, der Wortwiederholung und dem Reim stellt er die Schlichtheit und Musikalität des Volksliedes wieder her. Nicht von ungefähr hat dieses Gedicht in der Vertonung von Louise Reichardt unmittelbar ins Volk gefunden.

Als Lied gesungen wird es auch in Brentanos Lustspiel »Ponce de Leon« (1803), von dem aus es – ohne Titel – in die Gedichtsammlung wanderte. Ursprünglich ist es also Rollenlied, und zwar nur eines unter vielen. Die letzte Strophe skizziert die Situation der Sängerin. Auf die Liebe des Bürgermädchens Valeria und des Edelmanns Ponce wartet kein *Happy-End*. Im Hochzeitsreigen des Schlusses stehen Valeria und Ponce jeweils neben anderen Partnern. Aber das Liebesversprechen des Anfangs wird nicht zurückgenommen, nicht widerrufen.

»Liebesworte wie neckende Kolombinen flattern umher, mit Wehmut im Herzen.« Heines Wort ist zumal auf Valeria gemünzt, auf die schönste Rolle, die Brentano für eine Schauspielerin geschrieben hat. In Valeria erhält das musikalische Element des Lustspiels seine reinste Gestalt. Züge der Colombina aus der *Commedia dell'arte* und der Rosalinde und Viola Shakespeares verbinden sich, aber unverwechselbar wird Valeria, weil mit den Liedern die Volkspoesie in ihr Figur geworden ist.

Gedichte, Lieder können in den Erfahrungsbestand einer Biographie eingehen. Zu meiner gehören, seit einer Einrichtung und Aufführung des Stücks mit Studenten, diese Figur und dieses Lied. Der Rufname meiner Tochter ist ein Unterpfand der immer abrufbaren Erinnerung.

CLEMENS BRENTANO
WAS REIF IN DIESEN ZEILEN

Was reif in diesen Zeilen steht,
Was lächelnd winkt und sinnend fleht,
Das soll kein Kind betrüben,
Die Einfalt hat es ausgesäet,
Die Schwermut hat hindurchgeweht,
Die Sehnsucht hat's getrieben;
Und ist das Feld einst abgemäht,
Die Armut durch die Stoppeln geht,
Sucht Ähren, die geblieben,
Sucht Lieb', die für sie untergeht,
Sucht Lieb', die mit ihr aufersteht,
Sucht Lieb', die sie kann lieben,
Und hat sie einsam und verschmäht
Die Nacht durch dankend in Gebet
Die Körner ausgerieben,
Liest sie, als früh der Hahn gekräht,
Was Lieb' erhielt, was Leid verweht,
Ans Feldkreuz angeschrieben,
O Stern und Blume, Geist und Kleid,
Lieb', Leid und Zeit und Ewigkeit!

WALTER HELMUT FRITZ
WIDERSPIEL VON KLANG UND BEDEUTUNG

Man kann dieses Gedicht auch nach mehrmaligem Lesen, was Einzelheiten des Zusammenhangs angeht, nicht durchweg auf Begriffe bringen, aber – und das ist mehr, das ist entscheidend – es ist dichterisch einleuchtend. Seine Ausstrahlung ist außerordentlich, seine Mehrdeutigkeiten lassen die Einbildungskraft wachsen, die Bilder in ihren Abwandlungen machen seinen Reichtum aus.

Was in diesen Bildern »reif« geworden ist, verstehen wir vor aller Überlegung, weil wir mit unserer Erfahrung darauf antworten. Auch wenn das Gedicht schwierig zu sein scheint, kommt es aus »Einfalt« (es denkt an das »Kind«). Obwohl die schmerzliche Gestimmtheit unverkennbar ist, bleibt sie in Balance durch »lächelnde«, »sinnende« Einsicht. Die Bilder stehen für vieles: für die Entfaltung dessen, was einst »ausgesät« wurde; für die Frage nach dem, was von Leben und Arbeit »geblieben« ist; für die »Schwermut«, die sich beim Zurückschauen einstellt; für Abschied, für die Wahrnehmung von Begrenztheit und Vergänglichkeit und die dadurch bewußt werdende »Armut«.

Sie gehört – man wird schnell darauf aufmerksam – in Gedichten, erzählender Prosa und Briefen zu den Kennworten Brentanos. Immer wieder nennt er seine Poesie arm, sich selbst »schwer und arm«, erwähnt den armen Boden, der ihm zur Verfügung stehe, oder schreibt: »Mein armes Leben ist eine... Kette von verzweifelten Ereignissen, die mich langsam abwürgt.«

Daher die »Sehnsucht«, von der das Gedicht spricht, die Suche nach Liebe. Dreifach bildet das Wort die Mitte der Zeilen: Ein wesentlicher Teil von Brentanos Lyrik sind Liebesgedichte. Die Suche bringt die Unruhe hervor, aus der die Verse unter anderem leben (und die Brentanos Ruhelosigkeit entspricht). Sie lassen sich durch Interpretation nicht festlegen, bevorzugen die Anspielung, sind gekennzeichnet durch einen hohen Grad von Verschlüsselung und Durchsichtigkeit in einem, können nicht wirklich zu Ende gedacht werden, haben »dankenden« Charakter, führen zu der häufig bemerkten Geisterhaftigkeit – vor allem dessen, was am »Feldkreuz« angeschrieben ist.

Mit alldem hängt zusammen die offensichtliche Musikalität der Sprache, ihre scheinbare Schwerelosigkeit, das Widerspiel von Klang und Bedeutung, die rasche Aufeinanderfolge der Assoziationen, das kaleidoskopisch Wechselnde der Vorstellungen. Unverkennbar ist zudem das Ineinander von erotischen und religiösen Motiven, das Zugleich von Spontaneität und Kalkül, die Erinnerung an den Ton von Autoren des Barock – etwa an den von Friedrich Spee, dessen »Trutz-Nachtigall« und dessen »Tugendbuch« Brentano bearbeitet und neu herausgegeben hat.

Das Gedicht – aus dem Zusammenhang der »Emilien-Lyrik« – gehört zu den späten Arbeiten Brentanos – und zu seinen schönsten. Es wurde oft bewundert und nie völlig aufgehellt. Eine erste Fassung hatte er der in München lebenden Malerin Emilie Linder geschickt, mit der ihn in den letzten acht Jahren seines Lebens eine intensive Freundschaft verband.

CLEMENS BRENTANO
WENN DER LAHME WEBER

Wenn der lahme Weber träumt, er webe,
Träumt die kranke Lerche auch, sie schwebe,
Träumt die stumme Nachtigall, sie singe,
Daß das Herz des Widerhalls zerspringe,
Träumt das blinde Huhn, es zähl' die Kerne,
Und der drei je zählte kaum, die Sterne,
Träumt das starre Erz, gar linde tau' es,
Und das Eisenherz, ein Kind vertrau' es,
Träumt die taube Nüchternheit, sie lausche,
Wie der Traube Schüchternheit berausche;
Kömmt dann Wahrheit mutternackt gelaufen,
Führt der hellen Töne Glanzgefunkel
Und der grellen Lichter Tanz durchs Dunkel,
Rennt den Traum sie schmerzlich übern Haufen,
Horch! die Fackel lacht, horch! Schmerz-Schalmeien
Der erwachten Nacht ins Herz all schreien;
Weh, ohn' Opfer gehn die süßen Wunder,
Gehn die armen Herzen einsam unter!

WERNER ROSS
PECH MIT TRÄUMEN

Weber sind, das weiß man spätestens seit Gerhart Hauptmann, arme Teufel. Aber unter ihnen war der lahme Weber, der sein Handwerk nicht mehr ausüben konnte und keine Arbeitslosenunterstützung bezog, der ärmste. Was bleibt ihm? Er träumt, daß er webe, daß er wiedereingesetzt sei in den kärglichen Gewinst eines armseligen Berufs.

Ein Elendsbild und ein windiger Trost – so fängt Brentanos Gedicht an, das er, als von einer »unweisen Klareta«, einer Dienerin, verfaßt, in einem Anhang zu seinem Märchen »Gockel, Hinkel und Gakeleia« untergebracht, um nicht zu sagen versteckt, hat. Es ist nicht bekannt, daß sich Brentano, darin anders als seine Schwester Bettina mit ihrem »Armenbuch«, besonders für die Ärmsten der Armen interessiert hätte. Sein lahmer Weber ist eher eine skurrile Erfindung als ein Sozialfall, und mit solchen burlesken Einfällen geht es dann hartnäckig weiter.

Wer hat sich denn schon eine kranke Lerche, wer eine stumme Nachtigall ausgedacht? Clemens tut's und läßt die Lerche und die Nachtigall von ihren Idealzuständen träumen, dem Schweben und dem Singen, das die Herzen zum Zerspringen bringt. Lerche und Nachtigall sind poetische Vögel; Shakespeare hat sie in einem Vers vereint: »es war die Nachtigall und nicht die Lerche«, aber seine Nachtigallen, wie die von tausend anderen Dichtern, singen. Brentano hingegen läßt auf seine stumme Nachtigall das unpoetischste allen Geflügels, ein blindes Huhn, folgen, dem das Sprichwort eine gesicherte Minimalexistenz zusichert: ein Korn. Sein träumendes Huhn watet aber im Überfluß, es zählt im Traum die Kerne (die des Reimes wegen das Korn ersetzt haben) und kommt damit sowenig zu Rande wie jener weitere arme Teufel, der nicht einmal bis drei zählen kann und dafür im Traum das Unzählige des Sternenhimmels bändigt.

Die Reihe ist aber keineswegs abgeschlossen, das Gedicht besteht auf der Häufung der Beispiele, besteht fast aus ihrer Häufung. Das starre Erz (stand da vielleicht einmal Eis?) träumt, daß es taue, der starre Mensch, das Eisenherz, träumt von kindlichem Vertrauen, die »taube Nüchternheit« schließlich, das langweilige Philistertum, das Brentano besonders verabscheut, darf (in einem nicht glücklich durchorganisierten Doppelvers) von endlicher Beschwingung durch den Traubensaft träumen.

Wenn-Verse laufen, sich steigernd, immer auf ein »Dann« zu. Es läßt auch hier nicht auf sich warten. Es bricht im Eilschritt ein. Gegen den Traum von Besserung, Reinigung, Verwandlung tritt die Wahrheit nicht als würdige Matrone an, sondern am ehesten als übermütiges Kind. Da es Nacht ist, kommt es mit Fackeln und Fanfaren und geht mit den Träumen der buntscheckigen Bettlerschar auf die frechste Art um: Es rennt sie über den Haufen. Hier wagt auch der Dichter Brentano sein Frechstes: er läßt die Fackel lachen und die Schalmeien schreien, die Töne funkeln und die Lichter tanzen. Auch bei der Wahrheit geht es bunt zu. Aber: Wenn die Nacht erwacht, sterben die Träume. Die Wirklichkeit ist erbarmungslos. Die Träume, »die süßen Wunder«, waren das Letzte, was den Armseligen blieb. Nun gehen sie mit den Träumern, den armen Herzen, unter.

Ein bewußt finsterer oder wenigstens melancholischer Schluß zu einem Gedicht, das man als Ganzes, einschließlich des mutwilligen Überfalles der Wahrheit auf die Träumer, eher närrisch nennen könnte, mehr auf Klangwirkungen und Reimspiele setzend als auf Logik und Grammatik. Fast ist es so, als schafften die Reime die Inhalte erst herbei und als seien vor allem die Binnenreime, aber auch kunstvolle Reime wie »Nüchternheit« und »Schüchternheit«, »Schalmeien« und »all schreien« das eigentliche Vergnügen des Verfassers.

Die Philologen haben diese unziemliche Lockerheit lange bestraft, indem sie das Weberlied – so nennt es Enzensberger in seiner Dissertation über Brentanos Poetik – nur im Zusammenhang der Hahnengeschichte, nicht unter den Gedichten, druckten. Inzwischen haben wir umgedacht und treiben es wie er: Das Kunterbunt gefällt uns, und die Frage nach dem tieferen Sinn quält uns weit weniger. Brentano ließ sich beim Dichten gerne treiben. Ich empfehle, beim Lesen des Weberliedes es ihm gleichzutun.

CLEMENS BRENTANO
WIEGENLIED

Singet leise, leise, leise,
Singt ein flüsternd Wiegenlied,
Von dem Monde lernt die Weise,
Der so still am Himmel zieht.

Singt ein Lied so süß gelinde,
Wie die Quellen auf den Kieseln,
Wie die Bienen um die Linde
Summen, murmeln, flüstern, rieseln.

EGON SCHWARZ
EIN WORTGESPINST

Der heutige Geschmack erwartet von der Lyrik irgendeinen intellektuellen Inhalt. Daß dabei manchmal Obskurität für Profundität genommen wird, tut nichts zur Sache. Jeder Weg birgt seine Gefahren. Das Gedicht von Clemens Brentano ist weder obskur noch intellektuell. Es hat, sofern ein Ding aus Wörtern eine solche totale Neutralität gestattet, überhaupt keinen Sinn. Es besteht statt dessen aus Musik und wie diese lebt es von Klängen und den Assoziationen, die der Hörer daran knüpft. Logische Fragen an ein Wortgespinst stellen, das der Sprache vor allem akustische Qualitäten abzugewinnen trachtet, hieße falsche Maßstäbe anlegen. Es hat wenig Zweck, darüber zu grübeln, wer denn hier im Plural angeredet wird, was vom Monde zu lernen wäre und ob zwischen der Aufforderung zur Stille in der ersten und zur Nachahmung der Naturgeräusche in der zweiten Strophe ein Widerspruch besteht.
Sinnvoll ist es hingegen, sich der Wirkung bewußt zu werden, die von dem einmal eingeschobenen »e« in »singet« und seinem späteren Fehlen ausgeht oder von der unglaublichen Häufung der i-Laute. Aber das Einmalige des Gedichts liegt doch wohl in der letzten Zeile, von der Wolfgang Kayser gesagt hat, sie sei »ein Klang von solch zwingender Steigerung, Aufhellung, daß wir nach keiner anderen, etwa logischen Rechtfertigung ihrer Fügung suchen«. Das noch trübe »u« in »Summen« wird durch das darauffolgende »r« in »murmeln« bereits wesentlich kla-

rer, im »ü« von »flüstern« bewegt es sich schon ganz auf das lange, ruhige, von weither angekündigte »ie« in »rieseln« zu. In der metaphorischen Ausdrucksweise, zu der man bei solchen Beschreibungen gezwungen ist, könnte man von einer Beruhigung und »Entdüsterung« sprechen. Nun hat Bernhard Blume in einem Stück faszinierender Detektivarbeit nachgewiesen, daß die Hauptbestandteile dieser zauberischen Zeile, nämlich die drei Verben »murmeln«, »flüstern«, »rieseln«, und zwar in der gleichen Reihenfolge, in einem Brief Wilhelm Heinses an Fritz Jacobi vorkommen, den Brentano sehr genau kannte. Selbst die Linde und der Quell werden in der Heinseschen Briefstelle erwähnt, die von einer Wanderung erzählt. Aber gerade die Identifizierung des Rohmaterials, aus dem Brentano die berühmte Gedichtzeile gemacht hat, verrät etwas von den magischen Möglichkeiten der Sprache. »Ihren hohen dichterischen Rang«, kommentiert Blume, »bekommt Heinses Wortfolge erst im lebendigen Zusammenhang von Brentanos Gedicht«.

Zu seinen Lebzeiten hat Brentano das Gedicht nicht veröffentlicht. In der obigen Fassung erschien es zum ersten Mal in den »Gesammelten Schriften«, 1852 von Christian Brentano herausgegeben. Aber schon 1846 war es in der von Guido Görres besorgten Sammlung der »Rheinmärchen«, und zwar als Einschiebsel in dem Märchen »Ahnen des Müllers Radlauf«, gedruckt worden, diesmal der Lureley in den Mund gelegt und mit einer mittleren Strophe versehen:

Denn es schlummern in dem Rheine
Jetzt die lieben Kindlein klein,
Ameleya wacht alleine
Weinend in dem Mondenschein.

Die geringere dichterische Substanz dieser Strophe, die Tatsache, daß man sie so leicht herauslösen kann, ja, daß durch ihre Entfernung eine gestörte Einheit offenkundig wieder hergestellt wird, all das und noch andere Indizien deuten darauf hin, daß Brentano sie einem früher entstandenen Gedicht bloß hinzufügte, um einen Handlungszusammenhang mit dem Märchen zu verfertigen.

Es bliebe jetzt nur zu fragen, ob die lauschende Hingabe an ein so bezauberndes, aber zweifellos auch unnützes Gebilde nicht einen Verrat an den sogenannten ernsten Pflichten, ein feiges Ausweichen vor den zu bewältigenden Bestialitäten unserer Wirklichkeit bedeutet. Darauf gibt es sicherlich viele mögliche Antworten. Die meine wird zum Teil davon abhängen, welcher Raum und welcher Wert einem derartigen Lauschen im Gesamtzusammenhang des Lebens zugewiesen wird. Mit dieser Verwahrung wird mein Urteil dann aber lauten, daß eine solche Versenkung ebenso heilsam ist wie ein Bad im See oder eine kleine Nachtmusik.

KAROLINE VON GÜNDERODE
DER KUSS IM TRAUME

Es hat ein Kuß mir Leben eingehaucht,
Gestillet meines Busens tiefstes Schmachten.
Komm, Dunkelheit! mich traulich zu umnachten,
Daß neue Wonne meine Lippe saugt.

In Träume war solch Leben eingetaucht,
Drum leb' ich, ewig Träume zu betrachten,
Kann aller andern Freuden Glanz verachten,
Weil nur die Nacht so süßen Balsam haucht.

Der Tag ist karg an liebesüßen Wonnen,
Es schmerzt mich seines Lichtes eitles Prangen
Und mich verzehren seiner Sonne Gluthen.

Drum birg dich Aug' dem Glanze irrd'scher Sonnen!
Hüll dich in Nacht, sie stillet dein Verlangen
Und heilt den Schmerz, wie Lethes kühle Fluthen.

FRANZ JOSEF GÖRTZ
LIEBESLIED AN DEN TOD

Caroline von Günderode, die Dichterin, geboren in Carlsruhe 1780, endete ihr Leben 1806. Der Grabstein auf dem Friedhof in Winkel am Rhein verschweigt den Freitod nicht. Mit eigener Hand hat sie ihrem Leben ein Ende gesetzt, sich den Dolch ins Herz gestoßen, den sie ständig bei sich trug. »Eine tiefe Wunde, nicht ganz ein Zoll lang«, vermerkt das ärztliche Bulletin ungerührt, »der Stich zwischen 4. und 5. Rippe in die linke Herzkammer eingedrungen.«

Von einem ungewöhnlichen Tod gibt es allemal Zeugnisse genug. Was wir dagegen vom Leben dieser Frau wissen, verliert sich oft im Ungefähren und ist nicht frei von Widersprüchen, auch nicht frei von Retuschen, Verfälschungen und Verklärungen, wie sie, viele Jahre später, nicht nur in den Romanen ihrer Freundin Bettina von Arnim anzutreffen sind. Dort tritt sie uns »sanft und weich in allen Zügen« entgegen, Bettinas Schwager Friedrich Karl von Savigny indes schildert sie als »Narzißnatur«: launisch und spröde, unnahbar und unvorstellbar eitel.

So verbindlich, so liebenswürdig der Ton ihrer Briefe, so kühl und so abweisend gibt sie sich mitunter im persönlichen Umgang. Aus Angst davor, mißverstanden und enttäuscht zu werden? Was sie fürchtet, hat die Günderode ihren Gedichten anvertraut, von denen sie unter dem Pseudonym Tian 1804 eine schmale Auswahl (»Gedichte und Phantasien«) drucken läßt. Aus dem nachfolgenden Bändchen (»Poetische Fragmente«), im Jahr darauf mit der gleichen Verfasserangabe veröffentlicht, stammt das nebenstehende Sonett. Die Autorin hat es, nicht ohne listigen Bedacht, in der Erstausgabe mit dem Zusatz *aus einem ungedruckten Romane* versehen.

Wir wissen, daß sie es für Savigny geschrieben und ihm wenige Wochen vor seiner Heirat mit Gunda Brentano geschickt hat – als Abschiedsgruß. Mit Savigny mag es ihr ähnlich ergangen sein wie zuvor mit Clemens Brentano und danach mit dem Heidelberger Altertumsforscher Friedrich Creuzer: sie alle fühlen sich angezogen von dieser Frau, suchen ihre Nähe, tauschen mit ihr sehr vertrauliche Billetts und verschwiegene Zärtlichkeiten aus – und verbinden sich mit einer anderen, ohne gleichwohl von ihr, dem »lieben Günderödchen«, völlig lassen zu wollen.

Auch davon spricht dieses Gedicht. Es verhehlt nicht, was allein die unerfüllbare Sehnsucht nach *Harmonie*, wie die Günderode es in ihren Briefen nennt, das Verlangen nach Liebe zu stillen, den Schmerz des endgültigen Verzichts zu heilen vermag: *Lethes kühle Fluthen*, der Tod. Doch dies erfahren wir erst in der allerletzten Zeile – und sind ebenso überrascht wie betroffen. Kein Liebeslied also? Des *Busens tiefstes Schmachten* nicht dem fernen Geliebten geltend, der Kuß nicht von seinen Lippen, der Hauch, so kühl wie die Nacht, in Wahrheit vom Fluß Lethe herüberwehend, an dessen Ufern, der griechischen Sage nach, die Verstorbenen sitzen und Vergessen finden?

Kein Liebeslied, sondern ein Hymnus auf den Tod, gelassen im Ton, ein unaufgeregtes Parlando in durchaus regelmäßigen Rhythmen, konventionell gereimt – und seiner

Sache sicher auf eine Weise, die uns schaudern macht, auch wenn wir vom Leben seiner Verfasserin und ihrem ungewöhnlichen Tod nichts wissen.

KAROLINE VON GÜNDERODE
DER LUFTSCHIFFER

Gefahren bin ich in schwankendem Kahne,
Auf dem blauligten Ozeane
Der die leuchtenden Sterne umfließt,
Habe die himmlischen Mächte gegrüßt
War in ihrer Betrachtung versunken
Habe den ewigen Aether getrunken
Habe dem Irdischen ganz mich entwandt
Droben die Schriften der Sterne erkannt
Und in ihrem Kreißen und Drehen
Bildlich den heiligen Rhythmus gesehen.
Der gewaltig auch jeglichen Klang
Reißt zu des Wohllauts wogendem Drang.
Aber ach! es ziehet mich hernieder
Nebel überschleiert meinen Blick
Und der Erde Gränzen seh ich wieder.
Wolken treiben mich zu ihr zurück.
Wehe! Das Gesetz der Schwere
Es behauptet neu sein Recht
Keiner darf sich ihr entziehen
Von dem irdischen Geschlecht.

WOLFGANG KOEPPEN
DAS WAISENKIND DER ROMANTIK

Karoline von Günderode war das Waisenkind der Romantik, obwohl selbst die Romantik sie verstieß. Sie gilt der Literaturgeschichte als eine Figur am Rande der Bewegung. Erst ihr Selbstmord und Gespräche und Briefe berühmter Zeitgenossen sicherten ihr ein Andenken. Selbst Goethe gedachte ihrer an der Stätte ihres Todes. Danach beschrieb er die Schönheit des Rheingaus.

Sie war die Tochter herabgekommener Adliger. Der Vater hatte die Familie verlassen, um sich »schriftstellerischen Neigungen« zu widmen. Karoline war ein Mädchen ohne Mitgift. Die Siebzehnjährige brachte man in das Cronstettensche evangelische Damenstift in Frankfurt, das sonst nur Frauen über dreißig und ehrbarer Herkunft aufnahm. Wie es da wohl zuging? Karoline wurde Leserin und schützte sich mit Goethe, Jean Paul und Hölderlin.

Durch Sophie La Roche lernte sie Bettina, die Enkelin, kennen. Bettina Brentano war sechs Jahre jünger, wild, aktiv, reich und zunächst die Werbende. Das arme Stiftsfräulein geriet in den Kreis einer poetisch engagierten Jeunesse dorée. Dies war die deutsche Romantik in ihrem begabtesten Kern – mit einigen bitterarmen Genossen. Karoline wurde von Friedrich Carl von Savigny geliebt, dem späteren Minister. Er heiratete eine Schwester Bettinas. Den Bruder, Clemens Brentano, wies Karoline erschreckt ab. 1804, vierundzwanzig Jahre alt, veröffentlichte sie ihr erstes Buch, »Gedichte und Phantasien«. Es fand wenig Beachtung. Die Dichterin verliebte sich in einen verheirateten Professor, neun Jahre älter, Altertumsforscher, Friedrich Creuzer, wohl eine Vaterfigur. Er kehrte zu seiner Frau zurück, die er nicht ausstehen konnte.

Savigny und Creuzer waren Karrieremenschen. Die Günderode vermählte sich den Luftgeistern. Der Brentano-Vater war Bankier in Frankfurt und kaufte in Winkel am Rhein ein prächtiges Haus. Savigny und Clemens Brentano entdeckten den romantischen Rhein. Karoline, das Stiftsfräulein, gab sich in der Nähe des Brentano-Hauses mit einem Messer den Tod. Sie waren alle sehr erschüttert. Achim von Arnim sah eine »Musenheilige« wie einen Bergschatten in der Tiefe des Rheins verlöschen.

Waren ihre Gedichte romantisch? Sie lebten aus der Stimmung der Zeit und einer beschwingten, sehr individuellen Melancholie. Sinn und Form sind flüchtig. Der Gedanke eilt voraus und verflüchtet. Dies rührt und entzückt. – Wie ihre Verfasserin waren die Gedichte nicht fest verbunden dieser Erde. Sie erhoben sich gern in die Lüfte. Schwebten davon. Orientalische Märchen und Legenden, der Günderode durch Herder vermittelt, hatten sich in ihre Sinne gesetzt, halfen ihr in den Tod und schmückten, zu eigenem Zauberspruch geworden, das Grab.

»Der Luftschiffer« ist ein Scherz- und Sterbelied. Wahrscheinlich angeregt durch den Flug einer Montgolfiere. Kühne Männer und mißbrauchte Tiere hielten Himmelfahrt, trunken vom ewigen Äther, zu des Wohllauts wogendem Drang. Landeten wieder oder stürzten in der Erde Grenzen. »Der Luftschiffer« war keine Klage gegen das Gesetz der Schwere. Die Dichterin fühlte sich mit ihrer Phantasie als gefesselter Cherub. Flügel hoben sie himmlisch; Tierfüße krallten sie im Boden ihres Nichtgedeihens fest.

Am 26. Juli 1806 hat Karoline von Günderode dem Irdischen ganz sich entwandt. Achim von Arnim ließ sie weiterleben als »Isabella von Ägypten« und »Melück Baria Blainville«.

KAROLINE VON GÜNDERODE
DIE TÖNE

Ihr tiefen Seelen, die im Stoff gefangen,
Nach Lebensodem, nach Befreiung ringt;
Wer löset eure Bande dem Verlangen,
Das gern melodisch aus der Stummheit dringt?
Wer Töne öffnet eurer Kerker Riegel?
Und wer entfesselt eure Ätherflügel?

Einst, da Gewalt den Widerstand berühret,
Zersprang der Töne alte Kerkernacht;
Im weiten Raume hier und da verirret
Entflohen sie, der Stummheit nun erwacht,
Und sie durchwandelten den blauen Bogen
Und jauchzten in den Sturm der wilden Wogen.

Sie schlüpften flüsternd durch der Bäume Wipfel
Und hauchten aus der Nachtigallen Brust,
Mit mutigen Strömen stürzten sie vom Gipfel
Der Felsen sich in wilder Freiheitslust.
Sie rauschten an des Menschen Ohr vorüber,
Er zog sie in sein Innerstes hinüber.

Und da er unterm Herzen sie getragen,
Heißt er sie wandlen auf der Lüfte Pfad
Und allen den verwandten Seelen sagen,
Wie liebend sie sein Geist gepfleget hat.
Harmonisch schweben sie aus ihrer Wiege
und wandlen fort und tragen Menschenzüge.

GERTRUD FUSSENEGGER
UND TRAGEN MENSCHENZÜGE

Karoline Günderode ist *die* Selbstmörderin in der deutschen Literatur. Während sich die dichtenden Männer reihenweise aus dem Leben davonmachten, zeigten die dichtenden Frauen eine weit stabilere Anhänglichkeit an das Dasein, auch wenn sie sich – ihren eigenen Aussagen zufolge – gewiß nicht glücklicher und vielfach nicht weniger weltverdrossen fühlten als die männlichen Kollegen. So wurde die Günderode die große Ausnahme; als ihr *alles stumm und leer* wurde, als sie *alles öd und hin* empfand, setzte sie ihrem Dasein entschlossen ein Ende. Dieses Ende hat sie berühmt gemacht. Vermutlich werden ihre Verse nur deshalb heute noch gelesen – als mehr oder minder deutliche Vorankündigungen der selbstgewählten Katastrophe.
Doch unter ihren Gedichten ist eins, das ganz anders ist, das nicht Lebens-Unmut, sondern Staunen und Entzükken ausdrückt, also ein für die Günderode ganz untypischer Text. Dennoch bin ich froh, daß es ihn gibt. Hier jubelt die Autorin über das Wunder, das ihre Epoche hervorgebracht hat. War's doch die Epoche der großen klassischen Musik.
Die Günderode ist 1780 geboren. So hatte sie ganze elf Jahre mit Mozarts gesegneter Lebenszeit gemeinsam. Sie war zwanzig, als Beethoven die »Pathétique« schrieb. Noch lebte Haydn. Jedes Jahr brachte neue Meisterwerke hervor. Es stand den Zeitgenossen wohl an, die immer

neuen Wunder, die sich vor ihren Ohren begaben, zu bestaunen und zu feiern. Unwillkürlich mußte sich ihnen die Frage aufdrängen, woher all die Herrlichkeit käme; auf welcher Grundwoge des Daseins sie herangetragen werde: *Wer Töne öffnet eurer Kerker Riegel? / Und wer entfesselt eure Ätherflügel?*

Für die Günderode, ein Kind der Goethezeit, war es klar, daß die Natur hier Pate gestanden hat. Sie greift weit zurück: *Einst, da Gewalt den Widerstand berühret, / Zersprang der Töne alte Kerkernacht ...* Hat sie in der Tat etwas davon erfaßt, daß es noch keine Töne geben konnte, solange kein Ohr da war, sie zu hören? Und daß die »Stummheit« erst ein Ende fand, als der »Widerstand« besiegt war, der Widerstand nämlich der nur langsam erwachenden Sinne? Erst dann kann die Natur die Register ihrer »Töne« ziehen – im Flüstern des Windes, Brausen des Sturmes, Gesang der Nachtigall. *Sie rauschten an des Menschen Ohr vorüber, / Er zog sie in sein Innerstes hinüber.* Das ist schön gesagt – und zutreffend, denn nur in des Menschen »Innerstem« lagen die Fähigkeiten bereit, aus Naturgeräuschen Töne, Klänge, Klangfolgen auszufiltern und die Konstrukte zu entwerfen, die als Harmonien empfunden werden konnten.

Noch schöner aber scheint mir die letzte Zeile: *Und wandlen fort und tragen Menschenzüge.* Gewiß, Menschenzüge! Sie sind es, in denen wir uns selbst wiedererkennen, wiederzuerkennen versuchen, wenn wir Musik hören, seit Cherubino und Sarastro, Don Giovanni und Leonore.

ACHIM VON ARNIM
MIR IST ZU LICHT
ZUM SCHLAFEN

Mir ist zu licht zum Schlafen,
Der Tag bricht in die Nacht
Die Seele ruht im Hafen
Ich bin so froh verwacht.

Ich hauchte meine Seele
Im ersten Kusse aus,
Was ist's, daß ich mich quäle,
Ob sie auch fand ein Haus.

Sie hat es wohl gefunden,
Auf ihren Lippen schön,
O welche sel'ge Stunden,
Wie ist mir so geschehn.

Was soll ich nun noch sehen,
Ach alles ist in ihr,
Was fühlen, was erflehen,
Es ward ja alles mir.

Ich habe was zu sinnen,
Ich hab', was mich beglückt,
In allen meinen Sinnen
Bin ich von ihr entzückt.

GERHARD SCHULZ
GEDANKE UND GEFÜHL

Daß jemand in der Literaturgeschichte zugleich berühmt und vergessen sein kann, lehrt das Beispiel Achim von Arnims. Verdienter Ruhm ist ihm und dem Freunde Clemens Brentano zuteil geworden für »Des Knaben Wunderhorn«, das sie beide zusammengetragen und nach eigenem Kunstsinn geformt haben. Aber daß Arnim zugleich fast zweitausend Gedichte geschrieben hat, ist in das Bewußtsein seiner geliebten deutschen Nation nicht eingegangen.

Oft sind es die ersten Zeilen, die das Glück eines Gedichts ausmachen, wenn sie wie ein Sog in die Verse hineinziehen. Eichendorffs »In einem kühlen Grunde, / Da geht ein Mühlenrad« oder Heines »Ich weiß nicht, was soll es bedeuten, / Daß ich so traurig bin« sind Beispiele dafür. Von dieser Art ist auch der Anfang des Arnimschen Gedichts. Nur hat es nie eine populäre Vertonung gefunden, sondern ist stehengeblieben, wo es von Anfang an stand, nämlich im Roman »Armut, Reichtum, Schuld und Buße der Gräfin Dolores« aus dem Jahre 1810. Dort singt es Graf Karl, der junge Held des Buches, nachdem er zum erstenmal die schöne Dolores geküßt hat, die ihm soviel Glück und Kummer bringen wird. Er singt es in der Tat, denn in der Prosa seines Tagebuches weiß er, wie es heißt, »nicht auszudrücken, was ihm begegnet«.

Die Verse sind leicht und musikalisch in Metrum und Klang. Bilder werden gebraucht, die einfach sind, als stammten sie aus der Sphäre der Arnim so vertrauten Volkslieder. Aber dann werden sie in Abstraktionen übergeführt oder mit ihnen vermischt. Hafen und Haus, Seele und Sinnen stehen nebeneinander nicht in wechselseitiger Erklärung, sondern als zwei verschiedene Schichten. Es ist, als wäre der Tagebuchschreiber Graf Karl noch im Sänger anwesend, weshalb sich denn wohl auch die Verse nicht leicht der Musik fügen dürften. Im Ausdruck des Gedichts verbinden sich jedenfalls Anschauung und Abstraktion, in seinem Inhalt Sinnlichkeit und Reflexion, in seiner Haltung Leidenschaft und Kühle. Das geht bis zum regelrechten Wortspiel mit beiden Sphären beim identischen Reim des Verbs »sinnen« auf »Sinnen«, also auf das Substantiv im Plural. Beide Wörter sind jedoch in ihrer Bedeutung geradezu entgegengesetzt; das eine bezieht sich auf das Denken, das andere auf das Fühlen.

Das scheinbar so leichte Gedicht bringt überhaupt unerwartete Schwierigkeiten mit sich bei genauerer Betrachtung. Die Seele, die ein Haus auf den Lippen der Geliebten gefunden hat, ist gewiß nicht mehr eine mühelos nachzuvollziehende Metapher. Sie läßt überdies offen, ob sich die erwünschte Heimat des bisher gequälten Ichs tatsächlich dort finden lasse – Graf Karl wird im Roman seine Probleme damit haben. So öffnet sich das aus einem Gefühl hervorwachsende Gedicht dem Nachdenken, an dem sich das »singende« Ich selbst beteiligen will, denn nichts anderes bedeutet der Satz »Ich habe was zu sinnen«. Und vom Nachdenken über das Fühlen ist schon gleich zu Beginn die Rede, wenn der Tag in die Nacht »bricht« und das Ich sich »froh verwacht« nennt, wenn also die Nacht zum Tag, das Dunkle zum Hellen wird gerade dort, wo sich die Kraft eines starken Gefühls entfaltet.

Ein Liebesgedicht liegt vor uns, das enthusiastisches Bekenntnis ist, aber zugleich auch etwas von dem Fragen des Denkenden nach der Sicherheit des Fühlens enthält. Musikalität verbindet sich mit sprachlicher Sprödigkeit, die bei den Inversionen (»Ob sie auch fand ein Haus«) sogar als Ungeschick ausgelegt werden mag. Dergleichen entspricht nicht den Erwartungen, die man sich gemeinhin von romantischen Gedichten macht. Nur ist das schwerlich dem Dichter vorzuwerfen.

ACHIM VON ARNIM
MIT JEDEM DRUCK DER FEDER

Mit jedem Druck der Feder
Drück ich Dich an mein Herz,
Bald tragen mich flüchtge Räder
Wieder zu Lust und Scherz.
Ich öffne leise die Türe,
Und weil es so dunkel ist,
Dir Leib und Schenkel berühre
Ob Du dieselbe bist.

CHRISTA MELCHINGER
DER TON IST HEITER

Groß sind die nebenstehenden Verse Achim von Arnims gewiß nicht. Aber ich halte sie für gute Verse. Einfachheit ist das Stilprinzip dieser paar Zeilen, Einfachheit, die Trivialität nicht scheut, Herz auf Scherz reimt und mit einer einzigen bildhaften Vorstellung auskommt: »Mit jedem Druck der Feder / Drück ich Dich an mein Herz«.
Ich kenne kein anderes Liebesgedicht, das so nüchtern und unprätentiös, so deutlich und präzis so viele Gefühle ausdrückt: Trennungsschmerz und Sehnsucht, Verbundenheit und Treue, Vertrautheit und Fremdheit, Geborgenheit und Einsamkeit. Diese Worte, die ein Liebender da hinschreibt, sind ganz und gar situationsbezogen, zielen auf nichts anderes als den unmittelbaren Anlaß und heben sich doch weit darüber hinaus, spannen den Bedeutungsbogen von dieser einen Beziehung, dieser einen Liebe zu allen Liebenden und ihrer nie zu lösenden Angst, »ob Du dieselbe bist«.
So wenige Worte nur, aber nichts ist ausgespart: das Dunkle, der Zweifel nicht und nicht das Leichte, Helle, »Lust und Scherz«, nicht das Sinnliche und nicht die Besinnung darüber, die Seele nicht und nicht der Körper.
Mag die Liebe auch Entfernungen und Grenzen überwinden, so kann doch nur die Berührung, der Körperkontakt dem Liebenden die Gewißheit geben, daß er zu derselben zurückkehrt, die er verlassen hat. Wirklich Gewißheit?

Die Tatsache, daß diese Vergewisserung nötig ist, daß die Frage ja offenbleibt, wie die »Prüfung« ausgeht, könnte bedenklich stimmen. Aber das alles bleibt hier in leichter Schwebe, der Ton ist heiter, unbeschwert, doch ohne das Schwere zu leugnen.

Ungewiß sein, wo das Gefühl höchste Sicherheit verlangt, fremd sein, wo man sich am nächsten ist, an Grenzen stoßen, wo die Sehnsucht über alle Grenzen hinwegdrängt – es sind immer die gleichen Leiden und Qualen der Liebe, eingefangen in den heiteren Ton dieser Verse, Bangen und Beklommenheit scheinen keck weggescherzt und lassen sich doch nicht ganz verschweigen.

Ein gelungener Briefgruß an die ferne Geliebte – so könnte man annehmen. Und hätte die Wirklichkeit getroffen, die dahintersteht, wenn auch nur einen Teil davon. Denn es ist auch der Brief eines Ehemannes an seine Frau. Allerdings einer der ersten der vielen Ehebriefe, die zwischen Achim von Arnim und Bettina, geborene Brentano, im Lauf ihrer zwanzigjährigen Ehe gewechselt wurden. Der erste, der mit den Worten »Liebe Frau« anhebt: »Es ist mein erster Brief, worin ich Dich Frau nenne, Du glaubst nicht, wie mich das überrascht und erfreut«, heißt es weiter. Der Brief endet mit den nebenstehenden Versen und ist unterschrieben: »Verzeih allen Mutwillen Deinem treuen Manne Achim Arnim«. Es ist der November 1811, und Achim und Bettina sind seit einem halben Jahr verheiratet.

Ihr Briefwechsel gehört zu den schönsten Zeugnissen, die die Romantik uns hinterlassen hat, und zu den schönsten Ehezeugnissen überhaupt. Der Tatsache, daß Achim und Bettina in getrennten Haushalten lebten, sie mit den Kindern in Berlin, während er sich um die Verwaltung seiner

Güter kümmerte, verdanken wir die beiden Briefbände. Sie enthalten die ganze Geschichte dieser schwierigen Ehe, dieser außergewöhnlichen Beziehung – herausragend auch aus den vielen merkwürdigen Partnerschaften der Zeit durch die menschliche Originalität und geistige Souveränität der beiden Ehepartner.

Schon von Anfang an bis an den Rand gefüllt mit alltäglichem Leben, sind die Briefe ohne viel Gefühlsaufwand geschrieben, enthalten sie – auch bei der so leicht enthusiasmierten Bettina – wenig Hochgestimmtes. Dies und das so schlichte wie aufrichtige Liebesbekenntnis in einer Zeit, die wie kaum eine andere ihr leichtfertiges Spiel mit Gefühlen trieb, geben den schönen Versen Arnims ihren besonderen Reiz.

ACHIM VON ARNIM
NUR WAS ICH LIEBE

Nur was ich liebe, das ist mein,
Und kann nur immer meiner werden,
Du weißt von nichts, du läßt mich ganz allein,
Was ich in dir geliebt, das bleibt doch mein.
Gehört dem Flügel dieser Ton,
Den meine Finger traurig weckten?
Nein du bist mein, dir selber recht zum Hohn,
Was ich in Dir erweckt, gehört mir schon.
Dein Haus ist mein, denn ach von dir
Umschließt es so viel schöne Kinder;
Ist mein die Perle, so gehört auch mir
Die Schale, deines Leibes schöne Zier.
Ich geb die Seele, du bist mein,
Du schöner Teufel mußt mir dienen,
Hast mich verführt mit schönem Augenschein,
Sei alles falsch und leer, du bist doch mein.

ROLF VOLLMANN
MAN MUSS TAPFER LIEBEN

Dies ist ein Gelegenheitsgedicht, aber die Gelegenheit ist sehr künstlich, Arnim hat sie in einem Roman herbeigeführt, einem wunderbaren Roman übrigens mit dem wunderbaren Titel »Armut, Reichtum, Schuld und Buße der Gräfin Dolores. Eine wahre Geschichte zur lehrreichen Unterhaltung armer Fräulein«. Der Graf, der Mann der Titelheldin Dolores, zeichnet gern; die Fürstin, Witwe seines früheren Chefs, sieht ein Blatt liegen und zeichnet, oder sinnt mehr, als sie wirklich zeichnet, in das Blatt hinein, an einen Baum des Grafen Triebe, die ihre Liebe sein sollen – denn sie liebt ihn, eines Nachts hat sie mit ihm geschlafen, denkt sie, aber der Graf hatte das Zimmer getauscht, sie denkt bloß, sie hat mit dem Grafen geschlafen, aber sie hat's mit ihrem Sekretär getan, nun meint sie, der Graf müsse doch endlich ihrer Liebe nachgeben, aber als er kommt, radiert er bloß die zaghaften Triebe weg, die sie an seinen Baum gezeichnet hat, und geht. Wieder zeichnet die Fürstin alles wie vorher hin, nur noch schöner, mit Weinlaub und allem; dann geht sie ans Klavier, phantasiert erst, und dann, mit entschlossener Stimme, sagt Arnim, singt sie dieses Lied.

Vom zweiten Vers an: *Und kann nur immer meiner werden*, sind wir ganz und gar davon überzeugt, daß nur eine Frau das geschrieben haben kann – so, wie wir von einem Gesicht sagen: dies ist ein Frauengesicht, ohne große Beweise. *Säusle, liebe Myrte; Hörst du, wie die Brunnen rau-*

schen – auch Brentano hat solche Gedichte gemacht, in denen eine Frau redet. Oder es ist so, daß dort er und Arnim hier einen Ton finden, der wieder uns so trifft, daß wir sagen müssen: das ist von einer Frau, vielleicht, weil wir es heimlich gern hätten, wenn Frauen so zu uns redeten. Sie wecken uns beglückt auf aus unseren schönen Träumen, die sie uns wünschen (bei Brentano), sie nennen sich verführt durch uns schöne Teufel und wollen uns doch *partout* haben (bei Arnim) – nur Frauen können so reden, sagen wir uns, oder – würden doch so reden wenigstens, wenn sie wüßten, was wir so fürs Leben gern von ihnen hörten und was uns sonst keiner sagt und auch keiner sonst sagen soll.
Dichtende Männer sind die besseren Frauen, oder jedenfalls waren das damals Brentano und besonders Arnim: schräge Seelen sozusagen, schräg geschnitten seinerzeit, als Apoll die Kugeln halbierte in Mann und Frau, daß sie sich nun immer suchen und mitunter auch wiederfinden. Die jungen schwärmerischen Feuerköpfe damals waren so schräg geschnitten, daß sie alles in sich hatten und sich gewissermaßen von drüben ansingen konnten – im Grund sind Männer und Frauen ja auch gleich, man darf nicht allzuviel rätseln wollen, es ist ja auch, bei einigem Nachdenken, viel schöner so, man muß tapfer lieben und tapfer dichten, das ist alles, und was wir einander rätselhaft zu sein glauben, das sind wir nur uns selber rätselhaft. Übrigens sind die dichtenden Frauen ja auch die besseren Männer: Wenn die Droste auf dem Turm singt, sie wolle wenigstens heimlich *lösen ihr Haar und lassen es flattern im Winde*, dann könnte kein Mann das schöner dichten, wenn er eine Frau sagen lassen wollte, sie wäre lieber ein Mann.

Apropos Gelegenheit: Als Arnim jenes Gedicht gemacht hatte, schickte er's seiner Bettina, geborener Brentano (der Myrtensäusler war ihr Bruder, sie war ein halber Mann vermutlich), er kannte sie schon lange, würde sie aber erst übers Jahr heiraten: so sehr also wolle er gewollt werden, wird sie gedacht haben.
Der Sekretär übrigens, der versehentlich geliebte, wird am Ende ein bißchen wirr, schließlich vergiftet ihn die Fürstin, immerhin aus demselben Becher, aus dem auch sie dann dasselbe Gift trinkt. Ach süßer Schlaf.

ADELBERT VON CHAMISSO
DER AUSGEWANDERTE POLE

Noch hält auf uns der Zwingherr seine Hand,
Wir werden in die Heimat heimgetrieben.
Nicht wahr, man soll sein Vaterland doch lieben
Und nicht zerreißen dieses letzte Band?

Nicht wahr, der Mannestugend erstes Pfand,
Der reinste, heiligste von allen Trieben,
Die selbst Natur uns in das Herz geschrieben,
Das ist die Liebe zu dem Vaterland?

Das weiß ich an den Fingern herzuzählen,
Und mag dir meinen Haß – was wirst du sagen? –
Zu meinem Vaterlande nicht verhehlen.

Weh daß ich Vater bin und frönen muß!
Eh' sollte mich zum Blutgerüste tragen,
Als in das fluchbeladne Land, mein Fuß.

KARL DEDECIUS
DAS FLUCHBELADENE LAND

Nach dem mißlungenen polnischen Aufstand von 1830/31 ergoß sich ein Strom von Flüchtlingen aus Polen über Sachsen, Bayern, Hessen, Württemberg und die Pfalz. Deutsche Polenkomitees, Hilfsorganisationen, Wohltätigkeitskonzerte, politische Demonstrationen, Bälle und Empfänge bekundeten den Fremden Sympathie und Mitgefühl ob des erlittenen Leids, der »Schönheit der Tat«, der Tapferkeit und des Freiheitswillens. Allenthalben wurden die »heimatlos gewordenen Helden« gefeiert. Höhepunkt der »Polenbegeisterung« war das Nationalfest auf Schloß Hambach im Mai 1832, an dem Deutsche, Polen und Franzosen teilnahmen: Republikaner, Demokraten, Liberale. Die Anteilnahme am Schicksal der Flüchtlinge war ungewöhnlich, spontan und »europäisch«.
Das Herz der Poeten war dabei. Deutschsprachige Dichter verfaßten gereimte Huldigungsadressen *en masse*: Annette von Droste-Hülshoff, Ferdinand Adolf Gregorovius, Franz Grillparzer, Harro Paul Harring, Friedrich Christian Hebbel, Georg Herwegh, Karl von Holtai, mehrere Mitglieder der Schwäbischen Dichterschule, Justinus Kerner, Nikolaus Lenau, Julius Mosen, August Graf von Platen, Gustav Schwab, Ludwig Uhland, Karl Heinrich Wackernagel. Es waren viele starke Namen darunter und viele schwache Gedichte. Ihr Zweck jedoch heiligte die Mittel. Sie waren in aller Munde. Beifällige »Briefe« (Ludwig Börne), kritische »Denkschriften«

(Heinrich Heine) und skeptisch vorgehaltene »Spiegel der Warnung« (Ernst Moritz Arndt) sorgten zusätzlich für Dispute über Polen.
Die Literatur zu den »Polenliedern« und zur »Tübinger Romantik« wuchs allmählich zu Dutzenden, zu Hunderten von Beiträgen in Zeitungen, Zeitschriften, Sammelwerken, Dissertationen, Monographien an. Polen war für Deutschland und Europa schließlich nicht nur Herzenssache, sondern auch politisches Kalkül: als bewährtes Bollwerk gegen die Gefahren aus dem Osten, gegen Russen, Türken und Asiaten. Die »Polenlieder«, von der Tagespolitik getragen, damals von großer Wirkung, waren freilich ohne höheren poetischen Anspruch. Sie sind deshalb heute in ihrer überwiegenden Mehrzahl nur als historische oder moralische Dokumente von Interesse.
Trotzdem gibt es unter den gereimten und gesungenen »Polenliedern« solche, die ihre Wirkung und Aktualität behalten, ja eine zeitlose Gültigkeit gewonnen haben. Chamissos Sonett »Der ausgewanderte Pole« gehört dazu. Da gibt es überraschenderweise kein Wort von Heldentum, von Begeisterung, von Vaterlandsliebe.
Chamissos Gedicht fällt aus dem Rahmen. Es schwelgt nicht in den pathetischen Gefühlen der allgemeinen Polenschwärmerei, der publizistischen Hochstimmung des Vormärz. Chamisso läßt den ausgewanderten (vertriebenen, geflüchteten, gehetzten) Polen keine patriotische Tirade aufsagen – er läßt ihn der »Mannestugend Vaterlandsliebe« abschwören und seinem Lande den Rücken kehren, auch »den Haß ... nicht verhehlen«.
Fürwahr – ein einmaliger Ton im Chor der Jubel- und Grabgesänge auf das Heldentum, die Freiheit und die Revolution. Vielleicht liegt es daran, daß Chamisso nicht nur

edler Zeuge, sondern selbst Betroffener, durch die Französische Revolution Vertriebener war. (Er war aus Frankreich nach Berlin geflohen, wie Heine umgekehrt aus Berlin nach Frankreich.) Chamisso legt dem Gedicht also sein eigenes Exilverständnis unter: *Eh' sollte mich zum Blutgerüste tragen, / Als in das fluchbeladne Land, mein Fuß.* Frankreich, Preußen, Polen – allesamt fluchbeladne Länder?

Das Gedicht fällt heute – in den Tagen neuer Glaubens- und Stammesfehden, des Fremdenhasses, der Kriege und Bruderkriege, der Racheakte und Pogrome und der Vertreibungen ohne Ende besonders auf. Die Polen-Frage von damals ist heute zur Ausländer-Frage vieler Nationen geworden. Das Gedicht provoziert zu Vergleichen, zu Parallelen. Heimattreue? Vaterlandsliebe? Wie viele fluchbeladene Länder gibt es heute? In Europa? In der Welt?

ADELBERT VON CHAMISSO
DER INVALID IM IRRENHAUS

Leipzig, Leipzig! arger Boden,
Schmach für Unbill schafftest du,
Freiheit! hieß es, vorwärts, vorwärts!
Trankst mein rotes Blut, wozu?

Freiheit! rief ich, vorwärts, vorwärts!
Was ein Tor nicht alles glaubt!
Und von schwerem Säbelstreiche
Ward gespalten mir das Haupt.

Und ich lag, und abwärts wälzte
Unheilschwanger sich die Schlacht,
Über mich und über Leichen
Sank die kalte, finstre Nacht.

Aufgewacht zu grausen Schmerzen,
Brennt die Wunde mehr und mehr;
Und ich liege hier gebunden,
Grimmge Wächter um mich her.

Schrei ich wütend noch nach Freiheit,
Nach dem bluterkauften Glück,
Peitscht der Wächter mit der Peitsche
Mich in schnöde Ruh zurück.

HANS CHRISTOPH BUCH
DES SIEGES NICHT FROH

Adelbert von Chamisso ist der seltene Fall eines Dichters, dessen Name nur eines einzigen Buches wegen in der Literaturgeschichte fortlebt: »Peter Schlemihl«. Seine mehrere Bände füllende, von den Zeitgenossen hochgeschätzte Lyrik ist heute fast ganz vergessen. Zu entlegen sind die exotischen Sujets der Balladen, die er von seiner Weltumsegelung an Bord der Fregatte »Rurik« zurückbrachte, zu brav und biedermeierlich ist der Ton der geselligen Lieder, die er im Freundeskreis vorzutragen pflegte: romantisches Bachgemurmel aus zweiter Hand.

Anders das vorliegende Gedicht: Es kommt ohne Umschweife zur Sache und schlägt den Leser brutal in seinen Bann. Über den Anlaß zu seiner Abfassung ist mir, außer dem Entstehungsdatum 1827, nichts bekannt. Der alternde Dichter blickt zurück auf das Schicksalsjahr seines Lebens, das Jahr der Völkerschlacht von Leipzig, die Napoleons Niederlage in Rußland besiegelte, eine Zeitenwende wie die vom Herbst 1989: Danach war nichts mehr so wie zuvor. Chamisso hat den historischen Einschnitt schmerzhaft am eigenen Leib erfahren; als Kind adliger Emigranten, die vor dem Terror der Französischen Revolution nach Preußen geflohen waren, saß er zwischen allen Stühlen und identifizierte sich mit *keiner* der streitenden Parteien: Der Nationalismus der Befreiungskriege war ihm, trotz aller Sympathie, genauso suspekt wie das Pathos der Französischen Revolution, deren Prinzipien

Napoleon als »Weltgeist zu Pferde« über ganz Europa verbreitete. »Ich begreife wohl, ohne jedoch Lust daran gewinnen zu können, daß Greuel ärger als je von den Franzosen, von den Deutschen verübt werden«, schrieb er im Sommer 1813 an den Berliner Buchhändler Hitzig, und in Chamissos Tagebuch heißt es: »Die Weltereignisse vom Jahre 13, an denen ich nicht tätigen Anteil nehmen durfte – ich hatte ja kein Vaterland mehr, oder noch kein Vaterland –, zerrissen mich wiederholt vielfältig.« Zeugnis dieser Zerrissenheit ist die zur gleichen Zeit entstandene Novelle »Peter Schlemihl«.

Wie jedes gelungene Gedicht weist auch dieses über den unmittelbaren Anlaß seiner Entstehung weit hinaus. Die »Heldenstadt« Leipzig, wo 1933 der Kommunistenführer Dimitroff wegen des Reichstagsbrands vor Gericht stand, war im Herbst 1989 Schauplatz der Massenproteste, mit denen die aufgebrachte Bevölkerung die Führung der DDR zum Offenbarungseid zwang. Ihr Ruf »Wir sind das Volk!« stellte den politischen Alleinvertretungsanspruch der SED in Frage, und mit dem Ruf »Wir sind *ein* Volk!« nahmen die Demonstranten die dann vollzogene Einheit vorweg. Beide Slogans prallten schon in der Völkerschlacht von Leipzig aufeinander, wo die von Napoleon verkörperte *volonté générale* der Revolution von der *volonté de tous*, dem patriotischen Geist der Befreiungskriege, besiegt wurde. Und wie im Herbst 1989 wurden auch damals die Sieger ihres Sieges nicht recht froh. Dem Invaliden im Irrenhaus, dem der Ruf nach Freiheit die Freiheit und ein Säbelhieb den Verstand geraubt hat, würde es heute nicht viel anders ergehen. Zu DDR-Zeiten hätten die Behörden ihn ins Gefängnis oder in eine Zwangsjacke gesteckt und für harte Devisen in den Westen abgeschoben; und beim Anblick der Neonazis, die heute in Fackelzügen, die Arme zum Hitlergruß erhoben, durch die Straßen von Leipzig marschieren, würden ihm Hören und Sehen vergehen.

»Politisch Lied – ein garstig Lied«, grölen die Studenten in »Auerbachs Keller« in Leipzig. Dem ist nichts hinzuzufügen.

ADELBERT VON CHAMISSO
TRAGISCHE GESCHICHTE

’s war einer, dem’s zu Herzen ging,
Daß ihm der Zopf so hinten hing,
  Er wollt’ es anders haben.
So denkt er denn: »Wie fang ich’s an?
Ich dreh mich um, so ist’s getan –«
  Der Zopf, der hängt ihm hinten.
Da hat er flink sich umgedreht,
Und wie es stund, es annoch steht –
  Der Zopf, der hängt ihm hinten.
Da dreht er schnell sich anders ’rum,
’s wird aber noch nicht besser drum –
  Der Zopf, der hängt ihm hinten.
Er dreht sich links, er dreht sich rechts,
Es tut nichts Guts, es tut nichts Schlechts –
  Der Zopf, der hängt ihm hinten.
Er dreht sich wie ein Kreisel fort,
Es hilft zu nichts, in einem Wort –
  Der Zopf, der hängt ihm hinten.
Und seht, er dreht sich immer noch
Und denkt: »Es hilft am Ende doch –«
  Der Zopf, der hängt ihm hinten.

PETER VON MATT
SISYPHOS IN PREUSSISCHER UNIFORM

Dreht er sich etwa heute noch? – Auszuschließen ist es nicht. Gerüchteweise verlautet, da und dort sei einer in konzentrierter Rotation gesichtet worden. Ob es sich um Politiker handelt, ist nicht mit Sicherheit auszumachen. Einschlägige Vermutungen könnten auch auf böswillig ausgestreute Nachreden zurückzuführen sein.

Den Zopf im Nacken steif gedreht, so marschierte der preußische Soldat in die Schlacht, so bot er auf dem Exerzierplatz seinem prügelnden Korporal den Buckel hin, immer gehorsam.

Die Revolutionszeit schaffte das fahle Ding ab, die Restauration führte es wieder ein. Jetzt wuchs ihm Symbolkraft zu. Einen Zopf verbrannten die Studenten 1817 auf dem Wartburgfest feierlich und folgenlos. Es war ihnen zu Herzen gegangen, sie wollten es anders haben, und unbeirrbar blieb er hinten hängen.

Ob Chamisso sein Gedicht 1822 so harmlos und nur kurzweilig gemeint hat, wie er es selber etwa sagte, ist nicht auszumachen. Man darf es jedoch vermuten. Die großen Würfe kommen absichtslos zustande. Wo mythischer Fundus berührt wird, darf kein Wille dazu tätig sein. Die Surrealisten wußten das, es hat ihnen allerdings nichts genützt. Gottfried August Bürger wußte es nicht; ihm gelang die andere Zopf-Geschichte von archetypischem Zuschnitt: Münchhausen zieht sich aus dem Sumpf. Oder geht jener Einfall etwa auf einen Größeren zurück? Als

Bürger den »Münchhausen« bearbeitete und mit einem einzigen Satz um das berühmteste Abenteuer erweiterte, verkehrte er in Göttingen mit Lichtenberg.

Was also dreht sich da vor den Augen des lachenden Lesers? Sisyphos ist es, in preußischer Uniform. Man merkt das nicht ohne weiteres. Der Dichter selbst hat den antiken Dulder nicht erkannt. Dennoch ist er hier anwesend, mit der Kraft des alterslosen Zeichens. Unter seinem ersten Namen war er zum Bildungsgut verkommen, von den Schullehrern doziert und abgefragt, Kulturballast, ein Allerweltszitat im besten Falle, da stahl er sich verkleidet wieder in die Poesie. »Er war als listig und verschlagen bekannt« – so wird schon über sein Erdenleben berichtet. Kein Wunder, daß ihm die Wiederkehr gelingt.

Worin besteht die List? – In der Verwandlung der großen Sage ins Kleine und ins Lustige. Da versucht sich ein Jahrhundert des Mythischen zu bemächtigen über gesteigerte Feierlichkeit und waberndes Reden, vergebens. Gleichzeitig tauchen die alten Bilder und Figuren anderswo auf, dort, wo keiner sie sucht: in der angeblich harmlosen Literatur, die um ihres Unterhaltungswertes willen toleriert wird, von der zeremoniellen Exegese aber ausgeschlossen bleibt. So wohnt Hermes, der Gott der Diebe, unerkannt bei Johann Peter Hebel.

Und woran erkennen wir den Alten aus dem Hades? – An der Verwandlung des Gedichts im Finale. Die Tätigkeit des Helden verselbständigt sich, löst sich von der Logik eines einmaligen kuriosen Versuchs, gewinnt absurde Geschwindigkeit und wird endlos. Der Träger gerät mit seinem Zopf in ein Treiben auf immer und ewig, zur Hoffnung verdammt wie Sisyphos oder die Danaiden.

Münchhausens Zopf steht für den Traum von der Befreiung durch das Brechen aller Regeln und Gesetze, die sich selbst als absolut erklären; der Zopf Chamissos steht für das Gegenteil. Hier wäre jetzt wieder auf die Politik zurückzubiegen.

MARIANNE VON WILLEMER
ACH UM DEINE FEUCHTEN SCHWINGEN

Ach um deine feuchten Schwingen
West wie sehr ich dich beneide,
Denn du kannst ihm Kunde bringen,
Was ich durch die Trennung leide.

Die Bewegung deiner Flügel
Weckt im Busen stilles Sehnen,
Blumen, Augen, Wald und Hügel
Stehn bei deinem Hauch in Thränen.

Doch dein mildes sanftes Wehen
Kühlt die wunden Augenlider;
Ach, für Leid müßt ich vergehen,
Hofft ich nicht, wir sehn uns wieder.

Geh denn hin zu meinem Lieben,
Spreche sanft zu seinem Herzen,
Doch vermeid ihn zu betrüben
Und verschweig ihm meine Schmerzen.

Sag ihm nur, doch sags bescheiden,
Seine Liebe sei mein Leben,
Freudiges Gefühl von beiden
Wird mir seine Nähe geben.

CHRISTOPH PERELS
LANDSCHAFT IN TRÄNEN

Marianne von Willemer, das Theaterkind aus Österreich, das es nach Frankfurt am Main verschlagen hatte, beherrschte viele Künste: Schauspielerin war sie, Sängerin und Gitarrenvirtuosin, als Dichterin aber tritt sie nur ganz kurz in Erscheinung, im Herbst 1815, als sie sich mit ihren Beiträgen zu Goethes »West-östlichem Divan« in die Weltliteratur einschreibt. Drei, vielleicht auch vier oder fünf Gedichte im »Buch Suleika« gehen auf Texte von ihr zurück, und nur von zweien kennen wir den ursprünglichen Wortlaut. Wenige Striche genügten Goethe, um sie in Lieder Suleikas zu verwandeln, die sogleich zu den berühmtesten und meistvertonten des großen Zyklus gehörten.

Das Lied an den Westwind ist eines von ihnen. Wie Goethe viele Anregungen dem Werk des persischen Dichters Hafis verdankte, so fand auch Marianne bei ihm das Bild vom Wind als dem Boten zwischen den Liebenden. Was sie daraus macht, wie sie es mit Sinnlichkeit und Seele erfüllt, das zeugt von mehr als dem bloß liebenswürdigen Geschick einer dichtenden Dilettantin. Geschrieben hat sie das Lied bald nach dem 26. September 1815, dem Tag des Abschieds von Goethe in Heidelberg. Keiner von beiden ahnte damals, daß sie sich nie wieder sehen sollten. Mariannes Text bewahrt den schmerzlichen Lebensaugenblick getreuer auf als Goethes Version, und nur sie hält im *wir* der dritten Strophe die Erinnerung gemeinsamen Empfindens fest. Sie verbleibt damit – zu stark für Goethes poetische Suleika-Gestalt – in der Tradition empfindsam-elegischer Poesie, einer westlich-europäischen und ganz unorientalischen Tradition.

Man überliest es beinahe, so leicht und diskret webt sie Landschaft und Empfinden in eins, in der schlichten Aufreihung der »Augen« unter Blumen, Wald und Hügel. Und man bemerkt es kaum, wie die Tropfen des taubringenden Zephir zu Tränen werden und damit der ganzen Natur Anteil an der Trauer der Liebenden geben. Der Zephir ist als Begleiter gaukelnder Amoretten ein altes Inventarstück europäischer Liebesdichtung seit der Renaissance. Mariannes Gedicht aber ruft ein weit älteres Bild in der Erinnerung auf: In der klassischen Mythologie sind der Westwind und die tauige Iris die Eltern des Eros, und ist des Busens *stilles Sehnen* nicht ein Werk des Eros? Zwischen Mariannes Gedicht an den Ostwind und dem an den Westwind hat Goethe die Verse von der unglücklichen Liebe zwischen dem Sonnengott Helios und der Iris eingereiht und ein geistvolles Spiel mit den Motiven Träne, Tau und Perle getrieben.

Mariannes Strophen kennen die Leidenschaft nur als Schmerz und wundgeweinte Augen. Um so elementarer und eindeutiger ist in der letzten Strophe die Botschaft an den Geliebten formuliert, und bescheiden ist hier nur die Intonation: *Seine Liebe sei mein Leben.* Sogleich verschleiert sie sich wieder, und das *stille Sehnen* findet seine Erfüllung im *freudigen Gefühl* seiner Nähe.

Sosehr die Empfindungskultur der klassisch-romantischen Epoche die Geselligkeit allgemein prägte und ihre Teilnehmer zu kleinen künstlerischen, auch poetischen Arbeiten disponierte, die das Leben zu schmücken bestimmt waren – Mariannes Lied an den Westwind ist ein weit über alles damals jedem Talentierteren Erreichbare hinausragendes Meisterwerk. Goethe wußte es, und Marianne wußte es auch. Darum hat sie es auch dem geselligen Spiel nicht preisgegeben. Vielmehr hielt sie ihre Verfasserschaft vierzig Jahre lang verborgen, bis sie dem Kind einer neuen Zeit und Erben eines großen Namens, Herman Grimm, dem Sohn Wilhelm und Neffen Jakob Grimms, den wahren Sachverhalt aufdeckte. Seitdem wissen wir, daß unter den Mädchen und Frauen, mit denen Goethe mehr als Freundschaft verband, auch eine wirkliche Dichterin gewesen ist.

MARIANNE VON WILLEMER
SULEIKA

Hochbeglückt in deiner Liebe
Schelt ich nicht Gelegenheit;
Ward sie auch an dir zum Diebe,
Wie mich solch ein Raub erfreut!

Und wozu denn auch berauben?
Gib dich mir aus freier Wahl;
Gar zu gerne möcht ich glauben –
Ja, ich bins, die dich bestahl.
Was so willig du gegeben,
Bringt dir herrlichen Gewinn;
Meine Ruh, mein reiches Leben
Geb ich freudig, nimm es hin!

Scherze nicht! Nichts von Verarmen!
Macht uns nicht die Liebe reich?
Halt ich dich in meinen Armen,
Jedem Glück ist meines gleich.

EVA DEMSKI
DAS ANMUTIGE SPIEL

Den Beginn vermerkt Goethe im August 1814 mit den Worten: »Geh. Rat Willemer. Dlle. Jung.« Nur wenige Tage später nennt er sie an gleicher Stelle »Willemers kleine Gefährtin«. Am 18. September beschließt er einen Besuch in der Gerbermühle, dem schönen Anwesen, das der Bankier Willemer, ein Witwer, für seine fünf Kinder und das sechste, angenommene Kind, die arme kleine Komödiantin aus Österreich, gekauft hat.

Goethe trifft die »liebe Kleine« allein mit ihrer Stiefschwester an, die bald ihre Stieftochter werden würde. In diesem September des Jahres 1814, der auf der Höhe von Ruhm und Schaffensfreude stehende Dichter ist fünfundsechzig, beginnt die Verwandlung der Demoiselle Jung in Suleika, die für kurze Zeit ebenbürtige weibliche Stimme im »West-östlichen Divan«. Was war geschehen?

Wir wissen, daß Willemer, dem die liebe Kleine schon länger mehr hatte sein müssen als eine Ziehtochter, sie in diesem Schicksalsjahr Hals über Kopf geheiratet hat, in einer ganz zeitunüblichen Nacht-und-Nebel-Aktion. Hat er gespürt, was sich da zwischen seinem Gott, seinem angebeteten Goethe, und seiner Mätresse, die alle wegen ihrer Niedlichkeit mochten und auf die alle ein bißchen heruntergucken, machtvoll aufbaute?

Im Juni 1814 beginnt Goethe mit dem »Divan«, ein gutes Jahr später wird sein Geburtstag groß und schön am Main in der spätsommerlichen Heiterkeit der Gerbermühle gefeiert. Hatem klagt beglückt: *Nicht Gelegenheit macht Diebe, / Sie ist selbst der größte Dieb, / Denn sie stahl den Rest der Liebe, / Die mir noch im Herzen blieb.* Als er Mariannes Gedicht als Antwort empfängt, begreift er schnell, daß es eine Künstlerin ist, in die er sich verliebt hat. In Augenhöhe repliziert sie, greift Motive auf, bekundet selbstbewußt Glück und Leidenschaft. Weit hat sie sich entfernt von dem bemüht kindlichen Mäuschen aus Goethes Stammbuch im Jahr zuvor: *Zu den Kleinen zähl ich mich; / Liebe Kleine nennst Du mich* … Nichts mehr davon. Es beginnt zwischen den beiden ein anmutiges Spiel, Liebe auf höchster Stufe der Kultur gleichsam, aber fast unsichtbar bleiben Wünsche und Ängste für uns Nachfahren. Goethe wußte um die Gefahren der Rollenprosa, und wenn Brentano schreibt, er lasse seine neuen Geständnisse »in geschweiften Pantoffeln auftreten…, einen Turban auf dem Kopf«, spüren wir, daß die Wirklichkeit Suleikas und ihre Bedingungslosigkeit Hatem und das ganze Unternehmen »Divan« vor den immer drohenden folkloristischen Untiefen kostümierter Poesie gerettet haben könnten. *Meine Ruh, mein reiches Leben / Geb ich freudig, nimm es hin!* Nein, sie hat damals nicht wissen können, daß ihre Ruh so gründlich und grausam hin sein würde und erst das Alter ihren Schmerz vernarben lassen wird.

Es ist September 1815, sie hat Goethe in Heidelberg besucht, weil sie die Trennung nicht aushält. Ihr schönstes Gedicht entsteht, und sie wird ihn nie wiedersehen. Die Wissenschaft hat ihr lang keine eigene Stimme zugebilligt, der Dichter hatte ihre Verse in die seinen verschmolzen, als wären sie nur durch seine Strahlung entstanden.

Er läßt sich nicht mehr blicken, der hartnäckige Flüchtling. Es kommen Jahre der Depression für Marianne, des brieflichen Werbens und Flehens, sie versteht nicht: Zeugnisse seiner Liebe hat sie doch in Händen, die schönsten, die man sich denken kann. Im Jahr 1818 bittet der Bankier von Willemer den Verehrten, Angebeteten um Hilfe für seine so sehr sich quälende junge Frau, um einen Besuch bei ihr. Goethe kommt nicht.

Niemand weiß, ob die Dichterin Marianne von Willemer wirklich aufgehört hat, zu existieren – sie hat vernichtet: Spuren, Briefe, vielleicht auch Werke. Einen Monat vor seinem Tod schickt Goethe ihr ihren Anteil am »Divan« zurück – *zu den Fingern, die's geschrieben*…

JUSTINUS KERNER
DER WANDERER IN DER SÄGMÜHLE

Dort unten in der Mühle
Saß ich in süßer Ruh
Und sah dem Räderspiele
Und sah den Wassern zu.

Sah zu der blanken Säge,
Es war mir wie ein Traum,
Die bahnte lange Wege
In einen Tannenbaum.

Die Tanne war wie lebend,
In Trauermelodie
Durch alle Fasern bebend
Sang diese Worte sie:

»Du kehrst zur rechten Stunde,
O Wanderer, hier ein,
Du bist's, für den die Wunde
Mir dringt ins Herz hinein!

Du bist's, für den wird werden,
Wenn kurz gewandert du,
Dies Holz im Schoß der Erden
Ein Schrein zur langen Ruh.«

Vier Bretter sah ich fallen,
Mir wards ums Herze schwer,
Ein Wörtlein wollt' ich lallen,
Da ging das Rad nicht mehr.

WERNER DÜRRSON
»HÄTTE DAS RAD NICHT GEKREISCHT«

Schlichtem Verstand klingen die um 1830 entstandenen Strophen des schwäbischen Spätromantikers einfach. In der Melodie, die ein Friedrich Glück 1814 zu Eichendorffs Gedicht »In einem kühlen Grunde« verfaßt hatte, wurde es später zu einem der bekanntesten Lieder im Volkston; noch in der ersten Hälfte unseres Jahrhunderts fand es sich unweigerlich im Repertoire jeder rechtschaffenen deutschen Liedertafel. Der einsame Wanderer, die Mühle im Tal, rauschende Wasser und quasi süddeutsche Eiche, traumbetontes Geschehen mit Trauermelodie und verklärter Ruh im Schoß der Erden: das war beileibe »romantisch«, das griff ans Herz und sang sich am besten aus vielvereinter Brust.

Bei näherem Hinhören erweist sich das Gedicht mit dem fallenden »a« seines Vokalgefüges, das zum steigenden Versduktus in wirksamem Gegensatz steht, allerdings komplizierter. Der Wanderer, der hier »in süßer Ruh« dem Räderspiel, den Wassern und, drittens, der blanken Säge zusieht, findet sich unvermittelt hereingenommen in einen mehr als traumhaften Sachverhalt: Weg und Ort, Unterwegs und Hier, Vergangenheit und Zukunft erscheinen in der stehenden Bewegung des Bildes vereint und »zur rechten Stunde«, nämlich augenblicklich, auf ihn bezogen; jäh schlägt die »süße Ruh« ins Tragische um.

Damit nicht genug. Der Baum, vermenschlicht durch Sprache, verstrickt ihn in Schuld: »Du bist's, für den die

Wunde/Mir dringt ins Herz hinein!« Zwar ist dem Lebenswanderer noch kurzer Aufschub beschieden, bezeichnenderweise aber steht die letzte Strophe für sich. Es wird ihm »ums Herze schwer«, und als die vier Bretter gefallen sind, verschlägt es auch ihm die Sprache, das Rad hält ein, die kreischende Botschaft erfüllt sich.

Vollends verliert das Gedicht seine Schlichtheit, wenn man es mit den Augen Franz Kafkas sieht. Wie er den Freunden Max Brod und Willy Haas versichert hat, war dies sein »Lieblingsgedicht«. Auch der Freundin Milena hat er das »Gedicht von der Säge« empfohlen – nicht den Wanderer betont er, nicht Mühle, Räderspiel, Tanne oder Todeswink, sondern die unerbittliche Säge. Wer, wenn nicht er, immerzu unterwegs zu eigenem Verhängnis, hätte die scharfe Bezüglichkeit nicht aufs willkommenste wahrgenommen?

Im Frühjahr 1913 hatte Kafka versucht, sich in einer Tischlerei nützlich zu machen. Mehr als nur Episode war sein in eigenen Abhandlungen dokumentiertes Studium scharfer Geräte wie Fräsköpfe, Hobelmaschinen, Sägemesser für die Prager »Arbeiter-Unfall-Versicherungsanstalt«, deren Angestellter er war. Überaus häufig und freilich anders ging er jedoch in Träumen mit derlei Instrumentarium um, seine Tagebücher zeugen davon, auch die Briefe. Noch in den Gesprächsblättern seiner Sterbetage ist von Sägen die Rede, in einem Gleichnis sind sie mit seiner qualvollen Todeskrankheit in Verbindung gebracht. Kafkas traumhafte Befreiungs- und Erlösungsversuche waren bewußte Schnitte ins eigene Fleisch; Schuld, Opfer und Lust an der Strafe ein ihm eigener Motivkomplex.

Kerners Tanne, die zu Sargbrettern zerschnitten wird,

»bebt«; das Folter- und Todesbett für den Verurteilten in der »Strafkolonie« »zittert«; beide Male zielt das aufs Opfer. »Hätte das Rad nicht gekreischt, es wäre herrlich gewesen«, ruft der scheinbar unbeteiligte Reisende angesichts der Foltermaschine aus.

Daß für deren Erfinder Kerners Räderspiel und blanke Säge keine bloßen romantischen Attribute gewesen sein können, wird offensichtlich. Unterstellen wir aber, daß Schmerz und Wunde, Schuld und Opfer sich dergestalt im Wanderer K. versammelten, so bedeutete der orakelnde Gesang des Lebensbaums nicht nur Identifikation auslösenden Tod (»Ich freue mich ja, in dem Sterbenden zu sterben«), sondern Verurteilung und Vollstreckung. Zumindest hat Kafka in Kerners Gedicht sein stetes Thema der mißlingenden Ankunft oder des verfehlten Ziels auf eine ihn äußerst betreffende Weise relativiert gefunden.

JUSTINUS KERNER
IKARUS

Mir träumt', ich flög' gar bange
Weit in die Welt hinaus,
Zu Straßburg durch alle Gassen
Bis vor Feinsliebchens Haus.

Feinsliebchen ist betrübet
Als ich so flieg und weint:
Wer dich so fliegen lehrte
Das ist der böse Feind.

Feinslieb, was hilft hier lügen
Da du doch alles weißt:
Wer mich so fliegen lehret,
Das ist der böse Geist.

Feinsliebchen weint und schreiet
Daß ich am Schrei erwacht
Da lieg ich, ach! in Augsburg
Gefangen auf der Wacht.

Und morgen muß ich hangen
Feinslieb mich nicht mehr ruft,
Wohl morgen als ein Vogel
Schwank ich in freier Luft.

WULF SEGEBRECHT
DIE EXEKUTION EINES TRÄUMERS

»Wenn ich ein Vöglich wär' / und auch zwei Flügel hätt' / flög' ich zu dir« – der Traum aller Liebenden, die voneinander getrennt sind. Er wird auch hier geträumt: Von Augsburg, wo er im Gefängnis einsitzt, führt den Träumer der Flug nach Straßburg zu seiner Geliebten. Aber dort ist er überraschenderweise nicht willkommen: Denn wer fliegen kann, der muß doch mit dem Teufel im Bunde sein! Der entsprechende Entsetzensschrei der Geliebten beendet den Traum vom Fliegen und führt den Gefängnisinsassen auf den Boden der Tatsachen zurück: Er hat die Vollstreckung des gegen ihn verhängten Todesurteils am kommenden Tag zu erwarten.

Was hat er eigentlich verbrochen? Das Gedicht beantwortet diese Frage gleich zweimal: Der »böse Feind« und der »böse Geist« sind seine Lehrmeister. Der Träumer ist ein vom Satan Besessener. Das wird ihm vorgeworfen, sogar von seiner Geliebten, und das gesteht er auch unumwunden ein. Er hat zu seiner Verteidigung nichts vorzubringen. Jawohl, er gestattet sich Wunschträume, er erlaubt sich den freien Flug der Phantasie. Das allein ist schon von Übel, ja mehr noch: es ist tödlich. Träumer sind zu exekutieren, eine freischwebende Phantasie darf es nicht geben.

Insofern wird hier, wie der Titel sagt, ein Ikarus-Schicksal erzählt. Denn auch der Flug des Ikarus, seine Befreiung aus der Gefangenschaft, endete bekanntlich tödlich: Er stürzte ab, als er sich der Sonne zu weit annäherte, die seine mit Wachs zusammengehaltenen Flügel schmolz. Sein Sturz war die Strafe für Vorwitz, Freiheitsstreben, jugendlichen Übermut oder Neugier, jedenfalls für Grenzüberschreitungen und Normverletzungen. Ikarus wollte, wie der in Augsburg Gefangene, frei wie ein Vogel sein. Das wurde ihm zum jammervollen Verhängnis.

Auch der Vogel, der am Ende des Liedes »in freier Luft« am Galgen baumelt, bietet ein Bild des Jammers. Die von der Liebe ausgelöste Antriebskraft Phantasie, die den Gefangenen im Traum nach Straßburg in Bewegung gesetzt hatte, ist ihm verlorengegangen; ihm fehlt jedes Ziel. Das volksliedhafte »flög' ich zu dir« gilt nicht mehr: »Feinslieb mich nicht mehr ruft«. Wo keine Liebe ist, da versagt auch die beflügelnde Kraft der Phantasie. Wenn und solange die Fähigkeit, sich auf den Flügeln der Phantasie über die irdischen Bedingungen zu erheben, als Teufelszeug verschrien wird, kann der Flug aus Liebe kein gutes Ende nehmen. Die angeblich teuflische Obsession des Gefangenen und seine vermeintlich satanische Besessenheit müßten erst als positive Werte identifiziert werden, wenn aus der ganz unromantisch verlaufenden Moritat ein romantisches Liebeslied werden soll. Insofern trügt der schöne Schein dieses Liedes. Liebesromantik kommt hier trotz der volksliedhaften Verse und der altertümlich-anheimelnden Sprache (»Feinsliebchen«) gerade nicht zustande.

Achim von Arnim und Clemens Brentano nahmen das Gedicht 1808 ohne Verfasserangabe in den zweiten Band ihrer epochemachenden Volkslied-Anthologie »Des Knaben Wunderhorn« auf. Als Quelle gaben sie, wohl absichtlich mystifizierend, an, das Gedicht sei ihnen »mitgeteilt« worden und »wahrscheinlich nicht sehr alt«. In der Tat!

Denn schon kurz darauf beteuerte Justinus Kerner, damals noch Student der Medizin in Tübingen, in Wirklichkeit sei er der Verfasser des Liedes; und er nahm es fortan konsequenterweise, allerdings leicht verändert, in seine eigenen Werke und Gedichtausgaben auf. Die Urheberschaft ist ihm zu gönnen, auch wenn nicht ganz genau geklärt ist, welchen Anteil die Herausgeber des »Wunderhorns« am Wortlaut des von Kerner in Anspruch genommenen Gedichts haben. Jedenfalls wurde es mit der Aufnahme ins »Wunderhorn« sogleich zum Volkslied geadelt, ähnlich wie sein berühmtes »Wanderlied« (»Wohlauf! noch getrunken / den funkelnden Wein«), das – mündlich überliefert – von Handwerksburschen schon gesungen wurde, bevor Kerner es selbst publizierte.

Zusammen mit seinem Studienkollegen Ludwig Uhland gehört Justinus Kerner zum Kern der sogenannten schwäbischen Romantik. Der angehende Mediziner behandelte unter anderen im Jahr 1806 den Patienten Friedrich Hölderlin, dessen Gedichten er später (1826) zur Publikation verhelfen sollte. Sein Ruhm als Dichter, als Arzt und als zur Freundschaft begabter Gastgeber in Weinsberg beruht auf seiner nahezu unbegrenzten Fähigkeit, sich vorurteilslos auch auf fremdartige und befremdliche Verhaltensweisen und Erscheinungen einzulassen und ihnen ihr Recht zu geben, ja sich sogar für sie zu begeistern. Dieser Begabung verdankt auch der besessene Ikarus seine romantische Renaissance.

JUSTINUS KERNER
LIEBESPLAGE

An Sie im Alter

Daß Liebe paaret sich mit Pein,
Hab ich dem Himmel oft geklagt,
Geklagt, daß meine Lieb' dich plagt,
Und möchte dir nur Liebe sein;

Dich plagt, wenn ich um Mitternacht,
Wenn du mich glaubst in Schlafes Ruh',
Leis deinem Atem höre zu,
Ob du noch lebst zu haben acht;

Dich plagt, wenn mir getrübet scheint
Dein Auge sonst so mondenhell,
Und ich angstvoll dich frage schnell:
Bist krank du, oder hast geweint?

Dich plagt, wenn ich, im Innern trüb,
Vermein', mich lieb' kein Menschenkind,
Und dann dir ruf': o sag' geschwind
Mein Lieb! hast du mich denn noch lieb?

O sage nicht: das sei geplagt!
Sag': Liebe nur hat das getan,
Und daß er es nicht ändern kann,
Hat er mir selbst im Lied geklagt.

PETER HÄRTLING
DIE DREIFACHE ANGST

Das ist ein einfaches Gedicht, geschrieben von einem alternden Mann für seine Frau. Da sein Anfang jedoch ungeschrieben blieb, muß erst einmal von zwei jungen Liebesleuten erzählt werden, von Justinus Kerner und Friederike Ehmann, die später für ihn und auch für die ungezählten Gäste im Weinsberger Arzt- und Dichterhaus zur Ricke, zum Rickele wurde.
1807 lernten sie sich in Tübingen kennen. Wahrscheinlich verlobten sie sich aus Trotz unverzüglich, denn Rickes Verwandtschaft hielt die Verbindung zwischen zwei armen Kirchenmäusen für ein Unglück. Mehr als ihre Zuversicht besaßen die beiden auch nicht. Kerner studierte Medizin, und vermutlich hat er seiner Braut des öfteren von einem schwierigen Patienten erzählt, von Hölderlin. Bis sie heiraten konnten, vergingen Jahre. 1810 erhielt Kerner seine Approbation, 1813 endlich konnten sie ihre Hochzeit feiern. Sie lebten bescheiden, wenn nicht kärglich. Die Patienten hielten den Landarzt in Atem. Ständig war er auf seinem Rappen unterwegs, und häufig saß seine Ricke hinter ihm auf dem Pferd, ihn umklammernd wie die Sozia auf einem Motorrad.
Der Justinus und *die* Ricke konnten sie erst sein, nachdem sie 1822 in Weinsberg ein eigenes Haus bezogen hatten. Da gab es Platz für die Kinder, für die Gäste. An warmen Abenden zog man in den üppig wuchernden Garten, debattierte über Poesie und Politik, über Krankheiten und

Geisterseherei. Viele genossen die Kernersche Gastfreundschaft, Lenau und Uhland, Mörike, Schwab und der kunstsinnige Graf Alexander von Württemberg. Sie alle rühmten und mochten die beherzte Ricke und den oft in seine Phantasien verstrickten Kerner. Gedichte schrieb er zu jeder Gelegenheit, wobei ihn die geselligen Anlässe am ehesten inspirierten: viele seiner Lieder beteuern das Glück der Freundschaft, der Nähe.

Daß dieser dem Leben zugewandte Mann, je älter er wurde, unter schweren Depressionen litt, daß es Tage gab, an denen Ängste ihn lähmten, ahnten die wenigsten seiner Freunde. Ihnen spielte er den trinkfreudigen, beredten Poeten, den tatkräftigen Arzt vor. Ricke kannte ihn anders. Sie litt mit ihm und an ihm und mußte mit seiner zwiefachen Existenz fertig werden. Was ihn wiederum, der als Mediziner wie kaum ein anderer zu seiner Zeit das Wechselspiel zwischen Leib und Seele erkundete und ernst nahm, tief bekümmerte.

In seinem Gedicht spricht er es aus. Er tut's, indem er seine Plage nicht nur mitteilt, sondern, durchaus schlau, mit der geliebten Frau teilt. Spielerisch, selbstironisch beginnt er: »Daß Liebe paaret sich mit Pein, / Hab ich dem Himmel oft geklagt ...« Du kennst mich ja, läßt er Ricke wissen, manchmal bin ich ein gräßlicher Schwarzseher, traue ich mir gar nichts mehr zu, also auch dir nichts, manchmal macht mir meine Liebe Angst.

Von dieser Angst erzählt das Gedicht, einer Angst, die sich projiziert, die den andern heimsucht, die ihn kränken kann. Es ist die Angst um die Liebe. Sie läßt sich nicht beherrschen, sie kommt aus einem dunklen, aufgewühlten Grund und nimmt den Verstand in Beschlag. Sie macht empfindlich, hellhörig, läßt die Haut dünn werden.

»Im Innern trüb«, quält er die geliebte Frau mit seinem Mißtrauen. Er ist krank und weiß es. Er kennt sich aus, ist sich im klaren darüber, daß er sich von dieser Krankheit nicht befreien kann, daß sie ihn plagt und er darum auch für seine Ricke zur Plage wird. So zählt er ihr in drei Strophen seine Plagen auf. Dreifach fürchtet er, ihre Liebe verloren zu haben. Dreifach fragt er, wenn er es auch nur einmal, bedrückt und bedrängt von der Finsternis in seiner Seele, niederschreibt: »… o sag' geschwind / Mein Lieb! hast du mich denn noch lieb?«
Er antwortet an ihrer Stelle. Der Tonfall des Gedichts ändert sich. Nun spricht er inständig und flehend. Er will ihr nicht zuvorkommen, sie nicht überreden. Das kann er nicht. Sie bleibt ja geplagt. Aber er möchte ihr erklären, daß die im Fragen erfahrene Unsicherheit Ausdruck seiner Krankheit wie seiner Liebe ist. Durchtrieben und erleichtert vereinen sich der Arzt und Poet: »Und daß er es nicht ändern kann, hat er mir selbst im Lied geklagt.«
Seine Ricke, wir wissen es, hat ihn verstanden.

JUSTINUS KERNER
UNTER DEM HIMMEL

Laßt mich in Gras und Blumen liegen
Und schaun dem blauen Himmel zu,
Wie goldne Wolken ihn durchfliegen,
In ihm ein Falke kreist in Ruh.

Die blaue Stille stört dort oben
Kein Dampfer und kein Segelschiff,
Nicht Menschentritt, nicht Pferdetoben,
Nicht des Dampfwagens wilder Pfiff.

Laßt satt mich schaun in diese Klarheit,
In diesen stillen, sel'gen Raum:
Denn bald könnt' werden ja zur Wahrheit
Das Fliegen, der unsel'ge Traum.

Dann flieht der Vogel aus den Lüften,
Wie aus dem Rhein der Salmen schon,
Und wo einst singend Lerchen schifften,
Schifft grämlich stumm Britanias Sohn.

Schau' ich zum Himmel, zu gewahren,
warum's so plötzlich dunkel sei,
Erblick' ich einen Zug von Waren,
Der an der Sonne schifft vorbei.

Fühl' Regen ich beim Sonnenscheine,
Such' nach dem Regenbogen keck,
Ist es nicht Wasser, wie ich meine,
Wurd' in der Luft ein Ölfaß leck.

Satt laßt mich schaun vom Erdgetümmel
Zum Himmel, eh' es ist zu spät,
Wann, wie vom Erdball, so vom Himmel
Die Poesie still trauernd geht.

Verzeiht dies Lied des Dichters Grolle,
Träumt er von solchem Himmelsgraus,
Er, den die Zeit, die dampfestolle,
Schließt von der Erde lieblos aus.

ECKART KLESSMANN
EIN PROPHET

Als dieses Gedicht am 15. September 1845 im »Morgenblatt für gebildete Leser« erstmals gedruckt wurde, meldete sich prominenter Widerspruch aus Zürich. *Inzwischen sieht's auf dieser Erde / Noch lange nicht so graulich aus,* beschwichtigte Gottfried Keller und reimte optimistisch: *und wenn vielleicht, nach fünfzig Jahren, / Ein Luftschiff voller Griechenwein / Durchs Morgenrot käm' hergefahren – / Wer möchte da nicht Fährmann sein?*
Natürlich fiel es leicht, sich über Kerners Zivilisationskritik lustig zu machen, seine Ängste zu verspotten. Und natürlich hatte Keller recht, wenn er meinte, die Existenz von Poesie sei unabhängig von der Entwicklung der Technik: *Willst träumend Du im Grase singen, / Wer hindert Dich, Poet, daran?*
Nach fast anderthalb Jahrhunderten liest sich's indessen anders, und wir können heute Kerner nicht mehr so unbefangen tadeln wie sein fortschrittsbegeistertes Saeculum, in dem Dichter wie Chamisso und Heine ihre Ersparnisse in Eisenbahnaktien anlegten und es ja auch wirklich kurios anmutete, den langsamen und unbequemen Postkutschen nachzutrauern. Aber Kerners Kritik zielte gar nicht auf den von ihm verabscheuten »Dampfwagen«.
»Unter dem Himmel« ist – soweit mir bekannt – das erste Gedicht deutscher Sprache, in dem sich ein Autor Gedanken über die Zerstörung der Natur durch Technik und Überkommerzialisierung macht. Er befürchtet die Ver-

treibung der Vögel aus der Stille, die Verschmutzung durch Öl und am Ende auch die Zerstörung beschaulicher Muße. Sind das wirklich alles nur Übertreibungen, die sich am Ende unseres Jahrhunderts als absurd erwiesen haben?

Die Technik, so trumpfte Keller auf, werde dazu führen, daß *das Menschenkind zu blühen / Und singen wieder Muße hat*, eine Erwartung, die sich als ebenso falsch erwiesen hat wie Kerners pathetische Klage, *wann, wie vom Erdball, so vom Himmel / Die Poesie still trauernd geht.* Das tat sie natürlich nicht, und über ihren derzeitigen Zustand muß sich auch niemand Sorgen machen.

Als 1970 erstmals die Presse über die katastrophale Verschmutzung des Rheins berichtete, tat das ein Industrieller mit dem Wort »Anglerromantik« ab. (Bemerkenswert findet es schon 1845 Kerner, daß der Lachs aus dem Rhein verschwunden ist.) Inzwischen aber wissen wir, daß der Tod der Natur nicht in den Bereich falsch verstandener Idyllik gehört, sondern den Menschen ganz unmittelbar betrifft. Das freilich konnte damals noch niemand auch nur ahnen. Was Kerners Gedicht so rührend, so naiv erscheinen läßt, ist sein heute museal wirkendes Vokabular, etwa *schifft grämlich stumm Britanias Sohn*, wie überhaupt die Bilder von der Himmelszerstörung aus dem Bereich der Seefahrt genommen worden sind. Auch Keller möchte sich aus dem »Luftschiff« beugen und seinen Becher »hinab in das verlassne Meer« gießen. Die Zerstörung des – heute weit mehr als damals befahrenen – Meeres (etwa durch Öl) ist beiden Dichtern nicht in den Sinn gekommen, sowenig wie die Verpestung des Himmels durch Fluglärm. Geht es um die Zukunft, so erschöpft sich unsere Phantasie immer am ehesten.

Der Zivilisationskritiker und der Technikenthusiast haben sich geirrt; so, wie sie dann geworden ist, konnten sich beide die kommende Welt nicht vorstellen. Ihr Vokabular und ihre Bilder verweisen Kerners Verse ins Museum der Poesie, doch seine Ahnung, das hemmungslose Gewinnstreben des Menschen, das keine moralischen Grenzen kennt, werde am Ende die Natur zerstören, macht das Gedicht beklemmend gegenwärtig.

JUSTINUS KERNER
WER MACHTE DICH SO KRANK?

Daß du so krank geworden,
Wer hat das denn gemacht? –
Kein kühler Hauch aus Norden,
Und keine Sternennacht.

Kein Schatten unter Bäumen,
Nicht Glut des Sonnenstrahls,
Kein Schlummer und kein Träumen
Im Blütenbett des Tals.

Kein Trunk vom Felsensteine,
Kein Wein aus vollem Glas,
Der Baumesfrüchte keine,
Nicht Blume und nicht Gras.

Daß ich trag' Todeswunden,
Das ist der Menschen Tun;
Natur ließ mich gesunden,
Sie lassen mich nicht ruhn.

PETER HÄRTLING
DIE VERSPÄTETE ANTWORT

Am 14. August 1819 schrieb Justinus Kerner seinem Poetenfreund Ludwig Uhland einen Brief, in dem er ihn über Forschungen und Funde unterhält, die er in Weinsberg machte. Seit Januar ist er hier als Oberamtsarzt tätig. Die Gegend ist ihm noch neu, »überhaupt sehr merkwürdig, trägt ein charakteristisches Leben«. Nach einem »Vale« unterschreibt er und beginnt den Brief wieder, indem er unerklärt dieses Klagelied anfügt, das hier noch »Der Kranke« heißt. Gibt er mit ihm eine listige Antwort auf einen Brief, der verloren ging, setzt er eine vorausgegangene Auseinandersetzung mit Uhland fort?
Das große, gastfreundliche Haus, das Freunden wie Varnhagen, Lenau, Achim von Arnim und eben Uhland offen steht, in dem seine Rike das Regiment führt, ist noch nicht gebaut. Und die Erfahrungen mit der kranken Friederike Hauffe, der »Seherin von Prevorst«, die ungezählten spiritistischen Besprechungen mit ihr stehen noch aus. In dieser Zeit korrespondiert er häufig mit Uhland, der seine Gabe zur Geselligkeit, seine Gedichte schätzte, doch dem philosophierenden Arzt und auch dem Erzähler mißtraute. 1816 hatte er Kerners Erzählung »Die Heimatlosen« heftig attackiert. Die in ihr geschilderten magnetischen Experimente erinnerten ihn an eine »Folterbank«, Kerner gäbe sich ganz und gar unnütz »bewußtlosen Prophezeiungen, krankhaften Ahnungen und zwecklosen Zerrüttungen« hin.

Der Freund antwortete postwendend, legte leidenschaftlich dar, was er als Arzt, als Bewunderer Mesmers und als einer der ersten praktizierenden Psychosomatiker erkannt hat: Epilepsie, Katalepsie, Verzückung, Wahnsinn, »alte Narben« seien »Zustände, durch die der Mensch dem Geist der Natur befreundeter wird«. Das genügte Kerner vorerst als Schlußwort. Ihm war allerdings klar, Uhland nicht überzeugt zu haben. Wenn überhaupt, könnte ihm das eher mit einem Gedicht gelingen. Und dieses Gedicht reichte er, überraschend, drei Jahre später nach.

In ihm faßt er seine medizinische Anschauung zusammen. Er übernimmt die Rolle des Kranken. Das kann er, dieser lebenslustige Mann muß nicht simulieren. In seiner Wissenschaft ist er ein beharrlicher und phantasievoller Grenzgänger. Heute werden manche seiner Einsichten ernstgenommen, die »romantischen Mediziner« nicht mehr nur als Scharlatane verhöhnt.

Die Überschrift »Der Kranke« ändert er später in »Wer machte dich so krank«. Aus der Feststellung wird eine Anamnese. Um dem Kranksein auf den Grund zu kommen, spaltet er sich, redet er sich an. Mit den beiden ersten Versen fragt er, wie ein Kind, das Doktor spielt, wer denn schuld sei an der Krankheit. Und zählt zweieinhalb Strophen lang triumphierend auf, wer nicht: die Natur und die Genüsse, die sie schenkt.

Erst in der letzten Strophe antwortet der Befragte, der Kranke, der offenbar immer schon weiß, woran er krankt, mit einem »Ich«, das sich seiner Antwort sicher ist. Ob Freund Uhland sie gehört hat?

Der dichtende Mediziner Kerner trennt Gesellschaft und Natur in ihrem Widerspruch, ihrem Widerstreit. Die Todeswunden werden von Menschen dem Menschen zugefügt, ihm, den die Natur, wenn er sie nur erkennt, immer wieder gesunden läßt. Was hast du mir, was habt ihr mir angetan? schwingt hier mit.

Den letzten Vers hat Kerner geändert. In dem Brief an Uhland steht: »Der Mensch läßt mich nicht ruh'n.« Für die Ausgabe der Gedichte korrigiert er: »Sie lassen mich nicht ruhn.« So bleibt er seiner Theorie treu. Das »sie« ist ungenauer, unfaßbarer und zugleich verletzender. Sie, die wir oft nicht nennen können, denen wir aber alle Schuld auflasten an unserem Ungemach, unserer »Krankheit«.

Robert Schumann hat zwölf Gedichte Justinus Kerners vertont, auch dieses. Er hat seine Melodie gehört, eine traurige Kinderweise, ließ aber, da ihm die Aufzählung des Rettenden wohl zu viel erschien, die dritte Strophe weg. Um so heftiger kann sich am Ende das Ich aufbäumen. Dietrich Fischer-Dieskau singt bis dahin *piano*, fragend und zuredend, und erschreckt uns dann mit einem *forte*, das die Unruh und die Wunden sehr ernst nimmt, so wie es Doktor Kerner von seinem nüchternen Freund Uhland wohl erhoffte.

LUDWIG UHLAND
DER GUTE KAMERAD

»Ich hatt einen Kameraden,
einen bessern findst du nit.
Die Trommel schlug zum Streite,
Er ging an meiner Seite
In gleichem Schritt und Tritt.

Eine Kugel kam geflogen,
Gilt's mir oder gilt es dir?
Ihn hat es weggerissen,
Er liegt mir vor den Füßen,
Als wär's ein Stück von mir.

Will mir die Hand noch reichen,
Derweil ich eben lad.
Kann dir die Hand nicht geben,
Bleib du im ew'gen Leben
Mein guter Kamerad!«

PETER HORST NEUMANN
KEIN LIED VOM HELDENTOD

Wem dieses Lied nicht ans Herz rührt, der hat vielleicht keins, aber wer sich dieser Rührung widerstandslos hingeben könnte, müßte geschichtsblind sein. Wenige Lieder sind je so vereinnahmt worden, und gegenüber wenigen ist unsere Voreingenommenheit so groß. Unrühmliche Geschichte hat sich mit ihm verbunden – ein Stück Geschichte des deutschen Militarismus. Wo es erklingt, etwa an Volkstrauertagen, scheiden sich an ihm, heute und wohl noch lange, die Geister.

Als Uhland sein Gedicht 1809 schrieb, war drei Jahre vorher »Des Knaben Wunderhorn« – die Stimmgabel romantischer Volkston-Poesie – erschienen, und im »Wunderhorn« steht ein Soldatenlied, das Uhland inspiriert haben könnte: »Rewelge«, derselbe Text, den neunzig Jahre später Gustav Mahler vertonte. (»Ach, Bruder, jetzt bin ich geschossen, / Die Kugel hat mich schwer getroffen, / Trag mich in mein Quartier (...) Ach, Bruder, ich kann dich nicht tragen, / Die Feinde haben uns geschlagen, / Helf dir der liebe Gott, / Ich muß marschieren in Tod.«) Auch Philipp Friedrich Silcher, als er 1827 dem »Guten Kameraden« die Melodie gab, griff auf eine ältere Weise zurück. So ist das Gedicht zum Lied, dann zum Volkslied geworden, und als solches wurde es »zersungen« – es gibt keine intimere Form kollektiver Aneignung.

Fast jede Zeile hat sich uns eingeprägt, auch denen, die das Lied vielleicht nie gesungen haben. »Eine Kugel kam geflogen« – fast rührend klingt dieser Singular heute, *eine* Kugel; das Schnellfeuergewehr war noch nicht erfunden. Oder: »Als wär's ein Stück von mir« – diese unvergeßliche Verhältnisbestimmung, die sich Zuckmayer als Buchtitel nahm. Oder: »Will mir die Hand noch reichen (...) Kann dir die Hand nicht geben« – kein unterbliebener Händedruck ist diesem vergleichbar.

In einem Gedicht von Clemens Brentano (»Es leben die Soldaten«) liest sich derselbe Vorgang so: »Wer fällt, der bleibet liegen, / Wer steht, der kann noch siegen.« Hält man daneben Uhlands Gedicht, merkt man, wie unheroisch es ist: Hier gibt es kein Siegen, Überstehen ist alles. Nichts wird beschönigt, nichts gerechtfertigt, kein Wort von Ehre: ein schlichtes Soldatenlied, nahe am Dialekt des gemeinen Mannes, mit seinem »nit« und »lad«. Kein falscher Ton. »In gleichem Schritt und Tritt« heißt, daß hier keiner den eigenen Weg gehen durfte, er war vielen der gleiche. »Zum Streite« – muß das so sein? Das Gedicht sagt nur, daß es so *war*. Wer da an Pflichterfüllung und tapferes Kämpfen denkt, mag es tun. Doch über dem Ganzen liegt ein Fatalismus, wie Trommelschlag; heldenhaft ist das nicht. Wie nahe steht Uhlands Gedicht dem »Kriegslied« von Matthias Claudius (»'s ist Krieg! 's ist Krieg«), wie nahe Georg Büchners Woyzeck: »Wir arme Leut – sehn Sie, Herr Hauptmann.«

Selten sind Lieder schuldlos an ihrer Wirkungsgeschichte, dieses Lied aber ist ein Opfer. Es wird nicht viel nützen, wenn ich für seinen Freispruch plädiere. Erschreiben läßt sich ein solcher Freispruch nicht, er müßte *ersungen* werden. Aber von wem? Da die Vereinnahmung nun einmal auf der »rechten« politischen Seite geschah, könnte die Ehrenrettung vielleicht nur von »links« her erfolgen. Die

»militaristische« Aura – wem sie als solche erscheint – wäre zerstoben, hätte Marlene Dietrich auch den »Guten Kameraden« gesungen, als sie »Sag, wo sind die Blumen hin« sang. Oder Ernst Busch: zusammen mit dem Lied der Spanischen Brigaden. Oder Wolf Biermann: zum Andenken an Robert Havemann. Vielleicht, vielleicht.

Man sage nicht, die Zurückweisung dieses Liedes sei der angemessene Ausdruck eines rechtschaffen-kritischen Geschichtsbewußtseins; sie könnte ebensogut der Ausdruck einer selektiven Geschichtsverweigerung sein. In seiner unverderbten Schlichtheit ist dieses Lied eine der wenigen kollektiven Gesten geblieben, in denen sich die Trauerbereitschaft und die Gefühle vieler zu sammeln vermögen. Daß dabei die Gefühle eines Weltkriegs-Soldaten andere sind als die eines Nachgeborenen, versteht sich von selbst. Aber das Lied vom »Guten Kameraden« ist auf seinem Weg durch unsere traurige Nationalgeschichte nicht korrumpiert, sondern nur trauriger geworden. Es wurde an zu vielen Gräbern gesungen, nicht »Heldengräbern«, sondern Menschengräbern.

LUDWIG UHLAND
FRÄULEINS WACHE

Ich geh' all Nacht die Runde
Um Vaters Hof und Hall'.
Es schlafen zu dieser Stunde
Die trägen Wächter all.
Ich Fräulein zart muß streifen,
Ohn' Wehr und Waffen schweifen,
Den Feind der Nacht zu greifen.

O weh des schlimmen Gesellen!
Nach Argem steht sein Sinn.
Würd' ich nicht kühn mich stellen,
Wohl stieg' er über die Zinn'.
Wann ich denselben finde,
Wie er lauert bei der Linde,
Ich widersag' ihm geschwinde.

Da muß ich mit ihm ringen
Allein die Nacht entlang;
Er will mich stets umschlingen,
Wie eine wilde Schlang';
Er kommt vom Höllengrunde,
Wie aus eins Drachen Schlunde,
Gehn Flammen aus seinem Munde.

Und hab' ich ihn überwunden,
Halt' ihn im Arme dicht:

Doch eh' die Sterne geschwunden,
Entschlüpft mir stets der Wicht.
Ich kann ihn niemand zeigen,
Muß meinen Sieg verschweigen
Und mich in Trauer neigen.

PETER VON MATT
WIE LIEBE AUF DEN TEUFEL KOMMT

Ein schlaues Gedicht, ein listiges Gedicht, so schlau und listig wie die Frau, die darin spricht. Ein ungebärdiges Gedicht aber auch. Es will sein Geheimnis nicht hergeben – wie die Frau, die darin spricht.

Die Zeitgenossen und den Dichter selbst hat es überfordert. Noch zu Lebzeiten Uhlands verschwand es wieder aus der offiziellen Sammlung. Niemand hat es vertont, auch Schumann nicht, der ihm als einziger musikalisch gewachsen gewesen wäre.

Im guten Bürgerhaus, dem Träger aller literarischen Kultur im neunzehnten Jahrhundert, war kein Platz für solche Strophen. Hier rezitierte man »Des Sängers Fluch« und »Droben stehet die Kapelle«. Seither ist Uhlands genuines Genie verschollen.

Das Geheimnis dieses Gedichts: man merkt, daß gelogen wird. Auch daß um der Liebe und des Begehrens willen gelogen wird, aus den ersten und ältesten Ursachen der Verstellung unter den Menschen, steht bald einmal fest. Aber wer belügt wen?

Die unheimlichste Möglichkeit: das Fräulein betrügt sich selbst. Es ist gefangen in den zeremoniellen Formen, die festlegen, wann und wie eine Frau zu einem Mann in Körpernähe kommen darf. Ein fahrender Ritter besingt sie vielleicht, und sie setzt ihm den Kranz auf; oder sie lächelt dem Turniersieger zu, wenn er in Schweiß und Staub und Blut unter die Brüstung tritt, rauchend von den

Zeremonien der Männlichkeit. Eines Tages dann wird sie vorteilhaft verheiratet. Sie findet das alles richtig, und wenn die Träume kommen, in denen es ganz anders zugeht, verbietet sie sich diese sehr streng.

So gesehen, wäre das Gedicht eine Ballade von der Wiederkehr der verstoßenen Träume. Leibhaftig kommen sie zurück, wenn auch verkleidet, gerade soweit verkleidet, daß das Verbot sich erübrigt und der Wunsch sich doch erfüllen kann. Der schöne Geliebte ist nun ein Höllengast, das zarte Spiel der Umarmungen ein Ringen auf Leben und Tod – was soll's, zuletzt hält doch eines das andere die ganze Nacht umklammert.

Aber eben, es ist ein schlaues Gedicht, und alles kann auch ganz anders sein. So etwa: Das Fräulein weiß, was es will und was es tut, weiß, wie die Gesetze seiner Zeit es einsperren und wie man sie überlistet. Es schlägt sie mit deren eigenen Waffen, verteufelt das Verteufelte noch mehr, schafft eigenhändig eine Dämonenmaske und gewinnt dahinter seine Freiheit. So besehen ist sie eine Hexe – von der schönen, klugen, souveränen Art.

Das Gedicht trägt selbst schon eine Maske: das Mittelalterliche. Es strebt den fremden Klang der Minnesänger-Verse an und braucht einzelne Wörter in der mittelhochdeutschen Bedeutung. »Widersagen« heißt hier »den Krieg erklären«; der seltsame Vers »Ich widersag' ihm geschwinde« bedeutet: »Ich fordre ihn auf der Stelle zum Kampf heraus.«

Dennoch kann man die Strophen nicht einfach exotisch lesen. Das psychologische Wissen, das sich darin ausspricht, schlägt durch alles Dekor durch, sprengt das Altdeutsche wie das Schwäbisch-Biedermeierliche. Im gleichen Jahr entstanden wie die »Wahlverwandtschaften«

und »Penthesilea«, reflektiert das Gedicht, wie eine kleine Scherbe, einen Moment lang deren gefährliches und trauriges Licht.

LUDWIG UHLAND
FRÜHLINGSLIED DES REZENSENTEN

Frühling ist's, ich laß' es gelten,
Und mich freut's, ich muß gestehen,
Daß man kann spazierengehen,
Ohne just sich zu erkälten.

Störche kommen an und Schwalben,
Nicht zu frühe, nicht zu frühe!
Blühe nur, mein Bäumchen, blühe!
Meinethalben, meinethalben!

Ja! Ich fühl' ein wenig Wonne,
Denn die Lerche singt erträglich,
Philomele nicht alltäglich,
Nicht so übel scheint die Sonne.

Daß es keinen überrasche,
Mich im grünen Feld zu sehen!
Nicht verschmäh' ich auszugehen,
Kleistens »Frühling« in der Tasche.

HANS MAYER
DER KRITIKER ALS POET

Das Gedicht eines jungen Mannes, und ein Gegengedicht dazu. Ludwig Uhland schrieb sein »Frühlingslied des Rezensenten« am 19. Mai 1812. Er war damals 25 Jahre alt, hatte aber bereits seine Höhe als volksliedhafter Lyriker erreicht und überschritten. Verse wie »Ich hatt' einen Kameraden« und »Es zogen drei Burschen wohl über den Rhein« waren schon 1809 entstanden. Drei Jahre später ist der in Tübingen vereinsamte Uhland mißtrauisch geworden gegenüber der einzigartigen Unmittelbarkeit solcher frühen Poesie.

Am 21. März 1812 entsteht noch ein Nachklang. Das Gedicht »Frühlingsglaube« ist nicht mehr unbefangen. »Die linden Lüfte sind erwacht«. Aber der Schluß lautet: »Nun, armes Herz, vergiß der Qual! / Nun muß sich alles, alles wenden.«

Das »Frühlingslied des Rezensenten«, genau 59 Tage nach dem Gedicht »Frühlingsglaube« entstanden, ist ein Gegengedicht, eigentlich eine selbstkritische Zurücknahme. Der Spott über Kritiker ist hier bloß Oberfläche. Übrigens hatte sich der junge Uhland über Bosheit von Rezensenten kaum zu beklagen. Indem sich der Sänger Uhland diesmal in den singenden Pedanten verwandelt, schreibt er zugleich ein Gedicht über die Gefahr des dichterischen Verdorrens.

Poetische Beschimpfung von Kritikern war herkömmlich. Goethes Aufforderung zur Gewalt; genußvoll ausgemalte

Tätlichkeit auch beim Pfarrer Mörike. Dessen Gedicht »Abschied« beschreibt den – unerbetenen und unangemeldeten – Besuch des Rezensenten beim Autor. Der Kritiker kritisiert. »Zuletzt stand er auf; ich tat ihm leuchten. / Wie wir nun auf der Treppe sind, / Da geb ich ihm, ganz froh gesinnt, / Einen kleinen Tritt, / Nur so von hinten aufs Gesäße, mit ...« Der Kritiker stürzt hinab. Hugo Wolf, selbst ein Kritiker, und zwar ein arger, ließ sich an dieser Stelle seiner Vertonung einen derb juchzenden Walzer einfallen.

Uhland ist subtiler. Er weicht dem herkömmlichen Dualismus von Autor und Kritiker aus. Sein Gedicht ist, wie schon der Titel verrät, ein Rollengedicht. Es singt der Kritiker.

Der lyrische Witz arbeitet mit zwei Kunstgriffen. Einmal behandelt der Rezensent die frühlingshafte Natur wie eine Neuerscheinung, eine mittelmäßige überdies. Was die erneuerte Natur zu bieten hat, ist ganz hübsch. Ein Achtungserfolg.

Die Terminologie ist solcher lobenswerten Mediokrität durchaus angemessen: ein wenig Wonne, erträglich, nicht alltäglich, nicht so übel. Brav gesungen, Lerche und Nachtigall!

In der letzten Strophe hat jedoch der singende Rezensent die Grenze seines Wohlwollens für die Natur erreicht. Man hat vorgesorgt und trägt einen Band Kleist mit sich auf dem Spaziergang herum. Welchen Kleist? Ganz gewiß nicht Heinrich, sondern ein Buch des damals einzig berühmten Autors dieses Namens: Ewald Christian von Kleist (1715-1759). An dessen Idylle in Hexametern »Der Frühling« hat man sich als Rezensent in der freien Natur zu orientieren.

Zwar darf der Natur zugebilligt werden, daß sie merkwürdige Blumen hervorbringt und wunderliche Schmetterlinge. Allein was versteht sie von der Technik des Hexameters?

LUDWIG UHLAND
IN EIN STAMMBUCH

1825

Die Zeit, in ihrem Fluge, streift nicht bloß
Des Feldes Blumen und des Waldes Schmuck,
Den Glanz der Jugend und die frische Kraft:
Ihr schlimmster Raub trifft die Gedankenwelt.
Was schön und edel, reich und göttlich war
Und jeder Arbeit, jeden Opfers wert,
Das zeigt sie uns so farblos, hohl und klein,
So nichtig, daß wir selbst vernichtet sind
Und dennoch wohl uns, wenn die Asche treu
Den Funken hegt, wenn das getäuschte Herz
Nicht müde wird, von neuem zu erglühn!
Das Echte doch ist eben diese Glut,
Das Bild ist höher, als sein Gegenstand,
Der Schein mehr Wesen, als die Wirklichkeit.
Wer nur die Wahrheit sieht, hat ausgelebt;
Das Leben gleicht der Bühne: dort wie hier
Muß, wann die Täuschung weicht, der Vorhang fallen.

RENATE SCHOSTACK
DAS FEUER DER DICHTER

Für den am Rand des nördlichen Schwarzwalds Aufgewachsenen war Uhland lange Zeit der Sänger gut herunterleierbarer, den Schüler, der die vielen Strophen auswendig lernen mußte, in Details leicht komisch anmutender Balladen, in denen sich – im Gedicht auf den Ulmenbaum von Hirsau, den Überfall im Wildbad – die Sehnsucht nach deutscher Erneuerung aus dem Geist eines idealisierten Spätmittelalters ausspricht. Als der Verfasser solcher Poeme, in seiner Zeit Goethe, Schiller, Heine an Ruhm gleich, schrieb sich der Schwabe ins Gedächtnis der deutschen Nation ein.

Nichts von populärer Balladenseligkeit, von süßem Sangeswohllaut hier. Diese wie gehämmerten Verse – bis auf den allerletzten haben sie alle die stumpfe männliche Endung – sind ganz anders. Etwas Herbstliches liegt darüber, doch kein eigentlicher Glanz, kein spätes Leuchten. Sie sind spröde, ja hart. Ist das der Uhland, den Hebbel das »bestvermummte Genie«, Lenau »die in einen Bären verzauberte Loreley« genannt hat? Indessen, auch der »Bär«, der patriotisch-republikanische Citoyen, der antiromantische Demokrat (»Freiheit heißet meine Fee, / Und mein Ritter heißet Recht«) spricht nicht aus diesen Versen.

Was sie sagen, glauben wir auf Anhieb zu verstehen. Doch dann stutzen wir. Ist es nicht unerhört, was dieser Streiter für die Freiheit und Einheit der deutschen Nation, für die Abschaffung ständischer Privilegien, für die Rechte der

Juden hier kundtut? Nichts Geringeres nämlich, als daß angesichts der Vergänglichkeit all dessen, was man denkt und tut, die Realpolitik nicht zähle, daß es nur auf die Kunst ankomme und daß das Allerwichtigste die Glut des Herzens sei, jener schöpferische Eros also, welcher die Künstler befähigt, ihren Gegenstand mit feuriger Begeisterung zu umfassen und zu durchdringen.

Das Gedicht setzt mit einem Herbstbild der Natur ein, in dem jenes Psalmwort über die Vergänglichkeit nachklingt: »Ein Mensch ist in seinem Leben wie Gras, er blühet wie eine Blume auf dem Felde; wenn der Wind darüber geht, so ist sie nimmer da.« Es endet mit einem Bild der Kunst, das auf die Welt des Theaters, einen Inbegriff von Künstlichkeit also, verweist. Dazwischen die zentrale Metapher des Gedichts: das Feuer des Herzens, Ursprung und Geheimnis aller künstlerischen Schaffenskraft. Hinter diesen Bildkomplexen stehen die geistigen, die literarischen Traditionen ganzer Epochen. Man könnte sie mit Namen benennen, von Gryphius bis Schiller, dazu – ganz wesentlich – die am Rand der Aufklärung entlang geführte, schon an die hundert Jahre währende und in die Romantik mündende Debatte über den Wert des Enthusiasmus für den schöpferischen Akt.

Uhland war, als er diese Verse 1825 schrieb, keine vierzig Jahre alt. Doch die erste Zeit der politischen Arbeit, der Aktivität als Abgeordneter im württembergischen Landtag, neigte sich dem Ende zu; auch der frühe, mit den »Vaterländischen Gedichten« errungene Ruhm lag hinter ihm. Er war in den zwanziger Jahren als Dichter verstummt.

Die Zweifel über seine dichterischen Fähigkeiten bewegen untergründig auch dieses Gedicht. Die Hinfälligkeit der

Gedankenwelt meint nicht die politische; schön, edel, reich und göttlich hätte der kluge Realist Uhland sie niemals genannt. Solche Schmuckwörter kommen nur der Poesie zu. Der Dichter, der die Glut im Innern zagend preist (»Wohl uns, wenn ...«, nicht: *daß*), wartete darauf, den der Wirklichkeit entrückten Bühnenzauber der Kunst noch einmal entfesseln zu können. Nicht vergeblich. Ein paar Jahre später gelangen ihm Gedichte, die ihn für eine Weile zum beliebtesten Poeten der Deutschen machten.

LUDWIG UHLAND
NEUJAHRSWUNSCH 1817

Wer redlich hält zu seinem Volke,
Der wünsch ihm ein gesegnet Jahr!
Vor Mißwachs, Frost und Hagelwolke
Behüt uns aller Engel Schar!
Und mit dem bang ersehnten Korne
Und mit dem lang entbehrten Wein
Bring uns dies Jahr in seinem Horne
Das alte, gute Recht herein!

Man kann in Wünschen sich vergessen,
Man wünschet leicht zum Überfluß,
Wir aber wünschen nicht vermessen,
Wir wünschen, was man wünschen muß;
Denn soll der Mensch im Leibe leben,
So brauchet er sein täglich Brot,
Und soll er sich zum Geist erheben,
So ist ihm seine Freiheit not.

GÜNTER KUNERT
BROT UND FREIHEIT

Daß Ludwig Uhland selber redlich zu seinem Volke hielt, hat ihm einen hohen Preis abgefordert. Er hat sein Talent nicht ausschöpfen können, sein Werk, an vielerlei Gebrechen kränkelnd, ist übers Stückwerk nicht hinaus gediehen. Und man hätte ihm, dem schwäbischen Demokraten, einen anderen Nachruhm gewünscht als ausgerechnet mit dem Lied »Ich hat einen Kameraden / einen bessern findst du nit ...«, das, 1809 entstanden, ein Hit der Befreiungskriege wurde und es auch während zweier Weltkriege blieb.

Er hat es nicht verdient, daß über den Leichenbergen dieses Jahrhunderts immer wieder seine Verse gesungen wurden. Zwar war er ein Deutschtümler, eine Selbstverständlichkeit in einem partikularistisch zersplitterten Deutschland, doch zugleich keinesfalls autokratisch gesonnen. Ein integrer Mann, ein aufrechter Bürger, den die Politik mehr und mehr umtrieb. Von 1819 bis 1826 Abgeordneter der Ständeversammlung in Württemberg, wurde er 1833 erneut zum Abgeordneten gewählt. Da er an der Universität Tübingen als Professor verpflichtet war und keinen Urlaub von der königlichen Regierung für seine Abgeordnetentätigkeit erhielt, warf er den Bettel hin: er legte die Professur nieder.

Kein Wunder, daß ein derart konsequent die politische Laufbahn wählender, sprachgewandter Mann als Vertreter Württembergs 1848 zur Frankfurter Nationalversammlung in die Paulskirche entsandt wurde. Offenkundig gehörte er zum »linken Flügel«, denn er polemisierte und stimmte gegen das Erbkaisertum: »Die Revolution und ein Erbkaiser – das ist ein Jüngling mit grauen Haaren!« schrieb er, und als die bewaffnete Erhebung zur Durchsetzung der Verfassung niedergeschlagen wurde, harrte er im »Rumpfparlament« aus, also bei den unentwegten Republikanern.

Ja, er gehörte zu denen, die am 18. Juni 1849 in Stuttgart das Militär von den Straßen verjagte. Sogar danach noch wagte er es, sich öffentlich für die von standrechtlicher Erschießung bedrohten Teilnehmer des badisch-pfälzischen Aufstandes einzusetzen. Und als ihm viele Jahre später der preußische »Pour-le-merite« verliehen werden sollte, hat er nichts vergessen, nichts verziehen, und lehnte ab: mit dem Hinweis auf die Opfer der Willkür. Zivilcourage nennt man solche in Deutschland nicht gerade weit verbreitete Eigenschaft. Aber es ist auch eingetreten, was Goethe, im Psychologischen oft scharfäugig, schon 1832 verkündet hat: daß in Uhland der Politiker den Poeten aufzehren werde; ein Prozeß, der Mitte der dreißiger Jahre entschieden war. Es entstand kaum noch ein Gedicht.

Die letzte Zeile seines »Neujahrswunsches« hat Uhland aktiv zu verwirklichen gesucht, vielleicht ohne zu ahnen, daß jede praktisch betriebene Politik Denkweisen und Reaktionen erzeugt, die eher von Taktik und Strategie geprägt und bestimmt werden als von einem Überschwang der Seele, vom »schönen Wahn« des Dichters.

So zeigt sich bereits in diesem Gedicht zum Jahreswechsel und gar nicht einmal unauffällig der »Realpolitiker« in den reduktionistischen Formeln des Wünschens. Wünschen, was man wünschen muß; ergo: den Bannkreis des Möglichen nicht überschreiten. Die Einstellung auf das »vernünftige« Maß ist programmatisch ausgesagt: keine Vermessenheit! Brot und Freiheit war die Ultima ratio jener Epoche und hat vielerorts noch den gleichen hohen Stellenwert, aber beides ist, trotz aller unbezweifelten Notwendigkeit, nicht die Ultima ratio der Poesie, sondern nicht mehr und nicht weniger als ihre bloße Voraussetzung.

JOSEPH VON EICHENDORFF

AN A . . .

Wir sind so tief betrübt, wenn wir auch scherzen,
Die armen Menschen mühn sich ab und reisen,
Die Welt zieht ernst und streng in ihren Gleisen,
Ein feuchter Wind verlöscht die lust'gen Kerzen.

Du hast so schöne Worte tief im Herzen,
Du weißt so wunderbare, alte Weisen,
Und wie die Stern' am Firmamente kreisen,
Ziehn durch die Brust Dir ewig Lust und Schmerzen.

So laß' Dein' Stimme hell im Wald erscheinen!
Das Waldhorn fromm wird auf und nieder wehen,
Die Wasser gehn und einsam Rehe weiden.

Wir wollen stille sitzen und nicht weinen,
Wir wollen in den Rhein hinuntersehen,
Und, wird es finster, nicht von sammen scheiden.

HERMANN KUNISCH
FINSTERE RHEINFAHRT

Zu den ersten Büchern meiner Bibliothek gehören die mir von einem Verwandten geschenkten zwei Bände der Werke Eichendorffs. Darin steht als Widmung des literaturkundigen Gebers unter dem 19. April 1914: »Flüchte Dich oft aus dem Alltagslärm in Eichendorffs gemütvolle taufrische Welt ... Wie Quellengeläut und Waldesrauschen, beruhigend und erhebend wird sein Lied in Deine Seele klingen.« So empfand man damals.
Ich weiß nicht, wann solche verharmlosenden Vorstellungen von dem »frohen schlesischen Sänger«, die der Junge ehrfürchtig aufnahm, einem verwirrenderen, beunruhigenderen Bild Platz machten, wann ich überrascht bemerkte, daß »irr, wirr, dunkel, schwül, drohend, trübe, Grauen, Lockung, Zwielicht, schauern, die Fremde« zu den Lieblingsvokabeln dieses den Stimmen aus dem Abgrund ausgesetzten Dichters gehören.
Aber ich weiß, wie ich dann später oft versucht war, dieses Lied und manches andere nicht Eichendorff zuzuschreiben, sondern es als von seinem ebenso gefährdeten, irrlichternden »Bruder« stammend zu verstehen: von Clemens Brentano. Daß unser Sonett nicht von Brentano ist, aber sein könnte oder gar sollte, das ist sein Geheimnis. Darum liebe ich es.
Es ist ein Gedicht des Zweiundzwanzigjährigen, um 1810 geschrieben. Vielleicht für seinen farbenreichen, romantisierenden Jugendroman »Ahnung und Gegenwart« (1815),

in dem es zum erstenmal gedruckt wurde. Es steht in dem Kapitel von der Rheinfahrt Friedrichs und Leontins; gesungen wird es von der wieder an Brentano erinnernden, als Jäger verkleideten, melusinenhaften, der »Hexe« Lorelei verschwisterten Romana. In diesem Romankapitel hat eine Novellenepisode bei Arnim, in dem seine und Brentanos Rheinfahrt erzählt wird, ihre Nachfolge gefunden. Sollte dies erst später gewonnene literargeschichtliche Wissen das Gefühl, in Romanas Lied Brentano zu begegnen, bestimmt haben? Ich glaube nicht.

Bestimmend war die langsam gewachsene Einsicht in dunklere Schichten der Person und des Werks von Eichendorff, die ihn als der Art Brentanos verwandt erscheinen ließen. Was dieses Gedicht »auszeichnet«, ist ein Formbewußtsein, das dem Brentanos brüderlich ähnelt: das Fließende, Konturlose, die Strenge des Sonetts unwirksam Machende; das Spielen mit Gegensätzen; die zauberische Magie der Bilder und das Gefühl, der Grund des Daseins trage nicht mehr.

»Wir sind so tief betrübt, wenn wir auch scherzen«; das könnte auch Brentano sagen; auch seine Schwester Bettine, eine andere Romana. Und dieses zarte und wirre Bild: »Ein feuchter Wind verlöscht die lust'gen Kerzen.« Wie überraschend: »lust'ge Kerzen«. Kerzen in einem Lustgemach, einem Festsaal. »Verlöschen« und »lustig«: das soll die Unwirklichkeit einer Lustbarkeit entlarven, so wie das Nebeneinander von »Lust« und »Schmerzen«. »Du hast so schöne Worte tief im Herzen«: auch wenn diese Zeile und die folgenden direkt an Brentano gerichtet sein sollten, – die Überschrift: »An A...« ist eine verschleiernde Fiktion – es ist Eichendorff selbst, der sich vor sich selbst und vor der Scheinhaftigkeit der Welt Fürchtende. Und dann wieder das Zusammenrücken des scheinbar Fremden: »fromm« als das Vertraute, Gesicherte, neben dem »auf und nieder wehen« des Hornes. Welche Macht der dichterischen Verwandlung, es nicht »tönen, rufen«, sondern »wehen« zu lassen: nicht Zuruf, Bekräftigung im Klang des Hornes, sondern Irritierung, Versuchung. Solcher Magie war zu jener Zeit neben Brentano nur Eichendorff fähig.

Wie oft gehen Eichendorffs Dichtungen mit der Versicherung aus, daß »alles gut« sei; daß alle Angst und Sehnsucht »nach Haus« finde. Dagegen in unserem Gedicht, und auch sonst, das Bedürfnis des Geängsteten, sich zu vergewissern, daß da noch jemand bedroht ist, der einem hilft, auszuhalten, nicht zu versinken, nicht zu »weinen«, »stille zu sitzen«, »und, wird es finster, nicht von sammen scheiden«. Das ist die Verlorenheit des »anderen« Eichendorff: »Gott schütz dein Herz in Ewigkeit, / Daß es nie traurig werde.«

JOSEPH VON EICHENDORFF
DER ABEND

Schweigt der Menschen laute Lust:
Rauscht die Erde wie in Träumen
Wunderbar mit allen Bäumen,
Was dem Herzen kaum bewußt,
Alte Zeiten, linde Trauer,
Und es schweifen leise Schauer
Wetterleuchtend durch die Brust

GERTRUD FUSSENEGGER
SELBSTSUCHT, MELODISCH

Ich habe dieses Gedicht früher einmal sehr geliebt. Ich schätzte es als Non-plus-ultra lyrischer Melodik – und das ist es wohl auch. Ich fand seinen Wohllaut berauschend. Heute möchte ich ihn eher süffig nennen.

Was geschieht in diesen sieben, mit Überschrift acht Verszeilen? Auf den ersten Blick möchte man meinen: ein romantisches Naturgedicht. Doch genau genommen ist von Natur nicht viel die Rede. Natur-beschreibend ist nur die Feststellung: Am Abend rauscht die Erde mit ihren Bäumen. Daß sie das »wie in Träumen« und »wunderbar« tut, hat – so scheint mir – schon mit einem anderen Bereich zu tun, mit der Innerlichkeit des lyrischen Ich.

Aber zurück zur ersten Zeile: Schweigt der Menschen laute Lust: – Worin besteht die Lust? und wieso ist sie laut, etwa gar zu laut? Geht es um städtisches Treiben, um eine ländliche Feier? Das wird uns nicht gesagt. Die Szenerie ist weggewischt, ehe sie sich entfalten konnte. Man beachte den Doppelpunkt am Ende der Zeile. Er hat etwas Gebieterisches an sich: Schluß mit der lauten Lust! Nur und erst wenn die menschliche Umwelt verstummt ist, kann sich entwickeln, worauf es dem Dichter ankommt. Nun erst kann er die Erde rauschen hören und ihr die eigenen Träume imputieren, nostalgische Träume (alte Zeiten), lustvoll-schwermütige (linde Trauer) – und gelangt so, mütterlich eingewiegt, zu einem hier allerdings unübertrefflich instrumentierten Allgefühl: in den drei Vokabeln

Schweifen, Schauer, Wetterleuchten werden uns Weite, Raum, Entgrenzung suggeriert. In den letzten zwei Zeilen kulminiert das Gedicht als Sprachkunstwerk: das lyrische Ich wird zum kosmischen Ich und damit sich selbst genug.

Der Erwähnung bedarf noch der Kunstgriff, mit dem Eichendorff in diesem Gedicht die Natur personalisiert: nicht die Bäume rauschen oder der Wind in den Bäumen, die Erde selbst rauscht und gewinnt damit Stimme, Macht, Allmacht, mit ihr kommuniziert das lyrische Ich – auch syntaktisch – im »Kaum-Bewußten«, immer auf der Flucht vor offenbar störender Menschenlust. Ein bewunderungswürdiges Gedicht, Kürzestformel für romantischen Selbstgenuß.

JOSEPH VON EICHENDORFF
DER EINSIEDLER

Komm, Trost der Welt, du stille Nacht!
Wie steigst du von den Bergen sacht,
Die Lüfte alle schlafen,
Ein Schiffer nur noch, wandermüd,
Singt übers Meer sein Abendlied
Zu Gottes Lob im Hafen.

Die Jahre wie die Wolken gehn
Und lassen mich hier einsam stehn,
Die Welt hat mich vergessen,
Da tratst du wunderbar zu mir,
Wenn ich beim Waldesrauschen hier
Gedankenvoll gesessen.

O Trost der Welt, du stille Nacht!
Der Tag hat mich so müd gemacht,
Das weite Meer schon dunkelt,
Laß ausruhn mich von Lust und Not,
Bis daß das ew'ge Morgenrot
Den stillen Wald durchfunkelt.

HARTMUT VON HENTIG
VERZAUBERUNG

Man kann über den Titel rätseln, den Einsiedler im Text unterzubringen suchen. Aber ist das notwendig? Man kann die »Eichendorff-Wörter« aufzählen und bekunden, was sie »an mir« für Wunder tun, oder sich über ihre unbekümmerte Wiederverwendung wundern. Man kann Schwächen feststellen – etwa daß die Bilder nicht stimmen: Steigt die Nacht von den Bergen herab, steigt sie nicht vielmehr aus den Tälern hinauf? Wovon wäre ein Schiffer »wandermüd«? Wo – außer in Griechenland – stehen die Berge am Meer (aber dort sind keine Wälder)? Wo – außer an der Ostsee – reicht der Wald an die Küste (aber dort sind keine Berge)? Daß die Lüfte schlafen, mag man sagen, aber welchen »natürlichen« Sinn hat es, zu sagen, daß sie »alle« schlafen? Was wäre weniger »ewig« als das Morgenrot? Aber solche Einwände machen es nur um so schwerer zu erklären, warum das Gedicht trotzdem beglückt.

Hartnäckig verfolgt mich der Verdacht, daß ich meine Beglückung vor allem Schumanns Vertonung verdanke. In der Tat ist die Musik nicht mehr aus den Wörtern zu vertreiben. Aber die Umkehrung könnte auch richtig sein: Es ist Schumann die Musik gelungen, die Eichendorff in das Gedicht hineingelegt hat. Die »Vertonung« offenbart uns diese nur. Durch sie tritt zum Beispiel als gleichgestimmt hervor, was an gleicher Stelle steht und darum die gleiche Melodie hat: ... *die Lüfte alle schlafen* / ... *die Welt hat mich vergessen / ... das weite Meer schon dunkelt.* Durch die identische Kadenz geht uns auf, daß und wie das zusammengehört: die Stille, die Verlassenheit, das Dunkel.

Nun merken wir, daß die Bilder gar keine Bilder sind, sondern Beschwörungsformeln – für Einsamkeit, Erschöpfung, Sehnsucht, Heimkehr. Das Gedicht handelt nicht von Wolken und Waldesrauschen, nicht von Meer und Morgenrot, nicht von Schiffer und Hafen, es löst eine gesteigerte Selbstwahrnehmung aus, für die uns unsere Kultur empfänglich gemacht hat. *Wir* genießen das – nicht die Afrikaner und vermutlich auch nicht der normale heutige Teenager.

Dieses Gedicht verwandelt, was es anrührt: die Natur; es bringt hervor, was es vorzufinden behauptet: die Verlassenheit; es gibt das, worum es bittet: Trost; es verrichtet, wovon es erzählt: das Lob Gottes. Es ist ganz und gar Kunst, jedes Wort ist Verzauberung, nicht Wiedergabe. Es tut vor allem nicht, was die Literaturgeschichten ihm als romantischem Gedicht vorschreiben: daß es die Schranken zwischen Dichtung und Natur einreiße oder die Beziehung zur Natur herauslöse aus den Bindungen der Kunst. Es erfüllt vielmehr, was Eichendorff uns selber verspricht: *Schläft ein Lied in allen Dingen, / Die da träumen fort und fort; / Und die Welt hebt an zu singen, / Triffst Du nur das Zauberwort.*

JOSEPH VON EICHENDORFF
DER KEHRAUS

Es fiedeln die Geigen,
Da tritt in den Reigen
Ein seltsamer Gast,
Kennt keiner den Dürren,
Galant aus dem Schwirren
Die Braut er sich faßt.

Hebt an, sich zu schwenken
In allen Gelenken.
Das Fräulein im Kranz:
»Euch knacken die Beine. –«
»Bald rasseln auch deine,
Frisch auf spiel't zum Tanz!«

Ein Kenner im Ringe
Betrachtet die Sprünge,
Er findet's gemein.
»Dir kann's auch nicht schaden!«
Die vornehmen Waden
Muß er schwingen im Reih'n.

Die Spröde hinter'm Fächer,
Der Zecher vom Becher,
Der Dichter so lind,
Muß auch mit zum Tanze,
Daß die Lorbeern vom Kranze
Fliegen im Wind.

So schnurret der Reigen
Zum Saal 'raus in's Schweigen
Der prächtigen Nacht,
Die Klänge verwehen,
Die Hähne schon krähen,
Da verstieben sie sacht. –

So ging's schon vor Zeiten
Und geht es noch heute,
Und hörest du hell
Aufspielen zum Reigen,
Wer weiß, wem sie geigen –
Hüt' dich, Gesell!

GERT KAISER
SCHLECHT UND DOCH REIZVOLL

Schlechte Gedichte von großen Lyrikern haben einen eigenen ästhetischen Reiz. Sie verraten, daß auch die Meister den Kampf mit dem Handwerklichen bestehen müssen, daß auch sie auf den besonderen Einfall angewiesen sind – kurz: daß das gute Gedicht allemal ein Glücksfall, ein Geschenk ist.

»Der Kehraus« ist ein schlechtes Gedicht des vielleicht größten deutschen Naturlyrikers, von dem Verse stammen wie *Es war als hätte der Himmel die Erde still geküßt* oder *Schweigt der Menschen laute Lust* oder *O Täler weit, o Höhen, o schöner grüner Wald*, Verse also, die zu unserer Innen- und Seelenausstattung geworden sind. Und dann hier so schlechte Verse wie *Der Dichter so lind*, nur damit es sich auf *Wind* reimt.

Von Qualität ist eigentlich nur die erste Strophe, und ihretwegen verdient das Gedicht erinnert zu werden. Sie beginnt im Balladenton *(Es fiedeln die Geigen)*, zitiert im Versmaß gekonnt den Tanzschritt, um dann in knappen Strichen – *al fresco* – das Szenario zu entwerfen. Der Reigentanz, den ein seltsamer Gast sprengt, die ahnungsvolle Frage, die durch die Hochzeitsgesellschaft geht: *Kennt keiner den Dürren?* – und schließlich der Paartanz mit der Braut. Da ist alles dicht versammelt, was noch dem frühen zwanzigsten Jahrhundert Gänsehaut machte, und Rilkes »Toten-Tanz« von 1908 greift mit seinem *Galan*, mit seinem *rippenbetreßten Tänzer*, ebendiese surreale Stimmung auf. Die komische Drastik der zweiten Strophe (*»Euch knacken die Beine. –« / »Bald rasseln auch deine«*) mag noch hingehen, indem sie die mittelalterliche Wechselrede zwischen Braut und Tod auf burleske Weise aufnimmt. Dann aber wird das Gedicht schlecht in Sprache, Bildern und Handlung. Aus dem Paartanz wird offenbar wieder ein Reigentanz, in den die *Spröde hinter'm Fächer* ebenso muß wie der *Zecher vom Becher* – ein unsäglicher Binnenreim – und schließlich der besagte *Dichter so lind*. Auch der syntaktische Anschluß »muß« statt »müssen« ist falsch und holprig. Und ein ziemlich starkes Stück bietet die fünfte Strophe, wenn der Reigen dann *zum Saal 'raus in's Schweigen der prächtigen Nacht schnurret*. Das sollte man auch einem großen Dichter nicht durchgehen lassen.

Der betuliche Schluß (*So ging's schon vor Zeiten / Und geht es noch heute (...)/Hüt' dich, Gesell!)* ist fade in seiner aufgesetzten Didaktik. Dann wäre es schon besser gewesen, mit der fünften Strophe zu schließen, die von fern an das großartige Finale von Bürgers »Lenore« erinnert.

Die Romantiker haben diese Schauerszenarien geliebt: sei es, daß der entflammte Geliebte die erkaltete Schöne auf der Bahre umwirbt, sei es, daß die junge schöne Frau, am besten eine Braut, von dem fremden Galan zum Tanz aufgefordert wird. Die Begegnung von Liebeslust und Tod reizt die romantischen Nerven. Erstaunlich nur, daß – mit der einzigen Ausnahme von Matthias Claudius' »Der Tod und das Mädchen« – kaum je ein gutes Gedicht daraus entstanden ist. Auch Heinrich Heine scheitert kläglich mit seinem »Die Jungfrau schläft in der Kammer«. Und selbst bei Claudius ist die Frage erlaubt, ob nicht erst Schuberts Vertonung die Verse geadelt hat.

»Der Kehraus« ist ein Modegedicht, ist ein Tribut an die

schauerromantische Neigung des Publikums. Soll man den Dichter damit entschuldigen, soll man ihm nachsehen, daß er hier Gelegenheitsdichtung verfaßt hat? Nein – die größten Kunstwerke sind sogenannte Gelegenheitsdichtung, verdanken sich dem inspirierten Augenblick und sind dadurch unsterblich geworden. Von Walther von der Vogelweide bis Wolf Biermann reichen die Belege.

Daß auch große Dichter leicht einmal schlechte Gedichte schreiben, ist eine Binsenweisheit, und es zu bemerken, hat nichts mit Beckmesserei zu tun. Denn ebenso gewiß hat auch jeder wirkliche Liebhaber der Lyrik ein paar schlechte Gedichte aufrichtig ins Herz geschlossen.

JOSEPH VON EICHENDORFF
DER SOLDAT

Und wenn es einst dunkelt,
Der Erd' bin ich satt,
Durchs Abendrot funkelt
Eine prächt'ge Stadt:
Von den goldenen Türmen
Singet der Chor,
Wir aber stürmen
Das himmlische Tor.

HANS MAIER
ATTACKE AUF DAS HIMMELSTOR

Ein ungestümes Gedicht, in raschem Tempo ablaufend. Kurz und stoßartig bewegen sich die knappen Sätze vom Anfang bis zum Ende ohne Pause fort, wobei der eingangs noch tastende, schweifende Rhythmus sich im folgenden verfestigt und verdichtet, bis hin zum lakonischen, gleichmäßig skandierten Schluß (»Wir aber stürmen / Das himmlische Tor«). Dazwischen, wie bei einem Lauf über Hindernisse, Überlängen, Haltepunkte mit gehäuften Abtakten (»Eine prächt'ge Stadt«), ritterliche Punktierungen, Unebenheiten.

Kurz, eine regelrechte *attacca*, ein Sturm die Höhe hinauf, wie er in so epigrammatischer Kürze in der deutschen Lyrik kein zweites Mal vorkommt. Unter den seltenen Gedichten im Dreiertakt ist allenfalls Mörikes bewußter durchgeformtes zierlich trippelndes »Auf ihrem Leibrößlein« vergleichbar; die zweitaktige Lenorenstrophe Bürgers, die ähnliche Effekte des Tempos und der Überwältigung kennt (»Wie flogen rechts, wie flogen links / Gebirge, Bäum und Hecken!«), gehorcht, ebenso wie Goethes »Es schlug mein Herz, geschwind zu Pferde!«, anderen metrischen Gesetzen.

Dies ist ein Angriff – ein in kurzem Entschluß unternommener Handstreich. Gestürmt wird »das himmlische Tor«. Es ragt in die Bewegung des Gedichts, in die Szenerie von Abend- und Erdendämmer wie ein hieratisches Symbol hinein, an barocke Vergegenwärtigungen der

»hochgebauten Stadt« erinnernd (die goldenen Türme, der Chor – beide mit bestimmten Artikeln: Längstbekanntes wird entziffert!). Und doch wirkt die »prächt'ge Stadt« nicht wie ein (nazarenisches) Zitat. Sie ist durchaus gegenwärtig.

So unbefangen hat kein Romantiker den Himmel als irdisch-himmlisches Jerusalem an einer Wegbiegung im Abendrot aufleuchten lassen, nein aufleuchten sehen: nicht als Stimmung, nicht als eine aus Erdenschwermut geborene Fata Morgana, sondern als lockendes letztes Angriffsziel des »Soldaten«.

Das Gedicht ist einfach, allen verständlich, kunstlos, wenn man will. Es bedarf keiner Entschlüsselung, es geht ins Ohr und ins Gedächtnis. Dennoch ist es ein sehr persönliches Eichendorffsches Bekenntnis. Denn vorher und nachher spricht man anders vom Himmel, als Eichendorff dies tut. Der barocke Dichter (und ihm folgend der romantische Parnassien) hatte den Himmel, die Schönheit »angeschaut mit Augen« – sehnsüchtig, traurig oder erfüllt; er verharrte in betrachtender Objektivität. Für die nachromantische Generation der Feuerbachleser und »poetischen Materialisten« verblaßt der Himmel dann zum bloßen Sinnenreiz, der mit den irdischen Augen vergeht – Kellers »Augen, meine lieben Fensterlein« ist ein Schlüsselgedicht der Zeit.

Nur Eichendorff, der unromantische Romantiker, stellt den Himmel noch einmal dar nicht als matten Kontrast, als fernes Bild, sondern als Erfüllung des aktivsten Daseins. Und er zeigt in seinem Gedicht nicht nur, daß das Himmelreich Gewalt leidet, sondern auch, daß es sich am liebsten von unbekümmerten Soldaten im Handstreich erobern läßt.

JOSEPH VON EICHENDORFF
DIE ZWEI GESELLEN

Es zogen zwei rüst'ge Gesellen
Zum erstenmal von Haus,
So jubelnd recht in die hellen,
Klingenden, singenden Wellen
Des vollen Frühlings hinaus.

Die strebten nach hohen Dingen,
Die wollten, trotz Lust und Schmerz,
Was Recht's in der Welt vollbringen,
Und wem sie vorüber gingen,
Dem lachten Sinnen und Herz. –

Der erste, der fand ein Liebchen,
Die Schwieger kauft' Hof und Haus;
Der wiegte gar bald ein Bübchen,
Und sah aus heimlichem Stübchen
Behaglich ins Feld hinaus.

Dem zweiten sangen und logen
Die tausend Stimmen im Grund,
Verlockend' Sirenen, und zogen
Ihn in der buhlenden Wogen
Farbig klingenden Schlund.

Und wie er auftaucht' vom Schlunde,
Da war er müde und alt,

Sein Schifflein, das lag im Grunde,
So still war's rings in die Runde,
Und über die Wasser weht's kalt.

Es singen und klingen die Wellen
Des Frühlings wohl über mir;
Und seh' ich so kecke Gesellen,
Die Tränen im Auge mir schwellen –
Ach, Gott, führ' uns liebreich zu Dir!

ALEXANDER VON BORMANN
OHNE AUSSICHTEN

Eichendorffs Gedicht, das zuerst unter dem Titel *Frühlingsfahrt* erschienen ist, erzählt vom Untergang zweier Gesellen, die ausgezogen waren, die Welt neu anzufangen. Welch ein Jubel ist in diesem Aufbruch: ein Überschwang der Reime, ein Lebensfrühling, dem vor nichts bange, der seines Glückes gewiß ist. Vergleichbar sieghaft war der Taugenichts von zu Hause weggegangen: »So will ich in die Welt gehen und mein Glück machen.«

Wellen des Frühlings: das ist die Reise auf das offene Meer des Lebens, so unbedingt vertrauensvoll, daß alle zustimmen und Herz und Sinnen lachen – eine Reaktion, wie sie sich sozusagen gehört, wie sie uns freilich vergehen wird.

Beide Gesellen gehen unter. Der eine ganz unspektakulär: im Philisterium, wie man damals sagte, in den Stübchen-Liebchen-Reimen, der gemütlich-bürgerlichen Einrichtung, der Abschirmung vorm Leben. Nur der Blick geht noch hinaus, aber nicht ins Freie, sondern aufs Feld, wo der Ertrag heranwächst. Also wäre ein freies, selbstbestimmtes Leben im Verzicht auf die bürgerlichen Werte zu finden?

Der zweite probiert das aus. Hinreißend, wie Eichendorff die Ballade zum Lied hat werden lassen. Die vierte Strophe hat allen Schwung, hat aufs neue Klang und Melos des Aufbruchs. Aber aus dem Jubel ist die Lockung geworden, aus der unbestimmten Sehnsucht ein Sehnen, das seinen

Gegenstand kennt. Sexus statt Eros: der »rüstige« (kräftig-schmucke) Geselle hat sich den Sirenen ergeben, den mythischen Sängerinnen der sinnlichen Liebe, und fürs neunzehnte Jahrhundert war das ein verlockender, zugleich lust- und furchterregender Schlund.

Nun ist Eichendorffs Aussage nicht ohne die Form zu haben und ist alles andere als eine Moralpredigt. Die vierte Strophe bezieht sich auf die erste: Sollte das alles gewesen sein? Der Bezug ist sehr genau gearbeitet. Aus den verheißungsvollen Wellen sind die bedrohlichen Wogen geworden. Der Jubel tönte von den Lippen der jungen Leute; jetzt singen und lügen die Stimmen der anderen, man könnte sich den Burschen mit Ohrstöpseln vorstellen.

Für Eichendorff geistert die längst verlorene Freiheit, wie er sie für das Germanentum annahm, noch umher, als Anspruch und als ein Stück Lebenswirklichkeit: im Trampen, wie es sein Taugenichts vormacht, vor allem aber in der Liebe oder was noch dafür gilt. Unbändige Liebe wird vom Erzähler Eichendorff weniger verurteilt als mit Rührung wahrgenommen: Sie ist der Versuch zu einem selbstbestimmten Leben im untauglichen Material. Liebe als letzte Gestalt der Freiheit, der hohen Vorsätze, der Selbstverwirklichung? Das Gedicht führt als Antwort ihre zwei Fratzen vor: die Einheirat und den Sex, die losgelassene Sinnenfreude.

Es gibt hier nichts Drittes. In der letzten Strophe tritt der Dichter hervor. Hervor? Die Wellen »über mir«, das spricht von unten her. Anheimgegeben dem Frühling und zugleich jener unseligen Dialektik von warmen Stübchen und Einsamkeitskälte. *Die Tränen im Auge mir schwellen*: zum Thema Jugend fallen ihm nur Untergänge ein, kein Ort für das rechte Vollbringen. Die Schlußzeile ist ein

Stoßseufzer, ein Gebet, worin die Untergänge nichts weniger als ›aufgehoben‹ sind: Die Erfahrungen gelten, und der fromme Anruf betont das einmal mehr.

JOSEPH VON EICHENDORFF
ES WANDELT, WAS WIR SCHAUEN

Es wandelt, was wir schauen,
Tag sinkt ins Abendrot,
Die Lust hat eignes Grauen,
Und alles hat den Tod.

Ins Leben schleicht das Leiden
Sich heimlich wie ein Dieb,
Wir alle müssen scheiden
Von allem, was uns lieb.

Was gäb es doch auf Erden,
Wer hielt' den Jammer aus,
Wer möcht geboren werden,
Hieltst Du nicht droben Haus!

Du bists, der, was wir bauen,
Mild über uns zerbricht,
Daß wir den Himmel schauen –
Darum so klag ich nicht.

ARMIN AYREN
DEN HIMMEL SCHAUEN

In der Schule haben wir gelernt: So wie deutsche Klassik auf die Antike habe die Romantik sich aufs Mittelalter berufen; dieses wurde dann später oft finster genannt, es habe die heidnische Diesseitigkeit durch christliche Transzendenz abgelöst und dem Menschen sein Erdendasein als Vorbereitung aufs Jenseits vor Augen gestellt. Und geht denn das nicht »prächtig« auf (um eins von Eichendorffs Wörtern zu benützen): Nichts hat Bestand, sogar »die Lust hat eignes Grauen«, man sieht förmlich den Tod hinterm Jedermann lauern.

Zwei Strophen lang wird uns unsere Hinfälligkeit gezeigt, werden wir ans Sterbenmüssen erinnert. Aber der Dichter hat keine Lamentatio im Sinn. In den folgenden beiden Strophen darf der Leser seinen zum Grab gebeugten Blick wieder aufrichten, bis zum Himmel hinauf, darf sich sogar des Lebens wieder freuen, denn alles ist erträglich, weil es diesen Himmel gibt und den, der droben haushält. Mehr – der sonst kaum auszuhaltende Jammer ist gottgewollt. Es genügt offenbar, das zu erkennen, dann ist alles gut. Man fühlt sich an Mörike erinnert: »Herr, schicke, was du willt/ein Liebes oder Leides …«

Ja, gewiß. Und doch sind Zweifel erlaubt, ob das hier so selbstverständliche Gottvertrauen im Jahre 1837, als Eichendorff dieses Gedicht veröffentlichte, nicht für die Mehrzahl der Leser schon ein Anachronismus war, so wie es auch zwanzig Jahre später seine kurz vor dem Tod erschienene, katholisch orientierte »Geschichte der poetischen Literatur Deutschlands« sein sollte. Immerhin schrieb Ludwig Feuerbach 1841 in seinem Buch »Das Wesen des Christentums«, das er zuerst »Kritik der reinen Unvernunft« hatte nennen wollen: »Gott ist das offenbare Innere, das ausgesprochene Selbst des Menschen« – das hat, auf die Platitüdenweisheit von Sprichwörtern herabgezerrt, zu tun mit »Hilf dir selbst, so hilft dir Gott«, was bekanntlich heute meist umgekehrt verstanden wird: Gott hilft dir ohnehin nicht, drum hilf dir selbst, sonst hilft dir niemand.

Aber wie liest man anderthalb Jahrhunderte später dieses Gedicht? Lesen es die einen als Bestätigung ihres Gottvertrauens, die anderen vielleicht nostalgisch: Wieviel leichter müssen es doch unsere Vorfahren gehabt haben, die sich so sicher geborgen wußten in Gottes Hand? Oder soll man es einfach als schönes Gedicht lesen, als eins, das bezaubert, auch wenn man ihm nicht glaubt?

Diese dritte Möglichkeit hat manches für sich. Wie Hölderlin, Mörike, Heine, Rilke haben auch die Gedichte Eichendorffs ihren unverwechselbaren Ton. Diese vier einfach scheinenden, in Wirklichkeit kunstvollen Volksliedstrophen sind von einem Wohlklang, dem man sich gern überläßt, ohne die Worte beim Wort zu nehmen. Tut man es aber, dann offenbart sich die fast suggestive Kraft dieser Verse: Was so vollkommen gesagt ist – kann das falsch sein?

Darauf gibt es keine verbindliche Antwort. Es geht, scheint mir, gar nicht so sehr um Weltanschauungen, sondern darum, daß der Tod Gottes nicht wieder gutzumachen ist und traurig stimmen kann. Wenn wir aus dem Konjunktiv der dritten Strophe einen Indikativ machen, unsere Wirklichkeit, dann haben wir für deren Katastrophen auch nicht den Trost, daß da Gottes Hand Menschenwerk mild zerbricht.

Hätte Eichendorff sein Gedicht noch geschrieben, wenn er erlebt hätte, wie Hiroshimas Türme stürzten und den Blick wieder freigaben auf den leeren Himmel? Vielleicht nicht, vielleicht doch: wenn er durch den bösen Pilz noch immer Gott hätte droben haushalten sehen. Wir können ihn nicht mehr fragen, aber daß dieses Gedicht kein Heutiger schreiben könnte, und daß dies nicht nur eine Sache von Stil und Sprache ist, macht uns rascher als manches dicke Buch klar, wo wir stehen.

JOSEPH VON EICHENDORFF
FAMILIENÄHNLICHKEIT

Zwei Arten von Gethieren,
Nach Einem Schliff geschliffen:
Aufwarten, Apportiren,
So wie der Herr gepfiffen.

Wo zwei zusammenlaufen,
Zaust einer dem andern die Ohren,
Und all' zusammen raufen
Den Bruder, der verloren.

Die Einen nennt man Hunde,
Die Andern heißen Deutsche,
S' ist einerlei im Grunde
Und Beiden gebührt die Peitsche.

HERMANN KUNISCH
DEUTSCHENSCHELTE

Unter den Manuskripten Eichendorffs, die das Weltkriegsende in Schlesien überdauert haben, findet sich die Niederschrift von neun Gedichten, die der Dichter 1854, also zwei Jahre vor seinem Tode, für eine Neuausgabe seiner Lyrik zusammengestellt hatte. Er hat seine Absicht nicht mehr verwirklichen können. Sein getreuer Nachlaßverwalter und Biograph, der älteste Sohn Hermann, selbst dichterisch veranlagt, hat 1864 das Vermächtnis des Vaters in einer sechsbändigen Ausgabe herausgegeben. Aus der Niederschrift von 1854 hat er zwei, ihm offenbar zu heftig scheinende Gedichte fortgelassen: das siebte, »Der welsche Hahn«, und das neunte, unser Gedicht; wie er auch sonst auswählend und glättend in die Überlieferung eingegriffen und in seiner Biographie, einem der schönsten Zeugnisse biedermeierlicher Persönlichkeitskultur, das Bild seines Vaters ins Ausgeglichene, Stille, Sanfte stilisiert hat.

Die neun Gedichte, deren Abschluß in der Handschrift die »Familienähnlichkeit« bildet, sind ein Widerhall der Revolution von 1848, deren Verlauf Eichendorff leidenschaftlich mitverfolgt hat; keineswegs nur reaktionär ablehnend, sondern zwischen dem Alten und dem Neuen um die Wiederherstellung und Bewahrung des Notwendigen und Wesentlichen ringend.

Letztlich ging es ihm, dem Freiherren, nicht um die Frage, ob Königtum oder Demokratie, sondern um die Rettung des Menschen vor der »Modesklaverei«, vor dem Absinken ins Gemeine und Hündische, um Gesinnung, Treue und Frömmigkeit. Wo er den Abfall ins Inhumane, die Verleugnung der Person wahrzunehmen glaubte, konnte er in hellen Zorn ausbrechen.

Davon ist dieses Gedicht ein erschütterndes Zeugnis: was er hier anprangert, ist auf der einen Seite hündischer Gehorsam gegenüber dem Befehl der »Herrn«, auf der anderen Seite die zerstörende Rauflust, die Mißachtung und Unterdrückung dessen, der in den geistigen Auseinandersetzungen verloren hat. So wie es raufende Hunde tun. Beides, der stumpfe Gehorsam wie die Verachtung der Person im »Bruder«, ist Ausdruck einer Gesinnung, die dem Adel der Menschen und der Gott zukommenden Ehrfurcht widerspricht, und darum gebührt solchen Menschen, wie den Hunden, die »Peitsche«.

Erschreckend ist die Tatsache, daß Eichendorff, der sonst dem Deutschen so innig und frohgemut Huldigende, dieses Hündische nicht den Menschen schlechthin zuspricht, sondern seinen Landsleuten. »Deutschenschelte«. Solch direkter Angriff, wie hier, solches Leiden am deutschen Wesen oder die ins Gegenbild gehüllte Anklage sind in der deutschen Literatur nicht selten, von Goethe, der meinte, daß die Deutschen im Ganzen so miserabel, im Einzelnen so tüchtig seien, und Hölderlin, der sie »Barbaren« nannte, bis zu Thomas Mann, Gottfried Benn, Theodor Haecker und anderen.

Eichendorff, das gehört zu seinen Eigenarten, sieht über dem Ausgesetzten und Mißratenen immer die Möglichkeit und Notwendigkeit, den menschlichen Adel zu bewahren: »treu, wachsam, fromm«. Es ist wieder anrührend, daß in der Handschrift vor unserem Gedicht der »Spruch«

steht, der in die Ausgaben seit 1864 eingegangen ist: »Magst du zu den Alten halten / Oder Altes neu gestalten, / Mein's nur treu und laß Gott walten!«

JOSEPH VON EICHENDORFF
FRISCHE FAHRT

Laue Luft kommt blau geflossen,
Frühling, Frühling soll es sein!
Waldwärts Hörnerklang geschossen,
Mut'ger Augen lichter Schein;
Und das Wirren bunt und bunter
Wird ein magisch wilder Fluß,
In die schöne Welt hinunter
Lockt dich dieses Stromes Gruß.

Und ich mag mich nicht bewahren!
Weit von euch treibt mich der Wind,
Auf dem Strome will ich fahren,
Von dem Glanze selig blind!
Tausend Stimmen lockend schlagen,
Hoch Aurora flammend weht,
Fahre zu! Ich mag nicht fragen,
Wo die Fahrt zu Ende geht!

EGON SCHWARZ
VERGANGENES LEBENSGEFÜHL

Eichendorff war bis vor kurzem einer der volkstümlichsten Dichter. Erst in den letzten Zeiten gerät er langsam in Vergessenheit. Das hängt vielleicht damit zusammen, daß die Deutschen nicht mehr singen. Verschwunden sind die klangreichen Turnerausflüge, die klampfenbegleiteten Schulwanderungen, die singfreudigen Mägdeabende und die Männergesangvereine. Das Abhandenkommen aller dieser Tätigkeiten deutet wieder auf grundlegende Veränderungen der gesellschaftlichen und seelischen Verfassung, für die Eichendorffs Lyrik unbeschadet ihrer Musikalität und metaphorischen Dichte vermutlich nicht mehr die adäquaten Entsprechungen bietet.

Denn man ist hierzulande nicht mehr so munter und unternehmungslustig wie ehedem, nicht mehr so forsch, frisch und frei, wie sich unser Gedicht (wenigstens auf den ersten Blick) gibt, das Eichendorff programmatisch seinen »Wanderliedern« vorangestellt hat. Nicht nur wird nach altbewährter Manier das Leben in eine Reise umstilisiert, die allein schon Beweglichkeit und Abenteuer verhieße, sondern darüber hinaus in eine »frische Fahrt«, zu deren Dynamik der jubelnde Doppelruf nach dem Frühling und die fünf Ausrufungszeichen bloß die sichtbarsten Signale geben. Die Adjektive (bunt, wild, blind, mutig), die Verben (geschossen, flammend, fahre zu), die Substantive (Hörnerklang, Wind, Gruß, Fahrt) bewirken das gleiche, und am unwiderstehlichsten reißt der Rhythmus mit.

Freilich erschöpfen sich darin weder der große poetische Reichtum noch die hintergründige Suggestivkraft, die von dem Gedicht ausgehen. Ich will nur einige der Eindrücke andeuten, die durch kunstvolle sprachliche Mittel erzeugt werden: die Empfindung, daß die Natur in ihrer Herrlichkeit den Menschen entzückt (Frühling, bunt, Glanz, schön, selig), ihm aber die kreatürliche Einheit von Ich und Welt nur vortäuscht (durch die vielen Alliterationen, das zweimalige Locken, die Verbindung von Seligkeit mit Blindheit) und schließlich das Gefühl, daß der Reisende etwas Verbotenes tut, indem er sich der Lockung hingibt (man bedenke den Ausdruck »Wirren« und die Richtung »hinunter«), das Wissen, daß diese Fahrt in den Abgrund führt.

Dadurch bekommt die Fröhlichkeit einen hektischen, vielleicht sogar einen leicht hysterischen Anstrich, die schon festgestellte Dynamik einen fatalistischen Beigeschmack und eine düstere Vorbedeutung. Das lyrische Ich, seines Willens beraubt (»treibt mich der Wind«), kümmert sich nicht mehr um das Ziel der Reise, aber der Hörer ahnt Übles.

Man muß sich allerdings klar darüber sein, daß der tiefgründige Sinn mit diesen Beobachtungen nicht voll erfaßt ist, denn das Gleichnis steht in einem viel weiteren Kontext, nämlich in einem theologischen. Es bezeichnet dem Dichter lediglich eine Phase auf dem Weg des Menschen zur religiösen Selbstfindung. In dem Gebäude der Eichendorffschen Metaphorik, von dem unser Gedicht nur einen kleinen Teilaspekt bietet, wird diese »frische Fahrt« mitsamt ihrer Welthörigkeit als eine das Seelenheil des Menschen bedrohende Fehlentscheidung abgelehnt.

Ich beabsichtige nicht, diesen Versen philologisch gerecht

zu werden, sondern die Frage zu beantworten, warum ein Gedicht, in dem mit beinahe unheimlicher Stilkunst die Einheit von sonst widerstreitenden Affekten – Mut, Weltgläubigkeit, Selbstvergessenheit, Trotz, Wildheit, Abenteuerlust, magische Irrationalität und Untergangsbereitschaft – artikuliert wird, eher das deutsche Lebensgefühl einer vergangenen Epoche ausdrückt als der heutigen.

JOSEPH VON EICHENDORFF
IN DER FREMDE

Aus der Heimat hinter den Blitzen rot
Da kommen die Wolken her,
Aber Vater und Mutter sind lange tot,
Es kennt mich dort keiner mehr.
Wie bald, wie bald kommt die stille Zeit,
Da ruhe ich auch, und über mir
Rauschet die schöne Waldeinsamkeit.
Und keiner mehr kennt mich auch hier.

HANSPETER BRODE
EINSAMKEIT, GANZ GEGENWÄRTIG

Im Januar 1847 nimmt Joseph Freiherr von Eichendorff an einer Wiener Matinee für Robert und Clara Schumann teil; dabei kommen auch zahlreiche Vertonungen nach eigenen Gedichten zu Gehör. Clara zeichnet anschließend im Tagebuch auf, daß der bescheidene Poet ihr gesagt habe, »Robert habe seinen Liedern erst Leben gegeben«; »ich erwiderte aber«, beeilt Clara sich hinzuzufügen, »daß seine Gedichte erst der Komposition das Leben gegeben«. Das uneigennützige Wortgefecht ist müßig: Vorliegendes Gedicht, von Schumann als Eröffnungsstück seines Eichendorff-Zyklus op. 39 vertont, belegt eindrucksvoll die Affinität von romantischer Lyrik und Kunstlied: dichterische Form und musikalische Ausgestaltung näherten sich zu glücklicher Stunde einander an.

Als Hintergrund dieser Verszeilen läßt sich unschwer ein Stück Autobiographie des Adligen Eichendorff entziffern, nämlich die materielle Entwurzelung des Dichters durch den Verlust der elterlichen Güter in Oberschlesien. Damit bricht eine althergebrachte Landschafts- und Standestradition ab; Eichendorff ist genötigt, »in die Fremde« zu ziehen und sein Leben als Jurist und katholischer Kultusbeamter zu fristen, größtenteils im ungeliebten, da protestantisch-preußischen und großstädtischen Berlin.

Die durch das Reimschema bedingte Zweiteiligkeit des Gedichtes entwickelt einen räumlichen Gegensatz von entferntem Vertrauten, der »Heimat«, und ungeliebtem

Hiesigen, der »Fremde«. Eichendorff beschwört Einsamkeit unter Menschen, aber stille Geborgenheit in der Natur, etwa im Sinne von Hölderlins »Ich verstand die Stille des Äthers, / Der Menschen Worte verstand ich nie«. Als Generationsgenossen gewinnen beide Dichter Abstand von einer platt und mechanisch gewordenen Aufklärung, um sich metaphysischen Zielen zuzuwenden: Hölderlin der Antike, Eichendorff dem Katholizismus.

Die im Gedicht ausgesprochene Naturbeziehung scheint zunächst ganz spontan. »Wolken« und selbst ein kaum verhülltes Katastrophensignal wie »Blitze rot« treten als Boten frühvertrauter Welten auf, keinesfalls als Übermittler von Schreckensnachrichten, wie aus dem widersinnig vertrackten »aber« des dritten Verses zu folgern ist. Tiecks epochaler Schlüsselbegriff »Waldeinsamkeit« wird mit dem fast trivialen Adjektiv »schön« ausgestattet, das volksliedmäßig nachgestellte »rot« der Blitze gesellt sich hinzu: zwei Bildabbreviaturen von großer Einprägsamkeit.

Hingabe an die Natur bedeutet für Eichendorff allerdings nicht Resignation und flaue Innerlichkeit, sondern geschieht in der Gewißheit göttlichen Heils. Die Naturarrangements, vor allem das Vorwärtsblicken auf das Ruhen in kommender »stiller Zeit«, deuten das unverrückbare »nunc stans« göttlicher Offenbarung an und verweisen auf gläubige Zukunftsgewißheit. (In einem ebenfalls von Schumann vertonten Lied aus Eichendorffs »Geistlichen Gedichten« wartet ein gottergebener »Einsiedler« »bis daß das ewge Morgenrot / Den stillen Wald durchfunkelt.«)

Was bedeuten diese autobiographisch – romantisch – naturfrommen Verse einem heutigen Leser? Eichendorffs

Zeitbegriff mit seinen Einschlüssen von Transzendenz und Erlösung sagt uns nichts mehr. Ein heilsgewisses Ausruhen in unbeschädigter Natur scheint, im Zeitalter fortgesetzter ökologischer Desaster, gleichfalls nicht mehr möglich. Bliebe die menschliche Einsamkeit, die sich hier, über einen Abstand von hundertfünfzig Jahren hinweg, ganz gegenwärtig artikuliert.

JOSEPH VON EICHENDORFF
LIED

In einem kühlen Grunde,
Da geht ein Mühlenrad,
Mein' Liebste ist verschwunden,
Die dort gewohnet hat.

Sie hat mir Treu versprochen,
Gab mir ein'n Ring dabei,
Sie hat die Treu gebrochen,
Mein Ringlein sprang entzwei.

Ich möcht' als Spielmann reisen
Weit in die Welt hinaus,
Und singen meine Weisen
Und gehn von Haus zu Haus.

Ich möcht' als Reiter fliegen
Wohl in die blut'ge Schlacht,
Um stille Feuer liegen
Im Feld bei dunkler Nacht.

Hör' ich das Mühlrad gehen,
Ich weiß nicht, was ich will,
Ich möcht' am liebsten sterben,
Da wär's auf einmal still.

CLAUS-ULRICH BIELEFELD
EINE HYMNE DES DEUTSCHEN BÜRGERTUMS

Wer Eichendorff-Gedichte liest, der hört Musik im doppelten Sinne: Er wird eingefangen von der verführerischen Sprachmelodie der Verse, die in unserem Falle in dreifüßige Jamben gesetzt sind, und er hört von Ferne Gesang. Männergesangvereine haben Eichendorffs »Lied«, in Töne gesetzt von Friedrich Glück, voller Inbrunst gesungen, Studenten haben es auf ihren Commersfeiern geschmettert, die »Comedian Harmonists« haben es in den dreißiger Jahren mit wunderbarem Schmelz vorgetragen. Wohl kein anderes deutsches Gedicht ist so sehr Volksgut geworden: Hermann Hesse erinnert sich, daß er als Knabe »von Schulkindern und Dorfmägden, von Studenten und Soldaten« gesungen hörte, Alma Mahler-Werfel hielt es in ihren Erinnerungen gar für ein Volkslied, und Eichendorff selbst vermerkte nicht ohne Stolz, daß man seinem Lied »vielfach die Ehre angetan, es für ein Volkslied zu halten und das also wohl nicht das Schlechteste sein kann«.

Wohl wahr – und zugleich: welch ein Wunder, daß dieses Lied bis heute seine unnachahmliche Aura bewahrt hat. Was ist sein Geheimnis? Das vieler großer Kunstwerke: Schönheit erwächst aus tiefempfundenem Schmerz, aus dem Schmerz zumal über eine verlorene Liebe. Die Liebe, die hier beschworen wird, ist nicht still zu Ende gegangen, nein, betrogen hat die Frau den Mann, den Treueschwur gebrochen. Es ist das alte Lied: Wem das widerfährt, egal ob Mann oder Frau, der erlebt einen Tod bei lebendigem

Leibe. Und von nicht weniger als Liebe und Tod handelt dieses Gedicht.

Schwermütig beginnt es und todessüchtig endet es. In der ersten Strophe fällt der Blick auf einen düsteren, unheimlichen Ort. Im Volksglauben war die Mühle, die meist außerhalb des Dorfes an entlegener Stelle lag, nie ein lieblicher Ort. Geister trieben dort nach alter Überlieferung ihr Unwesen, Geheimnis und auch Verbrechen nisteten bei der Mühle. Eichendorff spielt auf diese Assoziationen an und weitet das Bild noch aus. Das Mühlenrad dreht sich nicht nur im kühlen Grunde, nein, es dreht sich auch im Gedächtnis des Betrogenen: »Als ging mir ein Mühlrad im Kopfe herum«, wie es in Goethes »Faust« heißt.

In der zweiten Strophe wird der Betrug benannt, über den der Betrogene nicht hinwegkommt. In Strophe drei und vier werden dann die Fluchtwege eingeschlagen, die verwundete Liebende geradezu zwanghaft gehen. Zunächst der Weg in die Sentimentalität und das Selbstmitleid: Wenn die Geliebte, also meine ganze Welt, mich nicht mehr liebt, dann will wenigstens ich die ganze Welt lieben, ihr meine Weisen vorsingen. Aber soviel Edelmut läßt sich nicht durchhalten, also phantasiert sich das gekränkte Ich in die Aggression, in den Krieg, wo der Tod der Liebe und der reale Tod, der seinen Stachel verloren hat und geradezu ersehnt wird, miteinander konfrontiert werden.

Und dann? Es gibt keine Befreiung vom Schmerz, das ist die bestürzende Erfahrung. Das Mühlrad kreist unaufhaltsam weiter, noch immer schaufelt es Wasser, noch immer schaufelt es die Erinnerungen, dreht und wendet den wiederkehrenden Schmerz. Ein Kreislauf, der nie zu enden scheint und dem das Gedicht in seiner Form folgt. Und wem die letzte Strophe nicht das Herz zerreißt, der hat keins zu verlieren: Nur der eigene Tod kann vom Gedanken an den Tod der Liebe befreien. Es ist eine Geste der Ergebung, eine Kapitulation, wie sie jeder Liebende wohl schon erlebt hat, eine symbolische Geste, muß man hinzufügen, die gerade das Überleben der zerstörten Liebe und das Erleben einer neuen Liebe möglich macht. Doch so weit ist der Betrogene noch nicht, und gerade deshalb kann uns die letzte Strophe immer wieder rühren und ergreifen.

Eichendorff hat dieses Gedicht als Anfangszwanziger irgendwann zwischen 1808 und 1810 geschrieben und unter dem pseudonym »Florens« 1813 in Justinus Kerners »Deutschem Dichterwald« veröffentlicht. Eine unglückliche Liebe zu einem Bürgermädchen hatte ihn inspiriert – und das Gedicht »Müllers Abschied« aus »Des Knaben Wunderhorn«.

Warum ist gerade dieses Gedicht zu einer Art Hymne des deutschen Bürgertums im 19. Jahrhundert geworden und bis weit ins 20. Jahrhundert geblieben? Erkannten sich die Deutschen in der Melancholie, in der Todessehnsucht, in der dunkel getönten Naturlandschaft des Gedichts wieder? Fühlten sie sich so sehr als Verletzte und Ausgestoßene wie der Betrogene in diesem Gedicht, wollten auch sie gerne in die Schlacht ziehen und um stille Feuer liegen? Unruhegefühle, die dieses Gedicht auch provozieren kann.

Doch der Zauber von Eichendorffs »Lied«, die dunkle Schönheit dieser Klage um Schmerz und Vergänglichkeit der Liebe, bleibt von diesen Fragen letztlich unberührt.

JOSEPH VON EICHENDORFF
MANDELKERNGEDICHT

Zwischen Akten, dunkeln Wänden
Bannt mich, Freiheitsbegehr*enden*
Nun des Lebens strenge Pflicht,
Und aus Schränken, Aktenschichten
Lachen mir die beleid*igten*
Musen in das Amtsgesicht.

Als an Lenz und Morgenröte
Noch das Herz sich erlab*ete*,
O du stilles, heitres Glück!
Wie ich nun auch heiß mit sehne,
Ach, aus dieser Sand*ebene*
Führt kein Weg dahin zurück.

Als der letzte Balkentreter
Steh ich armer Enter*beter*
In des Staates Symphonie,
Ach, in diesem Schwall von Tönen
Wo fänd ich da des eig*enen*
Herzens süße Melodie?

Ein Gedicht soll ich euch spenden:
Nun, so geht mit dem Leid*enden*
Nicht zu strenge ins Gericht!
Nehmt den Willen für Gewährung,
Kühnen Reim für Begeist*erung*,
Diesen Unsinn als Gedicht!

HORST BIENEK
VERWUNDERT UND VERWUNDET

Man muß dieses Gedicht zweimal lesen: zuerst dem Reim nach, der sich wie immer bei Eichendorff so leichtfüßig schwebend und zugleich zwingend anbietet und der hier den Leser erst strauchelnd, dann stolpernd immer tiefer ins Verquere, ins Groteske, ja ins Absurde hinabzieht. Danach ganz direkt dem Sinne nach, denn der wird dem Leser vorher in einem zunächst erstaunten, später hintergründigen Gelächter untergegangen sein – und der sich jetzt erst als ein Aufbäumen, als ein Protest, ja als eine Verweigerung herausstellt. Das ist nicht die unverbindliche Klage eines Dichters, der sich zu Höherem berufen fühlt und nun, als Beamter, in des »Lebens strenge Pflicht« genommen ist, da demonstriert einer – und zwar virtuos bis ins Formale hinein – wie ihm dadurch das Dichten und das Gedicht verbogen und verzerrt wird.
Vom Staatsdiener, als der sich Eichendorff später, in seiner Danziger Zeit, verstanden hat, keine Spur: hier ist beißende Ironie, bitterer Hohn; als der »letzte Balkentreter« fühlt er sich, dem die beleidigten Musen ins Amtsgesicht lachen (selten hat sich der traditions- und bildungsbewußte Eichendorff so salopp, so rüde ausgedrückt), als ein Enterbter. Und wenn er diese fast schon zu Morgenstern hinüberwinkende Reimparodie (»Enter*beter*«) einsetzt, so vermag sie doch nur um ein Geringes die darinsteckende Empörung zu mildern. So kantig, so spröde, so bewußt abweisend kenne ich keines seiner Gedichte, in dem

nur zwei Zeilen den »echten«, unverstellten Eichendorff wiedergeben, und nicht zufällig sind es jene, in denen er wehmütig-seufzend und auf der Höhe seiner naiv-reinen Sprachkunst beinahe singend fragt: »Wo fänd ich da des eig*enen* / Herzens süße Melodie?«

»Diesen Unsinn als Gedicht!« Listig entzieht sich Eichendorff. Doch mit dieser Coda nimmt er nichts von seinem vorher geäußerten Unwillen, seinem Protest zurück, dazu hat er die verqueren Reimpaare zu geschickt, zu gewählt, ja zu kunstvoll-raffiniert eingesetzt. »Mandelkerngedicht« hat er das überschrieben. Ein bitterer Mandelkern für ihn, ohne Zweifel, diese subalterne Arbeit in der Breslauer Amtsstube.

Man nehme das nicht als Gelegenheitsgedicht, als Nebensache oder gar als Ulk; er selbst hat es bewußt in die erste Ausgabe seiner Gedichte von 1837 hineingewählt, und zwar gleich hinter jenes tiefgründige, dialektische, sein Inneres wie nur Weniges entblößende Gedicht »Die zwei Gesellen«.

Das Mandelkerngedicht ist um 1820 entstanden, zu einer Zeit, da Eichendorff in preußische Regierungsdienste eingetreten und ziemlich unglücklich war. Zwei Jahre vorher war er im heimatlichen Lubowitz gewesen, um nach dem Tode des Vaters die hochverschuldeten Güter in Oberschlesien zu verkaufen; ihm war bewußt, daß es jetzt endgültig Schluß war mit dem »großen Wanderleben« durch Deutschland und Europa (»Aus dem Leben eines Taugenichts« hatte er 1817 angefangen, aber nach dreißig Seiten liegengelassen, erst 1821 sollte er es beenden). Er bereitete sich für das große juristische Staatsexamen vor und sah sich unter kleinkarierten, verknöcherten Beamten dienend auf der untersten Stufe der Bürokratie.

Der tragische Unterton in seinen Gedichten tritt in dieser Zeit unverhüllter hervor. Vielleicht auch, daß wir jetzt nach den Arbeiten von Adorno und Oskar Seidlin hellsichtiger dafür geworden sind. Solche Verse wie das Mandelkerngedicht, über die uns die blitzblanken Strophen der Lesebücher hinweggeschwindelt haben, mögen uns heute verwundern; sie zeigen wie *verwundet* ihr Verfasser war.

JOSEPH VON EICHENDORFF
MONDNACHT

Es war, als hätt der Himmel
Die Erde still geküßt,
Daß sie im Blütenschimmer
Von ihm nun träumen müßt.

Die Luft ging durch die Felder,
Die Ähren wogten sacht,
Es rauschten leis die Wälder,
So sternklar war die Nacht.

Und meine Seele spannte
Weit ihre Flügel aus,
Flog durch die stillen Lande,
Als flöge sie nach Haus.

ECKART KLESSMANN
IRDISCHER SPIEGEL

Ohne Robert Schumanns Vertonung ist dieses 1837 erstmals gedruckte Gedicht – »die Perle der Perlen«, so Thomas Mann – kaum noch vorstellbar; es steht genau im Zentrum seines »Liederkreises« op. 39. Übrigens hat es auch Johannes Brahms vertont.

Es sind Verse der Sehnsucht, seliger Sehnsucht. Schumann hat seine Komposition mit »zart, heimlich« überschrieben. Das Bild des Himmels, der die Erde küßt, entstammt uralten Schöpfungsmythen, die in dieser Mondnacht wieder wach werden. Der Frühling offenbart den alljährlichen Auferstehungsglauben im »Blütenschimmer«, Verheißung der Wiederkehr, der Überwindung eines nicht unendlichen Todes.

Die stille, verhaltene Aufzählung von dem, was ist, läßt die kleine Ungenauigkeit der Mittelstrophe vergessen; denn wenn die Ähren wogen, ist es längst Sommer und der Blütenschimmer dahin. Aber solche realistischen Details sind belanglos. Die erste Strophe erinnert uns an unsere Augenseligkeit in einer blütenvollen Frühlingsnacht. Die zweite läßt uns den warmen reifen Ährenduft des Sommers schmecken und das Rauschen – ein Lieblingswort Eichendorffs – von Feldern und Wäldern. Bei Eichendorff wird das Rauschen zu einem Pianissimo herabgestimmt, so ehrfürchtig-andächtig reagiert die Natur auf den überwölbenden Sternenhimmel in unbewölkter Makellosigkeit.

»Als flöge sie nach Haus« – ach, seliger Konjunktiv. Aber die Heimat – wir wissen es immer wieder von diesem Herzwort Eichendorffscher Dichtung – existiert nicht mehr. Heimkommen, ans Ziel der Sehnsucht gelangen, ohne einen Zielort, der topographisch benennbar und fixierbar wäre. »Nach Haus« wird die Seele erst wirklich im Tode fliegen, und eben daran denkt der Dichter letztlich wohl auch, so aber ist sie auf der Suche »durch die stillen Lande« nach einem vorläufigen Verweilen, das dem letzten ähneln mag.

Alle Sehnsucht wünscht sich ein Ziel. Hier heißt es »nach Haus«, und das bedeutet Geborgenheit, Frieden, Stille, Glück. Sind wir erst »nach Haus« gekommen, kann uns nichts Schweres mehr berühren. Die nächtliche Natur im Mondschein offenbart uns göttliche Verheißung, die Erde träumt vom Kuß des Himmels, der Wind weckt Duft und Musik der Natur, und Psyche beginnt ihren Flug.

»Wohin denn gehen wir?« fragt Novalis und antwortet: »Immer nach Hause.« Das kann bedeuten: in die Ursprünge unserer Kindheit, in die Erinnerung, aber genauso auch in jene transzendente Heimat, aus der unsere Seele stammt. Eine solche Mondnacht, wie sie hier evoziert wird, gibt einen Vorgeschmack jener anderen Welt, indem sie diese ganz irdisch widerspiegelt als tröstliches Abbild.

JOSEPH VON EICHENDORFF
NACHTS

Ich wandre durch die stille Nacht,
Da schleicht der Mond so heimlich sacht
Oft aus der dunklen Wolkenhülle,
Und hin und her im Tal
Erwacht die Nachtigall,
Dann wieder alles grau und stille.

O wunderbarer Nachtgesang:
Von fern im Land der Ströme Gang,
Leis Schauern in den dunklen Bäumen –
Wirrst die Gedanken mir,
Mein irres Singen hier
Ist wie ein Rufen nur aus Träumen.

GERHARD STORZ
WIE AUS TRÄUMEN

Gleiten von Mondhelle in Dunkelheit, Wechsel von fernem Klang und tiefer Stille – diese sonderbar erregende Naturimpression wird in Eichendorffs Gedicht berükkend gegenwärtig. Und doch bedrängen uns seine Worte nicht, das Gedicht bleibt erstaunlich zurückhaltend. Es beschreibt auch nicht, sondern beschränkt sich – seine Schlußzeilen ausgenommen – auf das knappe Angeben von Wahrnehmungen, die aber im Allgemeinsten bleiben. Merkwürdige Disproportion zwischen Wirkung und Sprachgestalt – oder ist es gerade das einfache Sagen, das so unmittelbar, so bewegend zu uns spricht? Wie immer es darum bestellt sein mag, der Wortlaut geht, entgegen seinem kargen Benennen, spürbar über in liedhafte Schwingungen: das »Singen«, das sich selbst schließlich als »irr« erscheint, ist also nicht nur fiktive Einkleidung eines dadurch etwa zu steigernden Finales, sondern vielmehr von Anfang an die Tonart hinter oder unter dem einfachen Sagen.

Aber aus einem keineswegs einfachen, sondern recht subtilen Zusammenspiel von rhythmischem Duktus, Sprachmelodie, Reimkadenzen scheinen die liedhafte Wirkung des Gedichtes und seine fast magische Kraft der Vergegenwärtigung zu entspringen: der Wechsel von Glanz und Schatten, von Klang und Stille bildet sich andeutend ab in bald hellen, bald dunklen Vokalsequenzen, in hier strömender, dort verhaltener Wortbewegung.

Auch die Gliederung der Strophe – kunstreicher als man zunächst glaubt – wirkt wohl mit an der Evokation der Naturszene und ihrer Stimmung. Ihr Schlußreim wird durch ein vor ihn tretendes Vers- und Reimpaar verzögert und eben dadurch in seinem Klang, auch in seinem Sinn gewichtig: davon hat die Schlußkadenz »Träumen« ihre wunderbare Mächtigkeit. Das alles sind leichte, zarte Griffe, aber mit welcher Präzision werden sie getan und mit wieviel Wirkung.

Gewiß ist dem Wanderer das von ihm mehr verspürte als wahrgenommene Ganze der nächtlichen Landschaft vertraut, ja er fühlt sich, wie ein fast zärtliches Reden über den aus Wolken hervortretenden Mond merken läßt, geborgen in jenem Naturganzen. Unversehens jedoch steigert sich oder aber verfremdet sich sein Entzücken zu einer seltsamen Beklommenheit. Das *clair-obscur* der wolkenverhangenen Mondnacht läßt nicht nur ganz verschiedene Personen einander gleichen und verhindert das Erkennen der wahren Gestalt, wie das so oft und folgenreich in den Romanen Eichendorffs und anderer Romantiker geschieht, sondern es bewirkt auch die Unsicherheit, die in dem Singenden über sich selbst und das eigene Wirklichsein aufsteigt. Derart gleichen, ja verschlingen sich umgebende Natur und innere Menschenwelt. Wohl hält der Christ Eichendorff die Natur für Gottes Schöpfung und für ein dem Menschen verläßliches Gegenüber, aber zugleich wirkt sie auf den Fühlsamen als undeutlich reflektierender Spiegel geheimer Seelenbewegung, eine Spiegelung, die ebenso zu verwirren wie zu entzücken vermag.

Das Einfache, das ins Doppelgründige übergreift, die einfache Melodie, die von wunderschönen, eben noch hörbaren Gängen gleichsam im Baß umspielt wird – das ist Eichendorffs besonderes und bezauberndes Teil. Was vom liedhaften Fluß eigentlich nicht zu erwarten ist, nämlich der schmale Umfang seiner Gedichte, auch er gehört dazu und zeigt die geheime Prägnanz des lyrischen Einfalls an. Endlich gehört dazu die Wiederholung: wie zu anderen Gedichten Eichendorffs, so gibt es auch zu dem unserigen mehrere, im Wortlaut einander nahe Varianten.

Aber eben die häufige Wiederaufnahme weniger, archetypischer Motive – Landschaft, Ferne, Rückschau, Heimat, Fremde –, vergleichbar dem unaufhörlichen, variierenden Nachsingen einer Melodie, die uns nicht losläßt – vielleicht war es gerade dieses Wiederholen, das den tief anrührenden Klang, die Vollkommenheit des Einfachen in Eichendorffs schönsten Liedern gezeitigt hat.

JOSEPH VON EICHENDORFF
SCHÖNE FREMDE

Es rauschen die Wipfel und schauern,
Als machten zu dieser Stund'
Um die halbversunkenen Mauern
Die alten Götter die Rund'.

Hier hinter den Myrtenbäumen
In heimlich dämmernder Pracht,
Was sprichst du wirr wie in Träumen
Zu mir, phantastische Nacht?

Es funkeln auf mich alle Stern
Mit glühendem Liebesblick,
Es redet trunken die Ferne
Wie von künftigem großen Glück! –

HANS JOACHIM KREUTZER
DER DICHTER UND DIE ALTEN GÖTTER

Ein zwiegesichtiger Gedichttitel: Lockt hier eine Schöne, die noch fremd, noch fern ist, oder lockt die Sehnsucht nach der Fremde in ihrer Schönheit? Solche Doppeldeutigkeit ist nicht zufällig. Die Irritation des Lesers ist beabsichtigt, sie ist im Text angelegt.

Die erste Strophe könnte in ihrem Als-Ob wie ein eigenes, kleines Gedicht genommen werden. Ein Nachtgedicht, freilich nicht mit dem Rauschen des deutschen oder gar des schlesischen Waldes. Es kann nur heidnischer Boden sein, auf dem die alten Götter erscheinen, und wenn sie »die Runde« machen, dann bewachen sie ihren Besitz. Jedenfalls nächtens herrschen sie noch. Aber in der zweiten Strophe meldet sich ein Ich zu Wort. Es fragt, geradezu altmodisch direkt, nach Sinn und Bedeutung der verwirrenden Erscheinungen. Ein Leser könnte auch fragen: Stehen die Myrtenbäume bloß ihrer weißen Blüten wegen im Vers? Die Zeichen des Himmels bei Eichendorff sind untrüglich. Das Glück, das die Sterne in der letzten Strophe verkünden, wird eintreten, aber nicht als ein nächtliches. Immer ist es die Morgensonne, in der bei Eichendorff das Glück erscheint.

»Schöne Fremde« fand Aufnahme in Eichendorffs erste Gedichtsammlung. Ins literarische Leben war das Gedicht schon drei Jahre zuvor gelangt, 1834, in Eichendorffs Roman »Dichter und ihre Gesellen«, dort ohne Titel. An seinem ursprünglichen Ort war es kein bloßes Gedicht, es war mehr, nämlich ein Lied. Dieses Lied singt der Held des Romans, der junge Baron Fortunat, in der ersten Nacht seines Rom-Aufenthalts. Er hatte soeben »eine schlanke Mädchengestalt« in ein Schloß schlüpfen sehen und »im Garten einzelne, langgezogene Klänge einer weiblichen Stimme« vernommen. Fortunats Lied entsteht als spontane Antwort auf eine gerade in ihrer Flüchtigkeit eindrucksvolle, aber rätselhafte Erscheinung. Die kleine Szene bildet die vielleicht wichtigste Gelenkstelle der Romanhandlung. Das Lied ist, an diesem Ort, ein Liebeslied und Rom-Dichtung in einem. Der Prosa, dem Erzähltext, fügt das Lied eine zusätzliche Dimension hinzu. Dem Leser wird die Lösung des Rätsels in dem nicht eben schlanken Buch, das damals sogar einigen Erfolg hatte, erst nach etwa dreihundert Seiten zuteil. Da hat dann Fortunat ebendieses Schloß bereits angekauft, die schlanke Marchesin Fiametta geheiratet, und auf der allerletzten Seite des Romans wollen sie beide wieder nach Rom ziehen.

Gerade so, als Verweis auf ein solches Ziel, wurde dieses Lied schon 1840 von einem seiner Leser gedeutet, der etwas Neues daraus schuf. Das war Robert Schumann. Der Parlandorhythmus, die lockere Folge der Bildassoziationen verlangen ja geradezu nach einem Halt, den ihnen eine Melodie verleihen würde. Schumann könnte den Roman gekannt haben, denn er stellte das Lied 1840 in die Mitte seines »Liederkreises« mit zwölf Eichendorff-Texten. Dieser Wanderzyklus gipfelt in dem Jubelruf in der »Frühlingsnacht«: »Sie ist deine, sie ist dein!« Dreimal fast genau derselbe Text, und doch drei verschiedene Gedichte oder Lieder, je nach ihrem Kontext, alle drei lebendig bis heute.

Ein Jahr nach dem Erscheinen des Romans fuhr in

Deutschland die erste Eisenbahn. Eichendorff verstand die Welt nicht mehr: Da reisten Menschen, weil sie ankommen wollten! Ohne die Sehnsuchtsspannung der Wanderschaft lebte dieser Dichter gar nicht wirklich. Keiner seiner Gestalten wird ein Glück geschenkt ohne Wanderschaft, ohne Verwandlung durch eine Fremde, es sei denn das kleine Glück des Philisters, bei Tabak und Bier, vorzugsweise aber hinter Aktenstößen. In der Auffassung der Nachwelt erscheint Eichendorff ein bißchen zu eindeutig als einer, der sich vor der schauernden Nacht gerade noch gerettet habe, und das beispielgebend. Aber es wäre kein Dichter aus ihm geworden, wenn er sich nicht von den alten Göttern hätte locken lassen.

JOSEPH VON EICHENDORFF
SEHNSUCHT

Es schienen so golden die Sterne,
Am Fenster ich einsam stand
Und hörte aus weiter Ferne
Ein Posthorn im stillen Land.
Das Herz mir im Leib entbrennte,
Da hab ich mir heimlich gedacht:
Ach, wer da mitreisen könnte
In der prächtigen Sommernacht!

Zwei junge Gesellen gingen
Vorüber am Bergeshang,
Ich hörte im Wandern sie singen
Die stille Gegend entlang:
Von schwindelnden Felsenschlüften,
Wo die Wälder rauschen so sacht,
Von Quellen, die von den Klüften
Sich stürzen in die Waldesnacht.

Sie sangen von Marmorbildern,
Von Gärten, die überm Gestein
In dämmernden Lauben verwildern,
Palästen im Mondenschein,
Wo die Mädchen am Fenster lauschen,
Wann der Lauten Klang erwacht
Und die Brunnen verschlafen rauschen
In der prächtigen Sommernacht.

LUDWIG HARIG
POSTHORN DER FREIHEIT

Im Jahre 1943 erschien eine Anthologie mit dem Titel »Italien im deutschen Gedicht«. Die Alliierten hatten Neapel eingenommen, den Volturno überschritten, den Monte Cassino im Visier; eine Armee deutscher Soldaten war im Begriff, unter schweren Verlusten dem Land ihrer Träume den Rücken zu kehren, da suggerierte ein Buch die alte teutonische Sehnsucht nach diesem »Land, wo die Zitronen blühn« aufs neue: Sonette über Sizilien, Distichen aus Rom, Terzinen vom Gardasee. Ich las die kunstvoll verschlungenen Verse und staunte; doch ein Gedicht in einfacher Sprache, graziös, ja bestrickend in schlanker Antiqua gedruckt, berauschte mich. Es betört mich, seit ich es zum erstenmal gelesen habe, es ist das Gedicht »Sehnsucht« von Joseph von Eichendorff.

Wälder, die immerzu rauschen, Quellen, die unaufhörlich niederstürzen, verwilderte Gärten, dämmernde Lauben: alles, was die Wörter dieses Gedichts nennen, steigt mit einemmal in meiner Vorstellung auf, Ding für Wort, sobald die Verse anheben. Das Wort des Dichters ist mir genug. Nichts verstellt mir den Blick auf sein Gedicht, nicht die Waldhörner, die in Schumanns Sinfonien so wehmütig eichendorffisch tönen, und auch nicht die Wandergesellen, die ich auf Ludwig Richters Holzschnitten wiedererkenne. Nicht einmal kluge Auslegungskunst kann mich beirren. Weder die goldenen Sterne noch die prächtige Sommernacht, weder Bergeshang noch Felsenschlüfte sind mir je als poetische Topoi erschienen. Der Klang dieser Verse ruft in meiner Phantasie wirkliches Lautenspiel und Brunnenrauschen hervor, ihre Bilder beschwören mir Marmorstatuen und glänzende Paläste und nichts sonst. Ich lasse mich entrücken aus der gegenwärtigen in eine bessere Welt, von der in diesen sehnsuchtsvollen Rhythmen und Reimen ein Vorschein aufglänzt. Ich gebe mich ihnen hin, ohne daran zu denken, Eichendorffs Lustorte seien aus vorfabrizierten Zauberformeln gefertigt. Wie viele waren im Eichendorffjahr nahe daran, in philologischem Erklärungsrausch ihre Unschuld zu verlieren!

Das Gedicht endet scheinbar abrupt. Immer habe ich geglaubt, dem Dichter sei der Atem ausgegangen, die Verse brächen plötzlich ab und ließen mich ratlos und töricht zurück. Da müsse noch etwas kommen, hoffte ich, so brüsk dürfe ein Gedicht nicht enden. Doch dann eines Tages, als ich es wiederlas und, befeuert vom pädagogischen Eros, den wandernden Gesellen nachfolgen wollte, begriff ich, daß alles Ausgesparte, auch das nicht mehr Gesagte im eigenen Kopf sich vollenden muß. Seitdem durchströmt mich ein Gefühl der Freiheit, wenn ich beim Lesen des Gedichtes ans Ende komme. In diesem Augenblick, in dem es vielleicht nötig wäre, die Füße zu gebrauchen, spüre ich weder Wade noch Schienbein, es wird mir leicht im Hirn, ein sanfter Schauer weht mich an, und es ist mir, als könne ich in Gedanken ewig lustwandeln, ohne je sterben zu müssen.

Was hat das mit Monte Cassino zu tun? Als Alfred Andersch, auf dem Rückzug durch Etrurien, die kämpfende Truppe verließ, empfand er angesichts eines beschworenen Stücks italienischer Natur seine neu gewonnene Freiheit. Zu seinen Füßen »wuchsen Teppiche von gelben und violetten Blumen«; in seine Nase »strich der Duft von Thymian und Lavendel«; die Töne der Raupenketten amerikanischer Panzer »klangen fern in der rötlichen Neigung des westlichen Lichtes«: Posthörner der Freiheit. Nun schienen auch ihm die goldenen Sterne, rauschten die Brunnen in prächtiger Nacht.

Das Gedichtbuch von 1943 gehörte meinem Freund Eugen Helmlé. Es stand allezeit an verlockender Stelle in seinem Bücherschrank. Jahrzehntelang sah er mich sehnsuchtsvoll daran vorbeigehen; voriges Jahr hat er es mir zum Geburtstag geschenkt.

JOSEPH VON EICHENDORFF
VORBEI

Das ist der alte Baum nicht mehr,
Der damals hier gestanden,
Auf dem ich gesessen im Blütenmeer
Über den sonnigen Landen.

Das ist der Wald nicht mehr, der sacht
Vom Berge rauschte nieder,
Wenn ich vom Liebchen ritt bei Nacht,
Das Herz voll neuer Lieder.

Das ist nicht mehr das tiefe Tal
Mit den grasenden Rehen,
In das wir nachts viel tausendmal
Zusammen hinausgesehen. –

Es ist der Baum noch, Tal und Wald,
Die Welt ist jung geblieben,
Du aber wurdest seitdem alt,
Vorbei ist das schöne Lieben.

ULRICH GREINER
EIN FALL VON WELTANSCHAUUNG

Schläft ein Lied in jedem Eichendorff, aber vielleicht haben wir es zu oft gehört, haben das rechte Ohr nicht mehr für den schlichten, betörenden Klang. Der scheint so simpel, so kindlich, so naiv. Und wir erinnern uns an die fahrenden Gesellen, die durch die Wälder und Felder schweiften, und jedesmal, wenn sie unter einem Baume rasteten, rauschte der Wipfel, ging der Blick über die Hügel, schien der Mond, und eine Laute lag griffbereit im Grase. Vorbei, vorbei.
Aber nehmt nur einen Band mit Eichendorff-Gedichten, und bald wird euch das alte Lied, habt ihr nur ein wenig Geduld, von neuem bezaubern. Und dann seht ihr, wie die Erinnerung trügt. Das Simple an Eichendorff ist ja die Reduktion, die kunstvolle Aussparung, und naiv ist daran gar nichts. Realien wie der Schweiß unter der Achsel oder der Käfer unter der Borke interessieren den Dichter wenig. Die unentwegt herbeizitierte Natur ist vor allem der Schauplatz von Bedeutung, und die Bedeutung ist eine Funktion des Ichs, seiner Imagination und Wahrnehmung. Die Wälder, die vom Berge niederrauschen, die Sonnenstrahlen, die durch die Wolken herabfliegen – sie rauschen und fliegen ja nur, weil der Held es so will.
Auf einmal hört es auf. Nichts rauscht mehr. Und plötzlich begreift der müde gewordene Jäger die Ursache. Der Baum, das Tal, der Wald, die Welt: sie sind geblieben, was sie immer waren. Nur er nicht. Er ist alt geworden. Aber es

geht nicht nur um Alter und Tod, das Gedicht ist kein Abschied von dieser Welt. Eichendorff war damals, 1840, als er es schrieb, 52 Jahre alt, und er starb mit 69. Zwar ist es in der Regel der junge Spund, der auf die Kirschbäume und ins Blütenmeer über den sonnigen Landen steigt, zwar ist es der junge Liebhaber, der das Liebchen bei Nacht verläßt und nach Hause reitet oder mit der S-Bahn fährt, aber das Alter, von dem Eichendorff spricht, ist keines an Jahren. Die Einbildungskraft, die wie von selbst die Welt zum Singen bringt, ist nicht an die Jugend gebunden. Und ohne Einbildungskraft keine Liebe. Die Zeilen *Du aber wurdest seitdem alt, / Vorbei ist das schöne Lieben* kann man auch auf die Liebste beziehen. Das wäre ja nun schade drum und der Lauf der Dinge. Jung liebt es sich halt schöner.
Aber so simpel ist der alte Eichendorff eben nicht. Mit »Du« redet der Dichter sich selber an, aber er meint den Leser. Denn so schön, so beschwingt über Abschied und Vergänglichkeit zu dichten, das zeigt, daß der Autor noch immer das Zauberwort beherrscht. Jede zweite Zeile läßt er mit einem A-Klang enden (standen – Landen, sacht – Nacht, Tal – mal, Wald – alt), leichthändig wechselt er den Versfuß, elegant variiert er den Refrain des »nicht mehr« und stellt ihm das harte »noch« entgegen: »Es ist der Baum noch...«
Dieses traurige Lied über Abschied und Vergänglichkeit leuchtet und klingt derart, daß einem Hören und Sehen kommt. Hinter der Trauer steckt ein Appell. Er läuft darauf hinaus, daß eine jede Weltanschauung aus der Art und Weise sich bildet, in der wir die Welt anschauen. *Die Welt ist jung geblieben.* Man muß nur richtig hingucken. Und es ist auch das Liebchen noch, man muß es nur liebevoll ansehen.

Das weiß man ja, daß Schönheit und das *schöne Lieben* weniger objektive Sachverhalte sind als Formen der Anschauung. Was objektiv wäre – auf diese Frage haben Eichendorff und die Romantiker ohnehin einiges zu sagen gehabt. Insofern ist der Titel, wie ja die Poesie überhaupt, auch nur ein Spiel, wenngleich ein ernstes. Vorbei ist gar nichts. Nur das Gedicht, nach genau sechzehn Zeilen. Und danach hat man das Herz voll neuer Lieder.

JOSEPH VON EICHENDORFF
WEIHNACHTEN

Markt und Straßen stehn verlassen,
Still erleuchtet jedes Haus,
Sinnend geh ich durch die Gassen,
Alles sieht so festlich aus.

An den Fenstern haben Frauen
Buntes Spielzeug fromm geschmückt,
Tausend Kindlein stehn und schauen,
Sind so wunderstill beglückt.

Und ich wandre aus den Mauern
Bis hinaus ins freie Feld,
Hehres Glänzen, heilges Schauern!
Wie so weit und still die Welt!

Sterne hoch die Kreise schlingen,
Aus des Schnees Einsamkeit
Steigts wie wunderbares Singen –
O du gnadenreiche Zeit!

LUDWIG HARIG
DIE KRAFT IN DEN WÖRTERN

Das Gedicht »Weihnachten« von Joseph von Eichendorff stand in meinem Volksschullesebuch für das 5. und 6. Schuljahr (Ausgabe 1936), in fetter gotischer Fraktur gedruckt, zu beiden Seiten flankiert von einer völkisch-germanischen Geschichte von Hans Friedrich Blunck und einem völkisch-christlichen Choral von Karl Simrock. Bei Blunck ist vom Wilden Jäger, von der himmlischen Frau Gode und dem rauhen Knecht Ruprecht die Rede, der als alter Reiter nicht lange fackele und stets die Rute bei der Hand habe; bei Simrock strotzt es von mächtigen Gottesengeln, dem seligen Gottessohn und dem fröhlichen Volk Gottes, die allesamt in der Bethlehemsburg versammelt und dort mit wahrhaftigen Worten gepriesen seien.

Doch Eichendorffs Gedicht, zwischen diesen beiden martialischen Weihnachtsbeschwörungen, berührte mich anders, nämlich auf zärtliche, ja auf eine seltsam stimmungsvolle Weise, in der gar keine Namen und großmäuligen Eigenschaften nötig sind, Weihnachten herbeizuzaubern. Solange ich denken kann, beschäftigt mich die Vorstellung dieses Freiherrn von Eichendorff, der am Weihnachtsabend mutterseelenallein durch eine menschenleere Stadt spaziert, die ich lange Zeit für unser eigenes Dorf gehalten habe, hinter den Fensterscheiben bunte Geschenke liegen und beglückte Kinder sich an ihnen freuen sieht. Mich rührt und fasziniert zugleich dieser einsame Mensch, der schließlich aus der Stadt hinauswandert aufs freie Feld,

dort die Weite, die Helle, die Stille einer verschneiten Sternennacht erlebt, die überdies auch noch zu tönen beginnt, so daß der Dichter sagt, es sei eine »gnadenreiche Zeit«, die ihn umfange.
Ein eigenartiger Einzelgänger muß dieser Freiherr wohl gewesen sein, viel eher den Verlassenen und Verlorenen in den Kneipen und den Stadtstreichern unter den Brücken vergleichbar als den geschäftigen Familienvätern, die am Weihnachtsabend, noch wenige Minuten vor der Bescherung, mit dem Schmücken des Christbaums und dem Kühlstellen des Champagners befaßt sind. Wie gerne wäre ich als Kind, als Junge, als Heranwachsender so wie dieser dichtende Freiherr ein einziges Mal nur ganz alleine durch die weihnachtliche Sternennacht geschlendert, mit nichts im Kopf als mit schönen Erinnerungen und nichts in der Brust als angenehmen Gefühlen!
Ein einziges Mal ist es mir doch geschehen, aber da herrschten andere Umstände. Es war am Weihnachtsabend des Jahres 1944, als ich in einem Reichsarbeitsdienstlager am Rhein auf Wache zog. Nur, mir war nicht besonders weihnachtlich zumute. Der Stahlhelm drückte meinen Kopf und ließ es nicht zu den schönen Erinnerungen kommen, und auch der Karabinerriemen schnürte die Brust zusammen und hinderte die angenehmen Gefühle, sich so recht weihnachtsmäßig zu entfalten. In den Baracken gab es Kommißbrot mit Kunsthonig und rheinhessischen Wein aus dem Blechbecher, und das Singen aus des Schnees Einsamkeit an dieser Bahnlinie nach Worms gipfelte in dem Lied »Hohe Nacht der klaren Sterne«. Ich drehte meine Runden um das Lager, es war eine eiskalte Nacht, ich rezitierte Eichendorffs Gedicht in meinem Kopf: Nichts habe ich bis heute vergessen. Doch wie weit

lag auf einmal all das Wundersame in ferner Kindheit, das mich bis hierher so gut erhalten hatte!
Doch erlöst? Hermann Hesse schreibt, es gebe zwei Wege zur Erlösung: den Weg der Gerechtigkeit, für die Gerechten, und den Weg der Gnade, für die Sünder. Ich weiß nicht, was Gerechtigkeit, und nicht, was Gnade ist. Ich bin nach beiden Seiten hin gottverlassen, ich glaube weder an das eine noch an das andere. Und doch, welch eine Kraft liegt trotz allem in den Wörtern eines Gedichts! Nicht daß ich erwarte, gar erhoffe, daß mich je eine gnadenreiche Zeit umfange, wie Eichendorffs Gedicht sie beschwört, doch schon zu wissen, es habe einen Menschen gegeben, dem sie widerfahren ist, beglückt mich auf eine tröstliche Weise.

JOSEPH VON EICHENDORFF
ZWIELICHT

Dämmrung will die Flügel spreiten,
Schaurig rühren sich die Bäume,
Wolken ziehn wie schwere Träume –
Was will dieses Graun bedeuten?

Hast ein Reh du lieb vor andern,
Laß es nicht alleine grasen,
Jäger ziehn im Wald und blasen,
Stimmen hin und wider wandern.

Hast du einen Freund hienieden,
Traü ihm nicht zu dieser Stunde,
Freundlich wohl mit Aug und Munde,
Sinnt er Krieg im tückschen Frieden.

Was heut müde gehet unter,
Hebt sich morgen neugeboren.
Manches bleibt in Nacht verloren –
Hüte dich, bleib wach und munter!

ECKART KLESSMANN
STUNDE DER ANFECHTUNG

Manche Gedichte vermag mein Gedächtnis nicht mehr von ihrer Vertonung zu lösen. Eichendorffs »Zwielicht« – unmöglich für mich, diese Verse zu lesen ohne Robert Schumanns Musik im Ohr, von den zweistimmig-polyphonen, an Bach erinnernden Einleitungstakten des Klaviers bis zu den rezitativisch gesetzten, fast monoton gesprochenen Schlußtakten: »Hüte dich, bleib wach und munter!«

Diese warnenden, beschwörenden, eine unbestimmte Bedrohung umraunenden Verse stammen aus Eichendorffs zwischen 1810 und 1812 geschriebenem Roman »Ahnung und Gegenwart«, auch dort werden sie übrigens gesungen. Die Überschrift »Zwielicht« bekamen die Strophen erst 1837 in Eichendorffs erster Gedichtsammlung.

Die Stunde der Dämmerung, des Nichtmehr und Nochnicht, ist die Stunde des Unwirklichen, des Un-Heimlichen. Die angstvolle Bedrückung des Menschen durch eine nicht genau auszumachende, aber unmittelbar empfundene Bedrohung spiegelt sich in der Natur: die ziehenden Wolken werden zu Abbildern nächtlichen Alps, das Wehen des Winds in den Bäumen erinnert an das Stöhnen von Unerlöstem. In solcher Stunde ist das Geliebte (das Reh, Symbol aus manchem Volkslied) schutzlos und aufs äußerste gefährdet. Die Jäger »ziehn im Wald und blasen« (die Hörner verharmlosen ihr Geschäft), und niemand weiß, wessen Stimmen da »hin und wider wandern« (»umgehen« sagt man von Geistern) und was sie bedeuten wollen, gewiß nichts Anheimelndes.

In solcher Stunde gerät die Welt aus den Fugen. Vertrautes wird unheimlich fremd, das Licht fahl, der Freund scheint nicht mehr verläßlich, als sei etwas in ihn geschlüpft, das ihn seiner wahren Identität entäußere, ihn zum verhexten Trugbild verwirre.

Öffnet sich zwischen der dritten und vierten Strophe eine Bruchstelle? Nach der Warnung, beiseite gesprochen mit halblauter Stimme, tritt so etwas wie ein Fazit und schwächt das Gedicht. Aber ist es wirklich so? Die irrationalen Ängste – gewiß, das neugeborene Licht der Frühe mag sie verzehren. Aber die Angst um das ganz unmittelbar gefährdete Geliebte und, damit indirekt verknüpft, die Furcht vorm Treubruch des Freundes, der vielleicht dem Reh gilt: Das ist mehr als nur »manches«, das »in Nacht verloren« bleibt.

Und doch ließe es sich auch ganz anders lesen: In der Stunde und im Zwielicht der Angst glauben wir von Gefahren umstellt zu sein, die uns einzig die Furcht suggeriert; denn niemand raubt mir das Reh, und der Freund ist verläßlich. Einzig mich selber hat die Angst entstellt. Und nur so, meine ich den warnenden Zuruf des letzten Verses zu verstehen, sollen wir unsere finsteren Gedanken nicht über uns Herr werden lassen, sondern auch sie »in Nacht verloren« geben und in der Stunde der Anfechtung »wach und munter« bleiben.

Später taucht dieses Motiv in einem anderen Gedicht Eichendorffs wieder auf: »Das sind nicht die Jäger – im Grunde / Gehn Stimmen hin und her, / Hüt dich zu dieser Stunde!« Das ist in jenen Jahren, da er die Erzählung

»Schloß Dürande« schreibt, die »Zwielicht« fast zu paraphrasieren scheint, nicht wörtlich im Sujet, doch in der Gestimmtheit. Daß alles, was wir lieben, doppelt gefährdet ist und wohl am meisten durch uns selber – dieses Eichendorffsche Leid-Motiv findet sich im »Zwielicht« vielleicht am reinsten formuliert.

FRIEDRICH RÜCKERT
AMARYLLIS

Amara, bittre, was du tust, ist bitter,
Wie du die Füße rührst, die Arme lenkest,
Wie du die Augen hebst, wie du sie senkest,
Die Lippen auftust oder zu, ists bitter.

Ein jeder Gruß ist, den du schenkest, bitter,
Bitter ein jeder Kuß, den du nicht schenkest;
Bitter ist, was du sprichst und was du denkest,
Und was du hast und was du bist, ist bitter.

Voraus kommt eine Bitterkeit gegangen,
Zwo Bitterkeiten gehn dir zu den Seiten,
Und eine folgt den Spuren deiner Füße.

O du mit Bitterkeiten rings umfangen,
Wer dächte, daß mit all den Bitterkeiten
Du doch mir bist im innern Kern so süße!

WOLFGANG KOEPPEN
EIN LIEBESGEDICHT

Das Gedicht ist das leidenschaftlichste der Amaryllis-Sonette von Friedrich Rückert. Rudolf Borchardt hat sie in seine berühmte Sammlung »Ewiger Vorrat Deutscher Poesie« aufgenommen. Seine Anthologie sollte nicht »nur wieder ein buntes Lesebuch mehr« sein. Er setzte die Beiträge in die Unsterblichkeit. Der Dichter Rudolf Borchardt, ein Verehrer des Germanischen, klug, gebildet, belesen, spürte der deutschen Seele nach. Er suchte nicht die »Poesie einzelner, sondern das poetische Vermögen der Volksgesamtheit«. Das war ein sehr persönliches, sonst anfechtbares Verfahren, von vielen mißbraucht. Aber was Borchardt von deutscher Lyrik im Ohr hatte, war echt. Der Rückert begeisterte ihn. Er zählte »Amaryllis« zu den »durch und durch leidenschaftlichen« Liebesgedichten, den »einzigen ausfluchtlosen, die meinen, was sie sagen, und fast alles sagen, was sie meinen, eine erbitterte Burschenwerbung um ein sprödes Ding«.
Ich war glücklich, »Amaryllis« zu begegnen, als ich jung war und litt. Die Strophen gingen mir ein, stiegen auf aus dem Herzen, berauschten den, der schon vergiftet war. Amara, die Liebste, die Liebe, so bitter wie vor hundert Jahren. Das Sonett von Rückert war 1930 ein modernes Gedicht, es ist es heute und wird es morgen sein; zeitlos in seiner Bitterkeit und Süße.
Wahrlich ein leidenschaftliches Werk, der Monolog, die Raserei des Liebenden, in Liebe Gefallenen, Gefesselten,

mit Liebe Geschlagenen. Ihm ist etwas widerfahren, gegen das er tobt und doch sich nicht wehren möchte. Er klagt liebend gegen eine Nichtliebende, vielleicht nicht einmal Liebenswürdige. Er macht sich über die Spröde keine Illusionen und könnte nicht ohne sie leben. Der schöne Klang der Leidenschaft und des Sonetts kommt aus dem düsteren Wort, der Wiederholung bitter, bitter, bitter. Das frißt sich ein, das sticht, das brennt.

Der Dichter ist verwundet, die Qual besiegt die Scham, er entblößt sich, er exhibitioniert, doch er entkleidet auch Amara, versucht es, vergleicht sie mit der Pflanze Amaryllis, will sie schmähen, ihr die Blüte nehmen, die Blumenschönheit zertrampeln, doch die überschäumenden, stotternden Silben seines Gedichts arbeiten wie der Meißel des Bildhauers, formen die Person, schaffen ein Kunstwerk, beseelen es, besessen, doch gebändigt und gehoben in den strengen Rang des Sonetts, so daß am Ende aller Mühen die alte Liebe neu entbrennt, Amaryllis aus schöpferischem Akt gewachsen, doppelt begehrenswert. Der Dichter bleibt für Jahre an sein Objekt verloren. Dem Leser, den das Gedicht freut und betrifft, geht es kaum anders: er verfällt ein Leben lang der mit soviel Bitterkeit gezeichneten Gestalt.

Friedrich Rückert sagte von sich: »Mir lebt jede Sprache, die Menschen schreiben.« Das war seine polyglotte Begabung, die ihn neben den klassischen und europäischen noch orientalische Sprachen, aus denen er übersetzte und manche Anregung fand, beherrschen ließ. Es lebten aber noch mehr in ihm und oft geheim jene Sprachen, die aus der Empfindsamkeit kamen, den Tag-und-Nacht-Träumen, den Wirrnissen des Gefühls, dem kindlichen Staunen, der Leidenschaft, der Liebe, vielleicht dem Haß.

Seine Verhältnisse waren geordnet, sein Schreiben war umfassend und anerkannt. Er durfte sich Professor nennen. Er hatte Familie, lebte bürgerlich.

FRIEDRICH RÜCKERT
DAS VIERZIGSTE GHASEL

Nach Mewlana Dschelaleddin Rumi

Die hin zur Kaaba pilgern gehn,
  Wenn nun an ihrem Ziel sie stehn,
In einem Tale ohne Saat
  Ein altes Haus von Stein sie sehn.
Sie gingen hin, um Gott zu schaun'n;
  Und nun um's Haus im Kreis sich drehn.
Wann sie sich lange so gedreht,
  So hören sie die Stimme wehn:
Was, Toren, ruft ihr an den Stein?
  Wer wird vom Steine Brot erflehn?
Wenn ihr den Tempel Gottes sucht,
  In eurem Herzen tragt ihr den.
Wohl dem, der bei sich selb kehrt ein,
  Statt pilgernd Wüsten durch zu gehn.

GOLO MANN
DIE NEUE FORM IN DEUTSCHLANDS GARTEN

Mewlana Dschelaleddin Rumi, der wunderbare persische Dichter und Mystiker des dreizehnten Jahrhunderts, haßte schon die verknöcherte Priesterkaste, bemitleidete schon die Kaaba-Pilger; um wieviel mehr würde er jenen Imam von heute hassen, der seine 150000 Pilger zur Kaaba schicken will, damit sie dort ein neues Blutbad anrichten, während jene zu Rumis Zeiten ihre Pilgerfahrt doch mit reinen, wenn auch irregeführten Herzen unternahmen. Aber Poeten und Mystiker von Dschelaleddins Rang gibt es ja nun in Persien nicht mehr. Dafür gibt's Politiker.

Die Übertragung der Ghaselen Dschelaleddins war die erste Meisterleistung Rückerts, nachdem er im Jahr zuvor, 1819, sich auf das Altpersische geworfen hatte, um es mit leidenschaftlicher Arbeitswut zu meistern; er könne, schrieb er an seinen Mentor in Wien, Hammer-Purgstall, nur die schönsten und schwersten Texte brauchen, eine Grammatik mit Prosa-Beispielen tauge für ihn nicht. »Genie ist Fleiß.« Die Wahrheit dieses Spruches wird selten so deutlich wie hier, würde aber wohl besser heißen: »Kein verwirklichtes Genie ohne Fleiß.« Rückert war stolz darauf, das Ghasel in die deutsche Dichtung eingeführt zu haben, sein Vorspruch zeigt es:

Die neue Form, die ich zuerst in deinen Garten pflanze,
O Deutschland, wird nicht übel stehen in deinem reichen Kranze.

Nach meinem Vorgang mag sich nun mit Glück versuchen manche So gut im persischen Ghasel, wie sonst in welscher Stanze.

Dem Genius des Dichters fügte sich hier das Reimtalent, welches schon der Jüngling bewiesen hatte, ehe er zum Dichter wurde, und das für das Ghasel noch unentbehrlicher ist als für das Sonett, denn es duldet nur ein und denselben Reim für die ersten zwei Zeilen und dann für jede mit gerader Zahl. Worte gleichen Ausklanges zu finden, wie der Sinnzusammenhang des Ghasels sie brauchte, und obendrein an das fremde Original gebunden zu sein, ganz persisch zu sein und ganz deutsch auch – wenn das kein Triumph des Dichters und Sprachmeisters ist!
Das Ghasel 39, das sich direkt gegen die Priester wendet, und das Ghasel 4 sind die einzig polemischen unter den insgesamt 79. Alle anderen künden von den frommen Künsten, welche die Vereinigung mit dem Höchsten bringen, der Liebe, von Wollust weltenweit entfernt, dem »Tanz der Derwische«, der Musik – nicht dem Wein, der ist Sache eines ganz anderen, dem Rückert sich demnächst widmen würde, des Hafis. Hier geht es um asketische Trunkenheit und immer wieder um das All-Eine, in das der Mystiker sich versenkt.

Ich sah empor, und sah in allen Räumen eines:
Hinab ins Meer und sah in allen Wellen schäumen eines.
Ich sah in's Herz, es war ein Meer, ein Raum der Welten.
Voll tausend Träum': ich sah in allen Träumen Eines . . .

Neuerdings besitzen wir eine sehr schöne Ausgabe von jenen einundsiebzig durch Rückert übertragenen Ghaselen des Dschelaleddin, mit einem Nachwort des Verlegers Yildirim Dağyeli, aus dem man alles Wissenswerte über Leben und Werk des Dichters und Mystikers erfahren mag. Es endet mit einem etwas strengen Lob Friedrich Rückerts: »Darüber hinaus verdanken wir ihm, daß er als erster bei seinen Übersetzungen Rumis die dem persischen Original zugrunde liegende Mehrdeutigkeit sowie auch die Form, also die Ghasele übernahm. Den von ihm eingeschlagenen Weg, die orientalische Lyrik ins Deutsche zu übertragen, ging er dennoch leider nicht zu Ende, was zweifelsohne dazu hätte beitragen können, das Verständnis für Menschen aus einem anderen Kulturkreis zu vertiefen.«

Nun, alles, was recht ist, welcher Kompatriot von Herrn Dağyeli hat denn die gesamte europäische Lyrik in seine Sprache übertragen? Das ist zuviel verlangt. Rückert hat nicht nur reichlich aus dem Arabischen und Persischen, auch aus dem Sanskrit – erlernt in drei Monaten – und anderen indischem Sprachen übersetzt; für eines Menschen Zeit ist das genug.

FRIEDRICH RÜCKERT
DIE LIEBE SPRACH

Die Liebe sprach: in der Geliebten Blicke
Mußt du den Himmel suchen, nicht die Erde,
Daß sich die bessre Kraft daran erquicke
Und dir das Sternbild nicht zum Irrlicht werde.

Die Liebe sprach: in der Geliebten Auge
Mußt du das Licht dir suchen, nicht das Feuer,
Daß dir's zur Lamp' in dunkler Klause tauge,
Nicht dir verzehre deines Lebens Scheuer.

Die Liebe sprach: in der Geliebten Wonne
Mußt du die Flügel suchen, nicht die Fesseln,
Daß sie dich aufwärts tragen zu der Sonne,
Nicht niederziehn zu Rosen und zu Nesseln.

ULLA HAHN
ANLEITUNG ZUM GLÜCKLICHSEIN

Il n'y a pas l'amour heureuse – es gibt keine glückliche Liebe – lautet der Refrain eines berühmten Gedichts von Louis Aragon. Wer mit gebrochenem Herzen Zuflucht in der Dichtung sucht, mag Trost in derlei Zeilen finden. Das tun viele. Als reimte sich Herz nur irgendwo zwischen Schmerz und Scherz, Zähneklappern und Wolkenkukkucksheim; als wäre die Liebe am schönsten im Nochnicht und Nicht-mehr.

Nichts davon bei Rückert. Er läßt die Liebe, die es ja schließlich wissen muß, höchstpersönlich zu Wort kommen. Sie kennt die Fülle der Facetten zwischen himmelhochjauchzend und zu Tode betrübt, sie spricht aus Erfahrung und aus Erfahrung klug: ein wahres Vademecum für Verliebte.

Rückerts Liebe ist tüchtig. Sie redet Klartext. Sagt uns, was wir zu tun und zu lassen haben, ermutigt, mahnt, ermuntert, warnt. Die Gefühle sind rhetorisch gebändigt, die Aussagen der drei Strophen durch jeweils zwei Gegensatzpaare auch formal reglementiert. Rückerts Liebe ist vernünftig, hält nichts vom Spiel mit dem Feuer. »Licht« soll gesucht werden in den »Blicken der Geliebten«; das ruhige Bild von der »Lamp' in dunkler Klause« bildet die Mittelachse des Gedichts. Ein Symbol der Geborgenheit.

Also trautes Heim? Füße hoch? Biedermeierglück? Nichts dergleichen. Rückerts Liebe ist vernünftig, genügsam nicht. »Den Himmel . . ., nicht die Erde . . . mußt du suchen«, fordert sie, »aufwärts zu der Sonne« soll es gehen, nicht hinab »zu Rosen und zu Nesseln«. Unsere »bessre Kraft« soll sich auftun in der Gemeinschaft mit dem geliebten Menschen.

Die bewegten, nach außen, vorwärts und hinauf drängenden Bilder der ersten und dritten Strophe kreisen um den festen Kern, »die Lamp' in dunkler Klause«, um das Licht, den Orientierungspunkt. Bewegung soll nicht ohne Ruhe, der Weg nicht rastlos sein. Freiheit und Geborgenheit gehören zusammen.

Nicht von ungefähr nehmen »Fesseln« und »Feuer« in der zweiten und dritten Strophe den gleichen Platz ein. Fesseln, die jede Bewegung verhindern, sind nicht minder gefährlich als ein entfesselt um sich greifendes Feuer. Doch das Feuer kann mit Wärme verlocken, die Fessel Sicherheit vortäuschen. Vor diesen Gaukeleien warnt die Liebe. Ihr Credo: Geborgenheit ohne Freiheit fesselt, schnürt ein, verdient diesen Namen nicht, wird vielmehr nur noch mit Gewohnheit und Konvention verwechselt. Freiheit ohne Geborgenheit, ohne Orientierung, ohne »Sternbild« und »Licht« führt ins Leere, irrlichtert ziellos umher.

»Die Liebe sprach«: Rückert hat mit Bedacht das Präteritum gewählt. Anleitungen zum Glücklichsein sind so alt wie die Liebe selbst. Indes: durch eine Sammlung guter Ratschläge allein ist Aragons eingangs zitierte Behauptung längst nicht widerlegt. Ob und wie Rückerts Liebeskunst, sein Amalgam aus Gefühl und Vernunft, in der Praxis gelingen kann, steht auf einem anderen Blatt. Doch selbst wenn Aragon recht hätte: Ist eine unglückliche, unvernünftige nicht immer noch besser als gar keine Liebe?

FRIEDRICH RÜCKERT
ICH BIN DER WELT ABHANDEN GEKOMMEN

Ich bin der Welt abhanden gekommen,
Mit der ich sonst viele Zeit verdorben.
Sie hat solange von mir nichts vernommen,
Sie mag wohl glauben, ich sei gestorben.
Es ist mir auch gar nichts daran gelegen,
Ob sie mich für gestorben hält.
Ich kann auch gar nichts sagen dagegen,
Denn wirklich bin ich gestorben der Welt.
Ich bin gestorben dem Weltgewimmel,
Und ruh' in einem stillen Gebiet.
Ich leb' in mir und meinem Himmel,
In meinem Lieben, in meinem Lied.

ULRICH KARTHAUS
VOM HIMMLISCHEN LEBEN

Eine Folge einfacher Sätze, keine kühnen Bilder, keine balladeske Erzählung, nur Aussagen. Sie kreisen, scheinbar ohne Fortschritt, um das Ich, das da wie auf einer Insel ruht. Weltabkehr, Zeitlosigkeit wären Worte für ein Befinden, das in einem einzigen poetischen Bild zur Sprache kommt.

Es ist, auf seine Essenz verdichtet, die Klosterexistenz des Romantikers, vielleicht auch das Leben eines Taugenichts, der zu nichts zu gebrauchen ist. Das Ich hat sich der Welt und ihren Zwecken entzogen: aber das ist vielleicht schon zuviel gesagt. Das Wort Abhandenkommen redet nicht vom Protest eines Aussteigers, sondern von einem Vorgang, der sich wortlos und selbstverständlich vollzogen hat. Das ist weniger als ein Verirren und mehr als ein Verlieren.

Welt – das Leben der Menschen in der Epoche – verdirbt die Zeit. Der dem Weltgewimmel der Städte abgestorben ist, scheint in einer anderen Wirklichkeit und Zeit erst ganz bei sich zu sein. Die letzten Zeilen deuten an, wo das sein mag: in himmlischer Ruhe, wo die Wirklichkeit zur Poesie, das Leben zur Liebe geworden ist. Solche Glücksvorstellung erwächst aus einer Welt, die ganz anderes erstrebt: vielleicht den Nutzen, den Fortschritt, das allgemeine Wohl. Von ihr aus läßt das vollkommene Glück des Individuums sich nur als bürgerlicher Tod begreifen.

So schlicht sich Rückerts Gedicht dem ersten Blick zeigt,

so kompliziert erscheint, was es andeutet, dem zweiten: es ist die Sehnsucht des modernen Menschen, schon zu Beginn des vorigen Jahrhunderts, nach der Identität mit sich selbst.

Hans Castorp zitiert das Gedicht hundert Jahre später im »Zauberberg« und fügt hinzu: »So steht es mit mir.« Indem er sich damit identifiziert, bestätigt er die Wirklichkeit dieser Sehnsucht in einer Welt, die jene zeitlose Ruhe und Intimität nur als Utopie kennt. Es ist kein Zufall, daß Gustav Mahler, durch den Hans Castorps Autor das Gedicht wohl kennengelernt hat, 1901 sein vielleicht persönlichstes Lied auf diesen Text komponiert hat, eine spätromantische Tondichtung von raffiniertester Simplizität.

FRIEDRICH RÜCKERT
KEHR EIN BEI MIR!

Du bist die Ruh,
Der Friede mild,
Die Sehnsucht du,
Und was sie stillt.

Ich weihe dir
Voll Lust und Schmerz
Zur Wohnung hier
Mein Aug und Herz.

Kehr ein bei mir,
Und schließe du
Still hinter dir
Die Pforten zu.

Treib andern Schmerz
Aus dieser Brust!
Voll sei dies Herz
Von deiner Lust.

Dies Augenzelt,
Von deinem Glanz
Allein erhellt,
O füll es ganz!

RENATE SCHOSTACK
LIEBE O. Ä.

Dies ist ein Gedicht, das man unsäglich nennen möchte. Da stehen die Reime Brust – Lust, Herz – Schmerz (gleich zweimal), und überhaupt klingt alles, wenn man es herunterliest, glatt, wie eine Leerformel. Man kann es freilich auch höflicher ausdrücken: Dem Gedicht ist alles Rhetorische fern, jedes Wort ist durchsichtig wie ein Wassertropfen. Kann man, muß man dazu überhaupt etwas sagen?
Ein Liebender spricht hier – Mann oder Frau, das kümmert uns so wenig wie die Frage nach der Biographie des Dichters –, leise, flüsternd, dringlich, ein Mensch, dessen Herz übervoll ist von dem Du, mit dem er beginnt. »Du bist ...«, man kennt solchen Anfang von Heine: »wie eine Blume« – und dann geht es dort weiter mit sanfter Ironie. Nichts davon hier. »Du bist ...«, so hat Rückert auch anderswo begonnen, doch nie so elementar.
Ruhe und Sehnsucht, Erfüllung und Verlangen, Haben und Nichthaben, die Pole, zwischen denen das Pendel der Liebe schwingt, geben dem Gedicht die innere Bewegung. Sie ist ganz verhalten. Kein wildes Stürmen, kein süchtiges Träumen, auch keine Angst. Dieses Ich ist gewiß, daß es im Geliebten Frieden finden wird. Einkehr Halten – Wohnung Machen – Fülle Haben sind die Stationen der Liebe, deren Orte, nicht sonderlich originell, Herz und Auge sind (wohingegen ein Wort wie »Augenzelt«, das nach Goethe klingt, offensichtlich ein Fund Rückerts ist; das Grimmsche Wörterbuch verzeichnet es nicht).

Und dennoch hat man das Gefühl, als ob um das Gedicht Wasserwände stünden, die jeden Augenblick herunterstürzen könnten. Der Liebende ist kein unbeschriebenes Blatt; er kennt anderen Schmerz und möchte ihn los sein. Schließlich, und das ist der Katarakt, auf den die Verse träge ziehend und offenbar ahnungslos zuströmen, das Verlangen nach dem Unmöglichen, nach dem, was alle Liebe letztlich zum Scheitern verurteilt, nach dem, was der Liebende wollen muß und dennoch nie bekommen kann, das Verlangen: Sei du alles – laß mich verlöschen. Siebenmal steht da: *du*, *dir*, *dein*, nur dreimal *ich* und seine Derivate; aus den beiden letzten Strophen ist es ganz verschwunden. »Denn wo die Lieb erwachet«, heißt es in einem anderen Gedicht Rückerts, »stirbt / Das Ich, der dunkele Despot.«

1823 hat der Dichter diese Strophen geschrieben. Ohne Goethe sind sie nicht denkbar. Gleichwohl: dieser Totalitätsanspruch der Liebe findet sich bei jenem nicht. Hier tut sich die genuin-romantische Liebesauffassung kund, nach der ein Mensch nur durch die allumfassende Liebe zu einem Du seine Vollendung erreichen kann. Solches ist säkularisierte christliche Mystik. Sie bestimmt, von Heine abgesehen, die Liebeslyrik des neunzehnten Jahrhunderts. Doch gibt es auch eine Gegenbewegung zurück ins Religiöse; bei Mörike (»Kann auch ein Mensch des andern auf der Erde / Ganz, wie er möchte, sein?«), im evangelischen Kirchenlied, etwa bei Philipp Spitta, wo es auf Jesus bezogen heißt: »Du bist meines Lebens Leben, / Meiner Seele Trieb und Kraft.«

Fern wie christliche Mystik ist solch romantisches Liebesverständnis den im aufgeregten Beziehungsgetümmel und Selbstverwirklichungsdrang befangenen Zeitgenossen.

»Liebe«, so steht im Duden Universalwörterbuch von 1983, »ein starkes Gefühl des Hingezogenseins zu einem Menschen, verbunden mit dem Wunsch, für das Wohl des anderen zu sorgen, Fehler zu übersehen oder zu verzeihen, o. ä.«. Gemessen daran ist Friedrich Rückerts Gedicht, das in den meisten modernen Anthologien fehlt, unsäglich in jedem Sinn, von einem fernen Traumbild handelnd, das unsagbar geworden zu sein scheint. Vielleicht sollte man es deshalb gesungen hören, so wie Schubert es vertont hat. Dann läßt es einen Himmel ahnen, der nicht der der Operetten ist.

FRIEDRICH RÜCKERT
LOB DES ABENDROTES

Das Abendrot ist schöner als das Morgenrot;
Zum ersten, weil es ist bequemer anzusehn,
Und man deswegen früh nicht aufzustehen braucht;
Zum andern, weil im Abendrot lustwandeln gehn
Die Schönen, die noch schlafen, wann der Morgen
haucht;
Zum dritten, weil die Abendröte schönen Tag,
Die Morgenröte schlechten prophezeien mag;
Zum vierten endlich, und das ist in meinem Sinn,
Was gibt den Ausschlag: weil ich selbst dem Abendrot
Des Lebens näher als dem Morgenrote bin.

ROLF VOLLMANN
WUNDERBARER SCHMELZ, ANSATZLOS

Erst eine Behauptung, dann folgen von eins bis vier durchnumerierte Argumente. Die Behauptung, auch wenn sie aus lauter hochpoetischen Wörtern besteht, ist fast erschreckend simpel und außerdem noch völlig ohne Rhythmus und alles sonst, was ein Gedicht aus ihr machen könnte: *Das Abendrot ist schöner als das Morgenrot* – und es kommt hinzu, daß die umgedrehte Behauptung sicher genauso wahr und bestimmt nicht unpoetischer wäre. Der Autor, sagt man sich, muß bemerkenswerte Argumente auf dem poetischen Lager haben, wenn er uns nicht auf die Gegenseite treiben will.

Unter Nummer eins bringt er ein verschlafenes Nachtmützenargument *(bequem)*, auch die Sprache bleibt prosaisch; auf eine grammatisch wirklich unfeine Verdrehung *(weil es ist ...)* folgt ein absolut unkonzentriert geschäftsmäßiger Satz: *Und man deswegen früh nicht aufzustehen braucht.* Noch merkt man fast kein Versmaß – Liebhaber des Unauffälligen erkennen gerade daran aber schon vergnügt den alten jambischen Sechsheber oder Trimeter, Mörike schreibt gern seine Versbriefe so, und wenn er dichtend denkt: *Noch unverrückt, o schöne Lampe, schmückest du ...*, doch von so viel Schmelz ist Rückert noch weit weg.

Unter Nummer zwei wacht er aber auf: Die Schönen gehn im Abendrot spazieren, und zwar deshalb, weil sie morgens noch schlafen – keine sehr poetische Begründung fürs

Spazierengehn selber, aber natürlich für den Zuschauer ein sehr lustvoller Grund, das Abendrot vorzuziehn. Und jetzt gibt der Autor auch zu erkennen, daß er dichtet: er reimt, auch wenn er erstens (schon rede ich wie er) ziemlich abrupt poetisch wird *(aufzustehen braucht – Morgen haucht)* und zweitens im umpassenden Metrum: dieser alte jambische Trimeter, liedfernstes aller Maße, ist auch im Deutschen von Haus aus ungereimt. Unter Nummer drei bricht platt und schnöde gereimt sich der Nachtmützige wieder Bahn im Gedicht, das er fast zugrunde richtet damit: egal die Schönheit von Abend- oder Morgenröte – diese verhunzt den Tag, jene aber verspricht für morgen angenehmes Wetter. Drei ganz verschiedenartige Argumente: das erste unter der Nachtmütze hervor, das zweite des augenlustigen Alten, das dritte platt und bürgerlich; sieben Zeilen sind vorbei: das erste zweizeilige Argument nach der These reimt auf nichts, das zweite überrascht mit kleinen Anklängen, das dritte, wieder zweizeilig, reimt wie mit der poetischen Axt.

Drei Zeilen hat er noch: und nun muß er langsam kommen, sagt man sich. Und er kommt. *Zum vierten endlich* – also nun ballt es sich, verspricht er: und ist, schlimmer noch (wenn so was geht) als in der zweiten und dritten Zeile, sofort wieder völlig wie geschlagen mit dem unbeholfenen Schwanengang der Umgangssprache, nämlich: *das ist in meinem Sinn, / Was gibt den Ausschlag.* Böse, böse, hätte man sich noch vor sechs, sieben Zeilen gesagt, aber jetzt ist man doch schon sonderbar gefangen.

Nun bringt er auch das Schlußargument: Er selbst sei nämlich dem Abendrot (fast nimmt er damit jetzt das reimlos allein gelassene Morgenrot der allerersten Zeile begütigend wieder auf), dem Abendrot des Lebens nämlich sei er selbst viel näher als dem Morgenrot: dem Morgenrot, das also die Jüngeren vorziehen mögen. *Sinn* und *bin*, an sich vielleicht kein großer Reim; aber an dieser Stelle, zudem noch leicht auseinandergehalten durch das eingeschobene *Abendrot*, gibt er den Schlußversen einen wunderbaren Schmelz; und fast ansatzlos, wie es im Sportteil heißen würde, schwingen sich die letzten anderthalb Zeilen auf in eine Ebene des Beweisens, in der kein Argument mehr gilt vor der ruhigen Bestimmtheit des immer noch fast lässigen, jetzt aber doch wunderlich gelösten Dahinredens.

Man sieht nun auch, am Ende, wie schwer wohl doch nur ein Gedicht vorstellbar wäre, das, statt das Abendrot schöner zu finden als das Morgenrot, mit dem vorgezognen Morgenrot geglaubt hätte anfangen zu können.

FRIEDRICH RÜCKERT
NACH DSCHELALEDDIN RUMI

Wohl endet Tod des Lebens Noth,
  Doch schaudert Leben vor dem Tod.
Das Leben sieht die dunkle Hand,
  Den hellen Kelch nicht, den sie bot.
So schaudert vor der Lieb ein Herz,
  Alswie vom Untergang bedroht.
Denn wo die Lieb' erwachet, stirbt
  Das Ich, der dunkele Despot.
Du laß ihn sterben in der Nacht,
  Und athme frei im Morgenroth.

GOLO MANN
HINTER DEM SCHEIN DER EINFACHHEIT

Eine von Rückerts Dichtungen nach dem Persischen des großen Mystikers; wie nahe dem Urtext, weiß ich nicht. Eine Verschmelzung des einen Geistes mit dem anderen jedenfalls; derart, daß es auch ein autonomes Gedicht Rückerts sein könnte. So hat dieser gelehrte, edle und weise Poet gedacht, Ähnliches stammt, auch ohne Modell, von ihm. Die östliche Schule, in die er ging, erweckte oder bestärkte in ihm nur, was in ihm angelegt war. Übrigens konnte er Verwandtes auch bei den Deutschen, bei Eckhart, bei Angelus Silesius finden, an den er sich mit seinen »Schlußreimen« anlehnte.

Er weiß, wie so oft, seine hohe Kunst hinter dem Schein der Einfachheit zu verbergen. Einfach ist der Grundreim, der in den beiden ersten Zeilen angeschlagen wird, um von da ab in jeder zweiten Zeile zu erklingen, abgehoben gegen den vorhergehenden und nachfolgenden reimlosen Zeilenschluß. Was könnte vertrauter gereimt sein als Not, Tod und Rot? Wozu noch »bot« kommt und, ein wenig origineller, »Despot«. Man mußte Friedrich Rückert sein, um mit einem so bescheidenen Pfunde so zu wuchern. Der genialste Reimer in aller deutschen Lyrik konnte es.

»Denn wo die Lieb' erwachet, stirbt / Das Ich, der dunkele Despot ...« Kernsatz aller Mystik, tausendfach variiert: Verwandtschaft von Liebe und Tod; Befreiung von der Sklaverei des Ich, Auflösung des Ich den beiden gemeinsam; der armen Seele Angst davor und Sehnsucht danach. Der am Ende erteilte Rat ist, wenn man es denn genau nehmen will, nicht der, zu sterben, sondern in der Liebe den dunklen Despoten ganz zu stürzen. Dem Dichter selbst gelang es: »Du bist die Ruh ...« und andere Glanzstücke seiner erotischen Poesie zeugen davon.

Es gibt eine zweite Rückertsche Dichtung nach Rumi, diese aber nun ganz Nachdichtung, ganz orientalisch in der Instrumentierung, die unglaubliche Virtuosität des Nachdichters in der stürmenden Bewegung der Trommeln und Flöten für einmal nicht verbergend. Sie beginnt: »Schall, o Trommel, Hallo Flöte! Allah hu! / Wall im Tanze, Morgenröte! Allah hu! / Lichtseel im Planetenwirbel, Sonne vom / Herrn im Mittelpunkt erhöhte! Allah hu!«, und endet: »Seele, willst ein Stern dich Schwingen um dich selb, / Wirf von dir des Lebens Nöte! Allah hu! / Wer die Kraft des Reigens kennet, lebt in Gott, / Denn er weiß, wie Liebe töte. Allah hu!«

Hier kommt zur Liebe und Tod der Tanz, eine Rumis frommem Orden eigene Kultpraxis, das Kreisen der Sphären symbolisierend und das Kreisen der Seele um Gott. So staunenswert gelungen die Übersetzung, so gehört dieses Lied doch dem Dschelaleddin, nicht Rückert, dessen Sache solch orgiastisches Geschwing und Gedröhn nicht war. Dagegen ist »Das Leben sieht die dunkle Hand, / Den hellen Kelch nicht, den sie bot« ganz sein Gedicht.

Er war ein Meister der Formen, darin Platen ähnlich. Ich meine jedoch: mit weniger Mühe als Platen; mit mehr Glück ohnehin; folglich auch mit tieferem Schmerz (Die Kindertotenlieder). Seine Balladen – Chidher, Das versunkene Dorf – sind keineswegs kunstloser als die Platenschen, dabei kraftvoller, erdnäher; seine Sprüche voll des »körnigen Tiefsinns«, die Platen vom Lyriker verlangt. Er konnte alles: Gedichte von so berauschend-raffinierter Süße wie sonst nur Brentano; von so streng rhythmisierter Lieblichkeit und Klarheit wie sonst nur George, wo der am besten war; und lustig gereimte Märlein für die Kinder. Sie standen vor sechzig Jahren noch in unserer Fibel; sind heute vergessen.

Es gibt keine auch nur halbwegs befriedigende Rückert-Ausgabe; kein Schüler kennt mehr seinen Namen. Auf dem Autographenmarkt, sichere Messung nicht des Ranges, aber des Rangierens, mag man ein Rückert-Gedicht, zierliche, vermutlich zweite Niederschrift, noch mit Korrekturen, für ein paar hundert Mark ersteigern. Für Platen wäre das Zehnfache, für Heine das Fünfzigfache zu bezahlen gewesen. So wunderlich geht es in Ruhmeslanden zu.

FRIEDRICH RÜCKERT
ÜBER ALLE GRÄBER

Über alle Gräber wächst zuletzt das Gras,
alle Wunden heilt die Zeit, ein Trost ist das,
wohl der schlechteste, den man kann erteilen;
armes Herz, du willst nicht, daß die Wunden heilen.
Etwas hast du noch, solang es schmerzlich brennt;
das Verschmerzte nur ist tot und abgetrennt.

GABRIELE WOHMANN
ZWEIMAL TOT

Mit Friedrich Rückerts schlechtestem Trost fängt es in der Biographie eines Menschen früh an. Das wird ja wieder gut, sichern die Eltern dem Kind zu, das sich wehgetan hat. Schon legt das Kind beim Weinen kurze Pausen ein. Sein Lieblingsspielzeug ist zerbrochen, und die Eltern versprechen ihm: Nur Geduld, du wirst das verschmerzen. Jemand hat das Kind gekränkt, aber die Eltern wissen jetzt schon: Nicht mehr lang, und du wirst dein Unglück vergessen. Dreimal hat das Kind den Eltern nicht glauben können, doch dreimal haben die Eltern recht behalten. Ebenso wie später die guten Freunde: Laß Gras drüber wachsen, mit der Zeit legt sich das, trösten sie einen zum ersten Mal von der Liebe Enttäuschten, der beim zweiten Mal weiß, daß sich die Freunde nicht geirrt haben.
Doch keine Aussicht auf die schmerzfreie Zukunft lindert die Seelennot in der Gegenwart. Kein Zuspruch nützt erst recht dem, den der Tod von einem geliebten Menschen getrennt hat. Aus Pietät wendet bei ihm niemand die banale Trosttherapie von der alle Wunden heilenden Zeit an. Aber auch er erlebt wie das schneller getröstete Kind den Tag, an dem ihm seine Vergeßlichkeit auffällt. Es geht mir ja ganz gut, vorhin habe ich gelacht, ich habe mich dafür interessiert, was ich esse, anziehe, lese, ob es mir Vergnügen machen wird, mich mit X zu treffen?
Lacht er weiter, der vom Schwersten Betroffene, dem es besser geht? Wird der von der Zeit Geheilte seiner Ge-

sundheit froh? Nein. In Friedrich Rückerts Gedicht erschrickt er vor der Hinfälligkeit seiner Trauer. Durch die schrecklich kreatürliche Unfähigkeit, dauerhaft zu leiden, fühlt er sich blamiert. »Wenn meine Schmerzen schweigen / Wer sagt mir dann von ihr?« singt Schuberts Winterreisender, dem zusammen mit den akuten Schmerzen die geliebte Person selber entschwindet.

Das Gedicht ist nicht tröstend, denn Rückert ist untröstlich über den geistlosen Trost durchs Zeitvergehen. Der Dichter beschwichtigt den Leser nicht, er kommt nach zwei getragenen Zeilen gleich zur Sache: zur Kritik an der Gedächtnisschwäche, am Defizit der Schmerztreue. Das bringt ihn in der dritten Zeile aus dem metrischen Schema; statt etwa zu schreiben: »Keinen schlechteren kann man erteilen«, tut er lieber der Wortstellung Zwang an.

Rückert registriert die Binsenweisheit vom »Gras«, das über alles wächst, auch »über alle Gräber«. Das Graswachstum als Metapher für ausschleichendes Unglück, Leidverblassen, Abgewöhnen, Eingewöhnen. Das Leben geht weiter: ein triviales Fazit. Manche Leute, die unglücklichen anderen Leuten helfen wollen oder die ihr Verlangen nach eigener schneller Rekonvaleszenz rechtfertigen, steigern die brutale Maxime so: Das Leben *muß* weitergehen. Muß es das? Rückert verachtet solche Seelenmechanismen, und daß Verlaß auf sie ist, gilt ihm als der schlechteste Trost. Man könnte doch wenigstens seinen Schmerz unvergänglich zu machen versuchen. Ein Mensch lebt nicht mehr, aber das Verlustgefühl, es müßte nicht sterben. Was die meisten beschwichtigt, empört den Verfasser der sechs Gedichtzeilen.

Wir alle wissen es, so wie er es weiß: Wir haben sehr gelitten, wir haben selber nicht weiterleben wollen. Dann aber

– Zeit verging, nichts sonst – merken wir plötzlich auf, mitten im Gedanken an wer weiß was, nur nicht an unseren furchtbaren Verlust, und da ist sie, die Erinnerung, seit langer Zeit wieder. Wir schämen uns, vielleicht geht jemand auf den Friedhof, vielleicht spricht einer ein Gebet ... aber fast genießerisch, all die Wehmutshandlungen! Die Häßlichkeit der früheren Verzweiflung ist nicht rekonstruierbar. Wir haben beides verloren: den Gegenstand des Kummers und den Kummer.

Das Kind spielt mit dem neuen Spielzeug. Die Witwe gießt das Grabpflänzchen und nicht mehr sein Weinglas voll. Beim Sortieren ihrer Sachen spürt der Witwer noch einmal die volle Wucht des Entsetzens – doch hat das nur eine Stunde gedauert, und nun geht es ihm wieder gut. Insekten trauern überhaupt nicht.

FRIEDRICH RÜCKERT
WAS SCHMIEDST DU, SCHMIED?

Was schmiedst du, Schmied? »Wir schmieden Ketten, Ketten!«
Ach, in die Ketten seid ihr selbst geschlagen.
Was pflügst du, Bau'r? »Das Feld soll Früchte tragen!«
Ja, für den Feind die Saat, für dich die Kletten.
Was zielst du, Schütze? »Tod dem Hirsch, dem fetten.«
Gleich Hirsch und Reh wird man euch selber jagen.
Was strickst du, Fischer? »Netz dem Fisch, dem zagen.«
Aus eurem Todesnetz wer kann euch retten?
Was wiegest du, schlaflose Mutter? »Knaben.«
Ja, daß sie wachsen und dem Vaterlande,
Im Dienst des Feindes, Wunden schlagen sollen.
Was schreibest, Dichter, du? »In Glutbuchstaben
Einschreib' ich mein und meines Volkes Schande,
Das seine Freiheit nicht darf denken wollen.«

ALBRECHT GOES
GLUTBUCHSTABEN

Ein nicht eben vorzügliches Gedicht, das sich fast siebzig Jahre im Gedächtnis erhalten hat, damit muß es eine besondere Bewandtnis haben: Die Rede ist von einem der »Geharnischten Sonette« von Friedrich Rückert, 1812 geschrieben, beginnend: »Was schmiedst du, Schmied? ›Wir schmieden Ketten, Ketten!‹«. Zwölf Jahre alt war ich, als ich es zu deklamieren hatte, Quartaner im Göppinger Realgymnasium. Für die Jahresschlußfeier vom Frühling 1920 hatte der Deutschlehrer drei Gedichte gewählt; ein Primaner, ein Sekundaner und ich als dritter und Jüngster hatten aufzutreten; die Auswahl war dezidiert-patriotisch getroffen worden; der Vertrag von Versailles, ein Jahr zuvor unterzeichnet, bestimmte die Gedanken auf eine Weise, die alle Nachfahren von heute kaum noch nachvollziehen können. Wir haben seither noch schwerere Erdbeben erlebt, aber dieses »Ach, in die Ketten seid ihr selbst geschlagen« – damals traf es ein allgemeines Lebensgefühl; wer hier sprach, sprach für alle.
In meinem Elternhaus wählte man, das weiß ich sicher, nicht deutsch-national, sondern demokratisch im Geist von Friedrich Naumann und Theodor Heuss, und an revanchistischen Reden und Wünschen beteiligte man sich durchaus nicht. Aber da war dies: »In Glutbuchstaben / Einschreib' ich mein und meines Volkes Schande, / Das seine Freiheit nicht darf denken wollen.« Die düstere Grammatik des Sonetts, die wilde Vokabel »Glutbuchsta-

ben«: Zwei, drei Jahre später hätte ich mich diesem Pathos gewiß verweigert; damals fiel es in mich hinein, ich nahm es auf und gab es weiter.

Mein Vater, der in der Prima des Gymnasiums Religionsunterricht erteilte, gehörte von Amts wegen zu den Gästen der Feier; er hatte zufällig an diesem Tag seinen Platz neben dem Oberbürgermeister; die beiden Männer kannten sich ein wenig, wie sich eben Stadtoberhaupt und Gemeindepfarrer kennen mochten. Nach dem Rückert-Gedicht sagte der Oberbürgermeister zu seinem Nachbarn: »Das war gut vorgetragen. Wer war der Sprecher? Kennen Sie ihn?« Darauf mein Vater: »Ein wenig.«

Natürlich habe ich dieses kleine Zwiegespräch nicht damals, sondern fast durch Zufall erst Jahrzehnte später erfahren, und ich bewahre es ernsthaft im Gedächtnis; nicht, um einer Rezitatoren-Eitelkeit Zucker zu geben: dazu war kein Anlaß. Ich war immer, wenn es um große Gedichte ging, viel zu aufgeregt, um mit ihnen in gebotener Gelassenheit ein guter Sprecher zu werden; wohl aber, weil ich das »ein wenig« aus der Antwort meines Vaters so lieb habe; es gehörte zu seiner Herzenshöflichkeit, die auch damals schon keinen *adulescens* vereinnahmen wollte.

Die jetzt leben, werden, wenn auf Patriotismus die Rede kommt, einiges besser wissen, als wir es wußten, und werden nichts mehr mit »Glutbuchstaben« im Sinn haben. Aber zuweilen frage ich mich, ob es nicht doch ein Nährsalz ist unter anderen Salzen, das zum Leben gehört, dies: teilzuhaben an der Not des Landes, sie sei nun verschuldet oder unverschuldet oder halb verschuldet – zu wissen also: es sei dieses Land wirklich, es heiße, wie es heiße, dies: »mein Vaterland«.

ARTHUR SCHOPENHAUER
AUF DIE SIXTINISCHE MADONNA

Sie trägt zur Welt ihn: und er schaut entsetzt
In ihrer Greu'l chaotische Verwirrung,
In ihres Tobens wilde Raserei,
In ihres Treibens nie geheilte Torheit,
In ihrer Qualen nie gestillten Schmerz –
Entsetzt: doch strahlet Ruh und Zuversicht
Und Siegesglanz sein Aug', verkündigend
Schon der Erlösung ewige Gewißheit.

HANS MAIER
MIT RUHIGEM ENTSETZEN

Ein Gedicht aus einem einzigen Satz. Fünffüßige Jamben ohne Reim, gleichmäßig zwischen Zehn- und Elfsilbern wechselnd, nur gegen Ende mit drei Zehnsilbern stärker drängend, eine kleine *stretta*, parallel zum Enjambement der Satzführung – bis sich die Spannung im letzten Vers, einem makellosen romanischen *endecasillabo*, zu lösen beginnt: dem »nie gestillten Schmerz« stellt sich »der Erlösung ewige Gewißheit« entgegen.

Schopenhauers Verse breiten sich ruhig aus, in großen Substantiv-Inseln, Parallelismen, Wiederholungen: der Höhepunkt ist das vor dem Blick des Jesusknaben erscheinende, in vier Zeilen eindrücklich sich steigernde Welt-Elend. Ich wüßte keine Stelle in der deutschen Lyrik, in der Rhetorik so unmittelbar in Poesie übergeht wie hier.

Aber die Stoßkraft des Gedichts liegt in dem eröffnenden »Sie trägt zur Welt ihn« und in dem gegenläufig-erwidernden »und er schaut entsetzt«. Welch ein Einfall: Die feierliche Statik des Andachtsbildes wird unvermittelt in Bewegung aufgelöst; die Madonna trägt das Kind nicht nur im Arm wie bei Raffael, sie trägt es hin »zur Welt«, einer Welt der Unversöhnlichkeit – und die Qualen dieser Welt spiegeln sich in seinen entsetzten Augen wider.

Doch dann dreht sich das Gedicht mit einem zweiten, wie aus der Luft aufgefangenen »entsetzt« plötzlich um: die Perspektive ändert sich, durch das Entsetzen dringen »Ruh und Zuversicht und Siegesglanz« hindurch, und am

Ende ist von Gewißheit, ja von Erlösung die Rede. Das Entsetzen ist gebannt. Es ist ein ruhiges Entsetzen geworden. Die Harmonie ist gerettet. So daß wir, das Gedicht zu Ende lesend, mit Gretchen sagen könnten: »Ungefähr sagt das der Pfarrer auch, nur mit ein bißchen andern Worten...«

Schopenhauer schrieb diese Verse 1815 in seiner Dresdner Zeit. Er war damals siebenundzwanzig Jahre alt. Seine Wanderjahre als Kaufmann, seine Lehrjahre als Philologe, Mediziner, Philosoph lagen hinter ihm – auch die großen Trennungen, von der Mutter, von Goethe. Er hatte sich losgerissen, war er selbst geworden. Sein Hauptwerk nahm in diesen Jahren Gestalt an. Doch er war damals, zum Glück, noch nicht der große Hypochonder, der unleidig Einsame, systematisch Ungesellige der späteren Berliner und Frankfurter Jahre – jener Privatdozent, der in Berlin, hartnäckig zur gleichen Zeit wie Hegel lesend, sich zornig seinen Mißerfolg ertrotzte.

Unter den wenigen Gedichten, die Schopenhauer veröffentlicht hat (die meisten sind nur Fingerübungen), ist dies das schönste, ausdrucksvollste, bedeutendste. Es verdient aber auch einen Platz im schmalen Register »philosophischer« Lyrik. Unsere philosophische Literatur ist nicht reich an lyrischen Erträgen; und Schopenhauer selbst war der Meinung, man könne nicht gleichzeitig Philosoph und Dichter sein. Philosophensprache scheint dem Gedicht zu widerstreben. Kants mäandrischer, in jede Gedankenwindung eindringender Stil hat etwas Antilyrisches; Hegel kam in seinen Versen mit Hebungen und Senkungen nicht zurecht. Ein Gegenbeispiel ist Nietzsches libellenhafte Grazie; allein: Ist er in seiner Lyrik noch ein zünftiger Philosoph?

Einzig Schopenhauer ist nicht nur ein Prosaist von Graden – auch seine Lyrik bewegt sich in soliden Gelenken, hat Kraft und Helligkeit, bleibt nicht im Ungefähren. So gesehen ist das Gedicht an die Sixtinische Madonna nicht nur ein jugendliches Überbleibsel im Werk des großen Stilisten – es ist auch *(sit venia verbo)* ein Stück Wiedergutmachung der deutschen Philosophie an der deutschen Sprache.

FERDINAND RAIMUND
DAS HOBELLIED

Da streiten sich die Leut herum
Oft um den Wert des Glücks,
Der eine heißt den andern dumm,
Am End weiß keiner nix.
Da ist der allerärmste Mann
Dem andern viel zu reich.
Das Schicksal setzt den Hobel an
Und hobelt s' beide gleich.

Die Jugend will halt stets mit Gwalt
In allem glücklich sein,
Doch wird man nur ein bissel alt,
Da find man sich schon drein.
Oft zankt mein Weib mit mir, o Graus!
Das bringt mich nicht in Wut.
Da klopf ich meinen Hobel aus
Und denk, du brummst mir gut.

Zeigt sich der Tod einst mit Verlaub
Und zupft mich: Brüderl, kumm!
Da stell ich mich im Anfang taub
Und schau mich gar nicht um.
Doch sagt er: Lieber Valentin!
Mach keine Umständ! Geh!
Da leg ich meinen Hobel hin
Und sag der Welt Adje.

PETER VON MATT
VON ALTER UNANFECHTBARKEIT

In dem Gedicht muß ein Geheimnis stecken. Es kommt auf mich zu als Gemeinplatz, dann trifft es mich wie Erschütterung. Wie geht das zu? Da ist doch Wiener Biedermeier, ganz wie man es kennt, schon etwas muffig sogar, dem Verdacht falscher Ofenwärme nicht entzogen. Verschärft nicht Metternich eben jetzt, 1833, überall die Polizeikontrolle? Die Verhaftungen nehmen zu. In Paris hat es Revolution gegeben. Sie kann anstecken. Die Schweizer haben bereits nachgezogen. Büchner betet in diesem Herbst »jeden Abend zum Hanf und zu den Laternen«. Heine pulvert aus dem Exil; das saust in prächtiger Ballistik über die Vogesen. In Wien selbst singt Nestroy als besoffener Schuster das Lied vom Weltuntergang. Viele schaudert's.

Und jetzt diese Weltversöhnung! Die Einsprüche liegen auf der Hand. Aber das ist nun das Großartige an dem Gedicht: Es rechtfertigt sich selbst. Man braucht es gar nicht zu verteidigen. Es erledigt alle Einwände durch seine bloße Existenz. So wie es auch den tausendfachen Versuchen, es zu verkitschen, mühelos widerstanden hat. Es ist nicht umzubringen, von den Kritischen nicht und nicht von den Sentimentalen. Das muß seinen Grund haben.

Dieses Lied kommt weither. Es stammt gar nicht nur aus dem Wiener Biedermeier. So wie hier der Tischler Valentin an die Rampe tritt und zu den Leuten singt und redet, so hat es die Lustige Person auf der Wiener Bühne seit den

Türkenkriegen getan. Als Hans Wurst und Kasper trieb sie es derber, obszön, geplagt von einem unverschämten Wanst. In Papageno wurde ihre vorzivilisierte Existenz verzaubert: Zum Hunger kam ein sehnsüchtiges Menschenherz, zum losen Maul die Musik aus Mozarts Todesjahr.

Auch Valentin trägt noch das Berufszeichen, den Hobel, wie Papageno den Vogelkäfig, wie Hans Wurst das Krautmesser. Alles Ungezähmte aber, der scharfe Geruch der freien Wildbahn, der die Aufklärer am Wiener Lustigmacher so skandalisierte, hat sich verflüchtigt. – Wirklich? Wie hielt es denn der alte Possenreißer? Er zog mit den Großen, bewegte sich im Getümmel ihrer Rituale um Ehre, Liebe, Ruhm und Tod und überlebte, weil er immun war gegen alles Feierliche, weil ihm die hohen Ideen blauer Dunst waren angesichts einer Wurst, einer Flasche, einer weißen Brust.

Diese barbarische Unanfechtbarkeit der Lustigen Person ist in Valentin vergeistigt, ohne daß die alte List ganz verschwunden wäre. Auch hier geht es darum, den höchsten Werten der eigenen Gesellschaft zu entwischen, bevor sie einem den Tag verderben. Einst hieß das Ehre; jetzt heißt es Erfolg und Reichtum, heißt Karriere, die alles berechnen kann außer dem Tod. Glück bedeutet glücklicher sein als der Nebenmann und es diesem beweisen können.

Solchem Druck entzieht sich das Lied – nicht nur in Sanftmut. Der hauende Hobel ist kein harmloses Bild. Wer ihn am Werk sieht an lebendigen Menschen, treibt eine harte Philosophie. Hier ermöglicht sie ihm zuletzt das Äußerste, was Philosophie überhaupt erreichen kann, die vorsichtige Freundschaft mit dem eigenen Tod.

FRANZ GRILLPARZER
DER HALBMOND GLÄNZET AM HIMMEL

Der Halbmond glänzet am Himmel,
Und es ist neblicht und kalt.
Gegrüßt sei du Halber dort oben,
Wie du, bin ich einer der halb.

Halb gut, halb übel geboren,
Und dürftig in beider Gestalt,
Mein Gutes ohne Würde,
Das Böse ohne Gewalt.

Halb schmeckt ich die Freuden des Lebens,
Nichts ganz als meine Reu;
Die ersten Bissen genossen,
Schien alles mir einerlei.

Halb gab ich mich hin den Musen,
Und sie erhörten mich halb;
Hart auf der Hälfte des Lebens
Entflohn sie und ließen mich alt.

Und also sitz ich verdrossen,
Doch läßt die Zersplitterung nach;
Die leere Hälfte der Seele
Verdrängt die noch volle gemach.

GÜNTER BLÖCKER
SEELISCHE VERSTEPPUNG

Lyrik bedeutet, mehr als jede andere Dichtart, immer auch ein Stück Selbstentblößung – damit sagt man gewiß nichts Neues. Daß aber das Autobiographische eines Gedichts so nackt, mit so krasser Direktheit in Erscheinung tritt wie in diesen Versen Grillparzers, dürfte ungewöhnlich sein. Ungewöhnlich vor allem aber, daß eine poetische Selbstdarstellung sich so vehement *gegen* ihren Urheber richtet, daß ein lyrisches Selbstporträt mit so erbarmungsloser Konsequenz zum Selbstgericht, ja zur Selbstdenunziation wird.

Die Wirkung hat etwas Verstörendes. Das um so mehr, als die anheimelnde Mondmetapher, mit der das Gedicht beginnt, eher Harmloses und Konventionelles erwarten läßt. Auch die frühesten Verse, die der Vierzehnjährige noch als Schüler schrieb, hatten mit dem Mond zu tun. »Der Mond in seltener Reinheit stand gerade über mir. Da überfiels mich«, heißt es in Grillparzers Selbstbiographie; und so singt er denn, wie sich's gehört, vom tröstlichen »Silberglanz«, der so manche bedrückte Seele mitleidsvoll umfängt und ihr den ersehnten Schlaf beschert. »Schlummer« reimt sich da brav auf »Kummer«. Das war 1804. Nun aber, mehr als zwei Jahrzehnte später, liest es sich anders. Auch jetzt »überfällt« es den Dichter, doch was der Anblick des sanften Gestirns in ihm auslöst, ist nicht »süße Wonne«, sondern das verödende Gefühl eines Mangels. Nicht die stille Pracht des vollen, die Unvollkommenheit des halben

Monds ist es, die ihn beredt macht – beredt nach Art derer, die jede Außenwahrnehmung, und sei sie noch so entlegen, hypochondrisch auf sich selbst beziehen.

Obwohl die Halbheit des Mondes doch auch ganz anders zu interpretieren wäre, nämlich als ein sich ständig korrigierender, der Vollkommenheit zustrebender Zustand, nimmt Grillparzer sie, auf die eigene Person übertragen, als etwas schicksalhaft Unwiderrufliches. Weder geht es ihm um das Faszinosum des Mondlichts noch um das Mysterium der wandelbaren Scheibe (beides lyrische Gegenstände ersten Ranges durch die Jahrtausende), sondern allein um das eigene beschädigte Ich, um seine ganz persönliche »Halbheit«, für die der »Halbe dort oben« nur das Stichwort liefert.

»Von quälenden Gedanken wie von Hunden angefallen, weiß ich nicht, nach welcher Seite mich wenden«, notiert er einmal in seinem Tagebuch. Dann wieder sieht er sich als einen anderen Prometheus an den Felsen geschmiedet, »mir selbst die Leber ausfressend statt des Geiers«. Hier nun, im Angesicht des Halbmonds, genügt eine einzige Silbe, das Wörtchen »halb«, um Hund und Geier in Bewegung zu setzen, wenn auch in der domestizierten Form eines Gedichts, das die Elemente der peinvollen Selbstanalyse zu einem beinahe anmutigen Reigen ordnet.

Dennoch: es bleibt ein grausames Spiel, das der Dichter mit jenem fatalen Wörtchen treibt, wie er es nach Art eines Rondos in hartnäckiger Wiederholung durch die Zeilen führt, alles nicht nur ankränkelnd, sondern vom Kern her in Frage stellend. Charakter und soziale Statur, die guten und die schlimmen Eigenschaften, die Fähigkeit des Genießens und die dichterische Produktivkraft – alles nur »halb«. Und am Ende zehren Selbstzweifel und Selbstverachtung auch noch das wenige auf, das »voll« war. Ein Prozeß der seelischen Versteppung.

Diese letzte Strophe ist ein besonderer Fall. Sie klappt nach, hat nicht mehr die trügerische Biegsamkeit des Vorangegangenen, gehört mit dem spröd-prosaischen Terminus »Zersplitterung« einer anderen Ausdruckssphäre an. Die Leitvokabel »verdrossen«, ein Grillparzer-Wort par excellence, trifft hier auch auf die Formqualität zu. Das der selbstquälerischen Bitterkeit des Vorgangs nicht recht angemessene, vorwiegend dem Reimzwang gehorchende »gemach«, mit dem das Gedicht schließt, scheint eigens dafür da zu sein, den so ausgiebig beschworenen Halbheiten eine letzte hinzuzufügen.

Grillparzer hat sich nie primär als Lyriker empfunden. Doch er wußte genau, was das Gedicht so unmittelbar wie keine andere Kunstform zu leisten vermag, nämlich (so steht es in seinen Aufzeichnungen) »Selbst-Erleichterung«, und sei es auch nur die Selbsterleichterung, die darin liegt, dem Gefühl des eigenen Unwerts Wohltat und Würde des gestaltenden Worts zuteil werden zu lassen.

WILHELM MÜLLER
DER LINDENBAUM

Am Brunnen vor dem Tore,
Da steht ein Lindenbaum.
Ich träumt in seinem Schatten
So manchen süßen Traum.

Ich schnitt in seine Rinde
So manches liebe Wort,
Es zog in Freud und Leide
Zu ihm mich immer fort.

Ich mußt auch heute wandern
Vorbei in tiefer Nacht,
Da hab ich noch im Dunkel
Die Augen zugemacht.

Und seine Zweige rauschten,
Als riefen sie mir zu:
Komm her zu mir, Geselle,
Hier findst du deine Ruh!

Die kalten Winde bliesen
Mir grad ins Angesicht,
Der Hut flog mir vom Kopfe,
Ich wendete mich nicht.

Nun bin ich manche Stunde
Entfernt von jenem Ort,
Und immer hör ich's rauschen:
Du fändest Ruhe dort!

JÖRG VON UTHMANN
LIED EINES SELBSTMÖRDERS

1948 befragte die »Welt am Sonntag« Thomas Mann nach seinem Lieblingsgedicht. Er nannte gleich ein ganzes Dutzend. »Die Verbindung mit der Musik«, fügte er hinzu, »spielt eine große Rolle. Vielleicht würde ich das Eichendorff-Gedicht, worin es heißt: ›Hast ein Reh du lieb vor andern, laß es nicht alleine grasen‹ und das mit der Mahnung schließt ›Hüte dich, sei wach und munter!‹ (was unter den gegebenen Umständen viel verlangt ist) – vielleicht würde ich es nicht so lieben, wenn Schumann es nicht so unglaublich genial vertont hätte. Goethes ›Musensohn‹ ist eben großenteils von Schubert. Und von wem ist ›Wann der silberne Mond‹? Von Hölty, muß man mit fester Stimme antworten. Aber wo wäre er, wenn Brahms nicht gewesen wäre?«
Wo wäre der »Lindenbaum«, wenn Schubert ihn nicht vertont hätte? Die beiden fallenden Terzen der ersten Zeile – kann man sich das noch anders vorstellen? Oder den Schritt von Dur nach Moll, der die dritte und vierte Strophe von den beiden ersten abhebt? Oder schließlich die wütenden Sechzehntelfiguren, mit denen Schubert die »kalten Winde« illustriert, die dem Wanderer »grad ins Angesicht« blasen? Wilhelm Müllers Gedichtzyklus »Die Winterreise«, zu der der »Lindenbaum« gehört, ist das gleiche Schicksal widerfahren wie Beaumarchais' »Barbier von Sevilla« oder Oscar Wildes »Salome«: Jedesmal ging ein Stück Literatur an die Musik verloren.

Ein erstklassiges Lied, so hört man oft, setze einen zweitklassigen Text voraus. Für diese These gibt es zahllose Belege, aber auch große Gegenbeispiele. Zu welcher Kategorie der »Lindenbaum« gehört, wollen wir hier getrost auf sich beruhen lassen. Gestehen wir offen: das Lied ist uns ans Herz gewachsen. Hier das Skalpell des Kritikers anzusetzen käme uns ebenso unpassend vor wie eine Rezension des »Rumpelstilzchen«. Neuerdings hat man mit viel gelehrtem Aufwand versucht, Müller zum großen Dichter zu stempeln. Man hat ihn als Nachfahren Tiecks und Vorläufer Heines hingestellt. Man sollte das bleibenlassen. Gemessen an seinen Zeitgenossen Eichendorff, Brentano und Mörike bleibt er ganz der romantischen Konvention der rauschenden Bächlein, Brunnen und Zweige verhaftet. Erst in den letzten Liedern der »Winterreise« werden neue, abgründigere Töne hörbar, die künstlerisch allerdings noch nicht vollkommen bewältigt sind.

Was für Müller einnimmt, ist die volkstümliche Schlichtheit, die Mischung aus ungekünstelter Naivität und gefühlvoller Stimmungsmalerei, die auch Schubert zur Vertonung anregte. Insofern gleicht er jenem »einfachen, aber ansprechenden« Romanhelden Hans Castorp, dem sein Autor bescheinigt, daß immerhin »nicht jedem jede Geschichte passiert«. Ist es Zufall, daß Castorp mit dem »Lindenbaum« auf den Lippen den Blicken des Lesers entschwindet und seinem Soldatentod entgegenzieht?

Als Schubert im Oktober 1827 seinen Freunden die »Winterreise« zum erstenmal im Zusammenhang vortrug, reagierten sie auf die geballte Lebensverneinung mit konsternierter Betroffenheit. Nur der »Lindenbaum« fand ihren Beifall. Dabei handelt auch er vom Selbstmord, den der Wanderer freilich erst im letzten Lied des Zyklus begeht.

Das werbende Locken des Baumes: »Komm her zu mir, Geselle, hier findst du deine Ruh!« ist ja nichts anderes als die Versuchung, sich an ebenjener Stätte aufzuhängen, an der man einst glücklich war. Ob dies den Männerchören, die das Lied – in der versimpelten Version Friedrich Silchers – mit sonorem Seelenschmalz vortragen, bewußt ist? Übrigens kann der Ort der Handlung besichtigt werden. Wilhelm Müller ließ sich von einer Linde vor dem Steintor in Bad Sooden-Allendorf inspirieren. Das Tor existiert heute nur noch als Straßenname. Auch der Baum wurde 1912 bei einem Gewitter entwurzelt. Zwei Jahre später hat man an der gleichen Stelle eine neue Linde gepflanzt, die prächtig gedeiht. Der Brunnen (mit Gedenktafel) ist dagegen noch derselbe wie zu Müllers Zeiten. Gleich gegenüber gibt es eine Tanzbar »Zur Linde«. Schubert wird hier allerdings nur selten gespielt.

WILHELM MÜLLER
DER WEGWEISER

Was vermeid ich denn die Wege,
Wo die andren Wandrer gehn,
Suche mir versteckte Stege
Durch verschneite Felsenhöhn?

Habe ja doch nichts begangen,
Daß ich Menschen sollte scheun –
Welch ein törichtes Verlangen
Treibt mich in die Wüstenein?

Weiser stehen auf den Straßen,
Weisen auf die Städte zu,
Und ich wandre sonder Maßen,
Ohne Ruh, und suche Ruh.

Einen Weiser seh ich stehen
Unverrückt vor meinem Blick;
Eine Straße muß ich gehen,
Die noch keiner ging zurück.

HARTMUT VON HENTIG
EIN SEELENBILD

Dieses Gedicht ist das dreizehnte in einer Folge von vierundzwanzig. Jedes dieser Gedichte malt ein Bild, gibt einen Seelenzustand wieder. Zusammen ergeben sie so etwas wie eine Geschichte – die Geschichte einer Flucht. Wir nehmen erst den undeutlichen Anlaß, dann deutlichere Begegnungen und Ereignisse unterwegs wahr – einen Sturm und einen Lindenbaum, Irrlicht und Frost, eine wunderliche Krähe und bellende Hunde, die Verlokkung, bei Fremden einzukehren, und die Verlockung, den Postillion nach der Geliebten zu fragen – und schließlich ein Ende, das keines ist: »Nun weiter denn, nur weiter« – so wird es gehen.

Die Geschichte heißt »Die Winterreise«. Aber eine Reise ist's nicht, wenn denn eine Reise von hier nach dort führt. Es ist auch keine Wanderung, wenn Wanderung die Fortbewegung zu Fuß um ihrer selbst willen ist. Das Ganze ist ein Bild wie seine Teile – und wie seine Teile gibt es auch einen Gemütszustand wieder. Wir erkennen ihn an den Einzelheiten. Mit ihrer Hilfe meinen wir (und meint gelegentlich auch der Dichter) die einzelnen Seelen-Bilder benennen zu können: Niederlage, Eifersucht, Erstarrung, Hoffnung, Selbsttäuschung, Selbstanklage, Selbstpreisgabe, Todessehnsucht. Aber keine der Benennungen befriedigt. Dieses Scheitern legt nahe, daß das Gedicht seinen Grund und Ursprung in den Grenzen der Seelenkunde hat – in dem Unvermögen, den Menschen in eindeutigen Begriffen und einfachen Zuordnungen dieser Begriffe auszusprechen. Ein Gedicht – verstehen wir – ist die knappste Fassung eines bewegten Gemischs teils harmonischer, teils widersprüchlicher, teils gespaltener Empfindungen. »Der Wegweiser« erscheint mir als treffendes Beispiel hierfür.

Da hat einer, dem die Erfüllung seiner Liebe versagt worden ist, gemeint, er müsse gehen, bevor er verstoßen wird, und verläßt bei Nacht die Stadt. Er hat sich eingeredet, das Fortgehen sei in der Ordnung: *Die Liebe liebt das Wandern, / Gott hat sie so gemacht.* Ganz hat er sich selbst nicht geglaubt. Nun wandert er – durchwandert den Schmerz, seine Erinnerung, seine Sehnsucht. Er wird den Gedanken nicht los: dort fände er Ruhe – dort, wo er hergekommen ist.

Und dann dieser Augenblick, in dem er wahrnimmt, daß er nicht fortgeht, sich nicht einfach vom Ort seiner versagten Liebe entfernt, daß er vielmehr die Menschen schlechthin meidet, verschneite Felsenhöhn und Wüsteneien sucht. Eine solche Wahrnehmung erschreckt uns: Wer sich ins Abseits begibt, hat Gründe, steht im Verdacht, der Ächtung oder Strafe der Menschen auszuweichen. Daß er keinen solchen Grund hat – *Habe ja doch nichts begangen / Daß ich Menschen sollte scheun* –, erleichtert ihm seine Einsamkeit nicht, es verschlimmert sie: Eine Schuld verbände ihn mit den Menschen, erklärte sein »törichtes«, sein unverständliches Verlangen. Nicht er geht, sondern es treibt.

Allenthalben sieht er Wegweiser. Anderen Reisenden sind sie willkommen – dem, der seinen Weg weiß, als Bestätigung, dem, der ihn sucht, als rettende Hilfe. Einem, der sich im doppelten Sinn des Wortes »verrannt« hat, können sie nichts geben außer dem Bewußtsein seiner vollständigen Vereinzelung. Sie weisen auf die Städte zu, auf den Inbegriff dessen, was er flieht. Sie machen ihm bewußt: Aus der Notwendigkeit ist Willkür und aus dieser Sinnlosigkeit geworden, der Widersinn, daß er ruhlos Ruhe sucht. Wem das widerfährt, bleibt nur noch ein Wegweiser, der die düstere Einsicht bestätigt: Es gibt keinen Weg zurück. Wohin die Straße führt, die er fortan geht, muß nicht ausgesprochen werden. Der Unglückliche weiß es.

WILHELM MÜLLER
DIE POST

Von der Straße her ein Posthorn klingt.
Was hat es, daß es so hoch aufspringt,
  Mein Herz?

Die Post bringt keinen Brief für dich:
Was drängst du denn so wunderlich,
  Mein Herz?

Nun ja, die Post kömmt aus der Stadt,
Wo ich ein liebes Liebchen hatt,
  Mein Herz!

Willst wohl einmal hinübersehn
Und fragen, wie es dort mag gehn,
  Mein Herz?

JOACHIM KAISER
BESCHWICHTIGENDES SELBSTGESPRÄCH

Bei flüchtigem Lesen entdeckt man vielleicht nur die wohlbekannten Versatzstücke romantisch-volkstümelnder Poesie. Das Posthorn klingt, das Herz springt, das Liebchen ist lieb. Lauter naheliegende, triviale Mitteilungen. Aber Wilhelm Müller, dessen um 1823 entstandener Gedicht-Zyklus »Die Winterreise« diese »Post« enthält, hat mehr geboten als bloß ein banal-idyllisches Genrestückchen. Der gegebene Zusammenhang verändert die einfachen Wörter, lädt sie auf mit Spannung und Wahn.

Gedicht-Zyklen sind Novellen aus Lyrik, enthalten eine zumindest rudimentäre Handlung. Hinter dem lyrischen Ich der »Winterreise« liegt folgendes: Einst, in der Stadt, liebte der Wanderer, fühlte er sich zurückgeliebt. Die Schwiegermutter *in spe* stellte gar eine Ehe in Aussicht. Doch dann wandte sich die Geliebte einem (begüterten) anderen zu. Verzweifelt verließ unser Held den Ort seines Unglücks, begab sich auf die Winterreise, ziellos irgendwohin, durch eisige Schneelandschaft.

Jetzt hört er auf der Straße ein lustiges Posthorn, begegnet einer Postkutsche, die aus der Stadt seines Liebesglücks und -unglücks kommt. Sein Herz pocht wild. Er erschrickt, versteht das nicht und versucht, sein Herz (also sich) vernünftig zu beruhigen. »Die Post bringt keinen Brief für dich.« Ein verrücktes Selbstgespräch. Da war ja wirklich nichts zu hoffen. Nur im Märchen finden gute Geister den Geflohenen und übermitteln ihm die glückliche Botschaft. Wie aber sollte das liebe Liebchen, längst anderweitig vergeben, dem verschollenen Wanderer geschrieben haben, der sich ohne Adresse davongemacht hatte?

Solche Vernunftgründe bietet der Wanderer vergebens auf, um sein Herz zu beruhigen, das so »wunderlich« drängt. Er muß sich im Selbstgespräch – genauer: im regelrechten *Dialog* zwischen Kopf und Herz – beschwichtigend zureden, doch nicht so hektisch zu reagieren auf die Post.

Aber der unglückliche Mann versteht natürlich auch ein wenig die peinliche Unrast seines Herzens. Er geniert sich, er schlägt die Augen nieder, entschuldigt sich: »Nun ja, die Post kömmt aus der Stadt.« Dies verlegene »Nun ja« ist unauffälliger Höhepunkt: ein zögernder Versuch der Selbstbeschwichtigung. In einem Roman von Giraudoux fällt es dem Liebhaber ein, die – weit entfernte – Geliebte im Restaurant ausrufen zu lassen. Sie möge sich ans Telephon bemühen. Ganz hübsch irre. Aber auf diese Weise ist die Abwesende doch wenigstens ein bißchen präsent.

Bei Wilhelm Müller werden wir Zeugen einer offenbaren Spaltung: die beschwichtigende, verstehende Vernunft im Kampf gegen das heiße sehnsüchtige Herz. Das Gedicht ist vielen Menschen bekannt. Und nicht bekannt. Wer Schubert liebt, kennt natürlich »Die Post«. Aber eben nicht als Gedicht, sondern als Text eines Liedes, das hinreißend schwungvoll beginnt, dessen charakteristischer Rhythmus, wenn Trauer und vernünftige Einsicht zunehmen, verschwimmt. Das Punktierte wird weicher, der Jubel des Herzens erlahmt.

In Müllers Zyklus steht das »Post«-Gedicht an sechster

Stelle. Schubert ändert die Reihenfolge. Im Liederkreis erscheint »Die Post« in der Mitte der vierundzwanzig Lieder, als dreizehntes Stück. Ob die »Winterreisen«-Hörer auch begreifen, daß Wilhelm Müller nicht nur den Vorwand für geniale Musik gegeben, sondern eine originelle lyrische Szene entworfen hat, die vom Aberwitz verrückter Hoffnung, von der Scham eines Verzweifelten und von seiner selig-unseligen Unfähigkeit handelt, den wilden Regungen der Seele zu gebieten? Es wird noch manches bittere Lied dauern, bis dieser Wanderer sagen kann: »Ich bin zu Ende mit allen Träumen.«

WILHELM MÜLLER
IM DORFE

Es bellen die Hunde, es rasseln die Ketten,
Die Menschen schnarchen
(Es schlafen die Menschen) in ihren Betten,
Träumen sich manches, was sie nicht haben,
Tun sich im Guten und Argen erlaben:
Und morgen früh ist alles zerflossen. –
Je nun, sie haben ihr Teil genossen,
Und hoffen, was sie noch übrig ließen,
Doch wieder zu finden auf ihren Kissen.

Bellt mich nur fort, ihr wachen Hunde,
Laßt mich nicht ruhn in der Schlummerstunde!
Ich bin zu Ende mit allen Träumen –
Was will ich unter den Schläfern säumen?

HANS J. FRÖHLICH
EIN RADIKAL DESILLUSIONIERTER

Der junge Heine, der dem drei Jahre älteren Kollegen viel zu verdanken hat, schmeichelte ihm in einem Brief, er halte ihn für den bedeutendsten Liederdichter neben Goethe. Realistischer, wenn auch kaum weniger freundlich war seine Einschätzung in der »Romantischen Schule«, wo er ihn als einen Lyriker pries, der Uhland an Natürlichkeit übertreffe.

Dennoch wäre Wilhelm Müller – 1794 als Sohn eines Schneidermeisters in Dessau geboren und daselbst als Bibliothekar 1827 gestorben –, trotz seiner einstmals erfolgreichen und berühmten »Lieder der Griechen«, vermutlich längst vergessen, wenn nicht Franz Schubert Müllers schönste »Gedichte aus den hinterlassenen Papieren eines reisenden Waldhornisten«, die Zyklen »Die schöne Müllerin« und »Die Winterreise« vertont hätte.

Erst via Schubert hat man sich in jüngster Zeit wieder eingehender mit Müller beschäftigt. Anfangs nur um eine Ehrenrettung bemüht, beginnt man allmählich, den außergewöhnlichen Rang dieser Lyrik zu entdecken, ihre Originalität und ihre bestürzende Modernität; denn was Müller sprachlich geleistet hat, geht tatsächlich weit über das hinaus, was Autoren wie Schwab, Kerner oder Uhland unter volksliedhaften Gedichten verstanden.

Die zwei mal zwölf Lieder der »Winterreise« erschienen in den Jahren 1823 und 1824 und fallen vollkommen aus dem Rahmen dessen, was der Autor bis dahin hervorgebracht hatte, einschließlich der tränenreichen Müllerlieder. In Ton und Inhalt stellen diese Gedichte innerhalb von Müllers Œuvre etwas absolut Einmaliges und Einzigartiges dar, wenn man von dem Wander-Motiv absieht.

Das hier ausgewählte Gedicht »Im Dorfe« steht im zweiten Teil der »Winterreise« und ist für mich eines der kühnsten und überraschendsten in dieser Liedernovelle. Gleich die beiden Anfangszeilen sind in ihrer parataktischen Prosa und kindlich-entsetzten Einfachheit etwas bis dato nahezu Unerhörtes, vielleicht nur mit einigen Liedern aus Arnims und Brentanos Wunderhorn-Sammlung Vergleichbares, wo es ähnlich umgangssprachliche Wendungen wie das aufseufzende »je nun« oder Vulgarismen wie das »Tun sich ... erlaben« gibt.

Daß Schubert das unpoetische Wort »schnarchen« durch »schlafen« ersetzt, ist keineswegs nur mit gesangstechnischen Gründen zu erklären. Es war ihm zu drastisch. Aber gerade um diese Drastik ging es Müller, der in diesen Gedichten, entsprechend dem Sujet, weniger poetisch als proletisch sein wollte.

Eröffnet wird »Die Winterreise« mit den berühmten Zeilen »Fremd bin ich eingezogen / Fremd zieh ich wieder aus«. Sie könnten als Motto dem Zyklus vorangestellt sein. Zweifellos aber sind sie formbildend für dieses Gedicht geworden, dessen erste Strophe von der unwillkommenen Ankunft im Dorfe berichtet und dessen zweite Strophe die Ankündigung des Wanderers enthält, es wieder zu verlassen.

Das Dorf wird nicht beschrieben, sondern hörbar gemacht durch die in einer Winternacht überdeutlichen Geräusche, die allesamt abweisend und bedrohlich sind: Hundegebell, Kettenrasseln, Schnarchen. Hier kann der tod- und lebensmüde Wanderer kein Obdach finden. Und in dem Bewußtsein, daß es für ihn, den Flüchtigen, in dieser Welt nirgendwo noch eine Bleibe gibt, herrscht er die Hunde an, die ihn durch ihr Gebell wie einen Eindringling denunzieren: »Bellt mich nur fort ...!«

Daß der schwermütige Müller hier nicht nur seinen privaten Schmerz artikuliert, sondern mit diesem im Vormärz entstandenen Gedicht auf die politische Lethargie und die europäische Friedhofsruhe anspielt, wird deutlich in den Schlußzeilen: »Ich bin zu Ende mit allen Träumen – / Was will ich unter den Schläfern säumen?«

Diese Worte eines radikal Desillusionierten – ich habe sie das erste Mal bewußt gehört in der Interpretation Karl Schmitt-Walters – haben mir nicht nur den Komponisten Schubert plötzlich nahegebracht. Ich habe durch diese Worte eine ganze Epoche begreifen gelernt, die wir euphemistisch Biedermeier nennen und die noch immer manch einer zur Idylle verklärt.

WILHELM MÜLLER
MUT

Fliegt der Schnee mir in's Gesicht,
Schüttl' ich ihn herunter.
Wenn mein Herz im Busen spricht,
Sing ich hell und munter.

Höre nicht, was es mir sagt,
Habe keine Ohren,
Fühle nicht, was es mir klagt,
Klagen ist für Toren.

Lustig in die Welt hinein
Gegen Wind und Wetter!
Will kein Gott auf Erden sein,
Sind wir selber Götter.

JÜRGEN THEOBALDY
VON DER MACHT DES SUBJEKTS

Man kann Wilhelm Müllers Gedichte der »Winterreise« kaum lesen, ohne Schuberts Vertonung mitzuhören. Über Jahrzehnte hinweg eher als Texte zu den Liedern betrachtet, entfalten sie erst jetzt ihre Bedeutung. Den späten siebziger Jahren boten sie die zentrale Metapher, und vieles spricht dafür, daß die Reise durch den Winter fortdauert.

Das neuzeitliche Subjekt ist aus den traditionellen Bindungen an Familie, Religion und Natur herausgetreten; heute zeichnet sich ab, welchen Preis es dafür zahlen mußte, denn in seiner gesellschaftlich bestimmten Wirklichkeit ging seine neue Freiheit doch nicht auf. Der Weg aus den Bindungen, das zeigt die »Winterreise«, führt durch eisige Täler, am tiefsten Punkt lädt der Friedhof wie ein »kühle(s) Wirtshaus« ein. Das Gedicht »Mut« scheint als einziges die schmerzvolle bis verzweifelte Grundstimmung zu durchbrechen, doch bleibt es ein Aufbäumen, dem kein versöhnlicher Ausklang folgt.

Wie kann man weiterleben, wenn sich das Ziel, die eigene Utopie, als unerreichbar enthüllt hat? In dem schaurigen Lied weist der Zyklus über die Romantik hinaus, der Müller meist zugeordnet wird. Das Ich des Gedichts wandelt sich im letzten Vers zum Wir, die Zeit der Götterferne wird in zweifachem Wortsinn beschlossen: Mit ihrem vom Wir bestimmten Ende hört auch die Suche nach einem kommenden Gott auf, von dem die frühen Romantiker hofften, er werde Christentum und Antike versöhnen. Wenn sich das Ich wieder einreiht, die Stelle der Götter beansprucht, willigt es letztlich in seine Zurichtung ein. Es erstickt die Stimme des Herzens in der Brust, und zwar indem es singt.

Wie sind die Lieder beschaffen, die all das übertönen sollen, was aus dem Herzen spricht? Sie künden gerade nicht, wie die Schubertschen, von Not und Glück des einzelnen, sondern als Folge seiner Selbstverleugnung von der Vormacht der anderen über ihn. Für bange Fragen bleibt sowenig Raum wie für Zweifel an Sinn und Ziel dieser Bewegung »in die Welt hinein«, weg von den alten Göttern, die noch aus »Wind und Wetter« gesprochen hatten. Vorwärts heißt die fortschrittsgläubige Losung. Im unreinen Reim klingt der falsche Triumph durch, im Staccato der Trotz.

Fünfzig Jahre bevor Nietzsche den Tod Gottes konstatiert, entwirft Müller die Konsequenz, die unsere Epoche daraus ziehen wird. Schlichter läßt sich diese Prophezeiung kaum aussprechen. Ich glaube nicht, daß der Dichter sich ihrer Tragweite bewußt sein konnte, der Wunsch nach der klaren, genauen Form hat ihn derart tief in seine drei- und vierhebigen Trochäen geführt. So weit zu gehen, das ist die Kunst. Fast scheint sie sich selbst dahin zu bringen und brächte es doch ohne ein leidendes, schaffendes Subjekt zu nichts. Dessen Stimme will nicht übertönen, sondern Ton sein, selbstgewiß oder bescheiden, weder anmaßend noch herrisch wie Götter, die schließlich keine waren.

WILHELM MÜLLER
RÜCKBLICK

Es brennt mir unter beiden Sohlen,
Tret ich auch schon auf Eis und Schnee,
Ich möcht nicht wieder Atem holen,
Bis ich nicht mehr die Türme seh.

Hab mich an jedem Stein gestoßen,
So eilt ich zu der Stadt hinaus;
Die Krähen warfen Bäll' und Schloßen
Auf meinen Hut von jedem Haus.

Wie anders hast du mich empfangen,
Du Stadt der Unbeständigkeit!
An deinen blanken Fenstern sangen
Die Lerch' und Nachtigall im Streit.

Die runden Lindenbäume blühten,
Die klaren Rinnen rauschten hell,
Und ach, zwei Mädchenaugen glühten –
Da wars geschehn um dich, Gesell!

Kommt mir der Tag in die Gedanken,
Möcht ich noch einmal rückwärts sehn,
Möcht ich zurücke wieder wanken,
Vor ihrem Hause stillestehn.

SIBYLLE WIRSING
AUF DER FLUCHT

Werner Kraft hat den »Rückblick« aus Wilhelm Müllers »Winterreise« zusammen mit zwei weiteren Stationen des Zyklus in seine geistvolle Lyrik- und Prosa-Anthologie »Wiederfinden« aufgenommen und damit der gängigen Ansicht widersprochen, daß Schuberts Tonsatz allein selig machend sei und der Wortlaut nur das rohe Material dazu. Tatsächlich kommt beim Studium der Textkomposition ein Tiefsinn zum Vorschein, der dem expressiven Leidensvollzug der Musik auf seine Weise standhält.

Die vierundzwanzig Gedichte ergeben insgesamt die genau bemessene Schilderung eines psychischen Sterbevorgangs. Der Winterreisende durchlebt in unerbittlicher Folgerichtigkeit die drei Phasen des Verfalls: zunächst den Abschied und Aufbruch vom Schauplatz des verflossenen Glücks, dann den Eintritt in die Wildnis der äußeren und inneren Einsamkeit und schließlich, nachdem die Hoffnung auf eine Wiederherstellung zerrüttet und die letzte Illusion abgefallen ist, den Prozeß einer Identifikation, der vom trotzigen Sturm des Selbstbewußtseins zu dem immer noch leidenschaftlich egozentrischen Todesverlangen führt und weiter zu einer Verbrüderung mit der Bettelarmut – zwei Jammergestalten tun sich zusammen, zwei Schmerzensmänner, der eine mit seiner Leier, der andere mit seinen Liedern, bilden einander ab wie Wladimir und Estragon, die auf Godot warten.

Dreimal acht Gedichte beschreiben diesen Weg ans Ende

der Welt. Mit dem »Rückblick«, dem achten Thema des Zyklus, schließt der erste Abschnitt. Hier gipfelt der Abschied, und genau an dieser Stelle endet die persönliche Beziehung. Man steht am Übergang von der Trennung zum Alleinsein. Noch ist, was war, die Liebe und das Glück, ganz gegenwärtig; noch erscheint, was ist, die Entzweiung und das Ungemach, widerruflich. Die Möglichkeit und Unmöglichkeit, mit der Erinnerung wieder zurückzukehren, halten sich die Waage.

Wilhelm Müller offenbart den wankenden Zustand im Moment der Entscheidung durch einen hochgespannten Expressionismus der Bilder. Seine Visionen wollen ernsthaft wörtlich genommen sein. Eis und Schnee brennen unter den Füßen des Flüchtlings, der Schicksalssitz türmt sich am Horizont, die Krähen auf den Dächern sind die Wächter, und ihr Bombardement hat den Auszug begleitet. So wahr wie diese Wirklichkeit ist dann auch das Pendant, das die Stadt der Unbeständigkeit als die Zauberstätte der blühenden Gefühle darstellt, als ein paradiesisches, ein idyllisches, ja, ein urbanes Gefilde mit dem Wettgesang von Nachtigall und Lerche an den Fenstern, dem Rauschen der klaren Rinnen in den Straßen und einer betörenden Illumination, der Glut der zwei Mädchenaugen. Die Naivität als Ausdrucksform des Grauens und des Entzückens ist dabei keine lyrische Tändelei oder gar poetisches Ungeschick. Das Melodrama stimmt ungezwungen mit der Einfalt überein. Die Darstellung der ausgestoßenen Liebe, die sich, ehe sie auf der Flucht kalt und bitter wird, noch einmal umschaut und besinnt, sich erwärmt und der süßen Sehnsucht hingibt, könnte nicht inniger sein.

Der Schmerz über das unbeständige Mädchen und das

korrupte Städtchen ist damit ausgesungen. Der Auswanderer steigert sein Leiden mit der wachsenden Entfernung weit über die Episode hinaus zu einem selbstmörderischen Ichschmerz. Ganz am Schluß der »Winterreise« überkommt ihn noch einmal die Erinnerung, aber nicht mehr als sehnsüchtiger Rückblick, sondern als heller Wahnsinn. Zwei Nebensonnen stehen mit der Sonne am Himmel und starren ihn an: die zwei Augen von damals in schauriger Entrücktheit, sein Sonnenpaar in ruchloser Entstellung. Er weist das Gestirn kalt ab.

WILHELM MÜLLER
TRÄNENREGEN

Wir saßen so traulich beisammen
Im kühlen Erlendach,
Wir schauten so traulich zusammen
Hinab in den rieselnden Bach.

Der Mond war auch gekommen,
Die Sternlein hinterdrein,
Und schauten so traulich zusammen
In den silbernen Spiegel hinein.

Ich sah nach keinem Monde,
Nach keinem Sternenschein,
Ich schaute nach ihrem Bilde
Nach ihren Augen allein.

Und sahe sie nicken und blicken
Herauf aus dem seligen Bach,
Die Blümlein am Ufer, die blauen,
Sie nickten und blickten ihr nach.

Und in den Bach versunken
Der ganze Himmel schien,
Und wollte mich mit hinunter
In seine Tiefe ziehn.

Und über den Wolken und Sternen
Da rieselte munter der Bach,
Und rief mit Singen und Klingen:
Geselle, Geselle, mir nach!

Da gingen die Augen mir über,
Da ward es im Spiegel so kraus;
Sie sprach: Es kommt ein Regen,
Ade, ich geh nach Haus.

DIETER BORCHMEYER
LEICHENRED IM NASSEN TON

Die Gedichte von Wilhelm Müller gehören leider nicht zum Kronschatz deutscher Lyrik. Schuberts Vertonungen seiner Zyklen »Die schöne Müllerin« und »Die Winterreise« stehen ihnen – anders als im Falle Goethes – bis heute im Wege. Und das ist um so bedauerlicher, als Schubert sie oft, wenn auch auf geniale Weise, gegen ihren eigenen Ton vertont hat. Ein Musterbeispiel ist das Gedicht »Tränenregen« aus der »Schönen Müllerin«. Schubert hat den Schluß dieses Gedichts in ein Mysterium verwandelt, das in einem langen Klaviernachspiel ausklingt. Doch hinter diesem Schluß stehen zwei Verse, welche alles andere als ein Mysterium, nämlich eine ironische Pointe sind, an der Schubert bewußt oder unbewußt vorbeikomponiert hat.

Wilhelm Müller ist es ergangen wie Heinrich Heine, der seinen lyrischen Vorgänger übrigens hoch geschätzt hat. Auch Heines Gedichten ist von den großen deutschen Liedkomponisten ihr spezifischer Ton fast immer hinwegvertont worden: jener Ton, in dem sich Ernst und Ironie, Scherz und Leid, Tragik und Parodie mischen – auf unverwechselbare Weise, dürfte man sagen, gäbe es da nicht jenen Wilhelm Müller, dessen »Tränenregen« fast von Heine stammen könnte.

Da sitzt der Müllerbursche mit seiner geliebten Chefin, der schönen Müllerin, an dem Bach, dessen Rauschen den *Cantus firmus* des Zyklus bildet. Der Bach ist das Alter ego des Müllergesellen. Er ist es, der ihn zu der Mühle geführt hat, der sein Liebesverhängnis begleitet und ihn schließlich zum Sterben in seinem Bett einlädt. Das Gedicht steht noch vor der tragischen Peripetie des Zyklus: dem Auftauchen des schmucken Jägers, dem die Müllerin verfallen wird. Noch aber schauen der Müllerbursche und sie »traulich« miteinander in den Bach, und der Verliebte nimmt die ganze Welt im Spiegelbild wahr, das sich um das Bild der Geliebten, um ihre gespiegelten Augen kristallisiert. Der Blick in den Wasserspiegel – das Narziß-Motiv – ist ein altes mythisches Todessymbol. Und so will das Wasser auch den Müllerburschen in seine Tiefe hinabziehen. »Geselle, Geselle, mir nach!« So der Todesruf des Bachs, dem der seiner Liebe Beraubte am Ende – in »Des Baches Wiegenlied« – folgen wird. Liebeserfahrung und Todessehnsucht werden eins. Überwältigt von der Entgrenzung seines Wesens durch die Urgewalt von Liebe und Tod, gehen dem Müllerburschen die Augen über. Die hausbackene Müllerin hingegen hält die Tränen des Liebhabers für Regentropfen und verabschiedet sich mit den im wahrsten Sinne trockenen Worten: »Ade, ich geh nach Haus.« Ein desillusionierender Schluß, ganz wie ihn später Heine liebte.

Wilhelm Müller hat seinen Zyklus (»aus den hinterlassenen Papieren eines reisenden Waldhornisten«) durch einen parodistischen Prolog und Epilog des »Dichters« eingerahmt. Diese beiden Stücke, die Schubert natürlich für seine Vertonung nicht brauchen konnte, weisen zurück auf den Anlaß des Zyklus: das gesellige Liederspiel »Die schöne Müllerin« im Hause des Staatsrats von Stägemann zu Berlin im Spätherbst 1816, bei dem Wilhelm Müller selbst, seinem Namen gemäß, den Müller spielte. Der ganze Zyklus setzt Requisiten einer trivialisierten Romantik spielerisch-parodistisch ein, ohne doch den Gefühlsgehalt der Lieder vernichten zu wollen. Auch in »Tränenregen« sind die ironischen Untertöne nicht zu überhören. »Der Mond war auch gekommen, die Sternlein hinterdrein«: das klingt reichlich platt und ist auch so – als Illusionsstörung – gemeint. Über den inflationären Gebrauch des Mond-Motivs in der Lyrik der Zeit spöttelt der Dichter im Prolog: »Und auch der Mond blickt aus der Wolken Flor / Schwermütig, wie's die Mode will, hervor.«

Nach dem Wiegenlied des Baches, seinem Schlummerlied auf den aus dem Leben scheidenden Müllergesellen, verabschiedet sich der Dichter im Epilog mit einer ironischen Distanzierung von solcher »Leichenred im nassen Ton«. Ernst und Ironie verschränken sich in der »Schönen Müllerin«, ohne sich doch wechselseitig aufzuheben. Schubert hat jenen Ernst – unvergeßlich – komponiert, die Ironie jedoch bleibt das unvertonte Eigentum von Wilhelm Müllers Gedichtzyklus.

QUELLENHINWEISE

Ernst Moritz Arndt 1769 in Groß-Schoritz/Rügen geboren, gestorben 1860 in Bonn, S. 105.
Klage um den kleinen Jakob. Nach: Das große deutsche Gedichtbuch. Herausgegeben von Karl Otto Conrady. Athenäum Verlag, Königstein/Taunus 1977.

Achim von Arnim 1781 in Berlin geboren, gestorben 1831 in Wiepersdorf, S. 325.
Mir ist zu licht zum Schlafen. Nur was ich liebe. Aus: Achim von Arnim, Werke in sechs Bänden. Band 1: Hollin's Liebeleben/Gräfin Dolores. Herausgegeben von Paul Michael Lützeler. Deutscher Klassiker Verlag Frankfurt am Main 1989.
Mit jedem Druck der Feder. Aus: Achim und Bettina in ihren Briefen. Briefwechsel Achim von Arnim und Bettina Brentano. Herausgegeben von Werner Vordtriede. Mit einer Einleitung von Rudolf Alexander Schröder. In zwei Bänden. Erster Band. Suhrkamp Verlag Frankfurt am Main 1961.

Clemens Brentano 1778 auf der Festung Ehrenbreitstein geboren, gestorben 1842 in Aschaffenburg, S. 275.
Ein Becher voll von süßer Huld. Über eine Skizze. Valerias Lied. Aus: Clemens Brentano, Werke. Band 1: Romanzen vom Rosenkranz. Gedichte. Herausgegeben von Wolfgang Frühwald, Bernhard Gajek, Friedhelm Kemp. Carl Hanser Verlag, München 1978.
Geheime Liebe. Was reif in diesen Zeilen. Wenn der lahme Weber. Aus: Clemens Brentano, Gedichte. Herausgegeben von Hartwig Schultz. Verlag Philipp Reclam jun., Stuttgart 1995.
O schweig nur Herz! Aus: Clemens Brentano, Gedichte. Herausgegeben von Wolfgang Frühwald, Bernhard Gajek, Friedhelm Kemp. Deutscher Taschenbuch Verlag, München 1977.
Wiegenlied. Aus: Clemens Brentano, Gedichte. Auswahl und Nachwort von Werner Vordtriede. Insel Verlag Frankfurt am Main 1963.

Adelbert von Chamisso 1781 auf Schloß Boncourt/Champagne geboren, gestorben 1838 in Berlin, S. 337.

Der ausgewanderte Pole. Aus: Polenlieder. Eine Anthologie. Herausgegeben von Gerard Kozielek. Verlag Philipp Reclam jun., Stuttgart 1982.

Der Invalid im Irrenhaus. Aus: Adelbert von Chamisso, Sämtliche Werke. Zwei Bände. Herausgegeben von Werner Feudel und Christel Laufer. Carl Hanser Verlag, München 1982.

Tragische Geschichte. Aus: Gedichte und Versgeschichten. Verlag Philipp Reclam jun., Stuttgart 1971.

Joseph von Eichendorff 1788 in Schloß Lubowitz geboren, gestorben 1857 in Neiße, S. 403.

An A... Der Abend. Der Einsiedler. Der Soldat. Es wandelt, was wir schauen. Familienähnlichkeit. Frische Fahrt. In der Fremde. Mandelkerngedicht. Mondnacht. Nachts. Sehnsucht. Weihnachten. Zwielicht. Aus: Joseph von Eichendorff, Sämtliche Gedichte. Herausgegeben von Wolfdietrich Rasch. Deutscher Taschenbuchverlag, München 1975.

Der Kehraus. Die zwei Gesellen. Lied. Schöne Fremde. Vorbei. Aus: Joseph von Eichendorff, Werke in sechs Bänden. Band 1: Gedichte, Versepen. Herausgegeben von Hartwig Schultz. Deutscher Klassiker Verlag Frankfurt am Main 1987.

Franz Grillparzer 1791 in Wien geboren, dort 1872 gestorben, S. 527.

Der Halbmond glänzet am Himmel. Aus: Franz Grillparzer. Gedichte. Verlag Philipp Reclam jun., Stuttgart 1970.

Karoline von Günderode 1780 in Karlsruhe geboren, gestorben 1806 in Winkel am Rhein, S. 313.

Der Kuß im Traume. Die Töne. Aus: Karoline von Günderode, Gedichte. Herausgegeben und mit einem Nachwort versehen von Franz Josef Görtz. Insel Verlag Frankfurt am Main 1985.

Der Luftschiffer. Aus: 99 Romantische Gedichte. Gesammelt von Lienhard Wawrzyn. Wagenbach Verlag, Berlin 1978.

Johann Peter Hebel 1760 in Basel geboren, gestorben 1826 in Schwetzingen, S. 97.

Wie heißt des Kaisers Töchterlein? Aus: Johann Peter Hebel, Alemannische Gedichte. Alemannisch/deutsch. Verlag Philipp Reclam jun., Stuttgart.

Friedrich Hölderlin 1770 in Lauffen am Neckar geboren, gestorben 1843 in Tübingen, S. 111.

Abbitte. An die Parzen. An Zimmern. Das Angenehme dieser Welt hab' ich genossen. Der Frühling. Der Spaziergang. Der Tod für's Vaterland.

Der Winkel von Hardt. Ganymed. Hälfte des Lebens. Lebenslauf. Natur und Kunst. Sokrates und Alkibiades. Wenn aus dem Himmel. Wie Meeresküsten. Aus: Friedrich Hölderlin, Gedichte. Herausgegeben und mit Erläuterungen versehen von Jochen Schmidt. Insel Verlag Frankfurt am Main 1991.

Abendphantasie. An die Deutschen. Da ich ein Knabe war. Der Gang aufs Land. Der Zeitgeist. Heidelberg. Lebensalter. Menschenbeifall. Aus: Friedrich Hölderlin, Sämtliche Werke und Briefe. 3 Bände, Band 1: Gedichte. Herausgegeben von Jochen Schmidt. Deutscher Klassiker Verlag Frankfurt am Main 1993.

Justinus Kerner 1786 in Ludwigsburg geboren, gestorben 1862 in Weinsberg, S. 357.

Der Wanderer in der Sägmühle. Aus: Das große deutsche Gedichtbuch. Herausgegeben von Karl Otto Conrady. Athenäum Verlag, Königstein/Taunus 1977.

Ikarus. Unter dem Himmel. Aus: Gedichte der Romantik. Herausgegeben von Wolfgang Frühwald. Verlag Philipp Reclam jun., Stuttgart 1984.

Liebesplage. Aus: Justinus Kerner, Werke. 6 Teile in zwei Bänden. Herausgegeben und eingeleitet von Raimund Pissin. Nachdruck der Ausgabe Berlin 1914. Georg Olms Verlag, Hildesheim 1974.

Wer machte dich so krank? Aus: Justinus Kerner, Ausgewählte Werke. Verlag Philipp Reclam jun., Stuttgart 1981.

Heinrich von Kleist 1777 in Frankfurt/Oder geboren, gestorben 1811 in Wannsee bei Potsdam, S. 253.

An den König von Preußen. An die Königin Luise von Preußen. Katharina von Frankreich. Mädchenrätsel. Prolog. Aus: Heinrich von Kleist, Sämtliche Werke und Briefe. Herausgegeben von Helmut Semdner. Carl Hanser Verlag, München 1985.

Jakob Michael Reinhold Lenz 1751 in Seßwegen/Livland geboren, gestorben 1792 in Moskau, S. 13.

An die Sonne. Willkommen. Wo bist du itzt? Aus: Jakob Michael Reinhold Lenz, Werke und Briefe in drei Bänden. Herausgegeben von Sigrid Damm. Insel Verlag Frankfurt am Main und Leipzig 1992.

Wilhelm Müller 1794 in Dessau geboren, dort 1827 gestorben, S. 531.

Der Lindenbaum. Die Post. Im Dorfe. Mut. Rückblick. Aus: Wilhelm Müller, Die Winterreise und andere Gedichte. Herausgegeben von Hans-Rüdiger Schwab. Mit einem Vorwort zu den Schubert-Verto-

nungen von Christian Elsner. Insel Verlag Frankfurt am Main und Leipzig 1994.
Der Wegweiser. Aus: Wilhelm Müller, Die Winterreise. Und die Schöne Müllerin. Diogenes Verlag, Zürich 1991.
Tränenregen. Aus: Wilhelm Müller, Werke. Tagebücher. Briefe. Hrsg. von Maria-Verena Leistner. Gatza Verlag, Berlin 1994.

Novalis 1772 in Gut Oberwiederstedt bei Mansfeld geboren, gestorben 1801 in Weißenfels, S. 221.
Alle Menschen seh ich leben. Geistliche Lieder (XV). Wenn nicht mehr Zahlen und Figuren. Aus: Novalis, Werke. Herausgegeben und kommentiert von Gerhard Schulz. Verlag C. H. Beck, München, 2., neu bearbeitete Auflage 1981.
Walzer. Aus: Novalis, Werke, Tagebücher und Briefe Friedrich von Hardenbergs. Hrsg. von Hans-Joachim Mähl und Richard Samuel. Carl Hanser Verlag, München 1978.

Ferdinand Raimund 1790 in Wien geboren, gestorben 1836 in Pottenstein/Niederösterreich, S. 523.
Das Hobellied. Aus: Ferdinand Raimund, Der Verschwender. Original-Zaubermärchen in drei Aufzügen. Verlag Philipp Reclam jun., Stuttgart 1981.

Friedrich Rückert 1788 in Schweinfurt geboren, gestorben 1866 in Neuses bei Coburg, S. 483.
Amaryllis. Nach Dschelaleddin Rumi. Aus: Friedrich Rückert, Gedichte. Verlag Philipp Reclam jun., Stuttgart 1969.
Das vierzigste Ghasel. Aus: Mewlana Dschelaleddin Rumi, Das Meer des Herzens geht in tausend Wogen. Ghaselen. Übersetzt von Friedrich Rückert. Dagyeli Verlag, Frankfurt am Main 1988.
Die Liebe sprach. Aus: Friedrich Rückert, Gedichte. Eine Auswahl. Herausgegeben und mit einem Nachwort versehen von Elly Heuss-Knapp. Hans E. Günther Verlag, Stuttgart 1948.
Ich bin der Welt abhanden gekommen. Kehr ein bei mir! Aus: Friedrich Rückert, Gedichte. Herausgegeben und eingeleitet von Heinrich Henel. Athenäum Verlag, Königstein/Taunus 1983.
Lob des Abendrotes. Was schmiedst du, Schmied? Aus: Friedrich Rückert, Ausgewählte Werke. Herausgegeben von Annemarie Schimmel. Zwei Bände. Insel Verlag Frankfurt am Main 1988.
Über alle Gräber. Aus: Besuch bei Toten. Ein imaginärer Friedhof. Angelegt von Peter Maigler. Insel Verlag Frankfurt am Main 1985.

FRIEDRICH VON SCHILLER 1759 in Marbach geboren, gestorben 1805 in Weimar, S. 31.
Das Mädchen aus der Fremde. Das Mädchen aus Orleans. Der Pilgrim. Der Tanz. Die Teilung der Erde. Die Worte des Wahns. Dithyrambe. Nänie. Punschlied. Spruch des Confucius. Aus: Friedrich Schiller, Sämtliche Gedichte. Herausgegeben von Jochen Golz. Insel Verlag Frankfurt am Main und Leipzig 1991.
Der Antritt des neuen Jahrhunderts. Laura am Klavier. Untertänigstes Pro Memoria. Aus: Friedrich Schiller, Werke und Briefe in zwölf Bänden. Band 1: Sämtliche Gedichte. Herausgegeben von Georg Kurscheidt. Deutscher Klassiker Verlag Frankfurt am Main 1992.

GEORG PHILIPP SCHMIDT 1766 geboren, 1849 gestorben, S. 101.
Der Wanderer. Aus: Texte deutscher Lieder. Ein Handbuch. Herausgegeben von Dietrich Fischer-Dieskau. Deutscher Taschenbuch Verlag, München 1968.

ARTHUR SCHOPENHAUER 1788 in Danzig geboren, gestorben 1860 in Frankfurt am Main, S. 519.
Auf die Sixtinische Madonna. Aus: Arthur Schopenhauer, Sämtliche Werke. Textkritisch bearbeitet und herausgegeben von Wolfgang Freiherr von Löhneysen. Band V: Parerga und Paralipomena II. Cotta Verlag, Stuttgart/Insel Verlag Frankfurt am Main 1965.

LUDWIG TIECK 1773 in Berlin geboren, 1853 dort gestorben, S. 237.
Der Überlästige. Die Musik spricht. Aus: Ludwig Tieck, Schriften in zwölf Bänden. Band 7: Gedichte. Herausgegeben von Ruprecht Wimmer. Deutscher Klassiker Verlag Frankfurt am Main 1995.

LUDWIG UHLAND 1787 in Tübingen geboren, dort 1862 gestorben, S. 381.
Der gute Kamerad. Fräuleins Wache. Frühlingslied des Rezensenten. In ein Stammbuch. Neujahrswunsch 1817. Aus: Ludwig Uhland, Werke. Herausgegeben von Hans-Rüdiger Schwab. Zwei Bände. Erster Band: Gedichte, Dramen, Versepik und Prosa. Insel Verlag Frankfurt am Main 1983.

JOHANN HEINRICH VOSS 1751 in Sommersdorf/Mecklenburg geboren, 1826 in Heidelberg gestorben, S. 25.
Die Kartoffelernte. Aus: Das große deutsche Gedichtbuch. Von 1500 bis zur Gegenwart. Neu herausgegeben und aktualisiert von Karl Otto Conrady. Verlag Artemis und Winkler, München und Zürich 1991.

WILHELM HEINRICH WACKENRODER 1773 in Berlin geboren, dort 1798 gestorben, S. 247.

Siehe wie ich trostlos weine. Aus: Wilhelm Heinrich Wackenroder, Werke und Briefe. Herausgegeben von Gerda Heinrich. Carl Hanser Verlag, München 1984.

MARIANNE VON WILLEMER 1784 in Österreich geboren, 1860 gestorben, S. 349.

Ach um deine feuchten Schwingen. Suleika. Aus: Marianne und Johann Jakob Willemer, Briefwechsel mit Goethe. Dokumente, Lebens-Chronik, Erläuterungen. Herausgegeben von Hans-Jürgen Weitz. Insel Verlag Frankfurt am Main 1965.